猎衣扬

著

海雾迷局

图书在版编目（CIP）数据

海雾迷局 / 猎衣扬著 . — 重庆：重庆出版社，
2022.7
　ISBN 978-7-229-16773-8

Ⅰ.①海… Ⅱ.①猎… Ⅲ.①长篇小说—中国—当代
Ⅳ.①I247.5

中国版本图书馆CIP数据核字（2022）第068719号

海雾迷局
HAIWU MIJU
猎衣扬　著

丛书策划：李　子
责任编辑：李　子　李　雯
责任校对：刘小燕
封面设计：费　且

重庆出版集团
重庆出版社 出版

重庆市南岸区南滨路 162 号 1 幢　邮政编码：400061　http://www.cqph.com
重庆天旭印务有限责任公司印刷
重庆出版集团图书发行有限公司发行
E-MAIL:fxchu@cqph.com　邮购电话：023-61520646
全国新华书店经销

开本：880 mm×1230 mm　1/32　印张：10　字数：350 千
2022 年 7 月第 1 版　2022 年 7 月第 1 次印刷
ISBN 978-7-229-16773-8
定价：55.00 元

如有印装质量问题，请向本集团图书发行有限公司调换：023-61520678

版权所有　侵权必究

目 录 Contents

第一章	道是无晴	001
第二章	术业有专攻	017
第三章	龙舌兰	033
第四章	谷雨汤泉	049
第五章	阿斯克勒庇俄斯	071
第六章	消失的环尾狐猴	084
第七章	台风鸿鹄	096
第八章	气蒸四海	119
第九章	Plan-B（上）	135
第十章	Plan-B（下）	146
第十一章	偷车老贼	182
第十二章	追踪（上）	201
第十三章	追踪（下）	212
第十四章	云深不知处	227

第十五章　读唇识女人	243
第十六章　左耳计划	260
第十七章　画　皮	276
第十八章　收　网	294
尾声	308

第一章 道是无晴

星期六，小雨，地铁站。

滨海关旅检一科科长郭聪左手捻着一枝玫瑰，右手托着一瓶红酒，通过验票的闸机后，直奔向下的楼梯，脚底下一阵小跑，总算赶上了这一班开往"热带植物园"站的地铁。

下午四点半，在热带植物园二楼的西餐厅，郭聪有一场和张瑜的约会。张瑜去年刚刚入职，在过去的一年来，她是他的同事、徒弟、战友。而今，他想将这份友谊做个升华。

"呼——"郭聪喘匀了气，弯下腰对着地铁门上的反光玻璃整理了一下发型，又松了松颈下的衬衫扣子。今天是他人生中第一次和女孩约会，在这样一个重要的场合，他不想出任何岔子。这身西装是东叔帮着挑的，头上的发蜡是顾垚贡献出来的，手里的红酒和玫瑰是老吕特地准备的，出门前魏大夫还给他喷了少量的男士香水。众人打趣：今天的郭聪是全科人的希望。突然，郭聪脑海里闪过了葛大爷的身影。

"若是葛大爷还在，那该有多好，他虽然岁数大，却最爱起哄。"郭聪自言自语地嘟囔了一句，心里久久不能平静。

车厢里甚是拥挤，前方即将到达"滨海东站"，这是一处换乘车站，不少乘客要下车。人流忙乱之中，一个男孩陡然惊道："我……手机丢了！"

此话一出，车厢里的乘客有叫他仔细找找的，有高呼与我无关的，闹闹哄哄哗然一片。那男孩年纪不过十几岁，丢了手机很是着急，上上下下地把身上的兜袋翻了好几遍，脸色涨得通红，低着头挤到车门口，大声呼道：

"我新买的手机，刚才还在呢。肯定有小偷！不能……不能下车，得报警，等警察来！"

男孩儿这话一出，车厢里的众人顿时就不乐意了，七嘴八舌说什么的都有。

"小孩儿，你这是干吗呀？谁偷你手机找谁去啊！碍着我们什么事儿啊！"

"对啊！你凭什么不让我们下车啊？"

"你当你是谁啊！你丢了手机，让我们跟你吃挂落儿，我有事急着呢。"

"起开起开——"早有心急的去拉扯男孩，让他从门口让开。

郭聪左右张望了一下，暗中思忖："车厢拥挤，自前一站有人员上下后，近十分钟人员没有进出变化，也没在车厢之间流动，再高明的偷盗手段也绝不可能隔空取物。偷他手机的人肯定就站在他的左近。"郭聪这双眼睛号称"百步识人"，略一回忆，便在脑海中还原出了事发之前男孩所站的位置，以及他身边或站或坐的人都是谁。这是他从师父陈三河那里学到的旅检手艺，唤做"百步识人"，五十米的距离，只需一瞬间，便能捕捉到每一个从身边擦肩而过的人的所有细节。

事发前，男孩站立于车厢东侧，左手插兜，右手拉上方把手。因背包带斜挎在左肩上，据此可以推断他是右撇子，手机大概率是揣在右边。他上身穿的是机车夹克，下身穿的是修身的牛仔裤，裤兜又紧又浅，是无法揣进去手机的，所以他只能是放在右边的衣兜里。以他右衣兜为圆心，臂长为半径画一个圆，可以大概圈定出嫌疑范围。这个圈子很小，所以圈进来的嫌疑人只有五个。郭聪略一思考，心中想道："这是盗窃，不是打劫，小偷的动作都是在方寸之间完成的，讲究的是动静遮掩、快慢进退，手脚幅度太大肯定引人注目。所以尽可将这个圆的半径，从臂长缩减到肘长。"

于是乎，又有两人被排除，只剩下最后三人。

第一个人是一位办公室写字楼里的女文员，推断的依据很简单：她的风衣外兜垂出来一截儿蓝色的宽带挂绳，绳上有公司LOGO，据此可以猜测绳尾拴着的应该是她出入公司的门禁卡。她的高跟鞋尖儿上有一抹黑色的墨粉，这和她风衣袖口的污渍刚好吻合。她拎着一个硕大的手提包，里面的东西见棱见方，都快要将手提包撑爆了。可以看出，她在公司主管文本打印，但是打印机出了问题，而且多半是墨盒没墨了，所以她的老板派她出来购买墨盒并回去更换。她昨夜加了一晚上的班，以至于粉底已经开始脱妆。她不停地在手机上回复消息，眼睛频繁瞟着门上方的到站指示灯。她的老板在催她，她很着急。

"不是她！"郭聪摇了摇头，将目光看向了第二个人。

第二个人是一位谢顶的中年人。车厢里空调的冷风开得很足，他却顶着满头的汗珠，眼袋很深，眼底干红，牙齿泛黄，这是长期熬夜且烟龄极长的表现。他的两臂不甚粗壮，啤酒肚却凸得厉害，面颊潮红，鼻尖以及鼻翼两侧有毛囊炎丘疹，这说明他经常暴饮暴食，作息也不规律。而且他的手一直在以一种极其稳定的频率微微发抖。这是一种酒精依赖引起的神经性系统紊乱，学名叫做——特定性震颤。他肯定酗酒成瘾，这种人是当不了小偷的，毕竟妙手空空也是一门技术活，他这双自己都控制不住颤抖的手是干不了这行的。

第三个人是一位身穿格子衬衫的文弱小伙儿。他的鼻梁上架着一副眼镜，左腋下夹了一本科幻杂志，腰上系着长袖外套，右手看似是在摆弄着手机，实则一双眼紧紧瞟着门口的形势。车厢里人多，彼此站得很密，这小伙儿在人多拥挤时，手臂总会下意识压在其他人的肩上或抵在胸前，双肩忽高忽低，双臂时抬时放。郭聪略微一瞄便心中笑道："这小贼想来也是初出茅庐，这举止打扮，哪哪都挂着相。"说白了，小偷行窃未思进先思退，挤人堆儿的时候都习惯压着肩膀站，这样跑的时候才能在最快的时间分开人流。他腋下那杂志是卷了个筒儿，书页表面隐隐有一轻微的长条凸起，看尺寸应该是个镊子。

郭聪起身，分开吵嚷的人群，走到那小伙儿身前，笑着说道："拿出来吧？"

"你说什么？"

"手机啊！你刚偷的手机！"

"你……你别血口喷人啊。你是干什么的啊？"小伙儿急了眼，红着脸大喊。

"你敢不敢把你这本杂志打开，让大家看看里面夹着的是个什么东西？"

"我……我的东西，凭什么给你看啊！你有什么权利啊！"小伙儿梗着脖子推了郭聪一把。

这时，车里已经有人开口劝那小伙儿自证清白，可那小伙子就是不肯。丢手机的男孩虎着脸，拉着小伙儿不放手。这时地铁到站，那小伙儿猛地一挣，推开了小男孩的手，将一个老大爷往郭聪怀里一撞，趁着郭聪搀扶的当口，一扭身挤出了车门，拔腿就跑。车内众乘客纷纷高喊"抓小偷"，巡逻的地铁工作人员听见叫喊，尾随其后便追。郭聪一看这形势，知道那小伙儿绝对跑不出地铁站，当下微微一笑，坐回到了座位上，思考着稍后约会时表白的措辞。

"热带植物园"是本线路地铁的最后一站，四十分钟过去了，车厢里的乘客渐渐减少，直至剩下最后三个人。说来也巧，剩下这三个人，正是郭聪、那个公司女文员和谢顶的酗酒胖子。郭聪坐在左面这排，那两个人并肩坐在了右边那排。女文员从坐下开始，便叠起右膝盖，将手肘拄在上面，托着腮瞧看郭聪，一边瞧一边浅笑。郭聪初始时不以为意，直到那女子看着他笑了两站地，他才有些迷茫，扭头照了照反光玻璃，摸了摸自己的脸，又左右看了看，确定了一下自己的脸上身上没什么异样且周围除了自己并没有别的人。

"请问，您……是在笑我吗？"郭聪试探着问道。

"是啊！"女文员点了点头。

"呃……您在笑什么？"

"我在笑……百步识人也有看错的时候。"

郭聪闻言，怵然一惊。女文员晃了晃脖子，坐直了身子，伸手往脑袋顶上一揪，摘下了一顶假发，伸手往风衣口袋里一摸，掏出了一部手机。一点屏幕，锁屏壁纸赫然是那个丢手机男孩的自拍！

"是你？"郭聪瞪圆了眼睛。

女文员甩了甩头，整理了一下齐耳的短发，掏出一张纸巾，在鞋尖儿上一抹，擦掉了墨粉，随后指着自己的风衣袖口说道："墨粉，你捕捉的信息是墨粉对吧！你据此推测我包里装的是墨盒，但是你忽略了一点，那就是重量，一个女人提着五盒墨粉，不该如此轻松的。"一边说着话，女文员一把拉开了手提袋，从里面掏出了五只空的长条硬纸盒。

"你还观察我这根挂绳了对不对？可它仅仅是一条绳子而已。说白了，你能捕捉的一切信息，都是我投放给你的。从一开始，你就错了。什么百步识人，不过尔尔。"

女文员伸手一拉，从兜里拽出了那半截挂绳，只不过绳子的尽头什么都没有拴。

"你……"郭聪嗫嚅了半响，没能憋出一个字。

此时，恰逢地铁到站，那个谢顶的酗酒胖子站了起来，女文员伸手将男孩的手机递到了他手里，笑着说道：

"把手机还回去。"

"好的！"胖子一点头，带着一抹诡笑走出了车厢。

"你们……是一伙儿的，你们这是为了什么？"

"不为什么。只是好奇，想看看陈三河传下的本事会不会出错。"

女文员笑得很温和。

"你认识我师父？"

"算不上认识吧，2003年他到意大利交流学习，我那个时候在罗马留学，大使馆安排我给他当了三天翻译。十几年过去了，我仍然对他讲的那节《人员风险信息研判与逻辑分析概论》的课记忆犹新，那是怎样精彩的一个人啊……"女文员歪头看向了窗外，满目感叹。

"你今天找我，怕不仅仅是为了作弄我这么简单吧。"

"当然，我这次回滨海，是来投资做买卖的。"

"买卖？什么买卖？"

"当然是大买卖，难不成我千里迢迢、漂洋过海的到这儿就为了偷个小孩的手机吗？"

"大买卖，有多大？"郭聪定定地望着女文员。

"多大不好说，但我敢肯定，我的手笔肯定比潘先生大。"女文员轻轻一笑，露出一口整齐的牙齿。

一听"潘先生"这几个字，郭聪瞬间了然，瞳孔一缩，张口说道：

"你们是一路人？"

"干的是同一行，但算不上一路人。物竞天择，适者生存，你可知道何谓猛兽？何谓牛羊？"

"好家伙，图谋违法犯罪还上升到理论高度了？愿闻其详。"郭聪被气得隐隐发笑。

"牛羊者，战战兢兢，束手束脚，遇追则逃，遇围则躲；猛兽者，砥砺爪牙，斗智斗勇，遇追则扑，遇围则突。潘先生是牛羊；我，是猛兽；而你……则是一颗钉子。"

"你知道你在说什么吗？"郭聪的声音低沉而笃定。

"我当然知道。这个钉子啊，可以扎自己也可以扎别人，全看你怎么用。潘先生没摆布明白，扎了自己的脚，而我……不同。"

女文员掏出手机，解锁屏幕，点开了微信的聊天视频，并将它递到了郭聪眼前，屏幕里有一道郭聪熟悉至极的身影正在热带植物园的门口徘徊。

是张瑜！

"你……"郭聪攥紧了拳头，"腾"一下跳了起来。

"别紧张！大家都是文化人，何必这么野蛮，你帮我办件事，我保准不碰你的心上人。还有一点，此事你知我知万不可教第三人知，否则这位叫张瑜的小姑娘可就……大家都是明白人，很多血腥暴力的事没必要说细节，怪倒胃口的。干我这行的人都是什么作风，你应该最了解。"女文员收回手机，示意郭聪伸手过来。

"你什么意思？"郭聪很是戒备。

"借手一用。"女文员掏出一支钢笔，在郭聪手上写了一行地址，伸手握住郭聪的五指，将其回卷成拳，并笑着说道，"攥好了，这可是一条人命。"

正当时，地铁驶出地下，跃过桥梁，即将缓缓靠站，女文员一指门口，幽幽说道："你该下车了。"

郭聪扭头要走，女文员突然好像想起了什么，张口叫住了郭聪，从怀里掏出一张名片，递到了郭聪手里，柔声说道：

"忘了自我介绍，我叫宋雨晴。"

"宋雨晴？"

"对，我姓宋，名雨晴。东边日出西边雨，道是无晴却有晴。"

女文员一指窗外，恰逢小雨渐歇，浓云散去，夕阳染黄半边天空。郭聪狠狠地一捏名片，在她的注目下小跑着下了地铁，直奔手上的那个地址而去。

港滨十七路9号，那是一家仓库。郭聪出了地铁站，恰巧看见一辆出租车停在路边。郭聪拉开车门，坐在了副驾驶位。

"师傅！向北走。"

到了约定时间，张瑜在热带植物园门口等了许久也不见郭聪，心里又急又气，接连给郭聪打电话。郭聪坐在出租车上看着来电显示，满脑子都是宋雨晴的话。

郭聪知道，宋雨晴的人就在张瑜附近。张瑜是个装不住事的急脾气，喜怒皆形于色，一听郭聪这出了事，势必着急。一旦被宋雨晴发觉郭聪说漏了嘴，张瑜可就危险了。所以这电话，郭聪不能接。

"嗡嗡——"郭聪的手机一直在振动，搅扰得他手心里全是冷汗。

"师傅，靠边停！"郭聪一摆手，让司机停车。

"多少钱？"

"不要钱。"

"你说什么？"郭聪愣住了。

"不要钱，宋总向你问好。"司机扭过头，向郭聪咧嘴一笑。

"你……怎么知道我会坐你的车？"

"我一直在站口等你。就算你不坐我的车，下一辆的司机也是我们的人。你一路上没打电话也没发信息，宋总说你是个聪明人，会晓得什么时候该说话，什么时候该闭嘴。前面就是目的地，给你的惊喜就在里面。"司机一推郭聪，塞给了他一张通行卡并将他赶下车，一打方向盘，将车辆掉头，迅速离去。

郭聪抬头看了看仓库大门的标识——诺斯第安物流集散仓储中心。

"嘀——"郭聪用司机递给他的那张通行卡在员工专用人行通道的闸机上一扫，指示灯亮起自动放行，屏幕显示卡片的主人工作所属仓库为02区A仓，工号73511。收好通行卡，郭聪走进仓库场院，向左一瞥，将指示牌上的消防地图印在脑中，快步朝着02区的方向跑去。

02区分左右两间库房，A仓门外挂着"装卸完毕待清扫"的指示牌，郭聪向四周望了望，抬腿跨过指示牌，将人行的角门拉开一道缝隙，侧身钻了进去。

仓内没有顶灯，只有左前方亮着两点不断弹跳的双闪车灯。郭聪眨了眨眼睛，适应了一下仓内的光线。为防遭人暗中偷袭，郭聪背部向后一贴，挨在了墙上，绕着四壁，缓缓向闪光处靠近。仓内面积很大，从左到右停了十几辆集装箱货车。这间仓库是外贸货物通关后的一处转运仓储场地，进出的货车都是集装箱牵引车，分全挂和半挂两种：挂车的前面一半搭在牵引车后段上面的牵引鞍座上，牵引车后面的桥承受挂车的一部分重量叫半挂；挂车的前端连在牵引车的后端，牵引车只提供向前的拉力，拖着挂车走，但不承受挂车向下的重量叫全挂。此处仓库主要中转的是集装箱货物，故而仓内停放的都是半挂车，全都一字排开，背对仓储区，集装箱门打开，箱口高度和卸货平台保持水平。郭聪点开手机的辅助光，向几个集装箱内照了照，发现有的箱子关着门，上面贴着卸货的计划时间，有的是明天有的是后天，还有的箱子已经被搬卸一空。

郭聪在仓内绕了小半圈儿，小心翼翼地兜到了那辆开着双闪的车头边上，手拉车门向上一撑，将脸贴在了车玻璃上，用手拢着前额往里一瞧，只见驾驶位上正坐着一个中年男子。

"当——当——"郭聪敲了敲玻璃，那中年男子没反应。郭聪一皱眉头，直接拉开了车门，向那中年男子肩膀上一拍，却不料那男子随着这一拍的劲儿，身上好似没有骨头支撑一般，脑袋一耷拉，软软地趴在了方向盘上。

"嘀嘀——"一阵尖利刺耳的喇叭声响了起来。

郭聪吓了一跳，赶紧将那中年男子扶了起来。

"司机师傅……"郭聪伸手在他颈下一摸，发现这中年男人早已没了脉搏，再低头一瞧，只见他心口上正扎着一柄十字改锥，出血浸透了他的外套，染了郭聪一手的鲜红。借着明暗不定的光线，郭聪一瞧那中年男子的相貌，霎时间惊出了一身冷汗。

这个人他认识！

这是个圈套，针对他的圈套。

郭聪长出了一口气，定下了心神，扭头一瞥，骤然在黑暗中发现了一个红色的光点，那是货仓内的监控器。

"踏踏踏踏——"货仓门前响起了密集的脚步声,刚才的喇叭声引来了仓库的工作人员。郭聪关好车门,轻轻跳了下来,趴在地上,悄悄地滚到了车底,两手向上一拉,抓住了底盘的钢筋焊接,将身子拔起,向上贴去。

"咣当——"货仓的门被两个货仓的工作人员推开。

"那谁的车,卸完货怎么不关双闪呢?"

"不知道啊!看车牌子是老陆的!老陆呢?刚才吃饭你看见他没?"

"没有啊!"

两人越走越近,没跑几步就走到了车前。

"你看,那不在车里闷着呢吗?"

"老陆啊!"一个工作人员爬上车敲玻璃,一拉车门,尸体"砰"的一下顺着车座子大头朝下地就栽到了地上。两个工作人员看见血,吓得都傻了,憋了半天,才发出一声瘆人的尖吼:

"啊——死人了——"

"别喊了,快报警啊!"

俩人跌跌撞撞,一前一后跑出了仓库,还不忘回头把仓库门给锁死了。听见两人出门,郭聪从车底钻了出来,掏出手机,扫了一眼,屏幕上足足挂着张瑜42个未接来电65条信息,最后一条微信写的是:"郭聪,你就是王八蛋,我再也不想看到你。我回单位,陪邓姐加班。"

旅检一科资深情感专家魏大夫曾经对郭聪说过:"女人都是口是心非,嘴上虽然说着不想搭理你,但是心里却还是希望你能找上门去哄去求去道歉的。"张瑜的后半句本来是为了让郭聪能找到她在哪儿,好去恳求道歉,可是郭聪心里压根儿没往那茬儿上想。他一看张瑜去了单位,心里一喜,暗道了一声:"她既然到了单位,想来应该是安全的。"郭聪拨了一个号码,左手举着手机,右手抓着门把手,又爬进了牵引车的驾驶室。

"嘟嘟——"电话通了。

"喂,聂关吗?我是郭聪啊……"

"我知道是你小子,今儿这会约得怎么样?说实话,是不是相当哇噻?我可以以一个过来人的身份,明确地告诉你,千万别以为约完了会就大功告成,这才万里长征第一步,你得挑好听的说,比如你今天不是带了瓶葡萄酒吗?你就问她:你知道什么酒最好喝吗?她一摇头,你就说:最好喝的酒是你和我的天长地久……"电话另一头传来了滨海关聂鸿声聂关长的笑声。

"哎呀呀!聂关啊!别整土味情话了,我出事了!"郭聪的话里满是急切和沉重,聂鸿声下意识地一愣,正色言道:

"怎么了?"

"有人给我下套,把杀人的帽子扣在我脑袋上。"

"下套?谁!"

"我只知道她叫宋雨晴,她给了我一张名片,名片上写着她是奥莱国际贸易有限公司的总经理。这个套儿我目前解不开,人证物证俱全,有视频有监控。"

"说你杀人,也得有动机啊?"

"有动机!死的那个人是陆朝晖。"

"什么?陆朝晖!你不会……"

"聂关!这什么时候啊!你得相信我!真不是我,我都不知道他出狱了!"

这个陆朝晖原本是个大货车司机,数年前在潘先生的策划下,故作酒醉当街制造车祸,撞死了郭聪的师父陈三河。只可惜当时证据不足,无法定他故意杀人的罪,只判了个交通肇事,按酒后、吸食毒品后驾驶机动车辆的"有其他特别恶劣情节",在三年以上七年以下有期徒刑的量刑标准内,判处他四年零十个月的有期徒刑,且由于在狱中表现良好,认真遵守监规,接受教育改造,确有悔改表现,符合减刑条件,故而提前得以释放。当年为了陈三河,郭聪死咬陆朝晖不放,这事儿尽人皆知。在陆朝晖宣判的当天,郭聪控制不住情绪,在庭上大喊:"陆朝晖,杀人偿命,我不会放过你的！"只不过后来幕后主使潘先生浮出水面，使得郭聪的注意力全放在和潘先生斗智斗勇上，一时间竟然忽略了这个陆朝晖。

"喂，聂关，你在听吗？"

"在！"

"我的时间不多了，我还在现场，我要尽可能地捕捉一些线索。我这麻烦是小事，但这个宋雨晴不得不防，她的手笔绝不小于潘先生。您给我一周时间，搞不搞得定我都自己去公安局报到……"

"你小子是不是疯了？"

"我没疯，束手待毙肯定会错失良机，我不知道这个宋雨晴要搞什么手段，咱们最好一明一暗双管齐下。"

"一周不行，就三天！"

"五天！"郭聪着了急。

"两天！"

"四天！"

"一天！"

"好好好，别减了，您够狠，就两天！两天时间，行不行我都去公安局报到，如有需要，我单向联系你。"

"行，奥莱国际外贸公司对吧？你查人这条线，我找专家追货这条线。"

"专家？哪个专家？"

"董皓。"

"董皓？您找那孙子干吗？"

"打住，都是自己同志，你说话文明点儿啊，年纪轻轻不学好，单就不说脏话这一点，人家董皓就比你强。"

"你乐意找谁找谁！"郭聪听见"董皓"二字，心里没由来的一阵憋闷，直接挂掉了电话。通话结束前，郭聪还依稀听见聂鸿声在电话那头嘟囔：

"关里的本事人多了去了，离了百步识人的郭聪，我还有观海听涛的董皓……"

"哼——"郭聪出了一口闷气，关掉了手机，爬上了另一辆牵引车，将手机藏在了驾驶位的车座底下。

藏好了手机后，郭聪跳到了地上，开始细细地打量陆朝晖的尸体。首先，死者身上的衣衫没有撕扯滚打留下的褶皱和破裂，这说明死者对凶手没有防备。尸体胸口的十字改锥沿右下向左上插入，这个角度可以推断当时凶手不是前扑攻击，也不是背后偷袭，而是并排坐在死者的右手边，突施辣手。凶手很专业，这一击是从胸骨的缝隙里插入的，所以死者瞬间毙命。死者的外衣下摆有烟灰。郭聪用手指捻了捻，转身爬上了死者的驾驶座位，低头在刹车踏板附近摸索了一阵，拾起了一根烟，整根烟只有烟头处稍微有灼烧的痕迹，用手指肚挤压了一下，犹自带着些许温热。郭聪将烟凑到光下，在过滤嘴附近找到了两个烫金的印刷字"玉溪"。随后，郭聪又在死者的身上摸索了一阵，没找到手机，却翻出了一包红塔山。这说明半根儿玉溪不是死者的。根据以上细节，郭聪可以推断，凶手是死者的熟人，上了车，坐在副驾驶位，给死者点烟，借着死者弯腰低头伸颈的一瞬间，将改锥捅进了死者的胸腔。

公安局出警的效率还是那么快，不到五分钟，仓库门外已经响起了警铃。郭聪将那根烟收好，揣进了上衣兜，一伸手拔下了挡风玻璃上粘着的行车记录仪，却不料那记录仪安装得颇为复杂，电源接口是破线连接在车顶的。郭聪没时间细细拆卸，只能一伸舌头，吐出了嘴里藏着的陶瓷刀片，直接将线割断，简单地将电线的断茬儿塞进了遮阳板里，赶紧离开驾驶室，钻到了旁边另一辆车的车底，并藏好了身形。

"踏踏踏踏——"密集的脚步声响起，十几个人涌进了货仓，其中有警察、有目击的那两个工作人员，还有仓库的负责人。警察那边带队的人一说话，郭聪就听出了声音：正是老熟人，滨海市公安局港口分局刑侦支队的岳大鹰！

两个目击的工作人员向岳大鹰叙述着案发经过，随队的警察迅速地记录并且着人勘验。拉好了警戒线，将事发现场圈定，让仓库负责人将勘验排除的无关车辆驶离，清理周边货物，并将此处仓库做封存处理。

郭聪藏在车底，随着驶出仓库的车辆一起离开了现场。待到车辆在新的停车区停稳后，他悄悄地从车底爬出，借着夜幕昏暗，缓缓向监控室移动。

岳大鹰在仓库里转了一圈，也发现了上方的红外线摄像头，扭头问道："监控开着吗？"

"开着呢！都连着监控室呢！"仓库的负责人赶紧答话。

"监控室有人值班吗？人是下午四点半下班，但机器二十四小时录像。"

"带我去！"

与此同时，二楼监控室的墙外，郭聪脚踩着空调外支架，爬到了窗户边，卸下了防虫的纱窗，轻手轻脚地摸进了监控室。监控室内没有亮灯，郭聪借着窗外的微光坐到了电脑前面，点开监控录像向前快进。

录像显示，下午三点四十二，陆朝晖开车驶入02区A仓卸货。四点五十一分，A仓所有货物装卸完毕，所有司机下车，晃晃悠悠地出了仓库，三五成群地奔向食堂方向，陆朝晖赫然在内。同时，货仓门挂置了"装卸完毕待清扫"的指示牌。五点三十分，陆朝晖一个人悄悄地回到了A仓门外，抽了根烟，徘徊了一阵，从人行侧门飞快钻了进去。从那以后，再也没有其他人进入。五点四十五分，郭聪进入A仓，爬进陆朝晖的货车驾驶室，监控清晰地拍摄到了后面一系列的情形，且清晰无比地记录下了郭聪的脸。

"两种情况，一是有人在视频上做了手脚，二是那凶手一直藏身货仓，哪怕是在案发前后也没有进出。"郭聪来不及细想，暂时假定了两种可能。

突然，走廊转角的灯亮了，郭聪知道肯定是岳大鹰发现了A仓内的摄像头,赶过来查看监控录像。

"得赶紧走!"

郭聪起身,顺手抓走了监控室门后挂着的一套工作服,顺着窗户钻了出去,并且回身上好了防虫纱窗,顺着空调架子爬到了地上,弯腰躬身,钻过灌木丛,在摄像头的监控死角脱了外衣扔进垃圾桶,穿好工作服扣上帽子,压低帽檐两手插兜,大摇大摆地向大门走去。

与此同时,岳大鹰走进了监控室,刚一进屋就注意到了微微进风的窗户。

"你们这儿人走后不关窗户吗?"

仓库的负责人张口答道:"楼里新做的装修,估计是我们员工嫌味儿大,留着窗户通风的。"

岳大鹰走到窗台边,伸手一摸,捻了一手细土,再一瞧防虫网,不由得沉声喝道:

"不对!防虫网四周的铁片卡扣有新划痕,不久前有人拆卸过,看卡槽弯折的方向,人是从外面来的,窗台有灰尘正常,但是不该有细土,窗户下面是灌木花坛,那人从下面爬上来的。电脑打开,我看看监控⋯⋯"

两分钟后,岳大鹰顶着一头冷汗,眼前一黑,不由自主地向后一栽,直挺挺地坐在了椅子上,喃喃自语道:

"是⋯⋯是郭聪?这⋯⋯"

岳大鹰掏出手机,给郭聪拨电话,却发现郭聪关了机。正要再打,警队同事的电话插了进来:

"岳科,死者身份查出来了,死者名叫陆朝晖,大货车司机,今年五十三,刚刚刑满释放。"

"刑满释放?他犯的是什么事儿?"

"醉酒驾驶致人死亡,据案卷显示,他当街撞死了一个海关关员,定的是交通肇事罪,判了四年零十个月⋯⋯"

"等等,海关关员?叫什么名?"

"陈三河！"

"陈三河？"岳大鹰的脑子里"轰隆"一声响了一个炸雷，作为郭聪的朋友，他不可能不知道陈三河是谁。

"哎呀！郭聪啊郭聪，你糊涂啊。你怎么能……不对不对，郭聪不可能做这种事……但是现在这些证据分明又都指向他……"

"岳科？岳科？你说什么？"电话里汇报的警员没听清岳大鹰的话。

"没什么！我去联系滨海关，你发通告，目标嫌疑人锁定邮轮母港旅检一科科长郭聪。让弟兄们打起精神，他若真心想逃，找他怕是不易。"

"哒哒哒——哒哒哒——"郭聪调整手上的腕表，定了三个闹钟，距离他与聂鸿声约定的报到时间还有48个小时。郭聪是旅检出身，查人是好手，仓库一行，他已经捕捉到了好几条关键线索，现在他需要将这些线索一一验证。虽然只和宋雨晴见了短短的一面，但是她却带给了郭聪前所未有的压力，此人谋划之深、布局之大、计算之精都远远超出了郭聪的想象。尽管郭聪面上不愿承认，但是他心里明白，单凭他一个人是无法搞定这一切的。宋雨晴注册了一家贸易公司，她是要在海运货物上干大手笔。郭聪学的是旅检识人的本事，海运贸易上并不见长。他需要一个帮手，这个帮手要足够专业、足够敏锐、足够精准。

放眼滨海关，董皓无疑是年轻一辈里最优秀的。他能从单据中分析线索、从数据中查找纰漏，他的脑子里装着全球各大港口的进出并能精确地绘制每一家船公司的班轮轨迹，诸般货类一过眼，便知涨跌、风险、原产地、税率、汇价、起运国。这项业务，干到极致，行内有个名目，唤做：观海听涛。这四个字儿本来是说老渔民出航，一看水色便能知风浪深浅。后来慢慢地用在了海运上，意思就是说：别看海运贸易错综复杂，但其中自有能人高手，查来验往无有不准。

只不过，自古文无第一、武无第二，越是拔尖儿的人越是争强好胜，郭、董二人亦无例外。

第二章　术业有专攻

滨海关办公大楼五层，聂鸿声背对窗子坐在桌前一言不发，在他对面坐着两个人，一个是滨海市公安局的魏局长，另一个是滨海市公安局港口分局刑侦支队的岳大鹰。

"老聂啊，这都小半个钟头了，你倒是吱个声啊！"魏局长不耐烦地敲了敲桌子。

"公归公，私归私。老魏你既然想合作，总要拿出诚意来吧，既然想联合办案，起码共享一下信息吧。"

"共享信息不是不可以，但是我对你们这边专案人员名单有意见。"

"你有啥意见？"

"里面缺个人。"

"缺谁啊？"

"张瑜！郭聪的女朋友张瑜！姓聂的，你别跟我打马虎眼。郭聪现在玩失踪，整个滨海市，他最有可能联系的就是这个张瑜，不放在眼皮底下盯着我不放心。"

魏局长开门见山，掏出怀里的钢笔，在桌子上的名单底下写上了张瑜的名字。

"她刚入行，业务上就是个新手，帮不上忙。这样，一旦郭聪联系了张瑜，有什么消息我直接转述给你不就得了。搞专案这种事，带一小姑娘,怕是不方便吧。"聂鸿声皱着眉头,语气里满是抗拒。

"我用不着你转述,我要拿第一手的消息。虽然我也不相信郭聪杀人,但是现在各种证据都指向他,所以我必须得逮他,你明不明白?"

"那你就去逮啊!你上我这磨叽什么啊,你查你的,我查我的,有本事咱谁也甭搭理谁!"聂鸿声一拉脸,把头扭了过去。

"嘿哟,老聂你这是刚我呢是吧!我丑话说在前头,我手里也有不少信息,你我合作事半功倍。"

聂鸿声站起身,在地上徘徊了好几圈,踌躇了很久,抬头说道:"张瑜可以加入,但是有一点我要说明白。"

"你说!"

"外勤行动,她不能参与。我这人心理素质差,老葛刚走,万一再有谁出个闪失……我直接就得抽过去,你信吗?"

"没问题。"

"好!那咱们就说定了,我这边三个人,分别是我、董皓和张瑜。你那边是你和岳大鹰。十分钟后,咱们五个开个碰头会。"聂鸿声长吐了一口气,推门走出办公室。

十分钟后,小会议室,五人齐聚。

一头雾水的张瑜满脑子都是郭聪为什么不接电话,迷迷糊糊地被聂鸿声带进了会议室。除了岳大鹰和魏局长之外,在靠门的座位上还坐了一个三十出头的高个儿男子。据聂鸿声介绍,这人叫董皓,是企管二科的科长,借调培训中心讲了半年课,昨天晚上连夜被叫了回来。

董皓和郭聪年纪相仿,都是关里年轻一辈的翘楚,只不过张瑜入关时间短,还未曾见过他。此时一见,情不自禁地将他和郭聪做了一个比较。说实话,董皓给人的第一印象远胜郭聪,除了温和有礼之外,他的谈吐也更热情熨帖,不像郭聪,一看就是个刺儿头。董皓的十指很纤细,指甲修剪得很整齐,眼镜的镜片擦得很干净,衬衫的袖口洁净如新。喝矿泉水之前,会事先用面巾纸擦一擦瓶身。制服的裤子上有两条明显的裤线,皮鞋上不落一点灰尘。董皓随身带了一个日记本，打开来放在桌上之前，他下意识地用手摸了摸桌边，这一切都说明他是有轻微的洁癖。本子里夹着一支私人的钢笔，本上的字迹娟秀整齐，尽管记录的文字密密麻麻，但都清一色地"左对齐"。会议室的矿泉水都摆放在座位左上角，董皓喝完水之后，随手便将矿泉水瓶放回了原位，并且主动用眼睛瞄齐，从这儿可以看出他的强迫症很厉害。

张瑜正待进一步观察，董皓却蓦地抬起了眼睛，看着张瑜笑道："怎么？在百步识我吗？"

"呃……没有……"张瑜脸上一红，赶紧低下了头。

董皓盖上了钢笔帽儿，压低了嗓子歪头问道："听说，你是郭聪的女朋友？"

"我……是……还不是……"张瑜从脸红到了脖子。

"郭聪这种人还能有女朋友？"董皓看着张瑜的神态，满脸的不可置信。

说者无意听者有心，董皓这话一说，顿时将自己在张瑜心里不错的印象毁了个稀碎。

"你怎么背后说人坏话……"郭聪纵有一百个不是，张瑜也听不得别人背后说他。

"当当——"聂鸿声拍了拍桌子。

"人都齐了哈，今天开个会，从现在开始，9·15专案组正式成立，大家都是老相识了，我和魏局就不做介绍了。至于为什么叫9·15呢，大家看投影，听魏局给大家介绍。"

众人一静，坐得笔直，魏局站起身一指屏幕，沉声说道：

"这是案发现场的照片，9月15日，也就是今天。在两个小时前，港滨十七路9号诺斯第安物流集散仓储中心02区A仓内发生了一起谋杀案。死者是该物流中心雇佣的运输司机，名叫陆朝晖。监控录像记录下了死者遇害前出入案发现场的人员，目前初步锁定犯罪嫌疑人为滨海关旅检一科科长……郭聪!"魏局语气一顿,点击屏幕,将录像画面拉近,仓库的高清探头下,郭聪的五官清晰可见。

"这……"张瑜心脏猛地一收缩,脸色煞白,手心里全是冷汗。

聂鸿声瞥了一眼张瑜,示意她少安毋躁。魏局又在屏幕上换了一组图片,继续说道:

"我们调取了市里各处的监控,筛选出了郭聪的行动轨迹。他是在去往热带植物园的地铁上突然在前一站下车,打出租赶往案发现场的。据地铁站的录像画面显示,郭聪在上地铁前,打扮得西装革履,一手拿着红酒,一手拿着玫瑰,这个样子并不像是有计划地要去杀人的状态。看上去更像是去约会,对吗?"魏局说着话,眼神若有若无地瞥向了张瑜,显然在此前他已调查充分,做足了功课。

"对的!郭聪今天……和我约在热带植物园见面,我可以做证。"张瑜下意识地站了起来。

"小张,没事,你先坐下。"聂鸿声招了招手,示意张瑜坐下。

魏局咳了咳嗓子,一指屏幕:

"所以说,他一定是在地铁上发生了什么事,或者是他遇到了什么人,或者是接到了什么电话,导致他中途改变了主意,由去约会变成了改道杀人。十五分钟前,我们调取了郭聪的往来通信和电话记录,并没有发现在他乘地铁的时间里有任何除了和这位张瑜同志以外的通信。所以,我们基本可以断定,郭聪一定是在地铁上发生了什么事或者遇见了什么人。死者陆朝晖相信不需要我多做介绍了,大家对他的情况基本了解,可以说郭聪和陆朝晖之间素有恩怨。陆朝晖出狱的消息没有在电视广告、报刊、手机等任何媒体渠道投放,所以郭聪一定是在地铁上遇到特定的某个人,而且是这个人将郭聪指向了陆朝晖的所在。接下来的情况,请聂关继续介绍。"

聂鸿声起身,走到了屏幕边上,点开了数张照片,指着照片里的人像说道:

"这是意大利海关发来的一份文件,照片里这个女人名叫 Sofia(索菲亚),是罗马一家制药企业的实际投资人。意大利海关有充分的理由怀疑这个 Sofia 长期从事并在至少 5 年时间里主导了 32 起走私生意,但是这人做事布局极为精密,从不留半点痕迹,以至于意大利海关没有任何证据能将她告上法庭。一个月前,这个 Sofia 从邮轮母港入境,以中文名宋雨晴在滨海市开展商务活动,注册了一家奥莱国际贸易有限公司。董皓,这家公司的情况你了解吗?"

这是第一次专案会议,在此之前,董皓完全不知道发生了什么。聂鸿声临场出题,直接问董皓该公司的情况,试想我市从事外贸及相关产业的公司和从业经营机构将近 28000 家,董皓再是精干,怕是仓促之间也答不全面吧。

"老聂,搞专案要精细,要不稍后让董科长形成一个文字材料吧……"

魏局这话还没说完,董皓那边一抬眼,张口答道:

"奥莱国际贸易有限公司注册资本 24000 万(美元),实缴资本 18000 万(美元),法定代表人高燕来,统一社会信用代码 373300062 9916195N……成立日期 2019-08-30,企业类型为有限责任公司。注册地址为滨海市经济开发区航运六道 217 号,经营范围主要有货物贸易和服务贸易两个方向。货物贸易方面主要经营机电产品、机械设备、金属材料、陶瓷制品的进口销售;服务贸易方面主要为进出口商品的品质、卫生、安全质量检验,进出口商品的数量鉴定包括衡器计重、水尺计重、容量计重,以及整批货物和包装内货物的数量、长度、面积、体积鉴定以及进出口商品的承运船舶宣布共同海损后的海损鉴定,也称积货鉴定。"

"这……这都行……"魏局被董皓这一手彻底震住了,惊得目瞪口呆。聂鸿声抽了抽鼻子,呷了一口水,一脸得意却故作谦虚地笑道:

"我们这个同志没什么优点,就是记性好,人称'会呼吸的大数据'。见笑见笑,献丑了啊!"

魏局耳听聂鸿声不住地炫耀显摆，满脸厌烦地白了聂鸿声一眼，身子一趴，将胳膊拄在了桌子上，一伸脖子凑到了董皓眼前，正色问道：

"小伙子，你现在一个月工资多少钱？我们去年底刚调了补贴，工资上浮了800块，我这儿手底下正缺一个……"

"打住！你干吗呢？老魏你这就过分了吧，我人可在这儿站着呢！当着我的面挖墙脚，你也太直接了吧。"聂鸿声往前一站，挡在了董皓前面。

"董皓是吧，我记住你了。"魏局冲董皓挤了挤眼睛，一扭头走回到大屏幕前，继续说道：

"咱们接着说这案子，根据前面对郭聪行动轨迹的判断，我们得出了他在地铁上曾经接触过特殊人的结论。为此我们调取了他乘车站的监控录像，确定了他所在的车厢位置，并且在对沿途各站的上下车人群进行了人脸比对后，我们意外地发现了这段视频。"魏局轻轻双击了一下电脑，屏幕上开始播放截取的监控录像，画面显示这段录像出自热带植物园站的出站口。这里是终点站，出站的人不多，郭聪乘坐的那节车厢只有一个女人下车。她下车后没有立即出站，而是整理了一下头发，慢步走到了监控摄像头的下面，扬起脖子，冲着探头绽放了一个明媚的笑容，深邃的双眸里闪动着幽暗的微光。

就在笑容定格的一瞬间，魏局点开了聂鸿声刚才播放的意大利海关发来的档案照片，这个女人赫然就是Sofia，中文名宋雨晴。

"这……她在干什么？"张瑜吓了一跳。

董皓一边在指尖转动着钢笔一边回答：

"我觉得，她这就是在挑衅。"

聂鸿声摆了摆手，幽幽说道："情绪上的事咱们先不谈，咱先看看案发现场的照片，大家谈谈想法。岳科长，麻烦你来介绍一下。"

岳大鹰点了点头，站起身走到屏幕边，向专案组的众人介绍他勘探案发现场的一些情况，主要包括血迹的分布、凶器的鉴定、仓库的摆设等。

"等一下！"董皓缓缓起身，扶着眼镜盯着屏幕的左上角。

"岳科长，劳驾您将那张照片放大，我想看看陆朝晖车上载的那个集装箱的箱号——CMAU9128426。"

"什么？箱号？"岳大鹰虽然不知道是为什么，但是还是依言将照片放大，让那串模模糊糊的箱号呈现在了众人眼前。

董皓一手架着本子，一手执笔将箱号抄在了纸上，轻声说道：

"各位，集装箱的编码原则采用的是ISO6346（1995）标准。其箱号由11位编码组成，前三位字母是箱主，也就是船公司或租箱公司的代码，比如中远是CBH，中海CCL，弘信是TGH。本箱的前三位是CMA，代表法国达飞海运集团，第四位U代表集装箱，所有集装箱的第4个编码字母都是U。字母后面的数字是集装箱的编号。通常1、9开头的集装箱是特种箱，数字4、7、8开头的是40尺箱，2、3开头的为20尺箱。虽然你这张照片只拍到了箱子的一角，但是根据箱号的第五位编码9可以判断，这是一只特种箱。"

"特种箱？啥是特种箱？"岳大鹰问。

"所谓特种箱就是用于承接普通干货以外的货物的集装箱。简单来说吧，集装箱是个大概念，其项下包含了很多品类。按承运货物种类分，有干货集装箱、散货集装箱、液体货集装箱、冷藏箱集装箱等；按组成结构、运输用途、制作材料分，有固定式集装箱……这张照片里依稀能看出这箱子的右上角有一个低温气密标识，所以我敢断定这是个特种箱项下的冷藏集装箱，而且是设有外置压缩式制冷机组或吸收式制冷机组等制冷装置的机械式冷藏集装箱。"

董皓一口气说了好长一段话，伸手拧开矿泉水瓶还没来得及喝，岳大鹰就抛出了问题：

"您这一大堆，是想说明什么啊？"

"岳科长，我问你，照片里的箱门是开着的还是关着的？"

岳大鹰扭头看了一眼屏幕，张口回答："关着的啊！"

"关着的，那就是还没有开箱卸货，对不对？"

"对啊！这很明显啊！"

"现在是几月？"

"9月啊！"

"我市室温多少？"

"29到31摄氏度……"

"一般情况下，空气温度高，冷藏集装箱表面温度低于空气饱和温度，空气中的水汽遇到冰箱表面，就会凝结成水珠。照片里的冷箱表面不但没有水珠凝集，反而有干燥的薄尘覆盖，这是为什么？"

"那……那不就是没制冷吗！"

"没有卸货，为什么停止制冷？"董皓眼睛一亮，话音陡涨。

"这……难道说……"

"我们刚才看了仓库的监控录像，案发前后除了郭聪无人进出仓库，看似指证郭聪杀人的证据合情合理，但是如果换一个角度的话，会不会有另一种可能呢？"

"你是说，凶手早就进入了货仓，车上载的集装箱就是他的藏身地？载货不过是个幌子，让凶手接近陆朝晖才是目的！"聂鸿声张口抢答。

魏局一皱眉，低声沉吟道："虽有道理但不严密，如果他是躲在集装箱里，为什么没有拍到他钻进驾驶室行凶的影像？"

聂鸿声闻言，下意识地看向了董皓。董皓迎着聂鸿声的目光不闪不避，满眼自信地说道：

"聂关，我想看看那只箱子！"

"那还等啥啊，走啊！下楼！"聂鸿声是个急脾气，推门就往楼下跑，众人紧跟其后，进了电梯直下地库。

四十分钟后，诺斯第安物流集散仓储中心02区A仓，岳大鹰爬到卸货平台上，两手一抓扳手，正要使劲儿开门，董皓眼疾手快按住了岳大鹰:"我来吧。"

董皓上抬锁柱横杆,拽开了右侧箱门,缓慢打开5~20公分,确认无货物倒出后,将右侧箱门开启完毕后固定在集装箱侧面挂钩处,再开启左侧箱门同样固定在了侧面挂钩处。随后拍了拍手上的土,笑着说道:

"里面是什么情况不清楚,一旦贸然打开,重货倒出直接就砸人身上,两侧箱门都是纯铁焊铸的,随便一晃,扇在身上就得筋断骨折。安全生产操作守则,可都是满满的教训。"

岳大鹰挑了一个大拇指,给董皓扔了一支手电过来,董皓支着手电往集装箱里晃了一眼。

"不对啊!"董皓倒抽了一口冷气。

"哪……哪儿不对。"董皓没有回答,只是轻轻地摇了摇头,转身绕到了箱门边上,一手举着光,一手在密封的门框胶条上摸索。突然,董皓的动作一顿,脸上现出了一抹得意的笑。

"发现什么了?"魏局赶紧发问。

"这集装箱里装载的应该是拼箱货。"董皓的语气非常笃定。

"拼箱货?你系统都没查,不看单据你怎么知道是拼箱货?"聂鸿声显然对董皓的话有所质疑。

"不用看单子,看箱内的货物摆放就能判断。拼箱货,就是货主托运零散或小数量的货物由承运人负责装箱的一种方式,分直拼和转拼两种,直拼是指拼箱集装箱内的货物在同一个港口装卸,转拼是指集装箱内不是同一目的港的货物,需要在中途拆箱卸货或转船。用冷藏箱的货品大多都是生鲜,时效性强,而转拼待船时间长,运期时间长,故而冷藏箱多是直拼,即货物在同一个港口装卸。陆朝晖车上这箱子是40尺箱,内尺寸为 $12.032m \times 2.352m \times 2.385m$,外尺寸为 $12.192m \times 2.438m \times 2.591m$,体积为67.5立方米,正常装载量为58方26.6吨。因海运装船的吊装需要,集装箱内货物须配平并固定牢固,重心必须位于集装箱中心点,不得偏载。所以在它封箱门的前一刻应该是所有货物按照配平原则码放整齐的。你们可以看看现在集装箱内的货物摆放位置,明显左高右低,这是不符合配重规则的。还有,目前箱子里剩下的都是不需制冷的普货。所以我们可以推断这只集装箱在进口放行后,里面的冷藏货已在上一个收货地完成了拆箱卸货。刚才我在集装箱的门边发现,原本用于密封的胶条被人割开了好大一片,面积足够放入充裕的空气供给呼吸。如果凶手不是郭聪,而是原本就躲藏在集装箱内,那么他混进集装箱最好的时机是什么时候呢?"

"在上一站卸货的时候!"听了半天的张瑜脑子里灵光一闪,忍不住脱口答道。

"没错!"董皓两手一撑,跳进了集装箱内,拾起了地上两块破损的塑料包装。

"冷藏货主要为鲜货和冻货,鲜货和冻货对包装的要求是不一样的,鲜货的包装要通风。运输鲜货时不能使用阻碍货物空气流通的塑料包装,而应使用透气性更好的纸盒。聂关你看,这些破旧塑料内包装都是装卸过程中遗留的。所以咱们可以断定,这车里运的是冻货。港内货运区有三家冷链仓库,一家是存放待海关检验检疫的未放行货物的,两家是专门做放行货物中转的。陆朝晖拉载的这只集装箱门上海关封志已经拆除,说明这是已放行货,第一家可以排除。剩下两家里,一家是铁路整箱转运,不接受拆拼箱申请。所以只剩下一家,这家所在的仓库,就是凶手藏身的渗透地点!"

"昌华冷链。"聂鸿声应声喝道。

"没错!"董皓笃定地点了点头。

"小伙子好本事!"魏局赞道。

"您客气,术业有专攻,这是我的本行,干一行精一行,都是应当的。"董皓笑着谦虚了一句,扭头向张瑜瞥了一眼。张瑜心里明白得很,他就是在示意自己比郭聪高明。

"哼……"张瑜闷哼了一声,没有接茬。

魏局看着董皓，眼睛里的光越来越亮。聂鸿声瞧出了他的不对劲，肩膀一歪，挡住了魏局的视线。

"你瞅啥啊？"聂鸿声一脸戒备。

"你管我瞅啥？又是郭聪，又是董皓，你这儿的好苗子当真不少啊。"

"人家孩子都说了，这叫术业有专攻，我们这行得有工匠精神，讲的就一个专字。"

"专字？那你老聂专啥啊？"魏局呛了聂鸿声一句。

"我专啥？我专盯惦记偷鸡的黄鼠狼。"

"你说谁是黄鼠狼？"

"说谁，谁明白。"聂鸿声嘟囔了一句，两眼四处乱瞟。

与此同时，张瑜绕着车转了一圈，爬上了驾驶室，隐隐约约地，她总觉得这车里好像少了什么，苦思冥想了好半天，她才反应过来："记录仪，行车记录仪去哪儿了？"张瑜伸手摸了摸挡风玻璃上方的胶粘痕迹，胶还是粘的，行车记录仪刚拆走没多久。顺着胶粘痕迹向上看，只见遮阳板后头仿佛夹着半截线头，线头断茬儿极为整齐，应该是被薄刀片之类的……

"薄刀片……是郭聪！"张瑜猛地打了一个哆嗦，眼角不经意地一瞥，正看到倒视镜中现出了聂鸿声的面孔。在张瑜看向聂鸿声的同时，聂鸿声也看向了她。

"聂……"张瑜正要张嘴，聂鸿声突然若有若无地摇了摇头。

"老聂你这脖子咋了？"魏局发现了聂鸿声的异样。

"落枕了！"聂鸿声顺口答了一句，随即猛地向仓库顶棚处一指，张口说道：

"监控录像就是这个摄像头拍下的，对吧？"

"对！"

"那……咱们去监控室看看吧，刚才都是看的节选视频，这回咱们按着董皓的推论从头看看。"聂鸿声不理魏局，一马当先就往外走。岳大鹰跟了过来，在魏局耳边言道：

"这什么情况？"

魏局一哼气，压着嗓子说道："他玩儿术业有专攻，咱就使劲找郭聪，看他能翻出什么浪花来。郭聪手机定位了吗？"

"定了！一直在移动。咱的同志已经跟上去了。"

"往哪个方向走呢？一直往南，奔江苏去了。"

"不对！这作风不像郭聪的脾气，就算要跑路，聪明人都是兜圈儿跑，怎么可能走直线啊，赶紧截停！"

"是——"岳大鹰答了一声，赶紧去打电话布置任务。

凌晨三点钟，昌华冷链。下夜班的装卸工人陆陆续续从工厂出来，登上单位的班车。支在路边的移动板房上挂着"营养早餐"的广告灯。郭聪压低了帽檐，用现金买了一碗豆浆、两个肉包子。三十分钟前，郭聪在夜市地摊上花200块钱买了个二手手机，抠开从陆朝晖车上卸下的行车记录仪，拔出内存卡，插在了手机上，仔细地浏览了陆朝晖死前的行车轨迹。尽管行车记录仪的摄像头是向外拍摄的，但是录音功能却清晰地记录下了一段发生在郭聪进入案发现场前15分钟的车内对话：

"当当当——"有人敲了敲车玻璃。

"咔嗒——"车门被人拉开，一个男人坐了进来。

"胜哥……"陆朝晖讷讷地支应了一句。

"你挺能躲啊。"那个叫做胜哥的男人笑了一声。

"没……没躲。"

"我说过，你躲到哪儿我都能找得到你。"

"那是……那是……"陆朝晖说话都带了颤音儿。

"你欠那钱……"

"您容我半个月，我准来钱。"

"准吗？"

"准！准！那个……胜哥，您抽烟。"

"你这什么破烟啊，一个破红塔山，还好意思给我敬。抽我的吧，我这烟好，便宜你了。"

"谢谢胜哥！"陆朝晖惶恐得直哆嗦。

"甭谢我，谁让这年头欠钱的是大爷呢，我得好吃好喝供着你，除了你爹妈，也就我真心盼你长命百岁。来来来，我给你点上。"

"谢，谢谢谢胜——啊——呜呜——"陆朝晖猛地发出了一声短促的惨叫，随即便被胜哥捂住了口鼻。

"对不住了兄弟，你的账有人帮你清了，别怪哥哥心狠，大不了三节两寿哥哥多给你烧点纸钱，保你到了下面过上纸醉金迷的日子。"随着陆朝晖的喘息声渐渐微弱，胜哥松开了手，推开车门，迅速离开。

听到这儿，郭聪放下了手机，暗中思忖："明明这个叫胜哥的在案发现场出现过，为什么监控录像里没有他呢？思来想去，只有两种可能——一是他躲过了镜头，二是他窜改了录像。总之不论是哪一种，都和这个叫胜哥的脱不开关系。根据录音内容，陆朝晖是欠了胜哥钱的，什么钱不能光明正大地讨要，非得威逼呢？那肯定不是高利贷就是赌债。"

"老板，结账！"郭聪戴上了口罩，和老板结算完了现金，转身消失在了道路尽头。

旭日东升，城南一家修车厂，蓬头垢面的韩亮正蹲在马路边刷牙。

"呼噜噜噜噜——呸——"韩亮吐了一口刷牙水，伸手抹了抹嘴边的牙膏沫子正要起身，一只手猛地捂住了他的口鼻，不由分说地将他拖进了车库。

"呜呜——"韩亮拼命挣扎，直至那人放开了手，摘下了脸上的口罩。

"郭……郭科长……"韩亮伸头瞄了一眼。

"亮仔啊，好久不见啊。"郭聪学了一句广东腔，看着韩亮冷冷发笑。

"领导啊！我自从上回被政府处理了之后，很久没有再做水客了……我诚实劳动、合法经营，我开个修车铺，我……"

"我没说你有事，你紧张个什么劲儿。"

"啊！你不是来……啊，那啥……你喝水不啊？"

"水我就不喝了，我跟你打听个人。"

"谁？"

"胜哥。"

"我不认识。"

"你想都不想就说不认识？"郭聪眼一眯。

"不认识……就是不认识啊。"韩亮假意倒水，避开了郭聪的目光。郭聪没有继续追问，自顾自地在屋里转了一圈，伸手拎起了韩亮搭在沙发上的裤子。

"昨晚儿一宿没回来吧。"

"没……没有啊！"

"裤子上满是烟味儿，而且味道很杂，不是一种烟，你肯定去了一个人员密集且空间封闭的地方。裤子上有茶渍、咖啡渍，还有油污，你在那里吃了不止一顿饭，而且一直在熬夜，靠着抽烟喝茶喝咖啡来提神。你的眼睛里血丝很多，嗓子干哑，看样子没少喊叫。亮仔啊，昨晚你在赌博对不对？老毛病还是没改啊。"郭聪扔下了韩亮的裤子，目光炯炯地看着他。

韩亮知道郭聪眼力奇绝，再也不敢混赖，只是不住地赔着笑，嗫嚅着说道："我……我就是打打麻将，我……就是放松放松，这……这不犯法吧？"

"根据《最高人民法院、最高人民检察院关于办理赌博刑事案件具体应用法律若干问题的解释》第一条规定，以营利为目的，组织3人以上赌博，……构成赌博罪。《中华人民共和国刑法》第三百零三条规定：以营利为目的，聚众赌博或者以赌博为业的，处三年以下有期徒刑、拘役或者管制，并处罚金。开设赌场的，处三年以下有期徒刑、拘役或者管制，并处罚金；情节严重的，处三年以上十年以下有期徒刑，并处罚金。亮仔啊，你自己算算，你能不能够上。"

"我……我没组织，我就是参加。"

"那组织的人是谁？"

"是……是麻皮。"

"麻皮？他本名叫啥？"

"我不知道他本名，他网名叫麻皮，赌博的场子是他支的。他挺厉害的，不少外国人都在他那场子玩儿。"

郭聪想了想，幽幽问道："他支场子放贷吗？"

"放啊！支场子的哪有不放贷的！"韩亮下意识地答道。

"那你借过吗？"

"我……没有，我玩儿得小，输赢不多。只有那些玩儿得大的老板才借。再说了，我就这么个修车铺子，就算想借他也不能借给我啊。"

"玩儿得大的老板都借多少？"

"二十万以下，麻皮就能放。二十万以上，就得找麻皮的大哥了。具体借多少，咱就不清楚了。"

"麻皮的大哥是谁？"

"这个……我就不知道了。"韩亮的语气有些慌张。

"是不是胜哥？"

"这可不是我说的啊。"韩亮连连摆手。

郭聪思量了一阵，沉声说道："麻皮的场子什么时候营业？"

"24小时的。"

"你现在就带我去。"

"我……我……"

"别磨叽，再磨叽我直接上派出所报案，然后再放出风去，说是你捅的雷。"

"别啊领导!你这不是要我命嘛!"韩亮吓得腿都软了。

"别废话,赶紧走。"郭聪一把拎起了韩亮,搂着他的脖子出了门。韩亮有一辆二手破摩托,俩人骑着摩托,向北行去。

第三章　龙舌兰

没用上半个小时，韩亮便将摩托停在路边，指着一个挂着"旭辉二手车交易中心"的牌子小声说道："到了。"

"走！"郭聪摘下头盔，拽着韩亮就往里面走。刚一进门厅，两个看门的马仔就从柜台后面迎了过来。韩亮赶紧摸出两根烟递了上去。

"韩亮，这人谁啊！"一个马仔吸了一口烟，指着郭聪问道。

"我一朋友，也好玩儿两手，我昨儿个没少输，这不……带一高手来回回本儿。"

"得，进去吧，祝你恭喜发财啊！"马仔拱了拱手，拍了拍韩亮的肩膀。韩亮寒暄了两句，拉着郭聪穿过门厅，走过一个小院儿，踩着两层室外的楼梯，直接上了三楼。这楼从外面看就是个普通的临街门市，却不想这么曲曲折折地一绕，顿时来到了一个幽深的居民楼，而且楼内别有天地。整层四户被打穿隔断，形成了一个开阔的大空间，里面交错纵横地摆了不同的大桌，有麻将扑克老虎机、牌九台球大富翁。东边墙上挂着大电视，电视下头有一长串的啤酒吧台，电视上放着球赛，吧台上支着赌球的下注盘。形形色色的人在桌子前穿梭来去，喝酒抽烟，打牌看球，哭哭笑笑，吵吵闹闹。

郭聪在场子转了一圈，拉着韩亮一起坐在了赌球的吧台边上。

"亮仔，要不要喝一杯？"郭聪笑着问道。

"合适……合……合适吗？"

"有啥不合适的！"郭聪挠了挠头，仿佛在面对一件非常烦恼却又无奈的事情。

"那个领导，你是喝啤的还是洋的啊？"

"洋的吧，洋的上劲儿快！"郭聪摆了摆手，从兜里掏了五百块钱塞进了韩亮的手里。韩亮美得直咧嘴，走到台后头拿了一瓶龙舌兰、两个玻璃杯、一个柠檬、一碟细盐。

郭聪抽了抽鼻子，狠狠地搓搓脸，揽过韩亮的肩膀低声说道："麻皮在哪儿？"

"他在……"

"别动！别乱看！别回头！就这么说，放松点儿！"郭聪捏了捏韩亮的脖子。

"在你背后，左手边第二个屋子，就是他的办公室。"

"门板上钉着个飞镖盘那间？"郭聪没有回头，却似背后长了眼睛一般。

"对，您真神了啊！"

"神什么神？记性好罢了，算不得什么能耐。"

"您这还不算能耐？！"

"看跟谁比，跟你算，跟别人就不算。"郭聪一脸萧索地摇了摇头。

"还有人的记性比您还牛掰呢？"

"有啊，这人是我一对头，姓董……算了算了，提他就闹心，咱俩喝酒！"郭聪抬手正要端杯，韩亮眼疾手快地接了过去，先把柠檬切片，再倒好酒，将细盐撒在虎口上，先舔盐，然后一口喝掉杯子里的酒，最后再咬一口柠檬片。

"嘶——哈——"韩亮先皱眉后张嘴，长出一口气，表情既痛苦又享受。

"哎呀呀，你这酒喝得也太煎熬了。"郭聪本就不擅长喝酒，既不会喝又不能喝,一杯反胃,两杯崩溃,三杯直接蒙头睡。此刻见了韩亮喝酒的状态,心里一下子就虚了,看着桌上的酒怎么也喝不进去。

"您发什么呆啊?按我这法儿喝呀。我跟您说啊,这龙舌兰产于墨西哥。那地方的老外酿酒手艺都糙,弄出来这玩意儿又苦又涩。老外下酒不就菜,全靠这一口柠檬一口盐补充滋味儿,您就来吧!"韩亮把杯端起来往郭聪嘴边一递,郭聪一咬牙,把酒喝了进去。

"嗝——"郭聪干呕了一下,龇着牙倒吸了一口气,还没和韩亮闲聊几句,醉酒的状态瞬间就上来了。

"哎呀呀,你咋这么红啊?"韩亮吓了一跳,指着郭聪的脸惊道。

"我红吗?"

"红啊!都红到脖子了!"

"像喝多了吗?"

"像!太像了!你这眼珠子都直了!"

"我现在有点儿晕,看你有点晃晃悠悠的,你离我远点儿,我要掀桌子了……"郭聪挽了挽袖子,站起身一弯腰,"咣当"一下掀翻了桌子。

"你……要干……"韩亮正要来扶,郭聪借机一把推在他的肩头,小声嘟囔道:"你的活儿已经结束了,不想惹麻烦,赶紧走,记住了,再敢赌我饶不了你。"

"滚开——"郭聪猛地一嗓子,甩开了韩亮,装作和他不认识一般,一脚高一脚低地向大厅正中的扑克桌边走去。韩亮胆小,不敢久留,看准空子脚底抹油儿,直接开溜。

看场子的几个打手瞧见郭聪闹事,正要涌上前,只见郭聪故作不知,伸手拨开了一个刚要抓拍的赌客,一屁股坐在了他的位置上,大声喝道:"哥几个玩儿啥呢?带我一个呗。"

说完这话,郭聪伸手从兜里掏出了十几张百元的现钱,伸手拍在了桌子上。众打手一看郭聪参赌,脚步一顿,慢慢散了开来。毕竟开赌场也是做生意，有醉鬼送钱来赚，岂能不收啊。

"扎金花！打暗注（不看牌的下注，结算比例是明注的2倍），你敢来不？"桌边上一个后脑勺扎着小辫儿的青年瞟了郭聪一眼。

郭聪看了看他，又扭头瞧了瞧他对面坐着的那个光头胖子。刚才进门儿的时候，郭聪扫视全场，一眼就瞟见了这二位。他二人打牌时看似互不相识，实则手脚眉眼间全是互通有无的小动作，一看就是在专门出千下套"搭架子"。

"玩儿啊，能不玩儿嘛。我刚才在那头跟人赌球，没少输，今儿能不能回本，就落在二位身上了。来来来，抓牌吧。"

郭聪扯开了衬衫的扣子，将头上的鸭舌帽歪戴过来，一只脚往凳子上一踩，伸手就去摸牌。郭聪虽然看似聚精会神地在码牌，实则整个心思都放在这二人身上。别瞧他们看似互不相识，互不搭理，实则小动作多得厉害。没打几局，郭聪就看穿了他们之间互通有无的肢体密语：摸左耳代表抓到了豹子（三张点相同的牌），摸右耳代表抓到了顺金（花色相同的顺子），弹烟灰是有同花（花色相同非顺子），捻手指是有对子（点数相同的两张牌），剔牙缝是要弃牌，挠头是要跟注，抠脚是要加注。

于是乎，郭聪"看破不说破"，虚虚实实、输输赢赢，操纵着赌局向自己预想的结果去发展。先是输光了桌子上的钱，进而输光了兜里的钱，最后把借的钱都输没了。

"轰——砰——"郭聪满身酒气，拔身而起掀翻牌桌，红着脸大声嚷道："出老千！你们肯定出老千！"

来回走动的打手们听见声响，快步围了过来。醉酒打牌赌输了翻脸的事在此地时有发生，他们早已见怪不怪。只不过郭聪看似踉跄，实则油滑，在赌桌之间蹦跳穿梭，所到之处掀桌抬椅，闹得人仰马翻。

嘈杂纷乱之中，钉着飞镖盘的那扇木门"砰"的一下被人踹开，一个拎着西瓜刀，染着一头亮白色寸头的男子冲了出来，攥着刀把儿冲郭聪骂道：

"怎么着啊爷们儿,是不是喝了二两猫尿,不知道死字怎么写了?"

韩亮向郭聪描述过麻皮的相貌:黑脸、黄头发、细长眼、高个儿、尖下巴!郭聪瞬间确定这个人就是他要找的人。

"别跟老子咋咋呼呼的,你是干啥的啊?"郭聪从桌上抓起三五张麻将牌,劈头盖脸地砸向了麻皮。

"给我弄死他!"麻皮一声大喊,伸腿踹开了挡路的桌椅,扯开西瓜刀刃上裹着的报纸,直奔郭聪冲去。

郭聪扛起一扇桌面,顶开了两个上来围攻的打手,矮下身子一抱,扛起了一个参赌的客人。原地一甩,砸倒了一个挡路的大汉。两手一撑,跃过吧台,顺手抄起一只酒瓶子,"当"的一下就开在了麻皮的脑门子上,麻皮还没反应过来,就被郭聪压在了手下。

"啊——"麻皮手腕一痛,西瓜刀"当啷"一声掉在了地上,正是郭聪吐出了舌头底下的刀刃,轻轻地在他手腕上划了一道。

"扑通——"麻皮仰面栽倒,被郭聪抱住,二人一阵翻滚,钻到了桌子下头。

这一抱本就不是为了贴身缠斗,所以二人裹缠在一起的一瞬间,郭聪的眼睛瞬间一亮。

麻皮的袖子和衣摆带着水汽,裤腿脚湿漉漉的,衣服胸前的香味、烟味混着艾草味,头发刚吹过,发梢是干的,发根儿却是潮的。这不是此处的味道,他刚从外面回来,那个地方很暖和、很湿润……

"刺啦——"郭聪一肘打在了麻皮的肚皮上,趁着他一弯腰的工夫,指尖儿一挑,划开了他的后背。只见麻皮的后背上密密麻麻地排布着青紫色的火罐印子。郭聪摸了一下,喃喃自语道:"肯定是刚拔的,肿还没消呢。"

"潮湿、温暖、艾草、火罐儿……麻皮刚刚去了一家洗浴店!"郭聪正定神思考的工夫,麻皮猛地使了一个"兔子蹬鹰",背贴地,两腿蹬,一下子将郭聪蹬翻,同时两手交替着爬出了桌底。

"你变态吧你——"

麻皮嗓子眼儿里发出了一声尖叫,浑身鸡皮疙瘩都立了起来,手忙脚乱地将身上被郭聪用刀片挑开的衣服裹好,瞪着一双惊恐的眼睛看着郭聪。刚才郭聪为了查探他的行踪,先摸他手,又摸他头发,不但挑开了他的衣服,还用指尖儿去摩挲他的后背。

郭聪被麻皮这一脚结结实实地踹在了胸口,一口气没上来,差点没过去。

"咳咳咳——"郭聪一阵猛咳,扶着墙站了起来,眼角余光一瞄,正透过门缝儿,看到麻皮屋子里的沙发上扔着一只手提布袋,布袋明显有水渍,四角有被见棱见方的东西撑起后的凸痕。沙发边上的保险柜开着门,里边只摞着账本,却不见一点儿现金。很显然,麻皮刚刚是出去送现金去了,他带走了保险箱里所有的现金,塞进了布袋子,去了一处洗浴店,在拔火罐的休息大厅完成了交接。

"啪嗒!"郭聪从地上捡起了一根儿烟,用手心儿里的打火机点着了火。那打火机是郭聪从麻皮口袋里顺出来的,打火机是街边1元一个的便宜货,不同的是这上面印着LOGO——谷雨汤泉。

"踏破铁鞋无觅处,得来全不费工夫。麻皮的老大胜哥,就躲在这家谷雨汤泉!"郭聪美美地嘬了一口烟,两手一摆,止住围上来的众打手,高声笑道:

"慢动手!打打杀杀,输输赢赢的,不就是钱吗?爷们儿今儿喝高了,对不住各位,我认栽,这事儿多少钱能了,你开个数,我让朋友送过来,决不还价!"

麻皮被郭聪的光棍儿劲儿唬得一愣,挠了挠头:"你啥意思?"

"啥意思?你们这么多人还怕我跑了不成?我给你个电话,这是我朋友的号码,他叫大鹰,跟我是光屁股玩儿到大的铁哥们儿。你就说郭聪在你手里,让他拿钱来平事儿。成不成?"

"你……"麻皮心里有些含糊。

"出来不就求个财字儿嘛!道儿我给你摆出来了。你要是不走,我也没办法,反正我就这一百多斤肉,你们哥儿几个不妨往死里打,看看能不能敲出半个铜板儿来!"说完这话,郭聪拉过一张桌子,两手抱头,两腿一蜷,往桌面上一躺,笑着喊道:

"哥儿几个别惜力,给来点刺激的!"

麻皮一呲牙花子,皱着眉头说道:"真他娘的是癞蛤蟆趴脚面,不咬人硌硬人,你那朋友电话号码是多少?"

"想通了?我就说嘛,要不然怎么你是老大,他们是马仔。你拨号吧,1322172……记住没?"郭聪从桌子上跳了下来。

"记住了!这就打过去了。"麻皮随口应了一句。

"嘟嘟嘟——"麻皮的电话拨通了。

电话的另一端,岳大鹰正在和聂鸿声和魏局一起研究监控录像,突然手机铃响,岳大鹰掏出手机一看,是个陌生号。

"喂……你哪位?"岳大鹰问道。

"你就是大鹰啊?"

"我是……你谁啊?"

"我是麻哥!"

"麻……麻哥?哪个麻哥?"岳大鹰彻底蒙了。

"哪个麻?能有哪个麻!杀人如麻的麻!"

"什么?杀人如麻?"

"你是有个朋友叫郭聪吧?"

岳大鹰一听"郭聪"二字,浑身打了一个激灵,应声答道:"是,你什么意思?"

"他现在在我手里,你赶紧来一趟,带点钱。"

"带……钱?带多少啊?"岳大鹰满脑袋都是问号。

"10……20万吧!"

"你……你这是绑架吗?"岳大鹰想破了脑袋,也猜不出郭聪什么时候又和绑匪搅在了一起。

"你问题咋这么多呢？磨磨叽叽的，你是老娘们啊？赶紧过来得了，地址我发你短信里了。我告诉你，你麻哥我今天非常不爽，来晚了我弄死你！"

麻皮骂了一句，挂断了电话。

岳大鹰摸了摸自己的额头，脑子里晕晕的像是在做梦。魏局扭头问道："什么情况，谁的电话？"

"我不认识啊，他说他叫麻哥，还说郭聪在他手里。"

"什么？郭聪？他还说什么了？"

"还说……要弄死我！"

"这都哪跟哪啊，顾不上了。大鹰咱们赶紧去，赶紧告诉同志们，都换成便装。郭聪这小子狡猾得很，不要打草惊蛇。"魏局刚要起身和岳大鹰一起出去，突然好像想到了什么，一扭身又坐回到了椅子上。

"魏局，你……去不去？"岳大鹰傻了眼。

"我……我不去了！小狐狸虽然狡猾，可老狐狸也不是省油的灯，我就在这儿。"魏局瞥了一眼聂鸿声，聂鸿声愣装没听见，两眼看着窗外，一副神游物外的样子。

"行！那我出发了。"

"多长点心眼儿！"魏局不放心地嘱咐道。

与此同时，郭聪强憋住笑，看着麻哥问道：

"电话打完了？"

"打完了！"

"那我走了！"郭聪猛地一喝，抓起一张椅子，"砰"的一下摔碎在了酒柜上。架子里摆的各式洋酒碎了一地，酒液哗啦啦地乱淌。

"呼——"郭聪把手里的烟头儿弹向了酒柜，幽蓝色的火苗"腾"的一下着了起来。

"快灭火——"人群里发出一阵叫嚷。郭聪趁乱扭身一跳，蹦上了窗台，合身一撞，撞碎了玻璃，向下一跃，从二楼高往下跳，"当"的一下掉在了窗户下头停车场里的一辆轿车车顶上，顺着挡风玻璃一滚，摔在了地上。

"疼疼疼……疼疼啊……"郭聪发出一串惨呼，抱着胳膊，一瘸一拐地爬起身，钻进了纵横交错的小巷子。

"兔崽子！我他妈弄死你，追他——"

"大哥！别让火着大了，先灭火吧。"一个马仔拉住了麻皮。麻皮虽然气得牙痒痒，但是不敢托大，只能招呼人手疏散赌客，拎起墙角的灭火器，向地上那摊燃烧的伏特加喷去。

十几分钟后，惊慌失措的赌客散去，麻皮抹了抹头上的汗，看着满地狼藉的大厅，将半个身子探出窗外，本想抽根烟，突然一低头，赫然发现自己停在楼下的轿车挡风玻璃碎了一地，车顶的钣金也凹了一个大坑。不用问，这肯定是郭聪砸的。

"郭聪！老子早晚抓到你！"

话音未落，岳大鹰带着五个便衣警员"噔噔噔"地上了楼，眼神一挑，看向了麻皮：

"你喊什么呢？你是不是喊郭聪！你就是麻哥？"

麻皮扭过头来，眼皮一翻，目光在岳大鹰上下扫了一遍：

"你谁啊？"

"你不是要弄死我吗！还问我是谁？"

"哎哟我去，你挺横啊！咋？跟我装社会人呢？"麻皮抬手扇在了岳大鹰的脖子上。

岳大鹰后牙咬得咯咯乱响，打嗓子眼儿里挤出了五个字：

"郭聪在哪儿？"

"哦，你就是那个大鹰是吧？"麻皮搓了搓脑袋上金黄色的寸头。

"对！我就是！"岳大鹰上前数步，站到了麻皮的身前。

"你挺狂啊！"麻皮骤然伸手又拍了拍岳大鹰的脸颊。

"郭聪在哪儿？"岳大鹰强压着怒火，耐着性子又问了一遍。

"按着道上规矩，一手钱一手人，我让你带钱，你带了吗？"

"钱在我怀里，够胆的自己拿！"岳大鹰右手一拎，敞开了外衣的里怀。

"你吓唬我呢？跟我装大尾巴狼……"麻皮啐了一口唾沫，伸手摸进了岳大鹰的怀里。

突然，麻皮脸上的表情呆住了，豆大的冷汗顺着太阳穴吧嗒吧嗒地往下滴。

"咕嘟——"麻皮咽了一口唾沫，喉结上上下下一阵颤抖。

"大哥！摸着没？他带多少钱？"一个马仔问。

"不是……不是钱……是枪！"麻皮发出一声哀号，"唰"的一下就蹲在了地上，两手轻车熟路地交叉在一起放到了后脑勺上。

"我这是小本生意……只怡情不伤身，你朋友到我这儿一顿砸一顿耍，撒腿就跑了。误会！都是误会……我跟您闹着玩儿呢……敢问大哥是哪条道上的？"瞧见麻皮吓得都磕巴了，众马仔哪敢再咋呼，纷纷扔了手里的家伙，蹲在了地上。

"跑了？往哪儿跑了？"岳大鹰急吼吼问。

麻皮伸手一指窗外，赶紧又趴了回去。

"你们这帮……先都给我贴墙蹲好了，聚众赌博的事一会儿自然有辖区派出所的人来处理。你，先跟我走！"岳大鹰掏出手铐，将麻皮铐了个结实，拽着他就往楼下跑。刚跑到门口，岳大鹰猛地停下了脚步，扭头看了一眼被郭聪砸坏的那辆轿车。

"警察同志，我也是受害者啊，我这新买的车，你看看……"

岳大鹰没有理会麻皮，自顾自地走到了车头前，慢慢蹲下身，只见引擎盖上立着一个塑料打火机，打火机上赫然印着四个字——谷雨汤泉。

"这打火机是你的？"岳大鹰向麻皮发问。

麻皮没敢抬头，埋着脑袋摇了摇头。岳大鹰将打火机揣进了兜儿，掏出手机拨通了魏局的电话：

"喂，领导，来晚了，郭聪已经跑了。"

电话另一端，魏局喘了一口粗气，扭头看向了聂鸿声。聂鸿声此时正一脸无辜地从兜里掏出了一包南瓜子，给张瑜和董皓一人分了一小把，笑着说道：

"我媳妇炒的，老家带来的，椒盐口味，都尝尝！都尝尝！来来来，老魏，你也来点儿？"

"老聂，是不是你搞的鬼？"

"瞧你这话说的，我都在你眼皮子底下，你信不过我，还信不过自己吗？来来来，吃点儿！"

"不用你嘚瑟，有你哭的时候！"魏局"哼"的一声扭过头去。

董皓看着两位领导置气，无奈地摇了摇头，转身看了看张瑜。张瑜此时两眼紧紧地盯着屏幕，眼球上布满了血丝，她已经聚精会神地将案发前后的监控视频看了无数遍，但是仍然没有发现任何的破绽，可以说郭聪就是案发现场的唯一嫌疑人。张瑜无论如何也不相信郭聪会是一个穷凶极恶的杀人犯，所以她拼命地搜索着视频画面中的每一个细节，大脑高速地运转分析，想找到隐藏在进度条中的疑点，然而无论张瑜如何拼尽全力，却仍然找不到一丝一毫的反常，一切的一切都是那么天衣无缝。董皓一边嗑着椒盐的南瓜子，一边眯着眼，打量着张瑜，她已经连续盯了三个小时的屏幕，转换了人物、时长、节点等十几种不同的排查方法。眼瞧这张瑜越来越烦躁，董皓微微摇了摇头，伸手从制服的内兜里掏出了一个绒布的小袋子，攥在手里刚想打开，却在眼中闪过了一丝犹豫，踌躇了很久也没能下定决心。

突然，董皓一抬头，正看到聂鸿声的目光正满含深意地看着自己。

"聂关……"

"是个好苗子，错不了的。"聂鸿声点了点头，用口型对董皓说。

董皓深吸了一口气，轻轻地拆开了绒布小袋，从里面掏出了一枚样式老旧的镂空金币,一挪凳子,坐到了张瑜的旁边。

"你觉得这视频有问题?"董皓问道。

"我……还没发现是哪里不对,但是……"张瑜揉了揉干涩的眼皮。

"给你看个东西!"董皓话头一岔,用手指拈起了掌心的金币,在张瑜的眼前晃了晃。

"这是……金的?"

"不,是锌合金!"董皓笑了笑。

"哦!"张瑜满腹心思都在视频上,实在懒得搭理董皓。

"重点不在材质上,而在上面的镂空花纹,你再瞧瞧。"

张瑜听了董皓的话,强挺着耐心将眼睛看向了董皓手里的金币:那金币比普通的一元硬币大上一圈,看款式应该是某种纪念图章,正面雕刻的是一座罗马神庙,高墩座深门廊,上盖穹顶,下立壁柱,空白处有一行拉丁文铭文:All roads lead to Rome(条条大路通罗马)。硬币的背面雕刻的是一座中国古代城楼,城门高大对称,上有瞭望楼,下有护城河,空白处有一行汉字铭文:有朋自远方来,不亦乐乎。

"2003年,海关专家虞世鸣老师带队往意大利作交流访问,意大利海关定制了这枚纪念币,代指两国商贸源远流长,贯通长安与罗马的丝绸之路直至今天都焕发着生机与活力。制作这枚金币的匠师在意大利堪称国宝级大师,方寸之间每一笔线条都有它独到的作用,以至于同一根线条尽管在正反面仅有细微的差别,但组合起来,便雕成了两幅截然不同的图案。其构图繁复精深,使得你越是靠近,越看不明白。这叫:横看成岭侧成峰,远近高低各不同。不识庐山真面目,只缘身在此山中。"

董皓一边说着话,一边将右手心翻转向下,挑动指头,让那枚金币在食指、中指、无名指、小拇指四根指头夹成的三道指缝内翻转,同时还不断地用左手在桌上打拍子。

第一遍,董皓左手在桌面上"乓乓乓"打三声,右手的金币在指缝间"唰唰唰"转三个跟头。

第二遍，董皓左手速度加快，在桌面上连打四下"乓乓乓乓"，右手的金币仍在指缝间"唰唰唰"转三个跟头。

第三遍，董皓左手速度又加快了一些，在桌面上连打了五下"乓乓乓乓乓"，右手的金币依旧没有变，仍旧是"唰唰唰"转三个跟头。

张瑜的眼神初时迷茫不解，进而似懂非懂，最后猛地一亮，拍手惊道：

"时间！是时间！时间不对！一秒不是一秒，一圈不是一圈！"

"果然有天分！"董皓脱口一赞，眼神和聂鸿声对到了一处。

"你们在搞什么？"魏局又急又气地问道。

张瑜喘匀了气，组织了一下语言，对魏局答道：

"领导，董科长的右手看似每次都转了三下金币，但是他左手的拍数却次次不同。我们只将注意力放在了金币上，却忽略了时间。"

"时间？"

"对！这段监控视频就是那枚金币，我们的注意力都放在了画面上，我们一帧一帧地去筛查画面里的场景、人物、动作，却忽略了整段视频的时间是有破绽的。"

魏局闻言，探过身来，接过鼠标连连点击，喃喃答道：

"时长没问题啊，年月日也都对呀……"

"时长没问题，有问题的是节奏！这视频的某些部分被剪切掉了，剩下的内容被拉伸处理后弥补了被剪去的时长。就像刚才一眼，在同样的时间里，董科长左手能拍三下，也能拍四下，还能拍五下。究其原因，无非是节奏快慢罢了。"

"你如何能够验证？"魏局追问。

"很简单，打开手机的秒表，和视频右上角的时间读秒进行计时比对。如果视频的读秒时间比秒表更慢，每秒之间的间隔更长，就能说明这视频是被人处理过的，某些不想让人看见的片段……被剪掉了！"张瑜的双眼迎上了魏局的目光，神色坚决而笃定。

魏局是个急脾气，掏出手机点开秒表，对着屏幕就开始计时。不试不要紧，一试才发现，监控视频的计时果然慢，秒表计时1分钟了，监控视频正好读到55秒，而且这种情况正好出现在郭聪进入现场前后两个小时这一时间段。

"1分钟慢5秒，两个小时就慢6分钟，这说明，有6分钟的视频内容被剪掉了！"魏局得出结论后，赶紧掏出手机给岳大鹰打了一个电话：

"喂，大鹰啊，赶紧查，能接触到监控录像的都有谁？要快！"

挂断了电话，魏局转过身来，看着张瑜说道：

"小同志，你的脑筋转得很快啊！"

张瑜瞬间红了脸，摆手说道："领导，不是我……多亏了董科长提醒……"

董皓一抿嘴，将那枚金币轻轻放进了张瑜的手心，幽幽说道："它是你的了！"

"啊？这……这么贵重的……"张瑜慌了神，赶紧把金币往回推。

"给你了就是给你了，再说了，它本来就不属于我，当然也不属于郭聪，它……"

"郭聪？这……这是什么意思？"

"嗯……虞世鸣老师，你知道吗？"

"我……不知道。"张瑜摇了摇头。

"不知道也没事，这不怪你。虞世鸣老师2008年就退休了，你今年才刚入职，不知道也在情理之中。虞世鸣老师是新中国第一代海关人，也是我们整个海关作业系统的总工程师和奠基者。可以说，他是我们这行的……绝顶，尽管他一直不肯承认。虞老师说过，干海关的，不但要识人，而且要识货，要同时用这两只眼睛看好国门。只不过，能到虞老师这个段位的寥寥无几。听虞老师讲过课的人数不胜数，但真正受他耳提面命的徒弟只有两个，一个是陈三河，一个是孙百川。陈三河机敏练达，精通识人之法；孙百川沉稳博闻，学得识货之道。只可惜，虽然这俩人在各自的领域里取得了诸多建树，但是谁都没有达到虞老师将识人和识货融会贯通的高度。2008年，虞老师光荣退休，离任前将这枚金币交给了两个徒弟轮流保管，嘱咐他们说若是将来海关出了又能识货又能识人的高手，便将这金币送上。这其后又过了许多年，陈三河找到了郭聪，教了他百步识人，随即便将正由他保管的金币给了郭聪。"

"既然是给了郭聪，为何又到了你的手里？"

"这有什么奇怪？陈三河寻到了郭聪，孙百川也寻到了我董皓，大家都是学了虞老师一半的本事，凭什么由他郭聪霸占着金币？两年前，我借着海关系统比武练兵的机会，私底下找到了郭聪，与他定下赌约：谁得第一名，谁才能拿金币。郭聪向来心高气傲，自然一口应允。"

"这么说，那你赢了郭聪……"张瑜问道。

"赢了倒也说不上，险胜吧……郭聪手气不好，决胜局偏偏抽到了个货运舱单的案子做分析，其实……要是他抽到拿手的旅检题目，我怕是也赢不了他……不过这不重要，都是过去的事儿了，现在最要紧的是你！"

"我？"

"对！我觉得你有天赋，只要你肯跟我学，未必不能一人通两门，既能识人又能识货。你放心，我和郭聪那个倔驴不一样，我很会教课的，这一点你可以问聂关，我是咱们关里的兼职教师、培训专员……"

董皓越说越兴奋，掏出手机就要给张瑜看自己的教学视频。张瑜赶紧后撤了两步，将金币放在了桌子上，摇头说道：

"我还是不能要你的东西，我现在……我还是想先把郭聪的事解决。再说了，我现在还在跟他……学习，我还是等他回来，听他的意见吧。"

"你听他的干什么……"董皓有些心急，正要接着劝，张瑜突然一转身："我去个洗手间。"说完便出了会议室。

聂鸿声看着董皓，身子向后一仰，两手向外一摊，咧嘴笑道："哎呀呀，好尴尬呀，玩儿砸咯。"

董皓气不打一处来,揣起金币冲聂鸿声喊:"领导你也不给我帮衬两句。"

"别别别,你和郭聪一直都是公平竞争,我不能破坏了这个一手搭建的平台呀。再说了,我不能又当裁判员,又当运动员吧,对不对?"聂鸿声理直气壮地反驳。

"没让您当运动员,就垫一句话儿都不行吗?"

"我今天嗓子疼,咳……你听,这音儿都不对,咳——"聂鸿声装模作样地伸手揪了揪嗓子,董皓气得一屁股坐在椅子上,扭头不去看他。

就在此时,魏局的手机响了起来,岳大鹰已经锁定了目标嫌疑人,让大家赶紧过去。

"走走走,老聂,咱们去医院。"

"上医院干吗啊?"

"岳大鹰他们上门找人。他家住二楼,那小子心虚,跳窗户就想跑,没承想被晾衣架子绊了一下,翻着跟头栽下来的,连胳膊腿带脑袋摔得不轻,岳大鹰直接给送市第二人民医院去了。"

正说话间,张瑜也回来了,聂鸿声赶紧催促众人下楼,发动汽车,直奔医院。

第四章　谷雨汤泉

医院二楼,骨伤科住院病房,右腿吊起、左臂挂在脖子底下,脑袋上缠满了纱布的丁海波正在龇牙咧嘴地呼痛。

"丁海波,男,汉族,三十三岁,大专学历,计算机专业,诺斯第安物流集散仓储中心视频监控组技术员,是你不?"魏局推开病房的门,走到丁海波的床边,开门见山地发问。

"你谁啊?"魏局没穿警服,丁海波瞥了他一眼。

"市公安局的,我姓魏。来的路上,我看了你的档案,偷过电瓶,刨过电缆,还卖过假酒,长长短短加一起,在里面差不多待了五六年,政策想必不用我讲你也知道。我就问你一句,被剪掉的6分钟监控录像,是怎么回事?"

"公安局?这……这真不怪我,我也是被迫的啊!我不知道会出人命啊。我……我这人胆小,干个小偷小摸都提心吊胆,我哪敢杀人啊!都是胜哥!胜哥让我干的!"丁海波吓得够呛,刚要坐起来,却发现手腕还铐在病床边上,于是翻了个身,探着脖子向魏局喊冤。

"胜哥?谁是胜哥?"魏局瞳孔一缩。

"胜哥是我……一个朋友,我欠他点儿钱,上周二我刚下工,胜哥在我们家小区下面把我给堵住了……"

上周二,晚上8点,长隆花园小区门口。

丁海波从小超市出来，左手拎了一瓶白酒，右手拎着一袋儿花生、豆腐卷、鸡爪子等杂拼的下酒菜，哼着歌儿一晃一晃地往家走：

"明明白白我的心，渴望一份真感情，曾经为爱，伤透了心，为什么甜蜜的……"

"唰——"墙角猛地闪出了一个高大的身影，伸手揪住了丁海波的脖领子，将他拽到了暗处：

"狗日的，你挺嗨啊？"

丁海波挤了挤眼睛，把头向前一凑，看清了来人：

"胜……胜哥……"

胜哥年纪不到四十，留了一脸的络腮胡子，头发半长不短，烫的全是羊毛卷，两臂肌肉虬结，指节全是老茧，上身穿了一件肥大的西服。

"哟呵，还有钱喝酒呢？哥哥我可是穷得连窝头咸菜都吃不起了！欠我的钱到底怎么弄，今儿你得给我句话了。"胜哥轻轻一撩西服，露出了别在腰带上的三棱刮刀。

"别别别……"丁海波连连求饶，伸手翻遍了自己的衣兜，掏出了二百多块零钱塞进胜哥的手里。

"什么意思啊？打发要饭的呢？你欠我的可是十五万！十五万啊！"胜哥将钱砸在了丁海波的脸上。

"胜哥，我现在真没钱，除了这些，也就微信里还有一千多块钱。你放心，我这月关了工资扣出房租，还能还你八千，剩下的我慢慢给。"丁海波不住哀求。

"现在跟我装可怜？狗屁！赌桌上一掷千金的那股子劲儿呢！红着眼睛大杀四方的时候那气概呢！我告诉你，胜哥是靠这个吃饭的，要是人人都像你这么玩儿，胜哥我就得饿死！国有国法，行有行规。今儿个你要么还钱，要么给我一根手指头，胜哥是个讲究人，给哪根你自己选。"胜哥抽出了腰里的刮刀，轻轻地抵在了丁海波的脖子上。

"别别别别……胜哥……我再找朋友借借！"丁海波扑通一声跪在

了胜哥的面前。

"借个屁!你这几年光蹲号子了,哪有什么朋友,你也没什么亲戚,就一老娘,住在……"

"别别别!胜哥,不关我妈的事!"

"你小子的底我一清二楚,不怕你出幺蛾子。"胜哥用刮刀轻轻地拍了拍丁海波的脸颊。

"胜哥,你再容我几天,两天!就两天!我……"

胜哥摇了摇头,慢慢蹲下了身子,看着丁海波的眼睛说道:

"看在你是个孝子的份儿上,要说容你两天,也不是不能……但是,你得帮我办件事。"

"什么事?只要你说,我绝无二话!"丁海波伸手将胸口拍得当当响。

"是这么回事,你们单位有个开大车的司机,叫陆朝晖,你认识不?"

"认识,但是不熟。"

"他也欠我赌账,数就不跟你说了。他知道我最近在堵他,所以不出仓库大门。不过他也别以为你们那物流中心门禁严,我就没辙。老子有的是法子进去,但是有一点,那就是哥不想惹麻烦。你在单位是管监控的吧,下周晚班就你一个人,对吧?"

"你……你怎么知道?"

"这你就别管了,我就进去找姓陆的要个钱,你把我从监控视频里删掉,就当我没去过你们单位。这事儿能不能办?"

"这……"丁海波有些犹豫。

"问你呢!能不能?"胜哥一瞪眼,用刮刀晃了晃丁海波的眼睛。

"能!能!胜哥说能就能!"丁海波捂住了脸,头点得小鸡啄米一样。

"那就这么定了,丑话说在前面,要是你办不明白,我就找你老娘聊聊，到时候就别怪哥不讲情面。对了，把你的门禁卡给我用用，你挂失，然后再补办一张。"胜哥一伸手从丁海波脖子上摘下了他的门禁卡。

"不会的！哥！不会的！我肯定能办明白，您放心！放心！"

胜哥咧嘴一笑，收起了刮刀，从丁海波手里的塑料袋里掏出了一只鸡爪子，撕开包装，叼在嘴里，转身消失在了夜幕之中。

听完了丁海波的讲述，聂鸿声拉了一把凳子，坐在了他的床头，张口问道：

"胜哥的全名叫什么？"

"不知道。"丁海波摇了摇头。

"他住哪儿？"

"不知道。"

"怎么联系他？"

"不……不知道。"

"一问三不知，你跟我耍横呢是不是啊？"聂鸿声也是个急脾气，伸手就去揪丁海波的脖领子。丁海波一挣扎，牵动腿脚上的伤，连连喊疼，岳大鹰赶紧上前抱着聂鸿声往后拽。

"我真不知道啊，胜哥这人是混道上的，神出鬼没的，他能找到我，我却找不到他啊！我帮他搞定了监控，删掉了6分钟的视频，第二天就听说厂子里闹了人命，我都吓死了，装病躲家里，我都不敢出门啊……"丁海波号啕大哭。

"剪掉的视频里有什么？"张瑜问道。

"太远了拍不清。视频里先是胜哥钻进了陆朝晖的车，说了几句话就下了车。后来有个不认识的又上了陆朝晖的车，不知道他怎么鼓捣的，陆朝晖直挺挺地就栽下来了。我按胜哥说的，把他那段视频剪掉了……"

"剪掉的那段在哪儿？"

"在……在我手机里，我怕胜哥不认账，我打算留一手……"

"手机呢？"

"在这儿！"丁海波顺枕头底下一抹，掏出了一部手机，调出了那段视频递给了岳大鹰。

视频右上角显示的时间表明，在郭聪进入仓库前，一个戴着口罩、一头羊毛卷的魁梧男子接触到了陆朝晖，并且悄然离去。

"这个叫胜哥的有没有什么朋友？你说你欠他的赌账，你是怎么跟他赌的钱，到他家里赌吗？"董皓抛出了问题。

"胜哥有个场子，是他手底下一个弟兄在管。"

"看场子的这个人，叫什么？"董皓继续追问。

"外号叫麻哥，全名叫……麻皮！对，麻皮！"丁海波答道。

一听"麻皮"俩字，岳大鹰好像踩了高压电一样，浑身一颤，拔腿就往外跑。

"你去哪儿？"魏局追着喊。

"黄河路派出所！"

"走！跟着他！"魏局拉着聂鸿声，也出了病房的门。

二十分钟后，黄河路派出所，问询室内。

麻皮铐在椅子上，眼珠子滴溜溜地乱转，一会儿看看岳大鹰，一会儿瞧瞧坐在岳大鹰身边的张瑜。这是张瑜第一次参与审讯，她又是紧张又是忐忑，低着脑袋，脸颊红了一大片。麻皮瞧见张瑜长得漂亮，不住地向她吹口哨。张瑜又气又急，却不敢呵斥。刚才进来的时候，聂鸿声非让她和岳大鹰一组，她本不同意，奈何聂鸿声说："郭聪要是在这儿，自然不用你，只可惜眼下我逮不住那个兔崽子，百步识人，靠你了……"

"我说……几位领导，别拿我当雏儿，我就是个聚众赌博，撑死了就是个三年以下有期徒刑、拘役或管制。我那场子都让你们给扫了，事实清楚，证据明了，没必要来回地审吧？"

岳大鹰放下手里的钢笔，抬头看着麻皮，沉声说道：

"我没问你聚赌的事，我问的是……胜哥在哪儿？"

"什么胜哥？我不认识。"麻皮往椅背上一靠，耷拉着脑袋，一副满不在乎的神色。

"哟呵，还挺仗义！"

"那你看看，能赏根烟儿吗？"麻皮舔了舔嘴唇。

"事儿还不少！"

"我这可是老烟民了，一天少说抽两包啊。自打进来一根烟毛儿都没摸着，心里痒着呢！"麻皮赔着笑，向岳大鹰拱手。岳大鹰从上衣兜里摸出一包烟，站起身递给麻皮一根儿。麻皮也不客气，接过烟就塞进了嘴里，把手一拢，等着岳大鹰给他点火。岳大鹰一掏兜，掏出了俩打火机，一个是自己的，一个是他在麻皮楼下捡来的。麻皮一看那打火机下意识地一愣，随即归于无形，可就这一瞬间的表情，便被张瑜捕捉到了眼中。

"等等！"张瑜猛地喊了一声。

"怎么了？"岳大鹰扭过身来。

张瑜走了过去，掰开了岳大鹰的手掌，从掌心里拎出了那只印着"谷雨汤泉"的打火机，同时轻轻地抽动了一下鼻翼。

"岳科长，这打火机不是你的，对吧！"

"这是我捡的，有什么问题吗？"

"这打火机，是他的！"张瑜眼睛一亮，伸手指向了麻皮。

岳大鹰眉头一皱，看着麻皮冷声喝道：

"我当时问过你，这打火机是谁的？你告诉我说……这不是你的！"

"我……那……对啊！不是我的。"

"你在撒谎！"张瑜不依不饶地看着麻皮。

"哎呀哈，我说妹妹啊，你可不能乱说话啊，说风就是雨地瞎咧咧啥呢？你说这打火机是我的，我还说你昨晚儿跟我开房了呢。"

麻皮话还没说完，岳大鹰一把抓住了他的后脖颈子，闷声喝道："你跟谁耍流氓呢？"

"不是……我没耍流……我就说这意思，你看你们政府说话得讲证据，不能硬扣帽子对不对？"

说话间，张瑜伸出手去，一翻麻皮的衣领，将若隐若现的火罐儿印子漏了出来。

"岳科长，你看，印子还是新的。"

"这是我自己在家里，找朋友拔的！"麻皮还在嘴硬。

张瑜抓起麻皮的胳膊，挽起了他的袖子，对岳大鹰说道：

"岳科长，女人对气味的感知远远要比男人敏锐，我刚才一靠近他就发现了不寻常的地方……他比你要香！"

"香？"岳大鹰一皱眉头。

"对！虽然有烟味儿遮挡，但是我还是能闻到他头发上的沐浴露香、护发素香，还有身上的艾草香、浴盐香、浴液香、硫黄香、姜黄香、苹果醋香，还有……牛奶香。我不相信，一个男人会在家里给自己做这么齐全的皮肤护理……"

岳大鹰挠了挠头发，抓起麻皮的胳膊，放在鼻子底下狠狠地吸了一口气。

"咳咳……咳……真挺香，都呛得慌。"岳大鹰揉了揉鼻子。

"岳科，你再闻闻那只打火机，上面的气味和他身上的气味是一样的，这说明打火机和他来自同一个地方。他在那里频繁地使用过打火机，手心出的汗沾在了打火机的外壁。"

岳大鹰将烟扔在一边，将那只打火机两手拢住，轻轻一嗅，喃喃自语道："是有股子香气……"

麻皮此时，脸上的汗成滴地往下淌，两眼看着张瑜，又是恐惧又是震惊。

"还不说实话吗？"

"我说！我说！我敢不说吗？这老妹儿也太狠了，连我做的什么套票都能闻出来。鼻子都快赶上……咳咳咳，这……这打火机是我的，我……"

"既然是你的，为什么要骗我？"岳大鹰将手搭在了麻皮的肩膀上。

"我现在说,能算主动交代不?"

"你要明白你自己是个什么身份,这儿是你讲条件的地方吗!"岳大鹰一声闷喝。

"我……领导……哥,领导哥,你别生气呗,闹着玩呢,我就随便那么一说。你这……暴脾气。那个……就你打听那个胜哥,我认识。他跟我说他惹了点小麻烦,得躲躲风头,完了……让我给他送点钱平事儿。"

"你说什么,小麻烦?"

"啊!反正他是这么说的。"麻皮抽抽鼻子,小心翼翼地看着岳大鹰。

"你把钱送哪儿去了?"

"谷雨汤泉,他就在那儿!"麻皮指了指打火机上的logo。

张瑜瞳孔一缩,向岳大鹰问道:"打火机你是怎么捡的?"

"我去追郭聪,它就立在麻皮楼下一辆汽车的引擎盖上……你是说……这是郭聪给咱们留的线索!"岳大鹰瞬间明白了张瑜的意思。

"快走!"张瑜和岳大鹰不约而同地扔下了麻皮,拔腿冲出了问询室。

此时此刻,谷雨汤泉。

郭聪"哗啦"一声从泡澡的热水池子里露出了脑袋。

"呼——"郭聪抹了一把脸,将毛巾顶在脑袋上,隔着水汽望了望四周。

"有搓澡的吗?"里间儿的搓澡师傅喊了一嗓子。

"有!"郭聪眼珠子一转,爬出了池子,趿着拖鞋晃晃悠悠地走进了搓澡的里间,一支胳膊趴上了垫子,将毛巾递给了搓澡的师傅。

搓澡师傅的手艺还不错,轻重缓急掌握得极其老到。一边给郭聪搓着后背,还不时地与他攀谈两句。郭聪哼哼唧唧地应对了一阵,蓦地张口问道:

"师傅,跟您打听个人,您认识不?"

"谁啊?"

"胜哥!"郭聪话一出口,猛地觉出搓澡师傅手上的力度微微一变。

"不认识!"搓澡师傅摇了摇头。

"不可能啊……"郭聪装模作样地嘀咕了一句。

"什么?"

"没……没什么!"郭聪欲语还休地支吾道。

"你找这人有事啊?"

"啊!我找他没事,我大哥让我给他送点东西,上午我大哥刚来送了一趟,说是没够数,让我再来给送一趟。"

"什么东西啊?"搓澡师傅好奇地打听道。

"我也不知道,就是个包……你打听这个干什么呀?"郭聪瞪了他一眼。

"没……没什么,对了,你大哥叫什么啊?"

"你啥意思啊?"郭聪翻过身,支起胳膊肘,一脸的痞气。

"不干什么,瞧您这脾气。我在这搓澡搓了有些年头了,要是熟客,我肯定认识。万一要是老主顾,我还能找我们经理给您打个折什么的。"搓澡师傅讪讪地赔着笑。

"我还真不怕你问,我大哥叫麻皮。不服你就出去打听打听,道上混的没有不认识这块金字招牌的!"

"那是!那是!如雷贯耳!如雷贯耳!您等等,我去给您拿点苹果醋喷一喷,去死皮还杀菌。"

"行啊!快点啊!"郭聪头也不抬地摆了摆手,搓澡师傅转身离去。

大约过了五分钟,一个干瘦的文身小伙儿手里套着一只搓澡巾,走到了郭聪旁边,伸手拍了拍他的后背。

"怎么去这么半天啊,醋呢?"郭聪摘下了敷在眼窝上的热毛巾,睁眼一看,下意识一愣,随即伸着脖子向四周望了望。

"不对啊,不是你不是你,刚才那人呢?"

文身小伙儿弯下腰，凑到郭聪耳边，冷声说道："麻皮让你来的？"

郭聪刚要答话，忽觉小腹一凉，原来那文身小伙儿套着搓澡巾的右手心儿里攥着一把弹簧刀。

"别骗我。"小伙儿牢牢地盯着郭聪。

"这几天来玩牌的客人里，昨晚上不知道哪个王八蛋输钱输急眼了，出去瞎叭叭，说麻皮哥聚众赌博。麻皮哥刚把场子关了，人都撵散了。他怕有街道派出所的盯上他，所以自己窝在屋里一动不动，把所有的现钱装在一个包里，让我给胜哥送过来。"郭聪这话里有真有假，既显现出了自己麻皮亲信的身份，又遮掩了麻皮不能前来的真实原因。

文身小伙听了后，思索了一阵，收起了手里的刀，在郭聪耳边小声说道："胜哥在三楼休息客房，房号308。"

"好嘞！谢谢兄弟！"郭聪一拱手，坐起身来，用毛巾胡乱擦了擦身子，换上了一套短袖短裤的浴服，去更衣柜里拎出了一个中号的手提包，坐上电梯，直奔三楼。

三楼的"回"字走廊很长，郭聪转了两圈，才找到308的位置。

"当当当——"郭聪敲了敲门。

"胜哥在吗？胜哥？我老大麻皮让我来给你送东西……"郭聪说了一大堆，里面没人应门。

"吱呀——"郭聪轻轻一推，那门竟然没锁。

"胜哥！我进来了啊？"

郭聪深吸了一口气，走进了房间。这308是个双人间，外面看着门小，里边却很是宽敞。郭聪推开了卫生间的门发现里面没有人，推开了淋浴室的门，里面也没人，床上没有人，被子乱糟糟的卷成一团，床边的桌子上摆着一张小方桌，上面堆着十几个餐盒，餐盒里全是烧烤，有羊肉串、牛肉串、烧鸽子、炸鹌鹑、烤饼、烤肠、小龙虾、锡纸鲫鱼、方便面。

"咕嘟！"郭聪咽了一口口水，打和宋雨晴遇上后，自己就没正经吃上一顿饭。刚才连搓带泡好顿折腾，肚子里早就打起了鼓。眼下这屋子已经转了一圈了,也不见半个人影,料想这胜哥八成是跑了。

"我先垫垫肚子,吃饱了再找他!"郭聪拽过旁边的塑料凳子,伸手抓起了桌上的肉串,掰开烤饼,把冒着油的红柳木烤羊肉夹在饼中间,攥紧了手,往后一撸签子,简易"肉夹馍"大功告成。

"我再尝尝这炸鹌鹑。"郭聪咬了一口饼,正要去撕鹌鹑腿儿。

突然,他咀嚼的动作慢了下来……肉是热的!饼是热的!串儿也是热的!

"我去!"郭聪"腾"的一下站了起来,顺手抄起了桌子上的啤酒瓶。

就在此时,一阵轻微的手机振动声在屋内响起。

"嗡嗡——嗡——嗡嗡——"

郭聪汗毛都立了起来,歪着头侧着耳,顺着声音来处摸去。

"喂,北哥!"大衣柜里传出了一个低沉浑厚的男声。

"阿胜,麻皮已经栽了,那个来找你的不是麻皮的人,你快走。"手机听筒里,传出了一个嗓音沙哑的男人急促的呼喊。

郭聪伸手"哗啦"一声拉开了衣柜的门。

衣柜内,站着一个身材肌肉虬结,威武壮硕,头顶锡纸烫,赤裸上身的方脸汉子。郭聪看向他的同时,他也将眼睛看向了郭聪。

"我知道了,北哥!"方脸汉子挂断了电话,他身高少说也有一米九五,手指关节已然被老茧磨平,上身刀疤十几处,有长有短,一看就是常年打架的练家子。

"你就是胜哥?"郭聪仰着脖子问了一句。

"对,我就是胜哥,你是谁啊?"方脸汉子点了点头,承认了自己的身份。

"我?我是你爸爸!"郭聪抽冷子一声大喊,抡圆了啤酒瓶子去砸胜哥的额头。胜哥左臂一个前手冲拳,"砰"的一下将玻璃瓶子打了个粉碎。郭聪一招失手,赶紧起右拳去打胜哥的眼窝,却不想胜哥人高臂长,一伸手臂,"咔"的一下就扼住了郭聪的脖子。郭聪胳膊短,哪怕变拳为指,也戳不到胜哥的眼睛,空抡了好几下,也碰不到对方。

"咳咳咳——"郭聪被掐得呼吸不畅,赶紧回手去掰胜哥的手指头。胜哥手腕一转躲开了郭聪的抓握,左臂一个下勾拳,打在了郭聪的小腹上。

"呕——"郭聪刚咽下去的"饼夹肉"原封不动地直接吐了出来。郭聪这三脚猫的身手,对付个平常人还勉强可以,但是和胜哥这种训练有素的专业选手厮斗,十成十没戏。

只见胜哥一拳打得郭聪弯成了虾米,张手就来抓他的脖子。郭聪咬牙强忍腹痛,缩身钻进胜哥怀里,两手扯住胜哥右臂,想给他来个过肩摔。

"啊——"郭聪弯腰前倾,使上了吃奶的劲,刚要摔投,胜哥伸左手,"啪"的一下就抵在了郭聪的后腰上。郭聪瞬间后背一麻,瞬间断了劲儿,还没来得及再变招,胜哥粗壮的右臂顺势回拉,钩住郭聪的脖子,抵在了自己的胸膛上。左手胡乱一扯,从衣柜里拽下了一条裤子,在郭聪脑袋上顺时针一缠锁死了脖颈。郭聪张口一吐,将舌底的刀片送到了右手指尖,贴着后脑一划,割开了裤子,整个人向下一蹲,就地一滚,逃出了胜哥的搂抱。胜哥一笑,不急着追打,迈步挡在了房间门后,回手一拧,"咔嗒"一下将门锁死。

"胜哥,我要说这是个误会,你能信吗?"

郭聪一手捂着肚子,一手揉着脖子,一边后退,一边绕着桌子转圈儿。胜哥没有说话,机械地摇了摇头,伸手指了指郭聪,随即变指为掌,在自己的颈下虚画了一道。

"你还要杀我?"

"杀一个和杀两个有什么区别吗?"胜哥咧嘴一笑,漏出了一口白牙。

"陆朝晖是你杀的?"

"对，除了他……现在还得加上一个你！"胜哥看准机会，一个前蹿，"咣当"一声掀翻了桌子，直奔郭聪扑来。

与此同时，岳大鹰将警车开得飞快，转过两个路口，一脚急刹，停在了谷雨汤泉的正门口。

"到了！"岳大鹰回过头，对直揉脑门子的张瑜、董皓、聂鸿声和魏局说道。

聂鸿声看了一眼三层楼高的谷雨汤泉，张口问道：

"这地方这么大，怎么找？万一打草惊蛇，让他溜了可是不妙啊。"

"给我三分钟！"董皓擦了擦眼镜儿，推门下了车，静静地站在了车边。

"你这是……什么情况？"张瑜跟着也走了下来。

董皓没有回头，压低了嗓音对张瑜轻声说道：

"做海关的，要学识货，先要懂船图！等你能看懂船图的时候，所有的事物在你眼中都将是另一番景象。"

"船图？"

"对！船图，轮船的船图。"

"按照作业手册释义，所谓船舶，即为航行或停泊于水域进行运输或作业，且具有特定技术性能、装备和结构形式的交通工具。平日里和我们工作最密切的是轮船，你在旅检，接触最多的是客轮，我们在码头，接触最多的是货轮；这个'轮'字代表的是输出动力，有两种解释：广义上的'轮'指的是机动推进，狭义上的'轮'指的是汽轮机，因为现代轮船的动力主要来自涡轮机和蒸汽机。也正是因为'轮'的出现，才促成了人类生活的改变和货物贸易在世界之间的流动发展。轮船结构的设计图纸，就是船图。看船图最重要的是视野，好比我们现在目视的这栋大楼，你不能把自己放到一个平视的位置上。"

"那我该……"

"到天上去，用上帝视角俯视它！"董皓轻轻抬起两手，向前虚抓，模拟将整栋大楼抱在怀中,再下放到脚边。

"一艘船,不看皮相看骨相,观形体知长短,观吃水知轻重。在你的眼中,它就是线条和数字的组合体。来,我们上下拉开。"董皓忽然左手向上,右手向下,手指在空中虚点,笑着说道。

"把船拆开,以甲板为分解,划定上下两层。下层是由船壳密闭围绕的空心体,这一部分直接决定轮船的性能、强度和浮力。其中支撑套嵌着轮船的骨架,一艘轮船是纵骨架式结构、横骨架式结构,还是混合骨架式结构将直接决定动力装置匹配、货物配重装载、燃料安全储存和航行淡水贮藏等一系列重要模块的分布。而这些地方,则是我们筛查疫情疫病、查缉走私夹带、打击燃油偷税、查发商贸欺诈等许多工作的主要关注点。甲板以上分布着生活、办公、仪器设备等舱室,连同内装结构(内壁、天花板、地板等)、家具、生活设施、门窗、梯、栏杆、桅杆、舱口盖在内,都不能掉以轻心。携带高致病性病菌的啮齿动物或躲过消杀的蚊虫幼虫就藏在这些地方。除此之外,你还要明晰有许多重要设备在船上的分布,比如船锚、系泊设备、船舵、操舵设备、救生消防设备、通信导航设备、船舶电气设备、照明信号设备、冷藏设备、压载水系统、舱底水疏干系统、液体舱的测深和透气系统,等等。"

董皓越说越起劲儿,可张瑜心里记挂着郭聪,急得直跺脚。

"船图和这楼有什么关系啊?业务培训回去咱们慢慢来,先找人要紧。"

"看船和看建筑是一样的。你不要着急,你听我说……伸出手,抱起眼前的这座建筑,放在脚下,低头看,它就是一个模型。"董皓深吸了口气,缓缓推到了张瑜的背后。

"我……我做不到……"

"不不不,你可以的!"

"我……"张瑜强自镇定,学着董皓的样子,先是将大楼的形貌印在脑中,再缓缓地想象着把它缩小,放在脚下。

"现在……低头看，告诉我，从上向下看，它是个什么结构？"

刚才来的路上，张瑜坐车沿街观察，岳大鹰曾经开车绕着大楼转了一周。张瑜跟着郭聪学画已经有些时日，对三维立体的感知是有基础的。

"回字形！"张瑜脱口答道。

"没错！它有几层？"董皓追问。

"地表三层，地下不知。"

"门边的指示牌，上面写着什么？念给我听！"

"-1F，停车场；1F 洗浴休息；2F 自助餐厅；3F 休息客房。"

"把楼层指示标记到你脚下的模型里，快！"董皓一声断喝，张瑜轻轻闭上了眼。

"现在你告诉我，胜哥最有可能藏在哪一层？"

"第四层！"

"为什么？"

"排除法！-1F 车库到处是监控，容易留下影像；1F 洗浴人多眼杂，容易露底；2F 餐厅人群密度大，遇事不好脱身。"

"好，现在把排除的地方从模型里抹去！"董皓短促有力地向张瑜下达了指令。

张瑜长吁了一口气，缓缓低下头，下意识地慢慢抬起了右手五指张开向上做固定状，左手慢慢下沉，掌心朝下，自左向右一挥，做擦除状。

"唰唰唰"张瑜三下连挥，在脑海里删掉了自 -1F 到 2F 的楼层模型。

坐在车上的聂鸿声看到张瑜这一幕，激动得直打摆子，红着眼睛冲魏局喊道："看到没有！就是这！就是这！我虽然不懂是咋回事，但是我见过虞老师办案。虞老师就是这个样子，就是这个样子，你看到没有？看到没有？"

"我不瞎！"魏局声调里带着浓浓的酸味，拍开了聂鸿声抓他胳膊的手。

董皓也是喜不自胜,连忙张口说道:"快,将剩下的模型放大!"

张瑜皱了皱眉头,两手在半空中分别向左右一张,轻声问道:"然后呢?"

"有多少个窗户?"

"24个!"

"观察窗户的尺寸,告诉我,几个是楼道窗户?有几个是房间窗户?"

"4个是楼道窗户,20个是房间窗户。"张瑜不到5秒就给出了答案。

"电梯有几部?"

"两部!"

"为什么?"

"门口指示牌有标识电梯的箭头。"

"如果你是胜哥,你会在20间客房里选择哪一间?"董皓抛出了最后的问题。

张瑜思索了片刻,沉声答道:

"第一,为脱身方便,我的房间要靠近楼梯,远离电梯。"

"好,现在将模型中所有屋子的灯全部打开,然后关掉靠近电梯那4间屋子的灯。"

董皓话音未落,张瑜已经举起了右手,先张开手掌,随即抓握攥拳,并伸出食指,轻点四下。在她的脑海里,模型先是全部亮起,而后4间靠近电梯的屋子一一关灯变黑。

"除了脱身,你还要考虑什么?"

"还有……对了!第二点是视野,我要能观察到楼下的两条主街。这样才能第一时间发现来围捕我的对手。"

这一次张瑜不用董皓指点,自顾自地将脑中模型不临主街的两排房间关闭了灯光。

"现在还剩下几间？"

"6间！"

"继续缩小范围！"

"我……我想不到……"张瑜的呼吸变得粗重，显然她还不适应如此高强度地在脑中建模。

"深呼吸！深呼吸！"董皓拍着巴掌，为张瑜控制情绪。

"我……还有……还有什么？还有什么？对了，是车！一旦出了紧急情况，必须跑路，靠两条腿我是跑不远的，我需要一辆车！这辆车不能停在地下车库，因为车库的入口有收费的岗亭，排队、缴费、抬杆会浪费我的时间！我的车必须停在地上，而且我的眼睛要能看到它。地上的停车位不多，只有5个。3个在大门左边，2个在大门右边。第一台车上安装着安全座椅，跑路不可能带孩子，排除！第二台车是新车，还没上牌照，副驾驶上放着一双平底的布鞋，这说明车主是个穿惯了高跟鞋的女人，胜哥是男人，排除！第三辆车车头向内对着墙，想离开必须在狭窄的空间内完成数次掉头，这不符合紧急跑路的需求，排除！从视野上看，第四辆车对的房间在电梯边上，排除！唯一的可能就是第五辆车，它正对的房间靠近楼梯且临街。按照酒店的房号排布规则，出电梯右手边为起点，逆时针转一圈直到终点……"

张瑜两手同时上扬，五指突然一攥拳，脑海里"咔嗒"一声脆响，模型里所有的房间一片漆黑，唯有一间房还亮着灯。

"你……找到了？"董皓手心儿里全是汗，紧张得嗓子直发紧。

"找到了！"张瑜的呼吸渐渐平稳。

"告诉我房间号！"

"308！"张瑜双目陡张，目光炯炯地看向了董皓。

聂鸿声一个大跳蹿下车来，斜着眼睛死死地望着董皓。

董皓蓦然一笑，扭头向聂鸿声答道："和我的推论一样……308！"

"牛……咳咳……"聂鸿声活活地憋住了后半个字，狠狠地朝自己胸口捶了两拳,咧着嘴抢先向谷雨汤泉的大门跑去。

308房间内,郭聪和胜哥的搏斗还在继续。

"咣当——"胜哥揪住郭聪的头发,将他的脑袋撞向衣柜。郭聪慌乱中两手抱头,用胳膊肘垫住前额,将玻璃镜子撞了个粉碎。郭聪上半身钻进柜里,撑住柜门,翻胯回身扫踢胜哥腰肋。胜哥步伐斜错半步,左手一搂,夹住郭聪踢来的腿,右脚侧踹郭聪的支撑腿,"啪嗒"一脚,便将郭聪蹬倒在地。

郭聪倒地一个翻滚,钻到了桌子底下,掀起桌子当盾牌护住胸腹。靠着墙刚站起身,胜哥垫了一步已经跟了上来,借着惯性冲力,抬起左膝,"砰"的一下就撞在了桌面上,板材的桌面瞬间开裂,一股强大的冲力直接顶在了郭聪的胸口,背后就是砖墙,郭聪退无可退,只能硬挨了这一下。

"咳——"郭聪一口气没倒过来,差点憋死,手里的桌面掉在了地上。还没来得及弯腰捡,胜哥已经从床头柜底下拽出了一个小冰箱,抡圆了就往下砸。郭聪一抱头,小冰箱结结实实地砸在了他的左臂上。

"咔——"胳膊里头传来一声脆响,郭聪知道,这胳膊八成是折了,指缝里夹着的刀片来不及换手,直接掉在了地上。

胜哥一招得手,拽断了电线,又来砸郭聪。郭聪跪在地上向窗边一抓,捞起一只烧水壶,顺手一泼,滚烫的热水洒了一地。胜哥是赤脚,没有穿鞋,脚面顿时被烫红了好大一片。

"今儿弄不死你,老子跟你姓!"胜哥又急又气,一个正蹬腿踹在了郭聪的胸口,抓住他完好的右臂,翻身虚跪,使了个摔拿的技法,"啪"的一下将郭聪摔到了地上,两腿一上一下夹住了郭聪的脑袋,膝窝回钩,卡住郭聪脖颈,两手一支在地上坐起身来,抓起散落的一块玻璃碴子直戳郭聪太阳穴。

郭聪心里不由得一声惨呼:"老子今天怕是要扔这儿了!"

说时迟那时快,眼看玻璃碴子就要扎到郭聪头上,门外陡然传来一个女人的声音：

"先生您好，请问需要打扫吗？"

这声音落在郭聪耳中，一听便知是张瑜。可胜哥没听过张瑜的声音，只道是客房服务员。为免节外生枝，胜哥赶紧捂住了郭聪的嘴，扬声答道：

"不需要！"

郭聪口鼻被捂了个严严实实，发不出声，急得一咬牙，狠命一口咬在了胜哥的手指头上。十指连心，胜哥疼得倒吸了一口冷气，下意识地一声大喊："啊——"

"砰——"房间的门被一只大脚蹬开，岳大鹰一马当先冲了进来，手往怀里一插，掏出手枪，指向了胜哥，沉声喝道："警察！别动！"

胜哥也是身经百战的老油条，电光石火之间他一摔郭聪，将他推向岳大鹰。趁着岳大鹰伸手一接的空当，胜哥攥着玻璃碴子割向了岳大鹰的手背。岳大鹰吃痛，手枪脱手而出，胜哥弯腰去捡。岳大鹰将郭聪撒进了跟进来的张瑜怀里，同时脚尖一挑，先胜哥一步，将手枪踢到了床下。胜哥瞥了一眼沉重的大床，料想短时间内也无法拿到枪，于是赶紧回身看了一眼窗户。

"别瞅了，这是三楼，不死也得瘸！"岳大鹰脱下了外衣，挽起了衬衫的袖子，摆了个搏击的架势，轻声说道，

"看这样儿，你挺能打是吧？咱俩比画比画！"

郭聪摇摇晃晃地被张瑜和董皓架住，还不忘回头大喊：

"老岳，你可来了，好好练练他！揍他！"

岳大鹰斜眼瞥了一眼满脸血污、鼻青脸肿的郭聪，冷声说道：

"你现在还背着通缉令呢，最好别嘚瑟，别乱动！"

"我不动，说不动就不动，一动不动！"郭聪啐了一口血沫子，一指地上那个他拎来的提包。董皓拎起来拉开拉链，只见里面满满当当塞的都是旧报纸，旧报纸底下裹着一个塑料袋，里面是个行车记录仪。

"这是陆朝晖的行车记录仪。这记录仪体积不大,就安在挡风玻璃上的后视镜背面。这胜哥是个傻缺,慌乱中把它给忘了。记录仪里面有存储卡,存储卡里有录音,能够证明陆朝晖不是我杀的,且凶手就是这个胜哥!"郭聪一口气说完了话,抱着胳膊直抽冷气。

胜哥没理会郭聪,弯腰一沉,提右膝撞打岳大鹰胸口,左手护额,右手肘高抬,下砸岳大鹰后脑,岳大鹰抽身侧退,胜哥撞空,回身摆拳,岳大鹰矮身抱住胜哥腰肋,重心后压,两臂上抬,仰摔胜哥,胜哥两脚离地,大头朝下扎向地面。在接触地板的一瞬间胜哥两手支起撑住,一个后滚翻脱离了岳大鹰的掌控,同时左腿屈膝,右腿横扫岳大鹰左小腿的迎面骨。岳大鹰不退反进,冲到了胜哥的大腿根儿处,向下一跪,直接压住了胜哥的腰,胜哥也不是省油的灯,右腿扫空后顺势上卷,带动左腿一前一后,将岳大鹰卷倒,伸手一掰锁住了岳大鹰的左臂,岳大鹰一咬牙,猛地坐胯,蹲坐而起,使了一股蛮力直接将胜哥提了起来,两腿开弓步,一个前冲将胜哥撞在了电视墙上,伴随着玻璃幕墙稀里哗啦地碎落,胜哥吃痛松手,翻身落地,一个鲤鱼打挺,又站了起来。岳大鹰张合了一下麻木的嘴角,活动活动下巴,一个前手直拳,击打胜哥面门,胜哥侧身提肩,架住了这一击,左手换勾拳,直奔岳大鹰小腹,岳大鹰缩身弯腰侧胯,用身体外侧挡住这一击,右鞭腿踢击胜哥肋下,胜哥抬腿外摆,两人"砰"的一下发出一声重击的闷响。

"呼——"岳大鹰扑上,抱住胜哥脖颈,抱摔滚地,胜哥不愿和一身蛮力的岳大鹰缠斗,在倒地的一瞬间使了个兔子蹬鹰,向岳大鹰胸口蹬来,岳大鹰知道这一脚要是蹬实了,不是骨折就是骨裂,于是只能收回了抓拿抱摔的两臂,十字交叉挡在胸前,借着这一蹬的力,回退两步,和胜哥拉开了距离。

胜哥得了机会,暂喘了一口气,正要再上的时候,魏局和聂鸿声已经冲进了门,和岳大鹰一起成"品"字形将胜哥围在了当中。窗外警笛声响,支援的人马已经将出口全部封死。

"束手就擒吧！"魏局冷哼了一声。

胜哥从地上捡起一根烟，放在嘴里点着，嘬了一口，涩声说道：

"说句实话，今儿这场面我一点都不意外，从我出来混的第一天我就知道，早晚都是这么个结局。不过你们也别小看我，从我这儿……你们什么也问不到！"

"到"字刚出口，胜哥猛地从窗台的花盆里抓了一把土，兜头扬出，聂鸿声、魏局和岳大鹰抬肘一遮眼的工夫，胜哥已经蹿上了窗台，撞破了玻璃，从半空中栽下。

"吱呀——砰——"楼下一阵刺耳的急刹车，紧接着便是挡风玻璃破碎的脆响。

岳大鹰伸头一看，正是胜哥跳楼砸在了那辆车头向里、刚刚正在掉头的车上。满地的碎玻璃里，胜哥一动不动地瘫软在地上。车里的司机吓坏了，推开车门脚一软，坐在了地上。支援的警员赶紧疏散人群，将胜哥抬上了警车，直奔医院驶去。

聂鸿声叹了口气，扭过头来，看了一眼张瑜。郭聪被打得一脸血，胳膊软塌塌地耷拉着，心疼得张瑜直掉眼泪，呜呜咽咽地说不成话。董皓在一旁劝道：

"没事儿，没事儿，胳膊离心脏远着呢。"

一听这话，郭聪气不打一处来，强打精神回怼：

"怎么哪儿都有你呢？！"

董皓上下扫了一眼郭聪，笑着说道：

"郭科长今天造型挺别致啊，这是扮的神雕杨大侠，还是隔壁吴老二啊！"

"滚！我最瞧不上的就是你，有本事别说风凉话，画下道来咱比比？"

"比什么呀？比谁能挨揍吗？"

"好了好了！别吵了！"聂鸿声看了一眼手表，止住了这俩对头。

"还有 5 分钟 48 小时,算你准时。"聂鸿声轻轻地拍了拍郭聪的肩膀,在他耳边小声说道。

"一定一定。"郭聪咧嘴一乐。

"走,先去医院,收拾妥当了再说!"

"是!"郭聪本想敬个礼,却牵动了手臂,疼得龇牙咧嘴。

第五章　阿斯克勒庇俄斯

市第二人民医院，骨科病房。郭聪平躺在床上睡得昏天黑地。这段时间他的精神一直处于高度紧张之中，不是追就是逃，从体力到脑力都处于严重的透支状态。再加上胜哥这一顿暴打着实不轻，连接骨带裹伤，刚折腾完没多大一会儿，他便迷迷糊糊睡了过去。张瑜不放心，一路陪着，瞧见他睡着了，便自己搬了个凳子，坐在床边，拄着脑袋闭目养神。

"吱——"病床的门被人推开，张瑜揉揉眼睛抬头一看，正是聂鸿声来了。

"嘘——"张瑜将食指放在嘴唇上做了个噤声的手势。

"睡着了？"聂鸿声做贼一样将饭盒掏出来，扭头问道。

"刚睡着。"张瑜低声应了一句，随即问道，"聂关，你们那边怎么样了？"

"我们那边一切顺利。那胜哥一身肌肉没白练，三楼跳下去，就是个膝盖挫伤，身上破了点皮，晕了没多久就醒了，比郭聪这小子硬实多了。小张，你甭管他了，先吃点饭。"

聂鸿声将饭盒递给了张瑜。张瑜伸手接过，刚要起身的工夫，郭聪一皱眉头，缓缓睁开了眼。

"哟，都来了！嘶——"郭聪一支胳膊要起身，牵动了伤口，痛得又躺了下去。

聂鸿声弯腰在病床底下找到了一个"之"字摇杆，顺时针转了数圈，病床上半部向上折起，托着郭聪坐了起来。

"谢谢聂关。"郭聪咧嘴一笑。

"可别说谢，你有功啊，挨揍有功！"聂鸿声笑着在郭聪胸口捶了一拳。

"聂关，打我那胜哥咋样了？"

"这事我刚跟小张说完，他没事，比你强！"

"他是个什么路数？"

"这胜哥，原名兰胜义，经历还挺丰富，十几岁时因盗窃电缆入狱，出来后还当过搏击教练，后来因为抢劫出租车二进宫，一蹲就是八年，出来后干了个赌场，放贷聚赌……剩下的事老魏他们审着呢，不过我听说这小子对杀害陆朝晖的事供认不讳。"

"动机呢？他的动机是什么？"郭聪追问道。

"兰胜义说，他之所以要杀陆朝晖，乃是因为陆朝晖欠钱不还，他一时冲动，激情杀人！"

"不可能！他肯定受人指使，这事儿和那个宋雨晴脱不开干系。对了，我曾听见过兰胜义接电话，对方是一个叫北哥的，那个北哥让他赶紧跑。"

"北哥？这个名字兰胜义没提过。"聂鸿声摇了摇头。

"对了，兰胜义藏身的那家谷雨汤泉，你们查过没有？"郭聪眼睛一亮。

"查过了。洗浴中心的老板说他根本不知道胜哥这事。他们客人众多，实在顾不过来，而且……你接骨时候说的那个用弹簧刀胁迫你的文身小伙也没有找到。岳大鹰他们排查了谷雨汤泉所有的员工，以及当天出入那里的宾客，没有一个符合你的描述……不过你放心，陆朝晖被杀的事已经搞清楚了，你的嫌疑洗脱了。剩下的事，老魏他们会去处理，术业有专攻，这是他们的老本行。你吃点饭吧，我给你也带了一份……"聂鸿声又取出一个饭盒塞进了郭聪手里。

郭聪捧着饭盒一边摩挲着上面的棱角，一边皱眉说道：

"我担心的始终是宋雨晴，她说过……她这次回来，是要做一件大事，一件比潘先生还大的事……陆朝晖就是个小绊子，她漂洋过海地从国外回来，不可能单单就是为了捉弄我。"

"我担心的也是这个，所以说啊，这个9·15专案组还不能解散。从今天起，你也进这个小组。对了，有件事儿你还不知道吧。"聂鸿声撇了撇嘴，从上衣兜里掏出了一张折叠得整整齐齐的报纸，甩手扔给了郭聪。

张瑜放下饭盒，帮郭聪把报纸展开，递进了他的手里。报纸主版面上整个篇幅印着一个人的半身像，赫然正是宋雨晴。标题为：商界新锐宋雨晴重金拓荒新领域，入驻滨海生物科技园区。报道内容主要信息为：今年3月初，奥莱国际贸易有限公司总经理宋雨晴，出资700万，在滨海生物科技园区申请了一片厂区，在完成企业注册备案手续后，奥莱生物科技有限公司宣告成立，并于6个月的时间内，完成了生产线的布局和生产技术人员的招聘培训。9月16日，也就是在郭聪出事的第二天，宋雨晴亲任董事长的奥莱生物科技有限公司开工投产，广邀地方领导和商界同仁前往参观，并重金订下了《滨海时报》的正面主版面，为奥莱生物科技有限公司做宣传。

"聂关，您经验足，这是个什么情况？"郭聪放下了报纸。

"能有什么情况？小隐隐于野，大隐隐于市呗。对了，你身体怎么样？"

"我？我没问题啊！"郭聪自己捶了捶自己。

"那就行，明天一早，你和董皓一组，去奥莱生物科技有限公司看看，名义上是服务调研，问问他们有什么需求。如果发现了什么端倪，一定不要和人家发生冲突，咱们回来后从长计议。"

"行……行吧？"

"怎么还行……吧？你有什么困难啊？是不是跟我闹为难情绪呢？"

"没闹情绪，您能不能给换个人，要不我和张瑜去？"

"兔崽子你想得美！你是关长还是我是关长？好家伙，还挑上人了。实话告诉你，货运是人家董皓的专长，我没让张瑜和董皓一组就不错了，还跟我这儿挑肥拣瘦。"聂鸿声劈头盖脸地吵了郭聪一顿，扭头出了病房。

翌日清晨，董皓敲了敲病房的门，一进屋正发现张瑜正在给郭聪倒水。

"哎呀呀，我是不是来早了？"

"呀，董科长。"张瑜放下了水杯，赶紧去给董皓搬凳子。

郭聪白了董皓一眼，一脸厌弃地说道：

"早什么早？等你半天了！"

董皓一咧嘴，坐在凳子上，笑着说道："去生物科技园道远，我路上买了点狗粮，自己多少吃点儿，垫垫肚子。"董皓这话一出口，张瑜下意识地脸一红，拎着暖壶，低头快步走出了病房。

"姓董的，扯这没用的你有意思吗？"

"好了好了，我不是跟你吵嘴架的。一句话，奥莱的事儿，你有什么思路吗？"

"还没有，我一路都被宋雨晴牵着鼻子走，这滋味儿可太难受了。再说了，这货运贸易是你强项，突破口还得你来找。"提到工作，郭聪瞬间收摄心神。

"算你说句人话，这是我昨晚搜集的资料，路上你好好看看，车在楼下，我来开。"董皓站起身，将随身的一个文件夹扔给了郭聪。郭聪给张瑜发了个微信，披上外衣随着董皓一起下了楼。

车上，左臂还打着石膏外固定的郭聪坐在后排，单手翻阅着董皓给他的文件资料。董皓做工作一向扎实，一个晚上的时间，就将整个奥莱生物科技有限公司的背景整理得清清楚楚。

奥莱生物科技有限公司是一家以研发和生产经营生物生化药品为主的高科技生物科技企业，现有员工300余人，其中具有大专以上学历的专业技术人员200多人，执业药师36人。注册地址位于滨海市经济开发区生物科技园内，总占地面积约80亩，建筑面积近1万平方米。公司建有目标年产3600万支口服制剂的复方胃蛋白酶全进口生产线，并设有包含分析室、制剂室、合成室、理化室等在内的先进研发实验室。

"董皓，你说……宋雨晴这个成本是不是扎得太大了，一般干走私都是赚快钱，少有铺这么大摊子的。"郭聪合上文件夹向董皓发问。

董皓瞥了一眼后视镜，皱眉嘀咕道：

"确实很反常，据我分析，这事应该有两种可能。"

"哪两种？"

"一是走私的量太大，宋雨晴敢肯定其收益足够覆盖前期这1000万的成本；二是这摊子看着大实则水分多，是个名不副实的障眼法。只不过，我担心的是另一件事……"

"什么事？"

"货运和旅检向来是两条线，宋雨晴拿陆朝晖坑你绝不可能是心血来潮，这里肯定有连环套儿。你想想，咱们参加工作多年，什么时候进过同一个专案组？"

"你的意思是……"

"从方向上顺藤摸瓜，宋雨晴要么是在货运和旅检都布了局，要么就是在搞声东击西，玩儿虚虚实实的把戏，只不过这次咱们不知道货运和旅检哪头是虚，哪头是实。"

郭聪正要答话，董皓已经踩下了刹车，郭聪向窗外一看，原来不知不觉二人已经进到了生物科技园，顺着主干道开到了奥莱生物科技有限公司的厂区门外。

"下车吧郭聪，是真是假，是虚是实，咱们掌掌眼！"董皓解开了安全带，深吸了一口气。

厂区门外，宋雨晴一声利落的西装短裙，带着一名文质彬彬的助理早已等候在了门外。瞧见郭聪和董皓下车，宋雨晴笑颜如花，热情地迎了上来。

"二位领导亲临检查，我们真是蓬荜生辉……"宋雨晴笑着把手伸向了郭聪，故意在郭聪打着石膏的左臂边上绕了一圈儿，"哟，原来这位领导不方便呀，带伤工作太辛苦了，真是轻伤不下火线啊。"

郭聪看着宋雨晴满眼的假笑，一股邪火上蹿，眉头瞬间紧皱。

"哟，您脸色不太好，时青时白啊，哪儿不舒服吗？"宋雨晴故作关心地问。

"我哪里不舒服，你心里没数吗？你……"郭聪刚说了半截话，董皓"嚯"的一下便把肩膀插了进来，整个人斜刺里挡住了郭聪，眯着眼睛带着笑，轻轻地握住了宋雨晴的手，轻声说道：

"宋董事长您好，检查谈不上，您言重了。我们就是来做个调研，看看咱们这里在技术、设备、产品、原材料等涉及进出口的方面，我们有什么能帮上忙的。您这企业一注册，就被列入了咱们滨海市重点扶持的高新企业，有很多专业知识，我们怕是还要向您多请教。我这位同事就是有点低血糖，我兜里装着巧克力呢，给他嚼上就好！嚼上就好！哈哈哈哈！"董皓一边和宋雨晴攀谈，一边用肘尖点了点郭聪。

"对！我低血糖……"郭聪撇了撇嘴。

"二位领导第一次来，就由我来做个导游，带你们参观一下好不好？希望你们多提宝贵意见！"宋雨晴极为热情。

"客气了！客气啦！我们就是来学习的。"董皓紧随其后，一路上和宋雨晴谈笑颇欢。董皓这个人对商贸一行涉猎极广，各国的贸易特点、海运模式以及商业政策全都了如指掌，再加上他说话本就风趣，举止又大方得体，所以没过多久，便赢得了宋雨晴高度的赞赏。

在厂区里转了一圈，宋雨晴笑着说道："董科长，说实话，我真是很佩服您。如果您不是有公职在身，我倒真想聘请你来我这里当个商业顾问。"

"您太抬举我了。"

"不是抬举,真心话。是这样啊,我们这个厂区大概就是这么个情况,咱们已经兜了一圈。不如咱们去会议室歇一歇,谈一谈。二位如果有什么需要我回答的问题,我一定知无不言言无不尽。"

"那就……叨扰了。"董皓微微一笑,跟在宋雨晴身后,走进了厂区的办公楼,进电梯,上二层,走进了一间小型的会议室。

这间会议室就布置在宋雨晴办公室的隔壁,装修得很是雅致,名贵的波斯地毯上摆着欧式雕花的白漆桌椅。董皓在进门的一刹那,下意识地收了一下脚。

"董科长?"宋雨晴有些疑惑地问了一声。

"鞋底脏,别踩坏了您的地毯!"

"不妨事,您还懂地毯?"

"只是略懂!您这地毯应该是伊朗高原上的伊斯法罕市的。"

"何以见得?"宋雨晴眼前一亮。

"羊毛和打结数。据我所知,只有伊斯法罕市出产的波斯地毯,才会采用名贵的科尔克羊毛,也就是春天八个月大的伊朗西部高原绵羊羔的胸部与肩部的羊毛,绝对的寸绒寸金。而且不同产地的地毯打结密度是不同的,伊斯法罕地毯的打结密度一般是每10厘米60到100结,高密度的地毯打结数可以达到130结以上。海关编码5701100000,归类为:地毯(手工羊毛制),关税14%,增值税17%,无监管条件。"董皓全程叙述淡定流畅,活似个人形复读机。"厉害!厉害!"宋雨晴拍手鼓掌,引着董、郭二人走进会议室,各分宾主坐定。刚一落座,宋雨晴便笑着说道:

"董科长,我高价收了一幅古画,想请您帮我品鉴品鉴。来,你抬头看这儿。"宋雨晴伸手一指,指向了会议室东墙上挂着的一幅油画。画中是一个男子的人像,卷发微须,着一披身式长外衣,左手持一手杖,手杖上缠一长蛇。

郭聪看了看那手杖和长蛇，对董皓小声嘀咕道："杖上缠蛇，这和咱们海关的关徽有点像啊。"

中华人民共和国海关关徽，由金黄色钥匙与商神手杖交叉组成。其中两蛇相缠的商神杖是商神——古希腊神话中赫尔墨斯的手持之物。赫尔墨斯是诸神中的传信使者兼商业、畜牧、交通之神，被世人视为商业及国际贸易的象征。

董皓喝了一口水，压低了嗓子说道："不懂就别乱说，这和商神权杖没关系，这画里画的是医神。"

"医神？"

"对！阿斯克勒庇俄斯。"

"什么乐……额什么斯？"

"阿斯克勒庇俄斯，他是古希腊传说中光明神阿波罗和塞萨利公主科洛尼斯之子，他的名字 Ασκληπιος 意为切破，是古希腊神话中的医神，对应天上的蛇夫座。相传阿斯克勒庇俄斯自幼被人马喀戎养大，精通医术，并从智慧女神雅典娜处得来了蛇发女妖戈耳工的血。这血液非常神奇，左耳采的血剧毒无比，中者立死；右耳采的血能起死回生，活死人肉白骨。宙斯闻之此事，暴怒不已，愤恨阿斯克勒庇俄斯以凡人之躯染指了只有神明才能掌握的不朽之术，于是乎抬手一个闪电击毙了阿斯克勒庇俄斯。阿斯克勒庇俄斯的死，让他的生父太阳神阿波罗伤心不已。为了报复宙斯，他射死了为宙斯锻造雷矢的独目三巨人库克罗珀斯。宙斯为了平息阿波罗的怒火，将阿斯克勒庇俄斯升上天空化为蛇夫座，并将其封为医神。而他那根手杖的来历，据说是有一次他因治疗某种疾病陷入沉思，一条毒蛇悄悄地盘绕在他的手杖上。他抬手杀死毒蛇后不久，另一条毒蛇出现了，口衔药草将死蛇救活。阿斯克勒庇俄斯拿起那草药一看，正是他要找的。于是这根缠绕着蛇的手杖也成为了以他为艺术创作原型的一系列作品的重要标识。"

宋雨晴听得津津有味，不住鼓掌：

"妙！绝！妙绝！妙绝！董科长的博学，真是我平生罕见……只是您还没有告诉我，我这画是不是个古物，我可是付了不少价钱的。"

董皓放下了水杯，笑着答道：

"从绘画技法上看，古希腊人物画从视角构图上都是以90°正侧面投射，无论色彩还是线条都不存在表现空间纵维度的倾向。您这幅立体感太强，怕是略有瑕疵。从色彩上古希腊绘画提倡简单直白，用色不出白黑黄红，您这幅过于斑斓了。再有就是画幅的载体，希腊古画多用羊皮纸，所谓羊皮纸，是皮不是纸，乃是将羊皮经石灰处理，剪去羊毛，再用浮石软化制成的材料，正常来讲上等原料皮革面上都保留有完好的天然状态，涂层薄，能展现出动物皮自然的花纹。这种花纹是不规则的，但是您这画的皮面，迎着光一看，纹路虽然细腻但是极富规则，一看就是将带有伤残或粗糙的天然革面或'二层革''二道皮'进行拼接整合后人工压制花纹出厂的产品，不但古希腊没这技术，就是放在现在，您这也就是个流水线出产的工艺品。你要是把它当古画买回来，我说句不好听的话，您亏大了！"

宋雨晴闻言，不怒反笑，挑着拇指赞道：

"不亏！不亏！能见识董科长神技，千金不换。"

"惭愧惭愧，您过奖了，我在海关干的是海运贸易的行当，识货是基本功。咱们言归正传，我们这次来就是来调研的，您若是在生产经营过程中有任何需要海关帮忙解决的问题，尽管直说，我们将尽最大的努力为您解忧。"董皓说完了话，伸手掏出了随身带着的笔和本，抬眼看向了宋雨晴。

宋雨晴没有说话，定定地看了一阵董皓，又看了看郭聪，沉默半晌，幽幽笑道：

"怎么？你们海关的人，都是这种风格吗？那个词怎么讲……对了！骄傲！就是骄傲！我接触你们的人并不多，加上你们俩，一共才三个人。2003年，我给陈三河当过几天翻译。他和你们一样，说话的时候，眼睛里都闪着光。你不知道，我有多讨厌这种光。你要知道，一个人纵使再有本事，他也只是个人，他不可能洞悉一切，更不可能万无一失。所以，人要学会对未知之数心存畏惧……"

郭聪听到此处一声嗤笑，开口打断："干我们这行的，只怕除恶不尽，怕什么未知之数？"

宋雨晴瞥了一眼郭聪，又看了看董皓："他就是头倔驴，我早有领教，但是董科长，我观你可是个玲珑通透的人……"

董皓一摆手，苦笑道："您太抬举我了，在这个问题的观点上，我偏巧和那头倔驴不谋而合。"

"这么说，没得谈了？"宋雨晴一摊手，抱着胳膊靠在了椅子上。

"道不同不相为谋，我们跟你有什么好谈的啊！"郭聪一拍桌子站了起来。

"哗啦——"郭聪这一拍用劲儿不小，把董皓刚放下的水杯震得一抖，洒了不少的水。董皓一边低头用纸巾擦拭浸湿的日记本，一边轻声说道："宋董事长，咱们彼此的底细都很清楚，很多话没必要打哑谜了吧。您在意大利原本是干什么的，还用我给您提醒儿吗？"

"董科长，说话要讲证据。您是公职人员，言行不端，对我进行人身攻击、名誉毁谤，我可是要告你的。"宋雨晴脸上不见一丝怒色，轻轻吹了吹茶叶沫子。

"这不是意大利，您最好规规矩矩干正行，但凡有一点歪心思，我绝对不放过你。"董皓冷下脸收起了笔记本，起身刚要走，从会议室门外走进了一个矮壮的中年男人。

"好啊！好啊！政府机关就是这么服务高新企业的吗？"中年男人瞪着董皓，闷哼了一声。

"你是……"

"忘了介绍，这位是《滨海经济周刊》的主编范良。我和范主编是老同学了，这次来滨海投资，范主编在报道宣传上也给了我们很大的帮助。"

宋雨晴起身,走到中年男人身边,向董皓和郭聪做着介绍。

"奥莱生物科技有限公司是来本市投资高新企业,于公于私,我都应该对宋董事长提供全力以赴的帮助,不像某些小人,怀揣着些鬼蜮心思。说吧,你们这是什么意思,是想吃拿卡要,还是替宋董事长的商业对手下绊儿来了?"

郭聪眉毛一拧,就要回怼。董皓一点肘尖,制止住了郭聪,轻声说道:"我们就是来看看情况,看看有没有什么需要我们帮助的?"

"帮助!有你们拍桌子帮助的吗?刚才我在外面都听到了,就是这个胳膊打着石膏的人说:这不是意大利,您最好规规矩矩干正行,但凡有一点歪心思,我绝对不放过你。你们这是帮助的态度吗?你们这就是威胁!"范良越说声越大。

董皓并不急着分辩,等到他话音落下,才徐徐说道:

"听话儿不能听半截儿,您这属于断章取义。瞧您这意思,宋董事长很多事并没跟您交代……言而总之,我们今天到贵公司,收获颇丰,而且和宋董事长本人相谈甚欢,宋董事长,您说呢?"董皓斜眼看向了宋雨晴,宋雨晴微微一笑,点头示意。

"郭聪,咱走吧。"董皓一拉郭聪,不理范良和宋雨晴,快步下了楼,发动汽车,缓缓驶离。

车上,郭聪犹自鼓鼓地生着闷气。董皓一边开车,一边说道:

"郭聪,这不像你的性格啊。"

"我什么性格啊?"

"泰山崩于前而面不改,麋鹿兴于左而目不瞬。"

"哟呵,你这么瞧得起我。"郭聪有些意外。

"说实话,你这人虽然又臭又硬,但是百步识人的手艺却是货真价实,只可惜,你有一个软肋——三河!你一听陈三河这三个字,就易焦易躁易激动。宋雨晴就是吃准了你这一点,才会拿这茬儿办你,还屡试不爽。"

"我哪有你淡定啊！和她聊一上午，一件正事没说。"

"你气不顺，别找我茬儿啊！好了好了，我问你正事，范良这个人，你从他身上能读出多少信息？"

"头脑简单、四肢发达，被人当枪使而不自知，而且他对宋雨晴肯定有点儿意思，不是老同学旧情未泯，就是离异后寂寞孤独，需要陪伴……"

"哟呵，行啊郭聪，知心大姐姐啊！"

"上一边去，少埋汰我。"郭聪伸手推了董皓一把。

"怎么瞧出来的呀？"

"无名指有婚戒痕迹，却不见戒指，且皮肤色差尚未消退，这说明他刚离婚不久。衬衫有折痕，裤缝是新熨烫出来的，皮鞋光亮得能映出人影，身上散发着若有若无的古龙水香气，正常工作上班谁会这么打扮？士为知己者死，女为悦己者容，倒过来也是一样的，在咱们和他交谈不到两分钟的时间里，他若有若无地瞥了宋雨晴3次，且目光的落点都在宋雨晴的手腕上。宋雨晴腕上戴了一只玫瑰色的新表，要说那表不是范良送的，我打死都不信。一个离异的中年男人向一位单身女同学示好，怎么可能没动感情？不过……"郭聪有些苦恼地叹了一口气。

"不过什么？"

"我这百步识人一遇到宋雨晴就不怎么灵光，她这个人心细如发，极擅伪装，真真假假的让人心里含糊，不然上次也不能让她坑那么惨。"

"有心算无心罢了，你不过失手了一次，就这么丢了信心，实在是不该啊！话说这次，可是咱们俩联手办案，要是你我加起来都折戟沉沙，那就真能把今年已经90多岁的虞老从疗养院里请出来了。"

郭聪闻听此言，转头看向窗外远处，一声冷笑：

"哼！杀鸡焉用牛刀？"

"对喽！这才是我认识的那个郭聪！"董皓一脚油门，拐上了高架桥,直奔滨海关大楼驶去。

此时,车载广播里正播放着实时天气:明日17时,热带风暴"云雀"进入我国东海东北部海域,最大风力8级。……8月2日早晨5点钟,台风"鸿鹄"的中心已移动至我市东偏南方大约420公里的东海北部海面上,附近区域最大风力9级,并伴随雷雨冰雹等强对流天气……

"郭聪,要刮台风了。"

"嗯,这台风今年好像比以往来得要早一些。"郭聪轻轻地用指肚敲打着玻璃,若有所思,喃喃自语。

第六章　消失的环尾狐猴

滨海海关，第二会议室，聂鸿声、郭聪、董皓、张瑜四人组成的专案组正在推演有关奥莱生物科技有限公司和宋雨晴本人的信息风险脉络。在白板墙上执笔画图的人是郭聪，白板正中贴的是宋雨晴剪切自报纸版面的照片。

"各位，咱们从头捋一捋整件事的脉络。首先，凭借意大利海关给咱们寄过来的这些资料上可以断定，这个宋雨晴到滨海，绝不是金盆洗手、重新做人来了。我们不妨参照她利用陆朝晖做套儿坑我这事，画一画逻辑图——首先，从人员组织上，宋雨晴有一套上下线分工清晰的组织班底，从上到下，依次为总策划宋雨晴、二传手北哥、执行人兰胜义。从操作路线上，兰胜义在昌华冷链渗透、在诺斯第安物流集散仓储中心杀人、在谷雨汤泉藏身。每一步显然都是经过了周密的策划和部署的。眼下，兰胜义杀人一案正在由魏局带人追查。他们是干这些事的行家，咱们就算是再投身进去，也难以有更快的突破，所以不妨换个目标。"

"换哪个？"聂鸿声问。

"这个神出鬼没、承上启下的北哥是谁？我们找到了他，也许就能在宋雨晴的这盘棋上寻个突破。"

聂鸿声琢磨了一阵，点头说道：

"查可以查，但是我强调一点——在没有确凿证据的前提下，一定不要去碰宋雨晴。这个女人很精明，到滨海以来很是活跃。先是到大学搞商业讲坛，后又设立创业基金，慈善上捐款、宣传上发力，再加上她大力注资，入驻生物科技园，没两个月的时间，俨然成了滨海商界的风云人物。她已经把自己放在了聚光灯下，为的就是防备咱们。如果咱们的举动稍有差池，舆论上的口诛笔伐可丝毫不亚于现实中的枪林弹雨啊。万一再被某些别有用心的人扣上破坏经济发展、阻碍产业招商的帽子，咱们可就被动了。这点上，董皓我是不担心的，郭聪你给我多注意点，别不管不顾的。"聂鸿声敲着桌子冲郭聪提点，郭聪撇着嘴，不住地点头称是。

就在这个时候，董皓的手机响了，他接起来没听几句话，脸上瞬间变了颜色：

"好！好！我让科里内勤的同志把资料发给你，稍后我亲自跟进……好！好的，再见。"

"怎么个情况？"董皓刚挂断电话，聂鸿声便急着发问。

"隔离场……丢了一只猴子。"

"猴子？"

"对！有4只进境陆生观赏动物环尾狐猴于一周前到港，到港后直接送往海关指定隔离场，进行隔离检疫。昨天晚上，其中1只环尾狐猴出现发热休克并死亡。接到隔离场总监控室传输的异常信息报告后，咱们负责动物检疫的同事第一时间进入隔离位置，取出该环尾狐猴的尸体，用专用塑胶袋包装密封，记录笼号、动物死亡数和日期时间，收集死亡动物的排泄物及脱落毛皮，并将尸体经高温高压灭菌后置于冷柜保存，待集中焚烧。并为其余3只环尾狐猴转移位置，更换笼体、笼盖、饲料及饮水瓶。本来这一切操作都非常顺畅，但在凌晨三点左右，锁在冷柜里的环尾狐猴尸体不翼而飞了。"

"死猴子还能飞？我怎么不信呢！"聂鸿声浓眉一皱。

"所以说，负责动物检疫的同事想调一下进口的报关资料……"

"行啊！那你尽快给发过去，然后把重心还是放在咱们这个专案上。"

"聂关……这事儿怕是和咱们这专案有点关系。"

"说清楚点儿。"

董皓伸手捧起了桌面的笔记本电脑,将屏幕转向了聂鸿声:

"聂关您看,为这批环尾狐猴办理进境报关手续的报关行是康业明达。"

"康业明达?他们家生意铺得可不小。可这又和宋雨晴有什么关系?"聂鸿声揉了揉下巴。

"康业明达报关的这批观赏动物,收货人正是奥莱国际贸易有限公司,您说巧不巧?"

张瑜听他们聊得火热,但一句也听不明白,自己的脑子里全是问号。董皓看了一眼张瑜,轻声解释道:

"你刚入职,而且一直在旅检,对货运这边不太熟悉。海运除了交电、仪器、小型机械、玻璃陶瓷、工艺品、印刷品及纸张、医药、烟酒食品、日用品、化工品、针纺织品和小五金等12类为人熟知的适用集装箱装的货物之外,还有很多不适用集装箱运输的货物。比如:配件超高、超宽等特大尺寸的货物通常通过散货船堆放在船舱或者甲板上来运输;应用车辆或铲车造木材、林产品,大量羊毛、棉花、黄麻、钢材、金属锭等大批低值产品或半成品通常用滚装船运载;铁矿石、煤炭、粮谷、铝矾土和磷矿石等则多以散装船运输;贻贝、扇贝、文蛤、花蛤、牡蛎、青蟹等鲜活鱼虾多采用淋水保活运输,也就是在运输途中要定时观察并喷淋海水;一些在200米等深线以外大洋区进行捕捞作业的大型船队,一般分为拖网船、围网船、钓鱿船或延绳钓船等,在捕捞活动完成后,由母船将小型渔船的渔业产品收集,送到配备低温冷库速冻的冷藏运输船上,再由运输船将船库内的活鲜运到港口;大宗活体陆生动物则多采取牲畜船运输。我刚才说的这几只环尾狐猴就是这么来的,后续你要是有机会,就来我们这边借调一段时间,不但增长见闻,还有很多有趣的……"

"差不多得了啊！科普归科普，讲课归讲课，别搞挖墙脚那一套！"郭聪听出不对，拈着笔杆敲了敲桌子。

董皓尴尬地笑了笑，接着说道：

"没事没事，咱接着说报关。所谓报关，是指进出口货物装船出运前，向海关申报的手续。进出口货物，除另有规定的外，可以由进出口货物收发货人自行办理报关纳税手续，也可以由进出口货物所有人或收发货人委托海关准予注册登记的报关企业办理报关纳税手续。……这里要注意区分一下概念：货物所有人、货物收发货人可能是同一个主体，也可能是两个主体。这个收发货人是个清关登记的概念。在海关的系统中具有进出口权的登记人，才能作为该批货物的申报方；而所有人，则是个物权概念，即该货物的实际所有人。在代理进出口的情况下，收发货人和实际所有人是分离的，即外贸公司是收发货人，最终委托方则是实际货物所有人。当然，如果是自理进出口的话，这两个角色就是重合的。要准确捕捉信息，你先要学会看进口报关单，从预录入编号、海关编码、进口口岸/出口口岸、备案号、进口日期/出口日期、申报日期、经营单位……单价、总价、币制、征免、税费征收情况、录入员、录入单位、申报单位、填制日期等一系列信息中分析出风险。"

张瑜听得云山雾罩，好像摸到了什么边际，却又模糊不清。

董皓拿起桌子上的马克笔，站到了白板墙边，边写边说：

"咱们就拿这批观赏动物举例子。通过报关资料我们可以看出，这是一个典型的代理进口，提供报关服务的是康业明达报关行，收发货人是奥莱国际贸易有限公司，消费使用单位是我市一家森林公园。是这家森林公园委托奥莱国际贸易有限公司进口了这一批观赏动物，而奥莱国际贸易有限公司又委托了康业明达进行报关。"

"等会儿，等会儿，我有个问题！"郭聪举起了手。

"你说！"

"这猴儿多少钱？"

"这正讲业务呢,你别打岔啊!"张瑜有些嗔怪地瞄了郭聪一眼。

董皓一抬手,沉声说道:

"这不是打岔,郭聪的意思我明白。你是想问这批观赏动物价值几何。对不对?"

"对咯!我就这意思。大家想想看,宋雨晴这次来滨海,单生物科技园里的新厂区可就投了1000万啊!再加上人吃马喂,四处活动,怎么也得有1500万了吧。据我所知,她的厂区目前只上了生产线,产品还没出产呢。除了制药工厂,她手里还攥着个贸易公司。据我所知这贸易公司成立至今除了倒腾点儿总量不大的鱼虾蟹贝、水果生鲜,就没开张过什么买卖,这么大的血本都砸下来了,难道就指望着这几个观赏动物赚钱吗?就是24k的金动物也不值这么多钱啊,这不奇怪吗?"郭聪站起身,大声阐述着自己的疑惑。

"郭聪说得对,搞走私的都是人精,冒这么大的风险不可能只是赔本赚吆喝,这里面肯定有猫腻。这样吧,我分配一下任务。"

聂鸿声嗓音一顿,郭聪、董皓、张瑜齐声起立。

"郭聪、张瑜一组联系魏局,看他们那里有没有线索能够追到这个上传下达的神秘人北哥,从人员上找到切入点。董皓和我一组,去隔离场查这环尾狐猴尸体失踪的事,看能不能从货上找到切入点,立即行动!"

"是——"

隔离场,小雨渐密。

此处隔离检疫场的选址严格按照规定远离相应的动物饲养场、屠宰加工厂、兽医院、居民生活区及交通主干道、动物交易市场等场所。要说是有人误入这远处荒郊野外且四周毫无人烟的地方,十成十是不可能的。而且隔离场四周均建有实心围墙或与外界环境隔离的设施,并有醒目的警示标识。人员、进出各条通道核查程序极为严密。

根据海关总署《进境动物隔离检疫场使用监督管理办法》,经过调取监控以及人员进出记录可以证明，在本隔离周期内驻场的同事和工作技术人员已经36天无进出活动，再加上隔离场补给充足，饲草、饲料、垫料、用品、用具等已在隔离场做最后一次消毒前进入隔离检疫区，中途无须补给。处理保存动物尸体对条件也是有要求的，否则早就腐烂发臭了。环尾狐猴的尸体失踪后，隔离场内部已经进行了一次地毯式搜索，对所有可能存放尸体的地方进行了搜索，但一无所获。由此可以断定，消失的环尾狐猴尸体已经被带出隔离场了。

昨夜10点钟前后有暴雨，两处围墙的摄像头短路受损。骤雨过后，技术人员赶到修复时，赫然发现其中一处有人为破坏痕迹。此时，聂鸿声和董皓各撑着一把伞，抬头看了看摄像头，又低下头在一处围墙的角落打转。

"在这儿！"聂鸿声一蹲身，从泥里抠出了一颗弹头。

"铅弹！是气步枪打的！枪是AIRFORCE·CONDOR的手动高压气泵预充气气枪，铅弹5.5毫米，该枪长约1米，重约3公斤，射程50到100米。"聂鸿声一边说着话，一边站起身，平伸右臂，竖起右手拇指，以破碎的摄像头为中心，50到100米为半径，寻找可供开枪射击的点。

"聂关，200米那地方有一条土路！"董皓伸手一指。

"去看看！"俩人撑着伞，蹚着泥水跑了过去。

聂鸿声蹲下身，轻轻地摆弄着齐膝高的野草，指着草茎处的压折痕迹对董皓说：

"瞧见没有，人踩着走过来，又趴在了这个地方，胳膊肘架在了这里。这儿有两个矿泉水瓶盖大小的凹坑，应该是两脚架，一般气步枪都可以通过改装后外加增压气瓶，放大一倍射程，问题不大。"

"聂关，你看这儿，有倒车辙印儿，他是骑摩托来的！"董皓跑出十几步外，冲聂鸿声不住挥手。

聂鸿声甩了甩鞋底的黄泥，扶着膝盖喃喃自语道：

"黑灯瞎火顶着大雨，就为了偷个猴子的尸体，这不合常理啊……

董皓,这是个什么猴子,你查了没有?"

"我查了,环尾狐猴两眼侧向似狐,因尾具环节斑纹而得名,分布于非洲马达加斯加岛南部和西部的干燥森林中,体长约为30~45厘米,尾长为40~50厘米,以树叶、花、果实以及昆虫等为食,面相还挺呆萌。"

"呆萌不呆萌的不重要,事儿里总透着蹊跷让人头疼。你顺着摩托车印儿应该能从泥地上到公路,看看能不能找到他是从哪里下道的。找监控摄像头,看看能不能发现这人的图像资料。"

"是——"董皓一点头,转身离去。

与此同时,一家加油站的电话亭内,身穿运动服的高个儿男子摘下了头上的摩托头盔,将身后背着的一个吉他盒子放在了脚边,拉开了肩膀上挎包的拉链。那挎包里全是冰袋,冰袋正中赫然裹着一只医用塑胶袋。瞧见里面的冰袋尚未融化,男子长吐了一口气,仔细地拉上了拉链。

"嘟嘟——"男子拨通了一个号码,焦躁地在喘着粗气。

"喂——你是谁?"

"我是袁峰啊!前几天刚给我名片,这就把我忘了?"

"哦!是袁先生啊……"

"宋雨晴,别跟我打哑谜了,咱们开门见山。海关隔离场里的环尾狐猴……"

"你知道了?"宋雨晴霎时间出了一身冷汗。

"我当然知道。"

"既然如此,想必您也清楚我是做什么的,您太太在我手里,说实话,我不怕你搞小动作,大不了咱们鱼死网破,到时候你太太……"

"你……别别为难她……"

"这就看你怎么做了!其实我对您爱人,也就是陶雅莉女士的专业是非常欣赏的。尽管现在出了一些不愉快的小意外,但是我相信,在你我的共同努力下一定会得到解决的,对吧,袁峰先生?"

这叫袁峰的男子摘下摩托头盔,狠狠地揪了揪自己的头发:

"只要你不为难我媳妇,一切都听你的。"

"嗯,好!我就喜欢和聪明人说话,今晚八点,南山公园,咱们不见不散!"话音未落,宋雨晴已然挂断了电话。

袁峰背贴着墙壁,坐到了地上,伸着两只不听使唤的手,给自己点了根烟儿,辛辣的烟气经咽喉入肺,呛得他一阵干咳。

夜晚八点,袁峰准时来到了南山公园,这处公园整体依山而建,无围墙不售票,目前只完成了外围的一期工程,向深处走没多远便直接能进到山里。

公园门口停着一辆面包车,一个戴着口罩的男人摇下了车窗,对袁峰说道:

"进公园,一直往里走,宋姐在山里等你呢!"

袁峰点了点头,将摩托停在路边,戴着头盔小跑着进了山,沿着水泥浇筑的台阶小跑了不到20分钟,前面就没有铺装路了。一排低矮的铁栅栏上挂着一个"尚未施工、禁止入内"的油漆牌子。袁峰两手一撑,直接跳了过去,点亮手机的辅助灯,沿着泥泞的林间小路,深一脚浅一脚地向密林深处走去。

林间深处,有微光闪烁,袁峰摸了摸面颊上的雨水,扶着湿漉漉的树干,向光亮处穿行。不多时,便见到了三个穿着军绿色雨衣的大汉排成一排站在一个大土坑的边上。他们清一色戴着白底描红的京戏猴脸面具,一个拎着铁锹,一个攥着洋镐,一个攥着手枪。听见袁峰的脚步声,他们齐齐扭过头来,看向了袁峰。

"哟呵,怎么还戴着摩托头盔啊,没脸见人吗?"

"和你们这种人打交道不得不防,你们摘面具,我就摘头盔!"

"咱别扯这些没有用的,东西呢?"

袁峰摘下了身上的挎包,平伸手臂,将包挂在手上,沉声说道:

"东西在这儿,宋雨晴呢?我媳妇呢?"

拎洋镐的汉子微微一侧身，袁峰探头一看，只见土坑底下正躺着一个女人，脑袋上套着麻袋，双手双脚都被绳子捆住，身上穿着一件米色的双排扣风衣。袁峰认识那件衣服，那是他去年春节时买给老婆的。

"媳妇——"袁峰颤抖着嗓子喊了一声。

坑底的女人听见后，在泥水里一阵挣扎。袁峰拔腿就要上前，却被人用手枪猛地戳了一下额头：

"一手交货，一手交人！"

袁峰眯了眯眼睛，将提包塞给了对方，使劲一拨将他推开，自己纵身一跃，跳进了土坑里。

"媳妇？你……"袁峰伸手一抱那女人，顿时觉出了不对！他媳妇没有这么重，肩膀也没有这么宽！

"唰"，那女人袖口骤然滑出了一把蝴蝶刀，刀尖儿向上一挑，便割断了绳子，同时顶肘一撞，将袁峰掀翻，翻身一骑，坐住了袁峰的腰。伸手向上一拽，摘下了套在头上的麻袋，也露出了一张京剧猴戏面具。

"你是谁？"袁峰向那女子喊道。

"宋姐让我送你上路！"那女子一瞪眼，手中刀直扎袁峰胸口。袁峰抓起一把黄泥，伸手拍在了女子的脸上。女子手一抖，刀锋扎偏捅在了肋下。袁峰趁机翻身，刚要往坑外跑，那三个戴猴脸面具的汉子，一人守住一个角儿，围住了袁峰。

"小子！这坑就是给你挖的，有什么要交代的趁早说，我好快点送你一程！"

"送我？你狗日的不先看看我那包里装的是什么吗？"袁峰捂着肋下的刀口，歪着脑袋骂道。

那大汉闻言，赶紧伸手拉开了提包的拉链，低头一看，那包里面装的根本不是猴子尸体，而是一截潮湿的烂木头。

"你敢耍我！"大汉举起了手枪，弯腰一蹲，把枪口顶在了袁峰的额头上。

"你们不是也在耍我吗?"袁峰一声冷笑。

"信不信我现在就杀了你?"

"你杀啊!你今天杀了我,明天那猴子的尸体就会被送到海关大楼。你信不信?"

"你想怎么样?"大汉不耐烦地问。

"我不想怎么样,把我老婆送回来,明天是我给的最后期限,地点就定在青港镇。"袁峰伸胳膊一捞,扒着大汉的肩膀,从土坑里钻了出来,捻了捻手上的血,深一脚浅一脚地消失在了林子深处。

"北哥!咱们咋整?"坑底的女人爬了上来,借着雨水抹了抹脸,推了推那个持枪的大汉。

"去青港镇,拿不回那只死猴子,宋姐轻饶不了咱们!"

三男一女一声长叹,沿着土路绕下了密林。山道边上的乱草里藏着一辆小轿车,这几人打开门钻进去发动汽车,向南驶去。

这四人离去不久,董皓便来到了南山公园。三个小时内,董皓按照推测的线路,调出视频监控,追踪袁峰的轨迹,直至发现了袁峰扔在公园门外的摩托车!

董皓掏出手机,点开拷贝出来的监控视频,放大图像,比对了一下摩托车,微微点了点头。

此时,公园门外一个人都没有,董皓拧亮了随身的手电筒,推门下车,小跑着钻进了漆黑的公园内。幸好天上的小雨一直没有停,泥地上的脚印很清晰地为董皓指引着方向。在这种天气里,三更半夜不可能有人来这儿闲逛,除了与人接头,董皓想不到第二种可能。跨过低矮的栅栏,董皓沿着地上的脚印扎进了密林,不多时便发现了一处土坑,坑底有搏斗的痕迹和血迹。从现场脚印的朝向和鞋底花纹看,这里会面的是两路人,一方单枪匹马,一方三男一女,搏斗后两方分别散去,按照常理推测,受伤的应该是单枪匹马的那一方。他钻进了密林,林子内落叶铺了厚厚的一地,足迹和血迹延伸了没多远,就消失不见了。三男一女下了山,走的是黄泥山坡，女人穿的是高跟鞋，鞋印儿最是清晰。董皓一路追踪，跟到了上道边上，用手电筒一照，竟然发现了两条车轱辘印儿。董皓参加工作后，接触的第一项海运业务就是进口汽车检验，董皓在汽车检测岗位上摸爬滚打了三年，对此颇有心得。

董皓弯下身子，用手电筒打着光，伸出手指轻轻地抚摸着轮印儿，口中喃喃说道：

"宽度和花纹是不同车辆轮胎痕迹相区别的明显标志，车轮胎花纹主要分四类——纵向花纹、横向花纹、纵横混合花纹和方块式花纹，纵向花纹轮胎多用于轿车、轻型客货两用车和小型载货汽车；横向花纹轮胎多用于大客车、载货车及土建用工程车；纵横混合花纹和方块式花纹多用于越野车。此地轮印儿呈现波浪形，横向滑动和上下跳动很少，结合两排轮印儿的间距，可以断定，这是一台使用纵向花纹轮胎的民用小轿车！从花纹深浅可以判断轮胎的磨损程度……这不是一辆新车，且花纹的细沟部分的间隔不太均匀，有宽有窄，这是从废车场淘来的翻新胎！如果是自己的家用车，肯定不敢这么凑合着用，四轮着地深浅不一，呈规律变化，右前轮在制动时微微有点跑偏，这说明车子的悬架调整和四轮定位欠缺，应该是很久没有保养调整了。这是一辆旧车、轿车，轴距不是很长、满载。一般来说，轮胎在柔软路面上留下的立体花纹，凹陷深而有龟裂的一侧是前进方向……车是向南走的，这个岔路是去315国道，通往……青港镇！"

董皓瞬间便缩小了寻找的范围，他扶着膝盖站起身，将右手搭在额前，望着夜色下的雨幕，微微皱起了眉头。

青港镇，因依托渔港"青港"而得名，占地18平方公里，是滨海市南部于2009年规划建设的一座渔港，经过这些年的发展，已成为本市首屈一指的水产品加工集散中心，依托海陆联运和后方陆域园区配套优势，构建了从冷藏船舶入港到消费终端的一体化物流供应链。作为现代化建制的深水良港，青港吸引了大量的国内外大型远洋捕捞船舶在此靠泊、中转、卸货、补给。滨海海关在此专门设置两个业务科室，办理远洋捕捞水产品进口的卸货、装车、称重、出闸，以及远洋捕捞渔船进口自用燃料、物料税收及监管业务。

"喂，聂关？我是董皓，我现在去趟青港镇卡口，有什么消息我随时跟你联络。"

"好，快刮台风了，注意安全！"

突然，身侧的灌木深处发出了一阵窸窸窣窣的响动，仿佛有什么人躲藏在那里。

"谁！"董皓猛地回头一喝，缓缓移动了过去。

"唰啦——"董皓拨开齐腰深的乱草，举着手电冲到了灌木丛中，却不见半个人影，但是从泥地上的痕迹可以判断，不久前这里躲藏了一个人，他面朝着董皓查探车辙印的方向半蹲在地上。很明显，他已经窥探了好长时间。

"呼——"董皓抹了一把头上的冷汗，陷入了沉思。

第七章　台风鸿鹄

315 国道，凌晨三点，细密的小雨变成了倾盆大雨。

滨海市南部，青港镇外。

漆黑的夜幕中，一辆银灰色的轿车正在雨中穿行。SUV 内坐着三男一女，开车的是个平头的胖子，名叫宋宝坤。坐在副驾上的是个披肩发、鸭蛋脸的年轻女人，名叫孙娜娜。后排座半躺着两个男的，一个脑后扎着辫子，两腮凹陷的叫葛六儿，另一个满脑门儿抬头纹的中年男人正在闭着眼睛吸烟。他叫马北，是这伙儿人马的老大。

突然，后备箱响动了一下，里面仿佛有什么活物在拱动。葛六儿不耐烦地晃了晃脖子，伸手拍了拍开车的宋宝坤：

"坤哥，停一下车！"

宋宝坤点了点头，将轿车缓缓地停在了路边。

"我非好好收拾收拾她不可！"葛六儿拎起了一只扳手，就要推门下车。

"六儿！"马北呵斥了一句，随即掐灭了烟头，从车座底下翻出了一个塑料袋，从里面摸索了一阵，掏出了一支注射器，拔下针头，轻轻地推了推里面的药剂，伸手递给了前排的孙娜娜："应该是醒了，娜娜你去补一针，让她再睡一会儿。"

孙娜娜点了点头，接过注射器，推门下了车，绕到车尾，轻轻地将后备箱掀开了一条缝隙。缝隙后头是一双惊恐的眼睛！

后备箱里藏着一个三十多岁的女人！

"嘘——"孙娜娜伸出手，轻轻地撕开了那女人嘴上的胶带。

"我老公呢？你们把他怎么样了？"那女人红着眼睛喊道。

"小点声儿！实话告诉你，你老公换交易地点了，我们现在往那儿走，我们这就去见他。我们是什么人你很清楚，要想让你老公活命，你最好别给我们找麻烦。"

说完，孙娜娜再次粘住了她的嘴。那女人瞪大了眼睛，还没来得及说话，孙娜娜已经按住了她的脑袋，一针扎在了她的颈下。后备箱里传来一阵蹬踹声，不到十秒钟，女人的挣扎声渐渐无力，后备箱里很快就恢复了安静。

这时，车载的广播响了起来……

"各位听众，热带风暴'鸿鹄'已经进入我国东海东北部海域，早晨5点钟，台风'鸿鹄'的中心将移动至我市东偏南方大约420公里的北部海面上，附近区域最大风力9级，并伴随雷雨冰雹等强对流天气……受台风影响，滨海高速向南方向全线封闭，315、313国道部分路段自凌晨2时起陆续实施通行管制，请车辆驾驶人员迅速选择路口驶出国道，就近避险……"

开车的宋宝坤一手把着方向盘，一手掏出了手机，点开了导航地图。

"北哥，前面就到青港了。"宋宝坤冲着后视镜看了马北一眼。

马北看了看窗外的暴雨，思索了一阵，掏出手机拨通一个号码：

"喂，宋姐，情况有变，袁峰那小子使诈，把交易地点改在了青港。"

电话那头，宋雨晴沉默一阵，随即沉声问道：

"你们现在到哪儿了？"

"下国道就是青港镇！"

"无论如何必须把东西给我带回来，这次不允许出任何岔子。另外，你们得换辆车，我派到南山盯梢的人告诉我，说你们走后不久，海关的董皓就追进了林子，顺着你们的脚印儿追到你们藏车的地方了。我再提醒你们一句，追踪你们的是位高手，你们最好把招子擦亮点儿……"

"是……是是……"

"嘟——"电话传来一阵忙音，对方挂断了电话。

"宝坤，进青港镇，雨太大慢点儿开。"马北向窗外一指。两小时后，宋宝坤一打方向盘，拐进了一条匝道，开始在立交桥上绕圈儿。桥底下是收费站，站口停着两辆车，一辆是交警的警车，一辆是港区海关巡查的公车。

"北哥！有情况！"宋宝坤在桥上往下面瞄了一眼，警觉地喊了一嗓子。

马北趴到窗边，眯着眼睛向桥下看了一眼，一龇牙花子，摆手喊道："宝坤，把车灯关了，往左靠，躲弯儿里。"

宋宝坤依言关了车灯，把轿车靠边停在了立交桥的弯道深处。

"宋姐让咱们换辆车。娜娜，你去！"马北说完，孙娜娜已经解开了安全带推开车门，竖起了风衣的衣领遮住了半张脸，点开了手机的辅助光，站到路边，不断地挥手。

台风将至，经过的车都需驶离高速避险，没过多久孙娜娜就拦停了一辆路过的出租车。

"怎么回事儿啊？立交桥上拦车，不要命了？"出租车司机摇下车窗，大声喝骂道。

孙娜娜拢了拢被大雨浇透的长发，走到车窗边，轻声细语地哀求道："大哥，我车抛锚了，把我一个人扔高速上了，雨太大了，您帮帮忙……"

司机看了一眼路边的那辆轿车，此时，车里所有的人都趴下了身子，远远看去，车子里空无一人。

"姑娘，这大下雨天一个人跑高速啊？"

"我……有急事。"

"急事也不行啊！多危险啊！这雨太大了，你那车是弄不走了，你上我车吧。桥下面就是青港镇，你进了镇打电话叫拖车吧。"出租车司机见孙娜娜在雨里浇得实在可怜，一摆手，让她上了车。

"谢谢师傅。你怎么称呼！"孙娜娜抹了一把脸上的雨水，拉开后门坐了进去。

"你叫我老张就行！"出租车司机笑着答道。

然而，就在老张要发动车子的一瞬间，孙娜娜突然从腰间拽出了风衣的腰带，绕过老张头顶，向下一套，勒住了老张的脖子。

"咳咳咳——"老张猝不及防，被勒得直翻白眼。孙娜娜本想着给老张勒昏过去，老张是个四十多岁的大老爷们儿，力气大得很，稍一惊慌就反应过来了，伸手往后一抓捞住了皮带就往前拽。孙娜娜两腿蹬住驾驶座，整个身子往后倒去。老张整张脸涨成了紫红色，向后虚抓了好几把，都没碰到孙娜娜。

此时，坐在轿车上的马北觉出了不对：

"怎么过了那么久？"

说着话，马北和宋宝坤一前一后地下了车，小跑着走到了出租车边上，一低头，见孙娜娜正脸红脖子粗地攥着皮带，和老张较劲。

宋宝坤一眯眼，拉开了车门，一把拽出了腰后的扳手，"砰"的一下砸在了老张的脑门儿上。老张应声一软，趴在了方向盘上。

"嘀——"出租车喇叭猛地一响，吓得几个人一声激灵。

"是不是傻？"马北一把拽开了宋宝坤，伸手捂住了老张的口鼻，伸臂一抱，锁住了老张的脖子，用力勒紧。大约过了两分钟，马北一松开胳膊，伸手在老张鼻子下探了探。

"呼——"马北长出了一口气。

"搞定了，这点事儿都办不明白，还想挣大钱，笨死你们得了……"马北拉开车门，回头招了招手。

葛六儿瞧见马北向他招手，拉开后备箱，扛着那个昏睡的女人，将她塞到了出租车的后备箱里。

钻进出租车，马北第一时间扒了老张的衣服，套在了自己的身上，把自己的衣服套在了老张的身上。

"快！大家把备用的衣服换上，改扮行头。"马北紧锣密鼓地下达着指令，众人缩在车里飞快地更换着衣物，宋宝坤提上了裤子，刚要戴面具，却被马北一巴掌扇在了后脑勺上。

"还戴鸡毛面具，你是真傻还是假傻？你是不是怕别人不知道咱是歹徒啊？"

宋宝坤讪讪地点了点头，把面具藏了起来。

"六儿，把这司机弄咱车上去！"葛六儿点了点头，架起了老张往轿车那边走。眼看就要走到车边的时候，突然一缕远光打了过来，一辆破旧的面包车靠了过来，灰头土脸的袁峰摇下车窗，冲着葛六儿喊道：

"咋啦？哥们儿，需要帮忙不？"

一瞬间，葛六儿愣在了当场。之前在南山公园，马北这一伙儿人都戴着面具，袁峰戴着摩托头盔，风急雨大不露脸，谁都不知道对方的真面目是什么样子。两伙人各自散去后，袁峰费尽周折才搞来一辆面包车，马北一伙儿则是一路狂飙，直奔青港，阴差阳错地竟然走到袁峰前头去了。

此时，虽然袁峰没认出葛六儿，葛六儿也没认出袁峰，但是葛六儿毕竟架着的是个尸体，心里怎能不打颤？只见他一手架着死去的老张，一手偷偷地伸进了怀里，攥住了一把匕首，张口喊道：

"没事儿，我大哥喝多了，下车吐两口！"

"你没喝吧？"

"我没喝！"

此时，出租车内，马北的心也提到了嗓子眼儿里。他示意其他人都别动，随后自己将一把十字改锥揣进了袖筒里，推开了车门也走到了葛六儿面前，装作不认识地看了看面包车上的中年汉子，又指了指葛六儿，张口问道：

"怎么回事？"

葛六儿会意，张口答道：

"没事儿师傅，我朋友喝多了，吐一口。"

"吓我一跳，还以为你抛锚了呢，赶紧停下来看看，台风快来了，别这儿耗着了，都上车吧！"马北摆了摆手。

袁峰不明就里，再加上风急雨大，视线不好，所以也没瞧出什么异样。刚才他就是因为听到路况播报说要封路，担心情况有变，所以才停车想问个路：

"没事就行，那个师傅我问一下，青港镇还能进吗？"

"能进，下道前面就是收费站！"马北往桥下一指。

"谢谢师傅啊！"袁峰喊了一嗓子，发动面包车消失在了雨幕中。

"我是袁峰，我到青港镇了，我媳妇呢？"袁峰给宋雨晴的号码发送一条短信。

"袁先生又换号码了，别急！我的人还没到。等他们到了地方，我再联系你。就用这个号码吗？"

"我知道你们不是善茬儿，手段多！别想着通过手机找到我，等准备好了我会联系你！"袁峰回复完短信，摇下车窗，将手机扔到了车外，随即向面包车的副驾驶位看去。那里有个硕大的蛇皮袋，里面依稀包裹着一个橄榄球大小的东西。

袁峰深吸了一口气，狠狠地一脚油门踩下去，破旧的面包车发出一阵无力的嘶吼，飞一般消失在了雨幕中。

葛六儿瞧着那面包车飞驰而去的背影，小声骂了一句：

"这暴脾气，正当自己是藤原拓海呀？"

"别溜号儿，麻利儿的。"马北拍了拍葛六儿肩膀。葛六儿赶紧回过神，将老张扔进了轿车的后排座，关好了车门，转身钻回了出租车。马北对着镜子，整理了一下衣服，发动汽车，绕下高速，向青港镇收费站驶去。

青港镇的出入口客货分离，载客车走左边两车道。拉集装箱的载货车走右侧两车道，青港是货运大港，排队出入的货车明显多于客车。收费站外，两名穿着雨披的交警正在客运通道指挥车辆，货运通道边上停了一辆海关的监管车，在给过地磅的集装箱车办理离卡手续。穿着海关制服的董皓撑着一把伞，站在路边，一动不动地盯着客运通道这边的大小车辆，眼睛在每一辆车的轮胎上扫视，不住地微微摇头。

"幸亏宋姐提前报信，我们赶紧换了车，不然岂不是要被盯上！"马北微微捏了一把冷汗。

此时，疏解交通的警察瞧见马北过来，一摆手拦住了马北的车。

瞧见两个交警越走越近，葛六儿和宋宝坤的呼吸越发沉重，孙娜娜咬紧了嘴唇，脸色白得吓人。

"咔嗒——"宋宝坤怀里的扳手掉在了车座子底下。宋宝坤抹了一把汗，手忙脚乱地赶紧捡了起来，塞在了屁股底下。

"宝坤，你他娘的镇定点儿！"马北一声喝骂，缓缓地将车停了下来。

"当当当"，一个戴眼镜的交警敲了敲玻璃，马北深吸了一口气，缓缓地降下了车窗。

交警弯腰看了一眼出租车的牌照，敬了个礼，张口问道："师傅，本地的啊。这是打哪儿回来啊？"

马北飞速瞟了一眼门板里的一堆小票儿，抬眼答道：

"滨海市。"

"市里那边雨大不大？"

"大！大得很，路都看不清。"马北咧嘴一笑。

交警歪着脑袋，向车里看了看，目光从孙娜娜、葛六儿、宋宝坤脸上一一扫过。

"这是拉活儿呢？"交警问了一句。

"对，手机接的单，顺风车。"

"你们都是去镇里的吗?"

"对,我们都去镇里。"孙娜娜笑了笑。

"走吧!雨下得太大了,快走吧!"交警摆了摆手。

马北道了一句辛苦,刚开出去不到七八米,原本站在路边的董皓突然出现在了车前,摆手示意停车。

"北哥,怎么办?咱闯过去吧!"宋宝坤掏出了手枪。

这一次,马北的手心里也布满了汗水,他眯着眼睛向中控台上一瞟,一下子看到了立在上面的出租车驾驶员名牌,上面还贴着那个已经被打晕的老张的一寸照片。此刻虽然光线昏暗,距离又远,但是马北不敢确定董皓隔着车窗到底注意到了没有,他的心咚咚地乱跳,直欲从嗓子眼儿里冲出来。

这一次,马北是真的慌了,他咽了一口唾沫,看了一眼小跑过来的董皓,脑袋里闪过了十几种可能。

"当当当",董皓敲了敲玻璃。

"怎么了,同志?哟呵,您是……海关?"马北强挤出一丝笑容,将车窗降下了一条缝隙,右手把着方向盘,左手伸进怀里,攥住了手枪。

"师傅,问你个事儿,你这一路过来,国道上车还多不多?"董皓甩了甩帽子上的水。

"啊……不多,雨太大,都找路口下去了……"马北舔了舔嘴唇。

"行!谢谢你了师傅,慢点开啊。"

"好好……好,你们辛苦了。"马北点了点头,升起玻璃,从 ETC 出口,缓缓地通过了收费站,向青港镇内驶去。

马北走后,不到半个小时,一辆货厢上喷着"陆刚超市"四个字的小货车开到了收费站前面。这是在镇上开超市的陆刚家进货的车,司机是老陆的二儿子陆大宇,常年跑着进货,和收费站的交警都面熟。那个戴眼镜的交警摆了摆手,冲着司机喊道:"大宇啊!国道上还有车不?"

陆大宇探头回答:"没看着有啥车,就是那立交桥上有个轿车好像抛锚了,车灯也没开。我按了两下喇叭,也没有司机应声。"

"抛锚啦?周围有人没?"

"没瞧见啊!"

"行,你快进镇吧,我看看去。"那交警转身钻进了警车,亮着警灯,一路逆行着上了高架桥,没多远就瞧见了马北丢弃的那辆银灰色的轿车在弯道边上停着。

交警下了车,走上前去敲了敲玻璃,用手电筒往里一照,发现前排一个人都没有。

"人呢?"交警咕哝了一声,往后玻璃里一看,只见昏迷不醒的老张在后排座上趴着,一动不动。

"不会是酒驾吧?"交警使劲敲了敲玻璃,那人也不应答。

"这得喝了多少啊!"交警从腰里拔出破窗器"砰"的一声砸在了玻璃上,车窗应声而碎。交警伸手进去从里面打开了门锁,探身推了推。

"同志?哎,同志!"

"扑通——"交警还没使劲,老张就从座椅上僵直地滑了下去。交警觉出了不对,将他身子一翻,伸手在他脑门子上一摸。

血!这人脑袋被打破了。

交警吓了一跳,伸手去摸他颈下脉搏。

"我去,出人命了!"交警打着手电筒,掰开老张的瞳孔照了照,发现老张没有一点反应。

"呼叫指挥中心,315国道立交桥发现遗弃小型车一辆,内有一男子头部受创,已无生命体征,身份不明,呼叫指挥中心——"

交警的声音从另一个站在卡口值班的搭档腰间的对讲器里传了出来。董皓一眯眼睛,一路小跑钻进了车内,打火就开出了收费站。刚上立交桥,就发现了那辆轿车,董皓双眼在轮胎上一扫,直接确定这就是出没在南山公园的那辆车。

董皓推开门下了车,向交警出示了自己的工作证件,举起手机拍了几张照片，发送给了郭聪，并编辑了一条短讯：

"郭聪，识人你是行家，帮我扫一眼，这是怎么个情况？"

三分钟后，郭聪发来了好几段语音：

"这衣服套在他身上紧绷绷的，一看就小，说明这衣服不是他的，他的衣服被人换走了。这个人很可能就是袭击他的歹徒。这裤子倒是合身，长短正好，鞋子的尺码也合适，说明没有被换过。换衣服不换全套儿，说明歹徒很急迫，没时间抠细节。这上衣的尺码是175的，大概可以推断出凶手的身高在170到180之间。歹徒绝对是个老江湖，下手杀人无论是力度还是技巧都很娴熟。死者颈下有两道勒痕，其中通红的那条只有一拃，看角度是从正后方下的手。这个瘀痕位置不准，劲儿也不够大，没准儿是个女的下的手……要么根本就没奔着杀人，要么干脆就是个新手，不知道往哪儿勒。心狠手辣的亡命徒一般手法老到，动手时直奔喉头上方，瞬间可引起反射性心跳停止而迅速死亡。而普通人勒颈，很难保证位置，大多乱勒一气。而死者脖子上的红印子，就是乱勒一气的结果。不过，另一道勒痕可是不轻，直接致命。歹徒最少是俩人，一个在后面勒脖子，另一个从侧面锁住了脖颈。至于脑门上那一下，不轻不重，不是重点！

"对了，我在手机上看了一下你附近的地图，这立交桥上面接着匝道，前面口有抓拍逆行的摄录，而且这桥的弯儿盘得太陡，逆行上去跑50公里都没有换路的岔道口。这是高速，歹徒不会拿自己的小命儿作死。这桥离地面最少30米，跳桥逃逸基本不可能，风急雨大的，蜘蛛侠都不敢这么玩儿。所以他只能往下走，奔前面的收费站走。死者的鞋是薄底儿的黑布鞋，鞋面很旧了，但是鞋底的磨损却不严重，说明他不是个常走路的人；牙黄得厉害，手指节上有烟渍，这人没准儿是个司机……还有，你再给我补几张驾驶室的照片，你坐上去，自拍给我，快！"

董皓赶紧绕到车前面，坐到了驾驶位上，一手把着方向盘，一手举起手机自拍，360度转了一圈，直接发了一个小视频给郭聪。

"董皓，这车不是死者的。"

"你怎么知道？"

"死者身高180左右，这车的座椅调得太靠前了，方向盘的高低也不对。倒视镜的角度也不对，这车原来的驾驶员应该在一米六多一点，所以才会把座椅调得又高又靠前。还是那句话，死者很可能是个司机，你给我发的第一张照片里，他裤兜外翻，露出了一堆零钱。我目测了一下，加一块不到500元，谁会揣这么多零钱？对了！出租车司机！碰上老头老太太不会扫付款码的，就得找零。这钱歹徒分文没动，说明歹徒不求财。他是为了车！他开走了死者的车，下桥过了收费站，进了青港镇！风雨这么大，道也封了，他此刻应该已经在镇里藏了起来……这是一拨狠人啊！你要玩不转，就求求我，说个服字，我不是不可以帮……"

董皓直接关闭了和郭聪聊天的对话框，拨通了聂鸿声的电话：

"喂！聂关，我是董皓！人已经追到了，目标是两伙人，其中一伙应该已经进了青港镇！"

"不要轻举妄动，我马上派人支援你。"

"好！聂关，帮我查个车牌，滨AKH328……"

青港镇位于青港码头后方，大风吹得街道两边的树木哗啦啦的乱摇，豆大的雨点噼里啪啦地砸在建筑的彩钢瓦和玻璃窗上。

近些年来，为使传统的渔港焕发产业新活力，滨海市进行了连续三期投资，在青港镇修建休闲湾区，打造游艇产业中心，吸引游客，开发竞速、巡航、探险、潜水、垂钓、观鱼、聚餐等一系列舒心惬意的游艇娱乐项目。台风季节是旅游的淡季，很多季节性营业地度假酒店为了节约成本都已经歇业，只有镇东头的一家叫"海舍"的民宿还开着门。民宿的老板娘叫沈湘柠，大家都叫她阿湘，据说以前是个大学老师，爱好摄影，因为喜欢上了这里的风景，所以辞了职，在这儿开了一家民宿。

台风将至，大风刮得吓人，穿着碎花睡衣的阿湘从柜台后头站了起来，拍了拍手里的瓜子儿，披上了一件儿外套，对着镜子轻轻拍了拍脸上雪白的面膜。

"真是个倒霉的天气。"阿湘叹了口气,从墙角拎起一杆拖布,擦了擦地板,刚直起腰来,抱着蛇皮袋的袁峰钻了进来,把阿湘刚擦完的地踩了个乱七八糟。

"哎——你存心的吧,我这儿刚擦完的地!"阿湘苦笑了一声,微微摇了摇头。那中年汉子一伸手,从裤兜里掏出了好几张百元的钞票,张嘴就问:"你这儿多少钱一宿?"

"二百八……"

"这是五百,甭找了,给我随便弄点吃的,找两身干衣裳。"

"行!"阿湘接过了袁峰手里的钞票,一边给他登记,一边看着那身份证的名字喃喃念道,"袁峰……"

"办好了吗?"

"好了好了!这是您的钥匙,您这边走,外卖我给您订好了送屋里去。"

袁峰点了点头,拎着蛇皮袋"噔噔噔"地上了楼。

外面风雨太大,好几家外卖都不接单了,阿湘打了好几个电话都没人接。阿湘扔了手机,一挽袖子,在柜台上架了个电磁炉,打了两个荷包蛋,打算下点挂面,水刚烧开,门外又进来了四个人,赫然正是马北一伙儿。

"老板娘?还有房吗?最好是二楼的,一楼太潮。"宋宝坤张口便问。

"哎哟,今儿是咋了,这刮台风还刮出财运来了……"

"你说什么?"宋宝坤没听清阿湘的碎碎念。

"没什么……二楼的房都满了,就剩下一楼还有俩标间。"

"行啊!一楼就一楼吧,我和葛六儿一间,娜娜和宝坤一间,行李放我那儿,在镇里转了好几圈儿,酒店都关门,另外几家民宿都满房了,咱在这儿对付一宿,办完事儿咱就走。"马北拍了拍宋宝坤,宋宝坤一点头,走到柜台前办理入住。葛六儿转身出了门,不一会儿便拖着一个巨大的提箱直接走向一楼的房间,并扭头向马北使了个颜色。马北左右望了望,跟上了葛六儿的脚步。孙娜娜和宋宝坤交完了押金,一言不发地也进了自己的房间。

柜台上,挂面下锅,咕嘟嘟地冒着水泡,不到 5 分钟就煮好了面,阿湘给袁峰的房间打了个电话:

"喂……先生,你的面好了!"

袁峰推开门要下楼,刚走到楼梯转角,忽然看见一个人从漫天大雨中走了进来。

来人正是董皓!袁峰瞧见了董皓的制服,一个闪身缩在了墙后,探出半张脸,警觉地向外窥探。

"哗——"董皓甩了甩雨伞,洒了一地的水。

"哎哟,怎么浇成这样啊?"阿湘迎了上来,谈话间二人显然是十分熟稔。

"工作上的事,不方便细说……"

阿湘赶紧拿了条干毛巾,接过董皓手里的伞,用毛巾给他擦脑袋,董皓吓了一跳,向后面一躲,自己拿着毛巾在头上胡乱抹了抹。

"躲什么呀?我又不能把你怎么样!再说了……咱俩在一起的时候,可没见你这么矜持啊!"阿湘白了董皓一眼。

"毕竟离婚了,多少……注意点儿。那个,我在镇上走了一圈,开门的地方不多,你这儿……住没住什么外地人?"董皓认真地问道。

"开什么玩笑?大哥!我开的是民宿呀,住的都是外地人。怎么了?"

"没……没什么?你多加小心,有什么奇怪的事随时给我打电话。"

"哟!关心我?"

"不……不是!"

"不是什么啊?就是关心我!哎呀,想套近乎就直说,别拉不下脸。"

"我没有……总之你小心点儿。"

"我给你灌一杯热姜水,你拿着。"阿湘从柜台底下拿出了一个保温杯,要塞给董皓。

"我……这不合适……"

董皓嗫嚅了一下嘴唇,惊慌失措地把雨伞一撑,转身就要走,阿湘眉头一竖,一把拽住了董皓。

"姓董的!你站住!"

"干……干啥?我还有事呢。"

"你什么意思?"

"我没什么意思啊!"

"你找着新人了?"

"净说那没影儿的事!"

"那就是……你还记恨我?"

"瞧你这话说的,怎么还用上记恨这词了呢?当年的事,我也有责任,我这……常年出差、冷落家庭,我知道你一直想要个孩子……我们会少离多,见面就吵……阿湘,说真的,尽管咱们离婚了,我承认,当时我同意离婚这事太草率,有一时冲动的成分。但是我真的祝福你,我打心眼儿里盼着你能好……你还年轻,能找到……"

"年轻?我都三十五了!姓董的,我不是嫁不出去,比你有钱的,比你长得帅的,比你会聊天的,追我的人多了去了,我不是非要吃你这根回头草……"阿湘气得脸颊通红。

"我……我还有事,先走了……"董皓又急又慌,使劲儿一挣,扯过被阿湘抓在手里的雨伞,大踏步钻进了大雨之中。

阿湘红着眼睛看着董皓消失在雨幕中的背影,喃喃说道:"你就服个软,那么难吗……反正,先认错的不能是我。"

看到董皓走远,袁峰小心翼翼地下了楼。阿湘不愿别人看到自己的窘态,背对着袁峰喊了一句:"面在柜台上,您自己盛吧,我……得补个妆！"说完，阿湘快步离去。

袁峰顾不上吃面，从兜里又掏出了一部手机，插卡开机，给宋雨晴电话发了一条短信：

"情况有变，交易延缓，具体时间，听我通知！"

发完这十六个字，袁峰直接将手机顺窗户扔到了后院的鱼池子里。

电话另一端，宋雨晴攥着手机，狞声向旁边一个操作电脑的女孩问道：

"找到他的位置了吗？"

"时间太短，咱们技术渠道本就不正当，效率肯定不如警察……没定到。"

"呼——"宋雨晴喘了一口闷气，脑子里翻江倒海。

袁峰草草地吃了几口面，躺在床上瞪着眼睛看了两个小时的天花板，无论如何也睡不着。索性爬起身，坐在窗台上，点了一根烟。

"咳咳咳……"袁峰抽得急了，狠狠地咳了几嗓子，窗外黑云低垂，和五天前的艳阳高照截然不同……

袁峰，今年三十七岁，是一名班轮大副。所谓班轮，又称定期船，是指航线上在一定的停靠港口，定期开航的船舶。工作性质的原因，袁峰和妻子陶雅莉一直是聚少离多。陶雅莉是一名资深的生物医学高级工程师。今年夏天，陶雅莉任职的实验室被全资收购，只不过陶雅莉虽然换了东家，但仍然还做自己的本行——从工程学角度在分子、细胞、组织、器官乃至整个人体系统多层次认识人体的结构、功能和其他生命现象，研究用于防病、治病、人体功能辅助及卫生保健的人工材料、制品、装置和系统技术。

五天前，袁峰所在的班轮归港，全员休整一个月。袁峰早早地下了船，带上了精心准备的礼物，直奔滨海市生物科技园。他已经好几天没有联系到陶雅莉了，无论是微博、微信还是电子邮件，她都没有任何更新。陶雅莉是实验室的主要负责人，平日里就是一名工作狂，做实验时不能携带任何电子产品，这一点袁峰是知道的，而且连续工作数日不回信息也不是第一次。但是这次，陶雅莉失联的时间尤为长。

中午一点钟，袁峰赶到了陶雅莉所在的新单位——奥莱生物科技有限公司。在接待前台，袁峰见到了董事长宋雨晴。宋雨晴对袁峰的到来非常意外。

"袁先生，难道陶雅莉没和你说吗？我还以为这是你们商量之后的结果呢！"

"商量什么？和我说什么？"袁峰彻底傻了眼。

"还能有什么啊，离职啊！"

"离职？"

"是的，陶雅莉在上周递交了辞职申请书，我们已经为她办理了离职手续。她第二天就收拾东西离开公司了。"

宋雨晴将一个文件夹递到了袁峰手里，袁峰打开一看，正是陶雅莉的辞职申请，辞职的理由很简单：不满薪酬、另谋他就。落款的签字也确实是陶雅莉的亲笔签字，袁峰绝对认不错。

"袁先生？您……喝点水。"宋雨晴轻轻地将桌上的茶杯推到了袁峰的身前。

"啊，不了！不了！那个……她有没有说她去哪儿了？"

"没有，这个……属于个人隐私，我们也不方便问吧。"

"也对！也对！既然这样，我就不打扰了，感谢您的热情招待，我先走了。"

"那好，我就不送了！对了，这是我的名片您收好。如果您联系上了您太太，还请您帮我带句话，就说，如果找到了更好的职位，我祝贺她。如果要是没有拿到中意的薪酬，奥莱的大门永远向她敞开。"宋雨晴微笑着握了握袁峰的手。

"好的，谢谢您！"袁峰接连道谢，转身出了大门。

宋雨晴目视着袁峰远去，掏出了一部手机，拨通了一个号码：

"给我盯住他！"宋雨晴的瞳孔猛地一缩。

在来生物科技园之前，袁峰已经回了一次家，家中的衣柜、卧室都整洁如新，热水器是关闭的、厨具落了一层灰，冰箱里空荡荡的。很明显，陶雅莉已经很久没有回来了。如果陶雅莉不在单位，没有回家，那么她会去哪里呢？

袁峰沉思了一阵，一打方向盘，向西北驶去。在滨海市湖西区有个老小区——沂水家园。

3栋602有一间两室一厅的房子是袁峰父母早年住的地方，老两口退休后去了海南生活。因为这房子地处学区，就没有卖掉，而是留给了袁峰，等他和陶雅莉有了孩子以后再过户更名，以方便上学。这房子知道的人很少，袁峰和陶雅莉平时也很少去，所以袁峰不太确定陶雅莉会不会到那儿，但是眼下实在没有别的线索，他只能抱着碰运气的心，去老房子走一趟。

下午三点钟，袁峰推开了老房子的门。刚一进屋，袁峰就闻到了一股呛人的酸臭味道。房子内的窗帘拉得死死的，不透一点光，袁峰摸索着打开了客厅的灯，瞬间瞧见了满是狼藉的餐桌，上面铺着没有丢掉的半桶泡面、啃了几口的香肠、喝了没几口的牛奶、散落一桌子的饼干。这些开封的食物早已经变了质，上面聚着几只苍蝇上下飞舞。

"雅莉回来了！"袁峰走到桌子前，在塑料袋上找到了一张超市的购物小票，上面的打印时间正是五天前。袁峰很了解自己的太太，一起生活了这么多年，他知道陶雅莉有着很强的洁癖，而且从不吃这些垃圾食品。眼前这一切，太反常了。再说了，这小票上显示的时间是凌晨五点，她为什么要一大清早赶回老房子，而且还要拉上窗帘呢？

想到这儿，袁峰走到了窗边轻轻地给窗帘拨开了一条缝隙，透过这条缝隙，他清清楚楚看到了一辆白色的面包车，这辆面包车跟了他一路。袁峰原本并不在意，但是此时，那辆面包车的驾驶员正举着一只望远镜向袁峰所在的窗口窥伺。

就在这一瞬间，袁峰的眼神和对方碰撞在了一起。袁峰刚要拉上窗帘，对方已经跳下了车，连同驾驶员一起下来的，还有四五个膀大腰圆戴墨镜的汉子，聚成一堆，直奔小区入口。

"他们是冲我来的……难道，雅莉的失踪和他们有关！雅莉为什么要到老房子这儿来呢？难道……她是为了我？"

袁峰心里一紧，突然想起了一件事：三年前，老房子跑水，袁峰找水暖师傅来大改水电，把洗衣机从阳台挪到了卫生间，阳台的地漏被封住，换了一块新地砖盖住了下面的一个凹坑。陶雅莉还开玩笑说："这儿可真是个藏私房钱的好地方，你出去跑船的时候，我要是有什么见不得人的秘密，我就往这儿藏！"

"阳台！"袁峰拨开窗帘看了一下，面包车上下来的人已经跑进了单元门。

"咣当——"袁峰跑到阳台，找到了那块瓷砖，一脚跺下去，中空的薄瓷砖霎时间四分五裂。

凹坑里有一张纸条，袁峰弯腰卷起，展开一看，上面潦草地写了三行字：

"老公，宋雨晴是坏人。我发现了她的秘密，她要害我，有人跟踪要抓我。她很狡猾，没有证据对抗不了她，时间紧迫，不容细说。我不敢联系你，怕她用伤害你来要挟我。我不敢用任何的电子通信，你无法想象她的势力和手段，我要是出了事……我在咱家小区的门口看到了公司的人，我不敢回去，我是逃出来的，我只能回老房子给你留信儿。他们好像跟过来了，我得赶紧离开了。在海关隔离场有四只环尾狐猴，你去偷一只。猴子在你手，我才能活命。"陶雅莉写字的时候显然非常慌乱，整个手腕都在颤抖。袁峰还没想明白这里面的关窍儿，楼下已经响起了脚步声。

这栋老楼没电梯，只有一部楼梯能上下。袁峰毕竟是常年跑船的人，大风大浪经历得多，心理素质自然过硬。只见他从厨房拎起一把水果刀，藏在了外衣里兜，关好房门，走到了对面的601，轻轻地按了一下门铃。

"吱呀"，房门开了，一个老太太推了推老花镜，看了袁峰一眼，笑着问道：

"袁峰回来了？你爸你妈呢？在海南挺好的不？"

这小区的楼是袁峰爸妈的单位当年自建的职工楼，前后左右的邻居都是几十年的老相识。

"王姨，我爸妈挺好的，我能进屋说吗？"

"能啊！快进来，哎哟，袁峰你结完婚好像胖了……"老太太嘴里碎碎念，将袁峰拉进了屋内，关上了房门。

就在老太太关门的瞬间，面包车上下来的那群人马正好冲上六楼。带头的汉子左右看了看，一指602，沉声喝道：

"东头这家！"

"老大，门锁着呢！"

"撬开！快！那小子指定躲在里面，既然被他发现了，就不能让他跑了！"

袁峰躲在601，小声呼道：

"王姨，你洗水果干啥呀，我不吃我不吃，你看我们家好像进贼了！"

老太太一听这话，眯着眼睛，扶着老花镜的镜腿儿从猫眼往外一看，气得直跺脚："好家伙，现在这小偷儿大白天的就这么撬门吗？太猖狂了也——"老太太一边说着一边伸手从门口一捞，抓起一根拖把，就要开门冲出去。

"王姨，你干吗啊？"袁峰赶紧抱住了老太太。

"我……抓贼啊！"

"您多大岁数了？"

"我？虚岁77，周岁76，属虎……"

"您这体格行吗？"

"我不行,不是还有你吗?"老太太恨铁不成钢地掐了袁峰一把。

"对面七八个壮汉,加上我也打不过啊,您赶紧报警才是正理儿!"

"对对对!"老太太赶紧掏出手机报警,袁峰转身进了里屋。

"王姨,前几天见着雅莉回来没?"

"没见着人,只听见早上有门响,好像回来没一个小时又走了……"

"你家我大爷呢?"

"遛狗去了。"老太太报完了警,放下了手机。

"你给我找个我大爷的外套呗。我这刚回来,有点冷!"

"你等会儿,我给你找找……"

五分钟后,602的保险门被撬开,众壮汉蜂拥而入,搜遍屋内,不见一人。

"怪了!这小子跑哪儿去了?跳下去了?不可能啊!这是六楼啊……难道躲到对门去了!"带头的汉子一扭头,将目光对准了601。

就在此时,电话铃响,带头的汉子抄起电话,放在耳边:

"喂——老三!不是让你在楼下望风儿吗,怎么了?"

"大哥,快撤快撤!有警车奔这儿来了,拐个弯儿就到小区楼下。"

"走——"带头的汉子一声令下就往楼下跑,刚下两级台阶,他脚步一顿,一咬牙转身跑到了601,"当当当"敲了三声门。

"吱呀",老太太攥着拖布杆拉开了门。

"你想干啥?"

"大妈,我……我就是问问,你见没见着一个……"

"我啥也没见着,就见着你们这帮小偷了!"老太太急了眼,抡起拖布杆就打。

"老大……赶紧走啊……"

听见楼下同伴催促,带头的汉子不敢耽搁,撇开老太太,飞奔下楼。

十分钟后,袁峰裹着一件老式破夹克,戴着一顶呢帽,弯腰驼背贴墙根,悄无声息地钻出了小区。早年间,袁峰沉迷气步枪,在国外参加过好几个俱乐部，对改枪颇有心得。当晚，他偷偷勘察了一下海关隔离场周边的探头情况，随后登录购物网站，输入"快排阀""马桶堵塞""快排吹""握把"等似是而非的搜索词条，添加老板微信私聊，花了好几天时间陆续购买了一些气枪的组装套件，拼凑出了一把气步枪。

就在袁峰动手破坏监控系统并潜入隔离场的当天，宋雨晴一个人开车来到了滨海市的一家刷车场。她将车停在了门外，手里拿着钥匙，直接上了二楼。

刷车场的二楼是个台球厅，烟熏火燎的聚了不少人。

"老马，你过来，我有事找你们哥儿几个……"

宋雨晴敲了敲柜台，一个看场子的中年人站了起来，穿上外衣，跟在宋雨晴身后，钻进了一件漆黑的小隔间儿。

这个中年人正是马北。

"宋姐？今儿怎么有时间上我这儿来了？"马北笑了笑，倒上了一杯热茶，递给了宋雨晴。宋雨晴摇了摇头。将茶杯放到了窗台上，轻声说道："把哥儿几个都叫过来吧。"

马北一点头，掏出了手机。

半个小时后，屋内聚集了五个人，除了宋雨晴和马北之外，还有两男一女：一个叫葛六儿，早年入室抢劫，被判了十年，刑满释放后，就跟了马北。剩下那一男一女是一对儿夫妻，男的叫宋宝坤，女的叫孙娜娜。这夫妻俩的经历就更丰富了，卖过假药、干过传销，入狱好几回。上次入狱是搞电信诈骗，出来之后，就一直跟着马北。这马北是个惯犯，早年间干了几年飞车抢的买卖，后来又入室盗窃，刚蹲完十几年大狱，又跑去了欧洲，纠集一班人马干偷渡、当蛇头，惹怒了当地的势力，被人擒住塞进水泥桶里。正要往海里扔，恰逢宋雨晴路过，听他口音似是同乡，于是便出面保了他一命。马北死里逃生，自那以后就跟了宋雨晴，并在宋雨晴回国前，先行探路，在此盘下了一个刷车场，纠集了几名曾经的"狱友"，专门听候调遣。

"你们看看这个女人,她叫陶雅莉。"宋雨晴将一张照片摔在了桌子上。

"宋姐,是要做了她吗?"

"做她用不着你,她现在就在我手里攥着。我不妨告诉你,这个陶雅莉得知了我一个大秘密,大到足够掉脑袋的那一种!这个秘密绝对不能流出去,但是这个陶雅莉曾经脱离我的管控长达两个小时,在这两个小时的时间里她不知去向。她有个老公叫袁峰,今天从我这里离开后去了一个老小区。我的人跟上去发现,他在那个小区3栋602房间的阳台上砸碎了一块地砖。那地砖下面有个碗大凹坑,而且那间屋子里有陶雅莉到过的痕迹。你知道我是做哪一行的,应该晓得我一贯谨慎、不敢有丝毫懈怠的原因!"宋雨晴一边说着话,一边掏出了另一张照片拍在了桌子上。

"他是……"

"他就是袁峰,陶雅莉的丈夫。你找到他,是生是死我不管,我只想确定陶雅莉得知的那个秘密没有透风……"

"嗡——嗡嗡——"宋雨晴正说着话,手提包里的电话响了起来,来电显示是个陌生的号码。

接着便有了前面第六章中袁峰与宋雨晴的一段通话。

袁峰挂断电话后,宋雨晴长吸了一口气,看着马北一字一顿地说道:

"这次你带人亲自去。上次搞郭聪,你找的那个兰胜义差点坏了我的大事!这次,绝对不能再出岔子!"

"宋姐,我明白,今晚我亲自去。"

"我在外面给你准备了一台车,废车场淘来的,假牌子、没底案,那个陶雅莉就绑在后备箱里。袁峰手里有一只猴子的尸体,把它给我带回来。然后……两个人都做掉,要干净利落!"宋雨晴一眯眼,伸手指在自己颈下轻轻一画。

"明白!"

"这里是三百万,密码在背面,你拿着,事成后还有另一半!"宋雨晴从上衣兜里掏出了一张卡，轻轻地放在了马北的手心里。

"宋姐，我的命都是您给的，这钱我不能……"

宋雨晴笑了笑，环视四周，指了指站立在一边的葛六儿、宋宝坤和孙娜娜：

"让你拿着你就拿着，你现在当了老大，是要带弟兄的人。没有重赏，何来勇夫？自古富贵险中求，你们几个跟着马北好好做事，只要你们敢拼敢打，宋姐这儿金山银山，决不吝啬！"

"还不谢谢宋姐！"马北一声大喊，将激动得面色潮红的几人吓了一跳。

"谢谢宋姐——"

"好了好了，客套的话不要讲，我先走了，你们尽心办事，别送了！"宋雨晴点点头，转身下了楼。

葛六儿大气都不敢出，瞪圆了眼睛，指着桌上的银行卡问道：

"北哥，这宋姐是干吗的呀？这手笔也太……"

"不该问的别问，宋姐的手段不是你能打听的，想要钱就豁出胆子来！"马北拍了拍葛六儿的肩膀，给自己点了根大前门。

烟气氤氲，衬得马北的脸越发阴沉。

第八章　气蒸四海

天阴如墨，骤雨如珠。张瑜将车停在了滨海市兰坪区苏杭大街216号对面的停车场，将车窗微微摇下了一道缝隙。

张瑜的目光透过车窗，穿过密集的雨幕，锁定了一座三层高、两进院、豪华装修、气派非凡的酒楼——气蒸四海！

据岳大鹰所说，据公安技术部门锁定，北哥打给兰胜义的那通电话，就是从这里发出的信号。

"你知道这儿是哪儿吗？"张瑜轻轻地敲了敲郭聪打着石膏的胳膊。

"气蒸四海，滨海市吃高端海鲜最贵的地儿，最便宜的龙虾一只也得三五千，以咱们的工资怕是消费不起。不过你要是想尝尝，砸锅卖铁我也请你，顿顿吃，天天吃，我都认。"郭聪这话说得极其认真，乍一听像是男女恋爱在说情话，可稍微一琢磨就感觉总透着那么一股诡异。

"不会聊天，你就别硬聊！"张瑜笑了笑，指着气蒸四海的门脸，轻声说道。

"咱是来查案的，要是吃一顿海鲜能把事情查明白也值了，可是……咱就这么以顾客的身份进去，就算天天吃，估计也查不到什么。怎么能想个办法去多了解点东西呢？"

郭聪笑了笑，一指酒楼侧门的橱窗，幽幽说道：

"看到那告示了吗？招餐厅服务员，要求形象好、气质佳，供食宿，底薪5000，另有提成。后厨切菜工，供食宿，要求身体健康，有工作经验者优先，保底工资4300，加班费另算。像这种大酒楼，常年都有招工。咱们目前对这里的情况还不明深浅，万一是个陷阱，可就危险了……这样，你在外围接应，我去应聘切菜工，好打入酒楼内部，有什么情况咱们及时对接。"说完郭聪一边说着话，一边推门下了车，张瑜抱着胳膊，只是笑却不说话。

半个小时后，郭聪臊眉耷眼地回到了车里，一边拿纸巾擦着脸的雨水，一边打喷嚏，满脑子都是刚才应聘时，后厨那伙人尖酸的嘴脸。

"我说哥们儿，我们找的是切菜工，不是碰瓷的！你这胳膊是个啥造型，你自己心里没数吗？"

"大哥我右撇子，左胳膊吊着也不耽误切墩……"

"赶紧滚，一个月好几千工资，我招个正常人不好吗？"

"钱多少你可以划价，你给我个机会……"郭聪几近哀求。

"别叨叨了，赶紧滚！"

"给个机会……"郭聪笑着上去递烟。

"哎哟喂！耍赖！不走是吧！是不是耍赖皮？想讹我钱，这么多眼睛都看着呢，不好使！把他给我架出去……"

"扑通——"四个大汉按住郭聪，直接把他拖走，从后门扔了出去。

张瑜满面含笑地拿郭聪打趣："哎哟，这怎么屁股上都湿了，该不会是让人扔水坑里了吧？"

"怎么可能……一帮土鳖没什么素质，有眼不识金镶玉。"郭聪撇着嘴嘟囔。

"哟呵，你还真把自己当盘菜了，还金镶玉？"

"那是，他们招的是什么啊？"

"切菜工啊！"

"对呗，你看我，脑袋大、脖子粗，不是大款就是伙夫啊！"

"哈哈哈哈！"张瑜被郭聪冷不丁地一逗，笑得肚子疼。

"别笑啊！千万别笑，知道这梗，你就暴露年龄了。"

张瑜努力平复了一下呼吸，扭头从身后拽出了一个塑料袋。

"这什么啊？"

"衣服啊！"

"什么衣服？"

"气蒸四海服务员的衣服啊！"

"啥？你……去应聘了？"郭聪惊道。

"我和你前后脚下的车，就在你被扔出去之前五分钟，大堂经理把我录取了。"

"怎么他们……凭啥啊，要你不要我啊？"

"能凭啥？就凭我张瑜形象好、气质佳、颜值即正义，你懂不懂？"

"不行，你不能去，太危险了。里边是什么情况现在两眼一抹黑，万一马北就在酒楼里……不行不行！"郭聪把脑袋摇成了拨浪鼓。

"有什么不行的啊，我就是进去端个盘子。你放心，我会保护好自己的。再说了，我被录取了再不去，容易招人怀疑，打草惊蛇就不好了。"

"那也不行，不能去！"郭聪眉头紧皱。

"你是不是不信任我啊？是不是怕我坏了你的事儿啊？郭聪，你怎么这么狭隘啊？"

"我……不是狭隘，你没有经验……"

"万事总有头一回吧！你总不让我参与，我什么时候能有经验啊！你光嘴上说着带徒弟、不藏私，可到了见真章的时候你只会畏首畏尾。你扪心自问一下，你师父当年是这么带你的吗？"张瑜心急之下口不择言，话一出口，自己也有些后悔。

郭聪闻言，刚要发火，却生生憋了回去，思量再三，喃喃说道："我会找机会切入你的外围策应，去可以，记住一点——安全第一，所有行动听指挥。"

"明白!"张瑜展颜一笑。

翌日上午,张瑜正式到气蒸四海上班。郭聪为了配合保护,在酒楼所处的地产物业部门找了个清理垃圾的工作。晚上9点,就餐的高峰缓缓退去。郭聪戴着口罩跟着一辆四轮货车,开进了后院,连同四轮车上下来了两个工人,把一字排开的十几个垃圾箱一一抬上车,再把新垃圾桶摆好。

张瑜故作不经意地走到后院儿,站在门口的雨棚下面,给自己点了一根烟儿。张瑜从来没抽过烟,刚吸一口就呛得咳嗽。郭聪瞅准机会,故意一抖,散落了好几个易拉罐,借着捡拾的当口,靠到了张瑜的脚边。

"情况怎么样?"郭聪不看张瑜,只是低着头摆弄易拉罐,将其一个个踩扁。

"酒楼分三层,一楼堂食,二楼婚庆,三楼是VIP专享,有专门的厨房和服务员,我无法接近。翻阅了近一周的前台结账记录,在北哥给兰胜义打电话那天,流水票里没有名字里带个北字的人。"

"也许不是这个北哥结的账,或者走的现金,没有刷卡或用网银。"

"这也有可能。不过这酒楼的三楼很神秘,中午的时候我从专供三楼的后厨路过,听见有人说:联系马北,赶紧送货……我刚要再听,就有专门为三楼巡逻的保安走过来了。我不敢大意,匆忙溜走。我在想,这个马北会不会就是北哥?我得确定一下。"

"你想怎么办?"

"主管三楼的经理姓梅,我们都叫她梅姐。她有个女儿,负责给三楼的包房上菜。能出入三楼的人很少,都是一个萝卜一个坑。到三楼消费的有很多外籍人员,她女儿会一点日语和韩语,我听人说……明天晚上8点,有一拨日本的客人要来,订了三楼的酒席。你想办法把她女儿支走,我好替她。我英语、日语、韩语都还可以。除了我,店里怕是还没有学语言专业的服务员,到时候我顶替她。"

"是不是太冒险了……"郭聪话刚说了一半,转角处出来了两个保安，冲着张瑜大喊：

"干吗呢？"

"大哥，我抽根烟！"

"快点啊！经理集合要训话。"

"好嘞，就来！"张瑜应了一声，一边掐烟一边急促地说道：

"梅姐的女儿叫薛佳妮，开一辆红色的宝马，车牌尾号661！"说完这话，张瑜一路小跑，跟着两个保安走进了酒楼。

郭聪一脚踩扁了最后一个易拉罐，爬上了运垃圾的四轮车。

三个小时后，在停车场盯梢的郭聪锁定了张瑜说的那辆宝马车以及宝马车的主人——薛佳妮。

这薛佳妮真是个十足的夜猫子，半夜十二点下了班不但不回家睡觉，反而开上车直奔酒吧。进了酒吧先是痛饮后是热舞，连轴转地见了三拨朋友，其中一拨是拍广告的、一拨网红，还有一拨好像是模特。滨海市近些年大力扶持文化产业，在市区外专门划了一块地皮，兴建影视城，开发配套资源，吸引了不少的拍摄剧组以及无数渴望在影视行业发展"出道"的青年。郭聪隐身在人群里，看着精心打扮的薛佳妮和一群男女觥筹交错、言谈甚欢，突然咧嘴一笑，计上心头。只见他掏出手机，朝着薛佳妮的方向拍了几张照片，转身走出酒吧，撑起雨伞站在车边，拨通了一个号码。

"嘟——嘟嘟——嘟——"电话通了半天才被接起：

"喂，哪位啊？"

"什么哪位？我的声音你听不出来了？"郭聪笑骂了一句。

"哟，郭子，怎么想起给我打电话了？咱可有日子没见了！"

"罗小宁，你忙什么呢？"郭聪好像从听筒里听到了"哗啦哗啦"的水声。

"我洗澡呢！"

"这个点洗澡，可不像是正经人的做派。"

"有事说事，大学四年上下铺，我正不正经的你还不知道吗？对了，别小宁小宁的瞎喊,我现在叫Steven,翻译过来就是史蒂文。洋气着呢!"

"行行行,史蒂文,我听说你在滨海办了个文化公司,摊子支得还挺大?"

"不大,一点儿都不大。咱都是自己人,我跟你说句实话,我那公司主要就是做直播,培养网红。这行前几年是蓝海,生意还不错,但这几年竞争太残酷,只能勉强混个温饱吧。你问这个干什么?难不成你郭聪要出道?"

"少扯没用的。我问你,你认不认识影视城剧组的人?"

"认识倒是认识几个,之前我们公司还把重点培养的几个网红送到几个网剧的剧组,客串过一些角色。这都是必要的运营模式,我们捧人,剧组赚钱,求双赢嘛!"

"罗……那个史蒂文啊!我有个朋友想进你们这个圈子,你能不能帮我联系一下剧组,明天让她去面试一个角色!"郭聪弹了弹烟灰,故作不经意地说道。

"朋友?男朋友女朋友?"

"女……女的!"

"呀!是郭嫂吗?"

"停停停,你别乱喊。"

"我懂,正在追求中,还没拿下呢,是不是?没关系,早晚的事!"

"明天!能不能帮我安排!"郭聪有些急促地问。

"时间太紧了吧……也不知道你想上什么剧啊,是卫视剧还是网剧,都市剧还是古装剧啊,形象条件怎么样,想来个什么角色……"

"不重要!不重要!这些都不重要!什么都行,我不挑。只有一点,她必须明天就进组,试戏也好,真拍也罢,至少在影视城给我待够24小时。原因别多问,就说能不能办?"

"啊?我帮你问问。"

半个小时后,罗小宁把电话打了回来。

"喂,郭聪啊,这事我帮你联系了,有个清宫剧,明晚上有场大雨天刺杀皇帝的夜戏,场面挺大,缺一个宫女,戏份不多,大概三分钟,你看……"

"行!就这么定了,你现在来找我,我在一家酒吧门口,这就发给你定位。"

"咱们着急啊,我这……"

"赶紧的!"郭聪挂断了电话。

一个小时后,郭聪的同学罗小宁开着车出现在了酒吧门口。

"小宁!这儿!"郭聪跳起来冲他招手。

罗小宁摇下车窗,看着淋得落汤鸡一样的郭聪,笑着问道:

"哟呵,你胳膊怎么了?玩儿的是什么造型啊?"

郭聪瞧了瞧罗小宁那用了小半瓶啫喱的头型,反讽道:

"还有脸问我,你这造型也好不到哪儿去,这头发弄的,苍蝇落上都站不住脚吧。"

"好家伙,求人办事你还这么豪横?"罗小宁一咧嘴,作势要走。郭聪赶紧上前,用手扒住了车窗。

"小宁!史蒂文!别!你看这张照片中间这女的,她叫薛佳妮,我托你那事就是给她办的。"

罗小宁一扒拉墨镜,把眼睛凑到屏幕面前一看,咧嘴笑道:

"眼光不错啊!行,这忙我帮了,我这就去找她,明天亲自带她去见那副导演。"

"小宁,有一点你记住了。这里边不能提我的名儿!"

"为什么呀?"罗小宁不解地问了一句,随即眼睛一瞥,看向了郭聪打着石膏的左胳膊,顿时恍然大悟。

"明白了,闹别扭了吧?"

郭聪一时想不到说辞,只能含混地敷衍:

"算……算是吧……我想给她个惊喜！"

"得嘞，我办事你尽管放心，老同学你就瞧好吧！"罗小宁一按喇叭，驱车直奔酒吧地库的入口。

十分钟后，罗小宁在薛佳妮面前闪亮登场，薛佳妮约的这三拨人里不少是认识罗小宁的，就算不认识也大多听过他的名字。

"大家都坐！坐！Waiter，开我的存酒！"罗小宁一入座，周边人群顿做众星捧月状，将他围在了正中。

薛佳妮有些茫然，旁边一个朋友赶紧凑到她耳边小声说道：

"这是嘉影传媒的罗总啊！嘉影传媒你知不知道，捧出了多少大V啊。平日里你总让我们给你介绍圈内的贵人，今儿你算捡着了，还不快去敬一杯。"

罗小宁一边左右逢源地寒暄，将气氛炒热，一边说道：

"我今天请朋友来玩儿，送他出门的时候，看到这边有几位相识，就过来和大家招呼。今天所有的消费，都记在我的头上。"

"哎哟，真是……谢谢罗总！"

"都是朋友，谢什么谢？"

"罗总，不知道你今晚见的朋友是……哎哟哟，我多嘴了。"

"没事没事，都不是外人，今晚来的是我一好朋友，张导。"

"张导？难道说是拍了……"

"别说出来，知道就行了。"罗小宁一摆手，止住了场内的议论，满眼讳莫如深。

"明白！明白！那……张导来滨海了？"

"对，在影视城，有个清宫戏，晚上吃饭的时候他还说呢，让我物色几个角色，但都是配角，没几分钟的戏。"

"那可是张导的戏啊，露一脸就很不错了，能有几分钟已经很了不起了！罗总，您看我能不能……"

"一个个说，一个个说！"罗小宁连连摆手，让大家不要哄闹。他慢声细语地和几个女孩有来有往地聊了小半个小时，最终一指薛佳妮，笑着说道：

"你有没有兴趣来试试，明天晚上在影视城有一场大雨夜刺杀皇帝的戏……"

"明晚，我……"一听时间，薛佳妮有些犹疑，旁边人看不下去，赶紧催促道：

"你快答应啊，过了这个村，可就没这个店了！"

罗小宁瞧见薛佳妮的神色就知道这事儿绝对有戏，但是切不可操之过急。只见他从上衣里掏出一张名片，递到了薛佳妮的手里：

"你慢慢考虑，明天早上8点前，给我回个信儿，能来就来，不能来我再找别人，大家喝好玩好。我还有个酒局，失陪了！"罗小宁一摆手，笑着离场。

酒吧门外，郭聪还在焦急地等候。

"嗡嗡嗡"手机振动，来电正是罗小宁。

"喂！郭子啊！事我给你办成了，绝对万无一失，我先走了。"

"你上哪儿去啊？"

"有朋友来接我，今晚还有应酬！"

"你别开车啊！"

"我叫代驾，你别管了，一个干海关的净操交警的心！"罗小宁哈哈一笑，挂断了电话。

第二天上午8点，犹在睡梦中的罗小宁被电话铃声吵醒：

"喂！谁啊，这大早……"

"罗总您好，我是薛佳妮，昨天我们见过……我想试试那个角色。"

"噢噢噢，是你啊！"罗小宁一拍脑门儿，顿时想起了郭聪的嘱托。

"是的，您想起来了。"

"这样，你在哪儿，我去接你。咱们直奔影视城，我带你去找张导。"罗小宁从床上一个大跳蹦到了地上，手忙脚乱地套上了裤子。

两个小时后，薛佳妮在罗小宁的引见下见到了张导的副手，顺利通过面试，拿下了只有三分钟画面的角色，从台本、走位、服装、化妆、道具开始一项项地跟现场，不知不觉就忙到了晚上7点。在这期间薛佳妮的手机响了好几次，薛佳妮实在不耐烦，找了个背人的地方，接通了电话：

"喂，妈，你干啥啊，一遍遍打电话，我不都跟你说了嘛，我今天有事，很重要！"

"再重要你也不能耽误晚上的班儿啊！订桌的客人就要来了，你不在谁知道那几个外国人说的话是什么意思啊？"梅姐急得直喊。

"什么班儿啊，不就是个服务员吗？我不稀罕。"

"你不稀罕？你那车、咱那房，不都是这么挣来的吗？"

"你乐意跟姓窦的合伙干买卖，那是你的事，我可不乐意和你们掺和；再说了，别以为我不知道你干的是什么买卖……我有时候晚上想想都瘆得慌。我可不想再干了，我这会儿在找新工作，我特满意，那吓死人的活儿你乐意找谁找谁去！"薛佳妮果断挂了电话，直接关机。

"哎哟，那个演宫女那个，你本来就不是科班，又没经验，还不跟着多走几遍场，你要造反啊！"导演脾气很差，举着大喇叭冲薛佳妮这头就是一顿大骂。

"对不起！对不起！"薛佳妮连声告罪，灰溜溜地跑进了队伍里。她这边揣着明星梦跟着剧组拍摄，干得是有模有样，可梅姐那边急得都快火烧眉毛了："这个败家孩子……"梅姐给薛佳妮打了好几遍电话都关机，急得她在酒店门口直转圈。

此时，盯了梅姐一下午的张瑜"恰好"抽完烟从大厅门口路过，和梅姐刚好"偶遇"。

"经理好！"张瑜连忙点头。

"你先别进去，在门口散散味儿，一身烟味儿让客人闻到不好。"

"哦哦！"张瑜闪到一边，走了两圈后，故意掏出手机，点开微信，凑到嘴边用日语讲了两段语音。刚好被梅姐无意当中听到。梅姐眼睛一亮，连忙招呼道：

"那个……小张你过来！"

"经理？"

"你会说日语？"

"会一点。"张瑜象征性地谦虚了一下。

"是上学学过，还是……"

"我以前当过导游，还干过代购……"

"我明白了！那你这不是会一点啊，你……形象也还不错。这样，一会儿三楼有一桌客人来，请客的老板为了谈生意特意宴请一家日资的老总。这日资老总平时喜好……吃点山珍海味，是咱这儿的老主顾了，平时上菜服务的都是佳妮，可今天她有事，请假了。我这正愁着呢，你就出现了。今天你上三楼替佳妮的班。干得好了，我直接把你调到三楼，工资翻一番。"

"谢谢经理！"张瑜高兴得脸都红了，弯腰给梅姐鞠了一躬。

"走，跟我上去换衣服，对了……手机给我……"

"啊？"

"三楼是贵宾区，无论是服务员、保安、保洁或是后厨一律不许带手机，这是规定。你放心，手机给我保管，绝对丢不了，下班后我会还给你。"

"哦！"张瑜故作懵懂地将手机递到了梅姐的手里。

这梅姐真是个谨慎的人，不但收了张瑜的手机，还借着换衣服的工夫再次确认了一下张瑜身上没有携带任何的电子通信和数据采集工具。

晚上8点，客人乘专用电梯直达包房，先上了些水果茶点，供宾主聊天谈事。厨房门窗紧闭，紧锣密鼓地操办着酒席。张瑜守着上菜的窗口，等着厨师按铃。

"你这儿站着干吗呀？"梅姐走了过来。

"经理，我等着上菜呢！"

"还有……对对对,你是第一次,瞧我这脑子。正菜还得一个小时才能上桌呢,这个你拿好!"梅姐掏出了一个信封放在了张瑜的手里。

"这是……"

"这是客人今晚点的正菜菜单,背面有菜品的介绍。你现在去卫生间,把它背熟了,一会儿客人要问,你就好好给介绍!"

"哦!"张瑜刚要打开,却被梅姐一把按住了手,只见梅姐两眼一眯,凑到张瑜耳边说道:

"我告诉你,这钱不是那么好赚的,你现在后悔还来得及,该去大厅端盘子就去大厅端盘子,就当这事儿没发生过。可你要把这信封拆开了,可就没得选了,你自己做好心理准备。梅姐丑话说在前头,楼里楼外多少双眼睛盯着你的,钱可以赚、小费可以拿,但是小动作不要搞,不然……你没好下场。"

"经理……我……"张瑜浑身一哆嗦,脸都吓白了。

梅姐随即展颜一笑,伸手拢了拢张瑜耳朵边上的碎发,笑着说道:

"瞧给你吓的,没事儿,梅姐就是跟你说说话。你放心,三楼的工资单算,小费不用交,全是你自己的,年终还有分红奖金。今儿个算是你帮梅姐的忙,你帮我,我帮你,只要你踏踏实实好好干,梅姐不会亏待你,找个卫生间,好好补补妆、背背词!"

"哦……好!"张瑜一点头,小跑到楼梯转角,钻进了卫生间,拉开一个隔间的门,回身锁好,伸手拆开了那个信封。

信封里有三张折叠起来的A4纸张,上面密密麻麻地印着一道道菜品和制作的工序简介。

清炖花面狸:新鲜狸肉沸水浸泡,瘦肉洗净也放入沸水内烫过,花刀切件,与狸肉同放炖盅内,面上排放老姜,摆入黄芪、山药、枸杞子,洒上一汤匙酒注入冷开水至八成满,用纱纸密封盅盖,放锅内隔水炖足三小时即可供用。花面狸即野生果子狸,早在《红楼梦》中便有记载,此物食之祛风湿,壮筋骨，滋补安神……

玉带金丝羹：此菜乃晚清广东翰林江孔殷所创，食材以野生最鲜美，取金环蛇、银环蛇、眼镜蛇、水蛇、锦蛇，加入鸡、鲍鱼、木耳、香菇、菊花丝和柠檬叶丝高汤炖煮，能活血补气、强壮神经、舒筋活络、祛风除湿……

"呕——"张瑜一声干呕，终于明白这气蒸四海神神秘秘的三楼是干什么的了，原来这是一处烹制野生动物的所在。

据我国SARS病毒起源研究结果表明，SARS病毒来自野生动物，而与家畜家禽和宠物无关，其中果子狸便是主要携带宿主之一。而野生蛇类含有大量蛇蛔虫、蛇绦虫、蛇假类圆线虫、蛇棒线虫、蛇鞭节舌虫等寄生虫，其中有很多寄生虫耐高温、耐低温，极难通过烹饪手段彻底杀死。科学研究表明，野生动物血肉中的营养元素与家禽家畜并没有区别，甚至远远低于人工饲养的家禽家畜，且野生动物身体内携带有大量的病毒，会通过人体食物链的作用传入人体体内。可现实中，仍有许多人迷信所谓的"食补疗效"，暗中猎捕食用野生动物。尽管政府高压打击，但是野生动物非法贸易仍禁而不绝，且随着互联网技术的兴起，运用网络技术和手机平台进行非法贩卖野生动物及其产品的犯罪模式开始出现。近年来，网络非法交易野生动物的案件数量更是呈逐年增长态势。

诸多经典的查缉案例，张瑜在培训时都是反复研究过的，只不过当案例图片从书本上真真切切地来到了她眼前，还是让她胃里忍不住一阵阵翻江倒海。

"这帮人，是变态么……"张瑜扶着马桶，把胃液都快呕出来了。

"当当当——"卫生间门外传来梅姐的声音："小张啊，走菜了——"

"好嘞！"张瑜咳了一下嗓子，应了一声，小步跑到洗手池旁，打开水龙头，捧着水漱了漱口，整理了一下衣服和头发，走出了卫生间。

"信封打开了？"梅姐似笑非笑。

"嗯！"

"看了？"

"看了！"张瑜点了点头。

"现在说不干，想走还来得及！"梅姐作势去抢张瑜手里的信封。

张瑜微微一笑，轻轻握住了梅姐的手腕：

"别价啊，经理，谁能跟钱有仇啊！"

"小姑娘，有前途！去走菜吧！"梅姐轻轻地点了点张瑜的脑门。

三楼厨房的门紧闭着，只留东侧一扇窗，窗下摆着手推餐车。听得窗内铃响，张瑜快步赶上接过从窗内递出来的各式餐盘，每一只餐盘上都盖着餐盘盖，触感有冷有热。张瑜推着餐车往包房走，半路上，她实在忍不住好奇，掀开了其中一只盖子，盖子底下赫然是一只烧制后浇汁的穿山甲。

"嗝——呕——"张瑜强忍住胃里的翻涌，赶紧扣上盖子，大口地深呼吸，努力地控制住自己的心跳。

包房内，有男女十几人围桌而坐，觥筹交错、推杯换盏好不热闹。居中有两人，左边西装革履的叫童总，是请客的东家，右边长脸微须的叫前田，是一家日资企业的高管。两家公司的合作目前进入到了关键阶段，商场上的公关往来自然必不可少。可大家都是久经战阵的老油条，寻常的声色犬马、吃喝酒席早就无甚稀奇，恰巧这位童总平日里最好"野味食补"，更听闻前田也有此爱好，故而将这场会面定在了气蒸四海。

"哟，妹妹看着面生啊，新来的？佳妮去哪儿了？"童总是老主顾，显然对这里极为熟稔。

"佳妮……佳妮她病了！"

"那这个……"

"我来翻译！"张瑜向童总点了点头，走到前田的身边，指着桌子上的一道道菜品，强自镇定，用一口流利而标准的日语，向他介绍食材来源和烹饪手法。

前田显然对此十分感兴趣,尤其关注所谓的"食补疗效"。童总对张瑜的表现十分满意,待到她介绍完了菜品,也给张瑜倒上了一杯白酒:

"妹妹,日语说得不错,一起喝一杯!"

童总见张瑜面色犹疑,当即一拍手,从随身的提包里摸出了一沓钱,一沓正好是一万。童总将钱放在桌上,压在了酒杯底下。

"酒不白喝。"童总左手伸出手指轻轻地敲打着桌面,右手握住酒瓶,将酒杯注满。那酒杯很大,足有三两酒。

张瑜深吸了一口气,捧起酒杯,一仰头,将酒喝了。辛辣的白酒入喉,刀割般的火烧,张瑜的脸"腾"的一下就红了。

"咳咳……咳……辣!"张瑜不住吸气。

"哈哈哈哈哈,有意思,有意思!"前田和童总瞧着张瑜通红的脸颊,乐得直拍手。童总将桌上的钱往张瑜手里一塞:"等我和前田先生这笔大买卖谈成了,我在我自己家里摆一桌家宴,还请你们来置办!"

童总轻轻一推她的肩膀,低声说道:"我和前田先生要谈生意,你们都出去。"

张瑜赶紧点头,扭身出了包房,反手关上了门,伸手摸了摸自己滚烫的脸颊,呵一口气一闻,满是浓重的酒味。包房门外,梅姐靠着墙,手里捧着一个托盘,上面盖着一层红色的绒布。

"梅姐,这是……还有菜?"张瑜看了看手里的单子,发现所有的菜都已经走完了。

梅姐没有答话,捧着托盘就要进包房。

"梅姐,童总说不让外人进去,你给我吧,我一会儿送……"张瑜伸手就要去接梅姐手里的托盘。

梅姐轻轻一转身,撞开了张瑜的手。

"这最后一道菜,一定是我亲自送……佳妮都不行!"

"这……"张瑜偷偷地瞥了一眼托盘,还没来得及再说话,包房的门从里面被拉开了,醉醺醺的童总探出脑袋喊了一句:"梅姐!大餐呢!

怎么还不来啊?"

"这儿呢!这儿呢!这就上!"梅姐给了张瑜一个眼神,让她走开,随即换上了一副笑脸,走进了包房,并回手将房门反锁。

"那个托盘里一定有猫腻……"张瑜皱了皱眉头。

四个小时后,梅姐走出了包房,从上衣兜里摸出了一沓百元现钞,数了十五张,卷成一卷,将张瑜叫过来,塞进了她的手里,随后抱着胳膊,满脸笑意地看着张瑜:

"拿着!怎么样妹妹,梅姐没坑你吧?"

"梅姐!刚刚客人已经给过……"张瑜故作惊讶地低呼了一声。

"客人是客人,我是我,这钱是我给你的,你收着吧。"梅姐没有伸手。

"那怎么行!奖金都是月底……"

"那是一二楼的规定,不是三楼的规定。在三楼,只要手勤嘴严,钱上亏不了你。"

张瑜眼珠一转,赶紧拆开了童总给她的那沓钱,抽出一半对折,硬塞进了梅姐的口袋。梅姐仍旧没有伸手,只是淡淡地问道:

"你这是干什么?"

"师父领进门,修行在个人,这是我感谢您带我入行的。以后要是再有客人来,您可得带着我。"张瑜话里话外表现得极为乖巧。

"小张啊,就冲你这会说话,会办事的劲儿,有赚钱的好事儿梅姐绝对忘不了你。盯好里面,加菜开酒的时候机灵点儿。"梅姐拍了拍张瑜的胳膊,转身走远。

第九章　Plan-B（上）

一个小时后，屋内杯盘狼藉、肴核既尽，童总和前田在随从的簇拥下，醉醺醺地出了门。张瑜歪着头，强忍着胃里的翻江倒海，细细地数了一遍桌子上的骨肉残渣。

"一、二、三……八！不对啊！梅姐还上了一道菜，怎么没找到吃剩的东西呢？"

"小张！收拾完了没？"走廊里传来了梅姐的声音。

"收拾好了——"张瑜飞快收拾完了餐桌，推着垃圾车，走出了包房，趁着厨房的厨师不注意，一推门探进去了半个身子。

"干吗的？"正在抽烟的厨师警觉地一声大喊。

"服务员，刚收拾完盘子碗……"

"三楼烹、洗是分开的，你往前走，这儿不能进！"膀大腰圆的胖厨师伸手抵住了门。

"不好意思啊，我新来的。"张瑜飞快退了出来。

然而，就在刚才探头一瞬间，张瑜的双眼已经像照相机一样拍摄下了这个厨房的场景。这是绘画的基本功，张瑜天天跟着郭聪在天桥下面"画像练摊"，对人物场景捕捉的基本功锻炼得还是非常到位的。

厨房面积很大，呈"曰"字布局，三排横向长边，一排是煎炒烹炸的火灶，一排是洗切摆盘的操作台，一排是剥皮剔骨的肉案。两条纵向的短边，左侧是大冰柜，右侧是一扇窗，窗边站着一个瘦高的厨子在打电话，嘴里喊着：

"行啊，后半夜过来，我多找几个弟兄卸货……"

后半夜！卸货！

张瑜将这两组关键词记在了脑中，收拾妥当后回到了宿舍。酒楼的宿舍分布在地下一层，面积不大，有半扇气窗能采光。这一层的上下没有电梯，只能走防火的楼梯。楼梯左边8间房是男宿舍，右边12间房是女宿舍，张瑜因为调到三楼工作，梅姐为她专门调了一个单间。张瑜洗了把脸，换上了一双平底的运动鞋，悄悄地走到了楼梯拐角，楼梯照明的顶灯是声控的，跺一脚十次九次不会亮。气蒸四海是酒楼，只要是干餐饮的地方，就一定得防老鼠。地下一层除了宿舍还有仓库，酒店保洁部定期会在这里下老鼠夹或粘鼠板。张瑜白天的时候偷偷顺走了一块粘鼠板，此时正好趁着黑偷偷放在楼梯拐角的下脚处。

放好了粘鼠板，张瑜回到屋里，坐在床上看着表，脑袋微微靠在了墙上，静静等待时间的流逝。

凌晨三点钟，强忍困意的张瑜突然听见了一阵门响，随后伴着一串脚步声往楼梯间移动。

"哎哟！去你大爷的——"楼梯间里猛地传来了一声叫骂和有人摔倒的声音。

"你小点声！"梅姐的呼喝响起。

"哪个保洁把粘鼠板下这儿了，这粘的个恶心，全粘我鞋底上了，这破灯也不修……"

"闭嘴吧你！"梅姐又骂了一句。

张瑜将宿舍门轻轻拉开一条缝儿，伸手摸了摸打鼓一般上下乱跳的心脏，悄悄地跟了上去，贴着楼梯的墙边儿，一点点挪上楼，蹑手蹑脚地跟着脚步声来到了后院儿。

后院里，一辆厢式货车正停在正中，众人七手八脚地从货厢中向外装卸着许多蒙着苫布的笼子，苫布底下时不时地传来窸窸窣窣的响动。开厢货的是两个青年男子，昏黄的灯光下，张瑜悄悄地记下了他们的样子以及滨 E62344 的车牌号码。

装卸过半，原本正在对账的梅姐突然停下了笔，把账本一合，扭头向后门看去仿佛在思考什么。

缩在墙角的张瑜暗道了一声："不好！"

"呼——"张瑜缓缓吐了一口气，赶紧悄无声息地退回到了阴影中，扭头便向来路疾走。

梅姐思索了一阵，好像打定了什么主意，把账本交给了一个胖厨子，自己回手从笼子边儿上顺过了一只铁钩，脱下外衣搭在手上，遮住铁钩，大踏步地向后门走去，迅速穿过长廊，来到通往地下一层的楼梯口。拧亮一只手电筒，缓缓下行，并蹲下身，捡起了那只粘鼠板，粘鼠板的边上有一抹银色的洒金亮片，在光照下闪动。这是不小心擦碰到指甲油上的痕迹。据梅姐所知，酒楼的保洁大妈们，一是常年打扫擦洗，二是年纪也大了，她们可是从不做指甲的。

抹指甲油的只能是那些年轻的服务员！

梅姐一眯眼，缓缓站起身来，一步步地下楼，来到了负一层，靠着墙边脱下了脚上的高跟鞋，赤着脚走到了张瑜的房门外，将耳朵慢慢地靠在了门板上。

此时，张瑜刚刚进屋，将外衣挂在柜里，还没来得及换裤子，门缝底下的微光被黑影遮住。她知道梅姐就在门外，自己万万不敢发出一丝声响。她手脚冰凉，心脏直欲跳出胸口，趴在地上，手脚并用一点点地挪动，努力不去发出一丝声响。

"咔嗒——"梅姐轻轻转动把手，传来了门从内部锁死的声音。梅姐伸手一摸衣兜掏出了一串钥匙，在里面挑出了一把，缓缓地伸进了钥匙孔，轻轻一转。

"吱呀——"房间的门被推开了一道缝隙，梅姐的身影顿了一顿，只见她攥紧了手里的铁钩子，闪身钻进了屋内。屋子很小，一眼就能望到床，床上的张瑜面对墙壁侧身而躺，长发挡住了前额和半张脸，并垂下来铺在了枕头上。梅姐悄悄走近伸头细看，鼻孔淡淡的出气喷在张瑜颈上。张瑜闭眼装睡，尽管汗毛都竖了起来，却仍旧装作不知。梅姐借着气窗的光看了看张瑜搭在被子上的左手，张瑜的指甲光洁自然，并没有涂抹指甲的痕迹。

梅姐皱了皱眉头，回头看向了衣柜，衣柜的门是半开的，依稀可见挂得整整齐齐的外套和各式衣服。

"没准是我多心了。"梅姐暗自思忖了一阵，转身往外走。就在梅姐转身的一瞬间，张瑜悄悄睁开了眼睛，她的目光顺着梅姐的手看去，只见她拎在指尖的钥匙串儿上，挂着一把黑柄的管状方柄钥匙，钥匙前段的截面呈正圆形，后段截面呈椭圆形。

这是一把保险柜的应急钥匙！

"她有一只保险箱……"直觉告诉张瑜，那只保险箱里肯定有秘密。

"吱呀——"梅姐转身出去，带上了门，听得脚步走远。张瑜缓缓睁开了眼，冷汗早已浸透了她的脊背。

"哗啦——"张瑜掀开了被子，使劲地搓了搓脸，只见她上半身穿着虽然随意，但是下身还穿着裤子和一双薄底的运动鞋。她的左手没有涂抹指甲油，但是右手却沾着带金粉的美甲贴片。这是她向一个二楼的女服务员借的贴片，为的就是打消梅姐对粘鼠板的疑虑。

"呼——呼——呼呼——"张瑜大口喘着粗气，一阵阵劫后余生的无力感穿透了她的胸膛，以前听郭聪讲那些斗智斗勇的案例，虽然想起来精彩，却远不如今时这般感同身受。

郭聪说过：电视里演笨贼的多是喜剧，这违法犯罪真心不是谁都能干的，不但手要狠心要黑，还得头脑灵活、抗压素质够硬，所以真正接触到的犯罪分子大多狡猾多疑，没一个是省油的灯。否则没等赚到违法所得，自己就先进监狱报到去了。

干梅姐这行也是一样，法律的利剑高悬，容不得她不多想。按照国家法律，像梅姐这种情况，十年有期徒刑打底，上不封顶。所以说，她们这些人无时无刻不打着十二万分的精神。

除了贩卖珍稀动物，梅姐似乎还有别的秘密。

半个小时后，张瑜的心跳渐渐平复，虽然她的手机被梅姐收走了，但这并不意味着她不能将自己眼中的所见完整翔实地传递给郭聪！

张瑜一直在跟着郭聪苦练画画，不但有天赋，而且进步颇为神速。

宿舍的墙角堆放着五六个快递包装盒，那是张瑜为自己事先准备的画纸，化妆包里的眉笔就是她最好的炭条替代品。张瑜用被子将自己包裹住，遮住手机的辅助光，轻轻捻动炭笔，在硬纸盒上画出了一条又一条宽窄不一、曲直不定的线条。郭聪教学时的声音慢慢在她脑海里响起："素描画法，关窍在于用单一色彩表现目标的明度变化……要在一张纸上确立出结构、受光、背光、色调、比例、透视、投影、虚实、强弱、轻重……"

翌日清晨，张瑜对着化妆镜，用粉底小心翼翼地遮住了自己的黑眼圈，洗漱刚一停当，便将屋里所有的快递纸盒套在一起，里面裹上一些塑料瓶子，用胶带一捆提到了后门。

后门处，垃圾桶旁，郭聪歪戴着帽子正攥着一支拖布杆，将半个身子探进桶口来回扒拉。瞧见张瑜过来，郭聪抹了一把头上的汗，装作不认识地迎了上去。

"你这纸壳和瓶子是不要了吗？"

"嗯啊！"张瑜若有若无地捏了捏。郭聪眨了眨眼，示意自己已经明白了她的用意。

然而，郭聪拎着东西转身刚出院墙，就被守在胡同口的两个人截住了。

"二位……"

"你是干吗的啊？"一个满口黄牙的汉子推了郭聪一下，给他抵在了墙上。这汉子的发型很有趣，断茬圆寸先染黄，再刮出横纵的线条，赫然是时下直播平台里最时髦的"菠萝头"。

"大哥，我是环卫，在这儿……收垃圾呀！"郭聪揪了揪自己的黄马甲。

"我知道你是环卫的，我没问你收垃圾的事儿，我说的是别的。"

"别……别的？"

"少他娘的装傻，你手里这是什么啊？"

"纸壳子，还有点塑料瓶子，我这……捡点废品卖……"郭聪哆哆嗦嗦地答道。

菠萝头一把揽住了郭聪的脖子，伸手拍了拍他的脸颊：

"咱们滨海现在推行垃圾分类这事儿，你知道不？"

"知……知道。"

"以前吧，啥东西都倒在一个桶里，张三也掏，李四也掏，谁掏着算谁的，但是现在不一样了。垃圾分类了，买卖也得分类，厨余垃圾你怎么收我都不管，但是可回收垃圾这一块，你踩到我的地头儿了。"菠萝头一瞪眼，将脸贴到了郭聪的鼻尖儿上。

郭聪此刻虽然面上表演得战战兢兢，但是心里却暗暗嘀咕："我的天，收垃圾也有地盘儿，真是不听不知道，一听吓一跳。回头跟科里人也讲讲，保准他们一愣一愣的。"

其实这也不怪郭聪少见多怪，实则是废品这个行当了解的人不多，商业圈层也相对冷僻，使得普罗大众对这一暴利行业知之甚少。近年来，随着大宗商品市场行情向好，其上游制造业、建筑行业用料需求增加，各大工程和基建投资加速推进，使得废品收购价格持续上涨，再加上我国海关高密度、集群式、全链条打击洋垃圾进境持续发力，使得国内废品收购和废品处理业效益猛增。据我市均价，矿泉水瓶比去年涨幅在 30% 左右，目前价值四块五到四块七左右。废纸的涨幅那就更大了，已经从往年一千多块钱一吨，涨到今年的两千多一吨。废钢价格在 1600 元/吨左右，同比上涨14%；废铝价格在10500元/吨左右，同比上涨23%。行情的大幅上涨，带动废品收购行业整体回暖，撇开规模化大型废品回收企业不谈，单就城市内的产业末梢——破烂捡拾这一项，单人每月的盈利都在一万元以上。

"发什么愣啊，说话啊！"菠萝头给了郭聪肚子一拳。

"嘶——"郭聪弯腰抽着冷气，抱着头喊道：

"二位大哥！大哥！我错了，我错了，兄弟有眼无珠……"

"别让我再看着你。"菠萝头一脚将郭聪踹倒，给了同伴一个眼神，两人拎起地上的纸壳子和塑料瓶扭头就走。

郭聪又急又恼，使劲地挠挠头，爬起身喊道：

"等等！"

"怎么着？揍没挨够？"菠萝头缓缓转过身。

"二位大哥，明儿我指定不来了，今儿个捡的这些个废品能不能还我，我这胳膊不方便，你瞧在我忙活一早上也废了不少劲的份儿上，可怜可怜我！"郭聪弯腰点头作了个揖，抬起眼睛望着菠萝头。

"老二，扇他！"菠萝头给了同伴一个眼色。

那个叫"老二"的大汉，咧嘴一乐，弯腰从绿化带里抠出半块土砖，指着郭聪喊道：

"赶紧滚，信不信我给你脑袋上开一股小喷泉？"

郭聪皱了皱眉头，暗自思忖："我打不过兰胜义这种职业拳手也就罢了，难道还弄不过你们两个吗？"

说时迟那时快，菠萝头等不及老二拍砖，抢先一步上前，一把攥住了郭聪的侧脖领，向后一拽，将郭聪拉到身前，顶起膝盖撞打郭聪胸口，这是街头打架常用的手法。郭聪见了并不慌乱，没有像寻常人一样去向后较劲，反而顺着菠萝头的劲儿跟了一步，曲肘格开了菠萝头的膝盖，一脚蹬在了他支撑腿的迎面骨上。所谓"起腿半边空"，菠萝头被这一脚蹬乱了重心，一个马趴扑倒在地。老二见菠萝头吃亏，抢着板砖来砸郭聪面门。郭聪左手打着石膏不便招架，向后一坐，躺倒在地，左脚抵住老二的胯，右腿回钩他膝盖窝，右手抓住他脚腕，顺时针一个绞缠，将他掀翻在地。身子一滚压住他胳膊，单手夺过板砖，"啪"的一声拍在了老二鼻尖儿前头。老二吓得"啊"的一声乱叫。菠萝头揉着小腿，刚要起身。郭聪已经抽出了腰间的皮带，单手一绕，缠住了菠萝头的脖颈，向后一拉，将他拽倒，扭腰转身，用膝盖一跪，压住了他的胸口。

"大哥……别别别，几个破瓶子，不至于不至于，法治社会不能打架，赢了坐牢输了住院，不值当不值当的！"菠萝头高举双手，果断认怂。

"现在想起法治社会了，刚才扇我大嘴巴的时候怎么不说这个啊？"

"我们哥俩儿就寻思吓唬吓唬您，没想怎么着，大哥你这脾气也太暴了！"老二抱着脑袋从旁打圆场。

"我脾气暴？"

"大哥，以后这两条街的瓶子都归你，我们走得远远的！"菠萝头朝着郭聪直拱手。

"滚蛋！"郭聪站起身，系上了皮带。

"大哥……你这看着面生，不像是我们这帮子人……"菠萝头扶起了老二，两人贴着墙小心翼翼地问道。

"我就是临时干两天，等我老大出来了，我还得跟他接着混呢！"

"您老大是……"

"麻皮！听说过没有？"郭聪一瞪眼，拎起地上的纸壳和瓶子，晃晃悠悠地走出了小巷。

十分钟后，郭聪坐进了一辆破夏利车，将那捆儿废品扔在了副驾驶位上，拧开矿泉水瓶子喝了两口水，仔细地拆开了张瑜包得结结实实的纸盒子，用壁纸刀剖开纸壳的夹层向外一翻，两男一女的三幅人物肖像素描顿时呈现在了郭聪眼前。两张男子肖像没有姓名备注，只在落款处写了一串车牌号码；那张女子肖像下写着一行娟秀的小字——图为梅姐其人，另：三楼两周内无姓名带"北"字的消费单，亦无名字中带"北"字的工作人员。

郭聪刚要掏出手机拍下来，从车后座猛地探过来一张人脸。

"我去！"郭聪吓了一跳，猛地爆了个粗口。

"啪——"那人一巴掌扇在了郭聪的后脖颈上："说了多少遍了，讲文明懂礼貌，怎么还骂人呢？"来人正是聂鸿声。

"聂关……您什么时候上来的？"郭聪揉着后脖颈子直抽冷气。

"来半天了，我问你，张瑜呢？"聂鸿声抢过了郭聪手里的画。

"她……在……"郭聪欲言又止。

"在气蒸四海，对不对？"聂鸿声扬了扬手里的画。

"对！"

"对？我对你个脑袋对！"聂鸿声抄起一个空矿泉水瓶劈头盖脸地对着郭聪"砰砰砰"一顿猛敲。

"哎……你刚说了讲文明，你怎么还……哎呀疼，你怎么还动手打人呢！"

"我打的就是你！凭什么你不去查，偏让张瑜去！一个小姑娘，刚参加工作……躲？你还躲？"

"不是，我去了，想混进去人家没要我！别打脸！"郭聪左右拦挡。

"没要你？好啊，三天不打，你都废物成这样了……一个饭店都混不进去……"

"我这不是胳膊有毛病嘛，影响发挥了……别打了，疼啊！"

"你还知道疼？要是张瑜出什么事怎么办，她还是个新手，咱单位多少年没来新人啊，好不容易考进来一个……这里面情况不明，万一有危险怎么办？你赶紧给我进去把她给我换出来！"聂鸿声揪着郭聪的脖领子狠命乱摇。

"好家伙，合着我就是后娘养的？"

"还什么……养的？你就是个充话费送的！"

"好了好了，领导，疼疼疼，上不来气……"郭聪使劲一挣，推开了聂鸿声。

"她小姑娘没经验，怎么能比得了你这种老油条，拿出来吧！快点！"聂鸿声大手一摊，伸到了郭聪面前。

"拿什么啊？"

"明知故问，你说拿什么？"

郭聪拍着胸口，喘了几口气，从上衣兜里掏出了一个巴掌大的小本子翻开，扯下了三页纸，连同一张照片、一只金表，卷成一卷，拍在了聂鸿声的手里。

"您拿好了。"郭聪没好气地翻了个白眼。

"这就对了嘛！陈三河的徒弟，怎么可能没有Plan-B（B计划）。"聂鸿声咧嘴一笑。

"聂关，照片上这人叫大彬，本名史成彬，是麻皮手底下一个大马仔。岳大鹰查封麻皮赌场，他是唯一的漏网之鱼，也是我Plan-B唯一的缺口，您得赶快给我堵上。这两张素描画和画上写着的车牌号是张瑜传递出来的消息，您得加紧查……时间紧任务重，我建议您还是抽调几个干练的年轻人分头行动，您这位老同志就稳坐大营……"

郭聪的话还没说完，聂鸿声的巴掌已经扇到了郭聪的后脑勺上："少扯那没用的，你才是老同志！"

言罢，聂鸿声推门下车，撑开伞走了没两步，又转回身，走回车边，敲了敲郭聪的车窗。郭聪摇下玻璃，把胳膊挂在车门框上，笑着问道：

"领导，还有什么指示？"

"哪儿整这么一破车？"

"二手市场淘的，十二手的老夏利，为了配合张瑜，我专门准备的……五千块钱，能报不？"

"有发票吗？"

"有！"

"行啊,回头填个单子。"

"好嘞!"

"那个……你俩……"

"您说什么?"

"你们俩……都好好的……"聂鸿声的伞压得很低,郭聪看不到他的眼睛。

"放心吧您呐,我是谁?老油条了!"

聂鸿声长吐了一口气,没有答话,只是伸手轻轻地拍了拍车顶,转身大步踏进了风雨之中。

彼时,车载广播里正放着一首粤语老歌,曲声大鼓沉沉,节拍隐然与风雨相和:"长路漫漫伴你闯,带一身胆色与热肠,投入命运万劫火,那得失怎么去量,我是谁,从不理俗世欣不欣赏……"

第十章　Plan-B（下）

半个小时间，郭聪将车停在了一家名叫"大白鲨休闲网咖"的门外。此地在城北老区，附近都是拆迁工地，这网吧就处在工地边上，是个老旧二层小楼改造而成。一楼是上网大厅，二楼是台球和单间。

郭聪点了根烟儿，没有撑伞，将破大衣顶在头上，弯腰一阵小跑，推开了网吧的大门。

"哟，回来怪早的啊！"吧台后头的网管喊了一嗓子。

"雨大，没啥活儿！"郭聪含含糊糊地答了一嘴，甩了甩外衣上的水就要上楼。

"等会儿等会儿，站那儿……我让你等会儿！"网管一矮身从吧台后面钻了出来，伸手抓住了郭聪的胳膊。

"我跟你说话你没听见啊？"网管拧起了眉毛，脑袋上皱起了一片抬头纹。

"啥事啊？"郭聪不耐烦地问。

"还啥事？房钱啊，你租我楼上一隔间，谈好了一天25，钱呢？"

"来根烟不？"郭聪在身上一阵摸索，从裤兜里掏出一个褶皱的烟盒，抬出一根烟，还没等递出去，就被网管一巴掌扇在了地上。

"谁他妈能抽你这破烟？"

郭聪老脸一红，略一愣神，随即赶紧弯腰想将掉地上的烟捡起来。

却不料网管一抬脚,踩着拖鞋将那根烟在地上蹍了个粉碎。

"你看……还没抽呢……"郭聪深埋着头,右手拳头攥得直发抖。

"干吗啊,攥拳头干吗呀,要揍我?来来来,你动我一下试试?"

"不敢……不敢……我,我今天没拉着活儿,大雨天出门的人少,我车还破,总接不着单……就挣了30块钱。"郭聪掏出手机,打开微信,给网管发了一个30块钱的红包。

"行啊,仗义了,还多给5块!"网管有些诧异。

"不是……那5块,我……我买桶泡面……"郭聪嗫嚅了一下嘴唇,小声说道。

"泡面8块,还差3块钱,卖不了!"网管扭头要走,却被郭聪伸手拦住,一指地上的烟,赔着笑说:"您看,我这烟……它也是花钱买的……"

网管挣开郭聪的手,从吧台上拎了一桶方便面直接砸在了郭聪的脑门儿上:

"呸,我真服了!"

郭聪揉了揉脑袋,捡起泡面桶,灰溜溜地上了二楼。穿过台球厅,在走廊的尽头有一间胶合板隔断的小房间,门上没有锁,屋内只有一张大沙发,两台电脑。郭聪进屋后,将沙发顶在门后,拎起电脑旁的烧水壶,烧了两瓶矿泉水,将面泡熟,仰头一栽,躺在了油腻乌黑的沙发上。看着手机屏幕上的时间一分一秒地流逝,他的眼神越发明亮。

他在等待客人,而且是主动上门来开启他计划的客人!

此时,在距离白鲨网吧向东42公里的远郊,聂鸿声正站在一家"春风冷鲜肉"的门前。大雨淋漓,冲刷着店门前腥黑的水泥地。

"当当当——"聂鸿声一手撑伞,一手敲了敲拉得严严实实的卷帘门。

"谁呀?"卷帘门后传来一声喊。

"外面的这小厢式货车是你家的不?道那么窄,还停路边,我的车掉头被挡住了,你给我挪一下!"聂鸿声不住地敲门,口气很是蛮横。

"挪你娘个头,滚蛋!"

"不挪是吧,不挪我报警了啊!"

"哗啦——"卷帘门被人从门内抬起,一个胡子拉碴一头乱发的叼烟男子梗着脖子瞄了一眼聂鸿声:

"老头儿,你跟我装呢?知道我混哪儿的不?"

"知道,你叫大彬,混赌场的,老大叫麻皮!"聂鸿声从兜里翻出了郭聪给他的那张照片,拈在手里,放在了大彬的脑袋边上比对了一下,随即"温柔慈祥"地咧嘴一笑。

大彬被聂鸿声的笑容吓得直发毛,抬手就要关上卷帘门。聂鸿声扔了雨伞,手腕向上一托,大彬铆足了劲儿也拉不动。聂鸿声飞起一脚踢在了大彬小腿的迎面骨上。大彬疼得一个趔趄险些栽倒,聂鸿声矮身一钻进了屋内,反手一拉,将卷帘门关死。抬眼扫视了一下屋内,指了指肉案边儿的外卖盒轻声说道:

"年轻人,别老吃零食外卖,里面都是激素,对身体不好!"

"你……你是谁,警察?"

"不是警察,是海关!"

"我……又没干走私?碍着海关什么事,我……我就是跟着……"

"你是不是说,你就跟着麻皮放了点高利贷,对不对?"

"对……对对!"大彬的头点得好似小鸡啄米一般。

"是这么个情况啊,目前麻皮和他的老大兰胜义都已经落网了,除了聚众赌博,兰胜义还参与并实施了一桩有组织有计划的谋杀案,且有充足证据表明兰胜义和一家国际性的走私团伙有着密不可分的关系,麻皮在这当中发挥了多大的作用还有待进一步厘清。作为麻皮的头号马仔,你自然也逃不脱干系。当然,这些事情你比我清楚,在麻皮落网的当天,你就做好了跑路的打算,但是警方已经下令通缉你,你不敢轻举妄动,只能让老婆孩子先走。你给你媳妇买了一张去马来西亚的机票,昨天她从机场出境,被我们的同志拦截住了。同时,我们在她的手机里发现了还没有来得及删除的外卖订单,地址……就是这里。怎么样,还有什么要说的吗?没有的话,就跟我走,帮我个忙,不白帮,算立功表现,可以宽大处理的!"

"我……我不能跟你走,我不想再进去了……你敢逼我,我就跟你玩命!"

大彬脸色煞白,额头冒汗,浑身紧绷,双眼通红,伸手一捞,抓过一把割肉的尖刀,双手持握,竖在胸前。

"孩子,叔是过来人,岁数小的时候也总习惯用暴力来解决问题,其实这是不对的。作为成年人,凡事咱们都要考虑后果,要培养自己一种理智的意识,不能冲动,冲动是魔……哎呀呀,我实在是编不下去了!"

聂鸿声解开了上衣的扣子,从肉岸上拎起一支铸铁的磨刀棒,掂在了手里:"来吧孩子,抓点紧,叔赶时间!"

五分钟后……

大彬鼻青脸肿地坐在了地上,聂鸿声手忙脚乱地用毛巾给他擦拭淌个不停的鼻血:

"不好意思啊,叔下手重了,也怪你笨,砍刀劈、尖刀扎,最基本的道理了;再说了,你用的是短柄刀,却拿双手握,重心乱晃,自己也使不上劲儿啊;还有啊,我拿棍子打你腮帮子,你得上步立肘格挡,你歪脑袋没用,脑袋躲再快也没手脚快啊……你看看这打的,哎呀呀,你这两下子比郭聪都笨!"

"领导……领导,哎呀呀呀,胳膊……胳膊疼疼疼疼!"

"你忍忍啊,这属于掉环儿了,不赶紧接上的话,到了我这岁数阴天下雨老遭罪了……"

"咔嗒——"

"啊——"大彬张大了嘴,发出一声瘆人的哀号。

"行了行了,这就没事了,一会儿我给你引见一个朋友,从现在起,他就跟着你,给你当小弟、当跟班,需要你做什么,他会告诉你。"聂鸿声话还没说完,外面便有人敲门。

聂鸿声走过去拉开卷帘门,风尘仆仆的蒋焕良朝着聂鸿声敬了一个礼:"聂关,滨海海关缉私局文档一科蒋焕良奉命向您报到。"

"好好好,来得正好,我给你引见一下,这位是……大彬,麻皮的头号打手。"

蒋焕良看着缩在地上擦鼻血的大彬,下意识地皱了皱眉头:"这怎么……您……打架了?"

"没有没有,不可能打架,我都多大岁数了?我这不是劝他嘛,晓之以理,动之以情……只要结果是好的,过程都是细节,不重要!这位大彬先生觉悟非常高,愿意主动配合咱们的工作……对不对?"聂鸿声瞟了大彬一眼。

"对对对!对对对,我配合,我立功……"大彬扶着墙,晃晃悠悠地站了起来,蒋焕良赶紧上去搀住了他。

"你……你没事儿吧?用去医院看看不?"蒋焕良有点儿含糊。

"没……没事,人……人在江湖漂,难免有磕磕碰碰!绝对不耽误配合政府。"大彬在身上擦了擦手,极为恭敬地和蒋焕良握了握手。

"小蒋,事情我在电话里都交代清楚了,我就不重复了,你好好执行任务,我还有别的事!"聂鸿声转身要走。

"聂关,我送你。"

"别送了,那个……你还是领他去医院找个骨科看看吧,他那胳膊我好像没接准……"聂鸿声苦恼地摇了摇头,出门发动汽车,消失在了雨幕深处。

大白鲨网吧,二楼,隔间,郭聪的方便面刚刚泡好。

"嘶——还挺香!"郭聪掰开塑料叉子,搅拌了一下,吹了吹水汽,刚要下嘴。

"当当当——"包间外有人拍门。

郭聪放下叉子，还没等站起来，薄木的门板子就被人一脚踹开了，四个膀大腰圆的壮汉拥进来，直接将郭聪按在地上。

"是他吗？"领头的壮汉向门外的人喊了一句。

"对对对，打我们的就是他。"

郭聪抬眼一看，门外答话的不是别人，正是早上和自己在气蒸四海后门外小巷子里抢废品的那个菠萝头！

"我说……兄弟，几个矿泉水瓶的事，不至于吧？"郭聪脸贴着地，歪着嘴高呼。

"少他妈废话，跟我们走！"领头的壮汉从裤兜里掏出一卷黑胶布，粘住了郭聪的嘴巴，拿个大布袋套住了他的脑袋，拎小鸡一样地架着他下了楼。路过门口吧台，正看热闹的网管赶紧捂住了眼睛，缩着脖子装睡觉。

半个小时后，郭聪被人拖进了一部电梯，电梯内一股浓厚的血腥味和果蔬类的土味。

"这应该是一部饭店的货梯。"郭聪心里暗暗嘀咕。

"啪——扑通——"郭聪被人一个大嘴巴抽倒在了地上，眼眶上和嘴上的胶带被人粗暴地扯掉。

"哎呀呀呀呀呀！"郭聪赶紧搓了搓眼皮，大声呼痛。

"抬头！"一个女人的声音从身前传来。

郭聪抬眼一看，眼前这女人赫然正是气蒸四海的经理梅姐。梅姐虽然是第一次见郭聪，但是郭聪却已经看到过梅姐的画像。

"知道我是谁吗？"梅姐伸脚踢了踢郭聪的脸颊。郭聪眼珠转了转，瞟了一圈周边站立的打手，诚惶诚恐地摇了摇头。

"这样，我给你引见一个人，看你认不认识？"梅姐举起了手里的对讲机，笑着说道：

"小张儿，我在负一的仓库，你过来一下。"

没过半分钟，对讲机里便传来了张瑜的声音："好的，经理。"

听见张瑜的声音，郭聪的眼角猛地一阵抽搐，好像一下子被抽空了骨头一样，软塌塌地趴在了地上，鼻涕眼泪哗哗地流。

"大姐！大姐！我是第一次，我真是第一次，您大人有大量，高抬贵手啊，饶我一次——"郭聪跪在地上，手脚并用地爬到了梅姐脚边，抱着梅姐的脚告饶。

"饶你？哼，想得美。两条路：一是我报警抓你，你蹲局子去；二是按着道上规矩，我切你一根小手指，左手右手你自己定。走哪条路，你选吧？"

"我真是第一回啊，大姐，你放了我，我当牛做马……"

郭聪话音未落，张瑜已经推门走了进来。她进屋的一瞬间就看到了郭聪，惊得张瑜冷汗瞬间就下来了。她根本就不知道发生了什么，既想不出郭聪为什么会出现在这里，又不知道该如何应对当前的局面，脑子里仿佛烧开了一锅热水，嗡嗡乱响，胸口好似堵了一块冰，冷得她浑身僵直，手脚冰凉。单就这一副表情，张瑜便已经暴露。

"还愣着干什么，过来，给姐跪下啊！"郭聪趴在地上，号啕大哭，冲着张瑜直摆手。一个打手冲过来，一把揪住了张瑜的头发，将她拽倒。张瑜整个人都吓傻了，抱着脑袋缩在地上，整个人不住地颤抖。

"哟，怕了？"梅姐笑了笑，轻轻地拍了拍张瑜的脸，"小张啊，知不知道我为什么把你叫过来？"

张瑜斜眼看向了郭聪，郭聪哭得双眼通红，哀声喝道：

"快说吧，姐都知道了，咱俩那点事儿漏了！"

"咱俩……啥事儿？"张瑜彻底蒙了，特别是郭聪此刻所言所行，让她完全摸不着头脑。

"难道梅姐知道我是海关的了？不对啊，郭聪这状态……分明不像往日，他在干什么？我在干什么？梅姐又在干什么？"张瑜满脑袋都是问号。

梅姐从旁边取过一个iPad，解锁屏幕，放在了张瑜的脚边，轻声说道：

"这酒楼里到处都是监控，防的就是有人搞吃里扒外那一套。这小子和你同一天来应聘，被厨房的厨子赶出了，结果当天晚上他就找了个环卫的活儿，凑到了酒楼附近。短短一天半的工夫，你们接触了两次。这是摄像头拍下来的，你扔垃圾，他捡垃圾，你欲盖弥彰地说，他贼眉鼠眼地听，传递点儿纸壳塑料瓶，还挤眉弄眼。你瞧瞧吧，这几张照片拍得多好，又清晰又明了。我找了两个手底下的兄弟，扮成收废品的，堵住这个小子一试，发现他果然有鬼，为了几个破瓶子、烂盒子，还敢大打出手，而且一看就是常打架的老手，说说吧，什么情况？"

张瑜颤抖着双手，接过梅姐手里的 iPad，一张张地左滑，看着照片里的自己每一个神态的细节都纤毫毕现。她彻底傻了，哆嗦着嗓子问道：

"你都……知道了？"

"当然！"梅姐抢回了 iPad。

"我……"

"我什么我？东西在哪儿？"梅姐冷冷地问道。

"东西……"张瑜皱了皱眉头，暗中思忖，"难道说，她知道我给画像的事了？可是……几幅画像而已，她要来能做什么呢？"

"说啊——"见到张瑜发愣，梅姐耐不住性子，上前就要打张瑜。郭聪从旁边一扑，将张瑜护住，同时急声喊道：

"你个败家娘儿们儿，怎么舍命不舍财呢？啥时候了，还嘴硬啊，大姐是给咱们机会啊，咋不知道把握？"

"舍……财？"张瑜完完全全地蒙掉了，困惑甚至战胜了恐惧。

"对咯，舍财！必须得舍啊，交代，大姐我们都交代！"郭聪扭过头来，双手不住作揖，哀声叹道，"东西……我给我老大了！"

张瑜张大了嘴，歪着脑袋看着郭聪："老……老大？"

"你把嘴给我闭上吧！还不让说，不让说，这都啥时候了。大姐能给咱们机会，多难得啊，咋不知道珍惜呢？手指头不想要了？"郭聪瞪圆了眼睛，狠狠地骂了张瑜一顿，随即扭过头，向梅姐赔了个笑脸：

"大姐，您别跟她一般见识，她……头发长见识短，呸呸呸！当然，不是说您，我掌嘴！掌嘴！那东西我给我老大了。"

"放屁！"站在一旁的菠萝头啐了一口唾沫，指着郭聪喊道：

"打架的时候你跟我说，你老大是麻皮，滨海地界谁不知道麻皮的赌场被条子（警察）点了，麻皮现在搁号子（监狱）里蹲着呢，你糊弄谁呢？"

郭聪老脸一红，苦着脸说道："兄弟，对不住啊，我有眼不识泰山，不知道您是大姐手底下的人，早上多有冒犯啊！其实啊，我真是跟麻皮大哥混的，只不过我资历浅，没能得到麻皮哥的亲自提携，我那句话纯属扯虎皮做大旗。但是我老大可是贴身跟随麻皮的，他叫大彬，道上混的人都认识他。"

梅姐闻言，眼睛瞥了菠萝头一眼，菠萝头走到她身边，在耳旁小声嘀咕道：

"是有这么个叫大彬的，是麻皮的亲信。麻皮出事的时候，他正在外面收账，躲过了一劫，现在正在被通缉，听说……大彬四处筹钱，打算跑路出国。"

梅姐沉思了一阵，幽幽说道："能联系到大彬吗？"

"能！他刚向我一个道上的朋友借过钱，我能要来他的地址。"

"联系他！快！"

"好的！"菠萝头点了点头，走到一边摆弄手机。

远郊，春风冷鲜肉店内，系着围裙的蒋焕良正在灶台前忙活得不亦乐乎。刚从医院回来的大彬老老实实地坐在床上，一动不敢动。

"大彬啊，这店是你的吗？"

"不是，是我一个朋友的，这不刮台风了嘛，他把店关了，回乡下陪老爹老妈去了，我就来这儿躲两天……"

"哦，他家这肉真不错。我呀，今儿个简简单单弄几道菜，一个玉米炖排骨,一个蒜泥血肠,又补气又补血,最适合你这种伤员病号。我再来个熘肥肠,好下饭!"

"您……您太客气了……"

"说起来,不怕您笑话,我这常年不着家,下厨的机会极其有限,我老婆孩子都快忘了我做饭什么味了!"

"您总出差啊?"大彬尴尬地搭着话。

"我在一线干了快十年了,这几年领导把我调回来,任职我们滨海关缉私局的枪械和搏击教员,常年授课带训练班,同时也负责管理管理案卷。"

"枪……有枪……搏击,是教练啊?"大彬咽了一口唾沫,口齿发声直拌蒜。

"其实主要是训练新人,培养体能技巧、射击打靶等方面的业务素质……对了,你这工作平时都做什么啊?听聂关说,你是放贷的。"蒋焕良在围裙上擦了擦手,在案板上切着葱花。

"啊……是!"

"年息还是月息啊?"

"月三分,砍……砍头息!"大彬挠了挠头,苦着脸答道。

"哎哟,那是够缺德的。"蒋焕良咂咂嘴,开始烧油下葱姜蒜末炝锅。

所谓砍头息,指的是高利贷或地下钱庄,给借款者放贷时先从本金里面扣除一部分钱,这部分钱称之为"砍头息"。如果借款100万,借期1年,按照月三分的利息,年化利率就是36%,一年的利息就是36万。但是一按"砍头"的方法计算,大彬他们就只需要借给借款人74万,而一年后,借款人需要归还100万。实际裁决中,在遇到砍头息的时候,法院往往会按照实际出借金额来计算利息。作为借款人实际支付的年化利息一般在24%以内,不会超过36%。如果借款人实际支付的年化利率已经超过了36%,那么可以要求放款人退还超过36%的部分。因此,一些不法放贷的团伙组织往往会采用暴力、胁迫等非法手段，阻止借款者诉诸法律维权。

"像你们平时，都怎么收账啊？"蒋焕良一边颠勺，一边问话。

"额……太激烈的手段，如果不是钱款数额巨大的话我们也不敢用，主要就是扣人家身份证、拿手机给他通讯录亲朋好友打电话、往小区发传单骂他、剐他车、堵他门、上小孩儿幼儿园门口吓唬人之类的……"

"聂关打你这顿还真是不冤。"蒋焕良摇了摇头。

"那大爷……是你们领导啊？"

"对呀！怎么了？"

"好家伙！那人下手也忒狠了！我想着拿刀吓唬吓唬他，他甩手就给我脑袋一棒子，咔一下就把我胳膊掰断了，碗大的拳头，一拳就把我鼻梁子干折了……"

蒋焕良一边笑，一边将饭菜摆上餐桌，招呼大彬过来坐：

"你闲着没事吓唬他干吗？他没见过你这种唬人的，他平时接触的都是些真捅的亡命徒，打你这两手都算是轻的了。对了，刚才跟你说那些台词你都背熟了吗？"

"背熟了！"大彬扒了两口饭，点头答道。

"背熟了就好，快点吃吧，一会儿就有人该上门了。你好好表现，我们给你写材料递送公安局，记你立功表现一次。你再把这个戴上。"蒋焕良从裤兜里掏出一只金表，递给了大彬让他戴在手腕上，同时掏出了一个小巧的化妆包，打开来，支起镜子，一边吃饭，一边往脸上涂抹深色粉底、粘贴络腮胡须、调整假发的松紧、修剪眉毛的形状，戴上夸张的机车耳钉，给胳膊和手背上贴印上一次性的文身。不到十五分钟，蒋焕良吃完了饭，化完了装，大彬看着桌子对面已然"改头换面"的蒋焕良彻底傻眼了。

"你……你……这他……"

"见笑了，雕虫小技。"蒋焕良收好了化妆包，洗手刷碗刷锅，刚刚收拾妥当，卷帘门外便传来了一阵脚步声。

蒋焕良抓了抓头型，沉声说道：

"从现在开始，我叫阿良，是跟你的马仔！"

"咚咚咚——有人吗？开门——"外面有人开始踹门。

蒋焕良摘下围裙，叼上了一根烟，拎着一只啤酒瓶子，晃晃悠悠地走到了卷帘门后。

"哗啦——"蒋焕良拉起了门，门外站的正是菠萝头，在他的身后是三个膀大腰圆的打手。

"你谁啊？"蒋焕良往菠萝头脸上喷了一口烟。

"你谁啊？"菠萝头反问。

"你混哪儿的啊，良哥你都不认识，我是阿良！"蒋焕良伸手指，点了点菠萝头的胸口。

"我管你凉不凉热不热的，大彬在不在？"菠萝头拨开了蒋焕良的手。

"大彬也是你叫的？"蒋焕良一瞪眼，一酒瓶子开在了菠萝头的天灵盖上。

"砰——"碎玻璃横飞，菠萝头一声惨叫，捂着脑袋蹲在地上，随同的三个打手一拥而上，来撕扯蒋焕良。

"我看谁敢动！"大彬一声暴喝，举着一把椅子冲了出来，顶开了那三个打手，和蒋焕良背靠背地守在了门口。

菠萝头顶着一脑门子血，缓缓站起身，抻着脖子瞄了大彬一眼："就是他，他就是大彬！"

这话一出口，从街头街尾各停了一辆车，又走过来了七八个打手，将蒋焕良和大彬围得密不透风。大彬扔了手里的凳子，慢慢举起了手。

"都带走！"菠萝头一声令下，两个打手将大彬和蒋焕良捆住，往脑袋上罩了个黑布袋子，七手八脚地将二人塞进了车内。三辆车离开了"春风冷鲜肉"直奔绕城高速，一路飞驰，回到了气蒸四海。

"梅姐,人我给你带回来了!"菠萝头找了块毛巾按住了脑袋上的伤口,将捆得严严实实的大彬和蒋焕良踹倒在地。

两个打手摘下了他们头上的布袋子,拖着他们跪在了梅姐的身前。

"手给他们解开,那个……你,别乱瞅了,就是你,你叫大彬是吧,你把手腕伸出来!"梅姐用脚尖踢了踢大彬的胸口。

大彬四周扫视了一圈,慢慢地伸出了手腕。梅姐指了指大彬手上的金表,面沉如水地问道:

"这表,是你的吗?"

"是……是我的啊!"大彬磕磕巴巴地回答。

"给我打!"梅姐摆了摆手,两个拎着橡胶棍子的打手"唰"的一下围了上来,刚要动手,郭聪猛地直起了身子,拦在了大彬面前,大声喊道:

"老大!漏了!都漏了!人家大姐啥都知道了,你就都交代了吧!"

郭聪话一出口,大彬眼前陡然一亮,适才蒋焕良跟他交代过:"到了地方,会有人接头,暗号就是——你都交代了吧!只要谁说出了这句话,谁就是郭聪。你不但一切行事都听他指挥,还要记住他是你的小弟,跟了你五六年,是你的心腹。他的女朋友叫张瑜,这俩人之前在你的手底下专干'仙人跳'。"

"郭聪……你把我卖了?"大彬背出了约定的台词。

"大哥,不是我!"郭聪虽然是第一次见大彬,却一秒入戏。

"那就是张瑜?好啊,我早说她个小娘们养不熟!"大彬声色俱厉地指着墙角的张瑜痛骂。

"都不是,谁也没出卖你,是人家大姐自己查出来的。咱惹上大麻烦了,我们俩弄来这表是个大老板的,这老板手眼通天,不是善茬!"郭聪一边说着,一边将大彬手腕上的表摘了下来,在胸口擦干净,捧到了梅姐的身前。梅姐抽了一张纸巾垫着手,接过了金表,笑着问道:

"还行,趁着你们销赃之前追回来了,对了,这表你怎么没出手啊?"

大彬咽了口唾沫,小心翼翼地说道:"我看这表挺值钱,没舍得贱卖,等着合适的价码呢。谁承想……唉!"

梅姐将表装进了一个丝绒袋子里,递给了身边一个随从:"去,把表给童总送去,就说是我没管理好,下周的酒席免费,权当赔罪。"

待到随从走远,梅姐向后一靠,半躺在了椅背上,幽幽说道:"你叫大……什么来着?"

"彬!大彬!"

"对,大彬!说说吧,今天这出儿是个什么情况?"

大彬舔了舔嘴唇,若有若无地看了看蒋焕良,脑子里一阵乱转,把一段背得滚瓜烂熟的说辞讲了出来:

"我叫大彬,原本是跟着麻皮干赌场的。麻皮其实是个给人看场子的,赌场的老板叫胜哥,胜哥专门放贷,我和麻皮讨债。前不久,场子被公安扫了,麻皮也进去蹲起来了。我那天因为出去讨债,逃过了一劫。但是我被通缉,哪儿也不敢去,只能缩起来躲着。说实话,这几年麻皮待我不薄,分成没少给我,但是我这个人大手大脚惯了,有多少花多少,存款一分钱都没有。我怕警察找上门,先把老婆孩子送走了,给她们的钱都是我向道上朋友借的。有借就得还,我一没文化二没技术,不捞偏门实在没法谋生。幸好我手底下还有几个兄弟。这个郭聪和他的女朋友张瑜,之前就在我手下干仙人跳,干事机灵得很。还有这个阿良,打架最凶,能打敢打手又黑。张瑜会点外语,我们凑在一起,专挑外国人下手,在火车站附近的旅店干了几票,但是说实话,这买卖现在风险太高,赚得太少。这时候正巧我有个专门干销赃的朋友联系我,说现在好多高端货特别抢手。我们商量了一下,诈不如偷,找个有钱人出没的高端场所,随便弄一些高档酒、雪茄、小皮包、手表、戒指之类的小件儿货,目标又小又隐蔽,随便弄上一件就是几万块……正巧看到您这招工,我们就动了歪心思,让我这兄弟和弟媳混进来,想着探探底。那天晚上,我弟媳见一个老板喝了好多酒，吐了好几次。她去洗手间送毛巾，瞧见那老板洗手的时候摘下了一只金表，她就顺手裹起来，那老板喝得烂醉，也没注意。早上我让我兄弟郭聪装作捡垃圾去打探接头，弟妹将那金表裹在了纸壳里交给了我兄弟，我兄弟又把表给了我。我还没出手销货，你们就找上门来了！"大彬说完这话，向梅姐作了作揖，不断地告饶。

张瑜听得脑袋一愣一愣的，暗中嘀咕："我没偷什么表啊？"她咽了一口唾沫，眼睛向郭聪那边瞟去。郭聪没有看她，只是慢慢地将右手缩在背后，食指轻轻地左右晃了晃。张瑜明白，郭聪是让她别说话。

"难道他另有计划？这些变数都在掌握中？"张瑜不由得皱起了眉头。

梅姐长出了一口气，站起身伸了个懒腰，淡淡地说：

"行啊，童总的表找回来，事儿也都清楚了。该怎么办怎么办！一人一根小拇指，切了吧。"

话音未落，菠萝头猛地一抬手："慢！哥儿几个先别动！"

"怎么了？"梅姐问。

菠萝头小心翼翼地凑过去，小声说道：

"梅姐，麻皮和大彬都是兰胜义的人，兰胜义可是跟北哥混的。打狗还得看主人呢，他们不报字号就罢了，可他们既然已经说了老大是谁，咱们再切了他们手指头，不就是打了北哥的面子吗！北哥那人在道上混……最讲面子，万一……"

"说得也对，那你说怎么办？"

"既然东西已经追回来了，不妨给北哥知会一声，一来核实一下他们的身份，二来卖他个人情，下次走货咱们直接折价，又长面子，还落实惠。"

"行！就这么办！"梅姐拍了拍菠萝头的肩膀，从兜里掏出一部手机，拨打了一串号码：

"喂！北哥吗？"

听到这三个字，郭聪汗毛都激动得竖起来了。

"梅姐？我现在在青港办事，货的事你联系窦家那哥俩儿。"听筒里传来了一个低沉的男声。

"北哥，不是货的事。"梅姐笑了笑。

"那是什么事？"

"您认识一个叫大彬的吗？"

"知道，我手底下人办了个赌场，他是在赌场做事的一个小兄弟。他不知道我，我却知道他。麻皮跟我提过，说小伙子人不错，办事很勤勉，让我提携提携他。怎么了？他得罪你了！"

"什么得罪不得罪的，出了一点误会。这位大彬兄弟上我这儿偷了个客人的东西，我已经追回来了，北哥您放心，看您的面子，我不为难他。"梅姐有意无意地看了大彬一眼。

"谢了，这样吧，我跟伟杰打个招呼，下次的货按六折走！"

"那怎么好意思……"

"没什么不好意思的，等我回去当面给你道谢。"

"使不得……使不得……"梅姐笑着和北哥寒暄了两句，随后挂断了电话。

"呼——"梅姐长出了一口气，对菠萝头说，"给他们几个都放了吧。"

刚说完这话，梅姐突然好像想起了什么一样，迈步走到了张瑜的旁边，蹲下身笑着说道：

"小张啊，姐是真心喜欢你，你这外语不错，干仙人跳白瞎了，不如跟着梅姐干……工资在原基础上，我给你加这个数。"梅姐张开了五指在张瑜面前晃了晃。

张瑜愣了一下，还没来得及搭话，跪在地上的郭聪已经揉着膝盖缓缓地站了起来，伸手在脸上搓了搓，霎时间换了一副神情。只见他缓缓走到张瑜边上，将张瑜搀了起来，目光炯炯，神色昂然地看向了梅姐，微笑言道：

"不好意思，她还真不能跟你干。"

"你什么意思？不跟我，难道跟你去干仙人跳吗？"梅姐白了郭聪一眼。

"不让她跟你，是因为你太笨，到了此时此刻还不明就里。也罢，咱们重新认识一下——您好，中国海关一级关务督办郭聪，这位是我的同事张瑜！"

"海关？"梅姐惊得声音都走了调儿。菠萝头小腿一软，下意识地靠了一下墙，随即拉住梅姐后退，同时大声喊道："姐，他们是……哥儿几个快上，让他们逮住大家都没好！"

围在周边的几个打手闻言，抡起了手里的橡胶棍就往上拥。郭聪攥紧了拳头还没来得及拉架子，一旁的蒋焕良已经一个箭步蹿了上来，甩腰一个鞭腿，放倒了一人，随即扬手摘下了胡须和发套，脱下上衣在脸上胡乱一抹，擦掉了一层深色的粉底。

"蒋科……你……"张瑜指着蒋焕良，张了好几下嘴，却没说出完整的一句话。

"张瑜同志你好啊，好久不见。"蒋焕良点了点头。

"老蒋，我帮你！"郭聪挽了挽袖子，刚上前一步，却被蒋焕良伸手拦了回去：

"老弱病残，往后靠！"言罢，一个抱摔，又放倒了一人，此时，天花板上头响起了一阵破门声，楼道里有密集的脚步声传来。

"小朋友，你是不是有很多问号？"郭聪看着张瑜，咧嘴一笑。

"嗯嗯嗯！"张瑜急促地点着头。

"好，听我给你捋一捋这个逻辑，来来来，咱们往这边走走，躲一躲他们这帮打架的，别剐碰着咱们！好，就这儿吧，这儿肃静，你听我说，任何谜题的拆解都本着一个逻辑，那就是以终为始，说白了就是从'所以'去倒推'因为'。能推通就是正确，推不通就是错误。把错误的摘除，保留正确的逻辑链，在关节处下套儿，让对手为我们填补空白，这是我办案设局的一个惯用思路。现在我问你，在这件案子里，我们查探气蒸四海的原因是什么？"

"因为从兰胜义的手机里追踪到了一个关于北哥的通话定位，北哥的电话是从气蒸四海拨出的！"张瑜飞速地作答。

"没错！其实干咱们这一行，无论是追踪人还是追踪货，就我个人理解，其整体思路大致和解数学题是一致的，那就是——用已知求未知。麻皮和兰胜义落网后，我们已知的人物关系链从下到上依次为大彬—麻皮—兰胜义—北哥。由于麻皮和兰胜义落网的风声已经走漏，靠他们俩做局意义不大，所以我们必须从关系链其他的位置入手。北哥神龙见首不见尾，我们对他的了解很少，所以我们将他标的为最终要求解的未知目标。大彬虽然在逃，但是他在团伙中相对低阶，更便于掌控，我以此为基础设了一个以大彬为突破口的计划。另据线索表明，北哥曾在气蒸四海内给兰胜义拨出过一通电话，那么北哥最有可能的身份有二，分别为顾客和内部人员。让你混入气蒸四海查探是我计划的一条线，却不是全部。因为你毕竟是个新手，而对手却都是老江湖，稚嫩的表演早晚会被看穿，所以我要在你的身上加一层欲盖弥彰的伪装，所谓一叶障目不见泰山、两耳充豆不闻雷霆，说的就是这个道理。在你混入气蒸四海的那一刻，这个计划就已经启动，我会人为地为你创造另一个身份——大彬的手下，小偷小摸的女骗子。这样一来，你的一切窥探行为就将被罩上一件看似合理的外衣，对方也将因此忽略你的真实意图。当然这一切并不容易，除了你自己的努力外，还需要我们在外围积极地配合，并在最关键的节点处，将大彬这面盾牌挡在前面，推到梅姐的面前。从一开始，我心里就隐隐含糊，反复思考这位北哥是以什么样的身份出入气蒸四海这样人多眼杂的地方呢？顾客吗？不不不，我觉得不可能。你想想看，如果是你指挥兰胜义杀了人，并且兰胜义已经暴露被捕，在这样的情况下你还会抛头露面下馆子吗？所以我认定，他不是来这儿消费的食客，他本就是这里的内部人员。但是这是猜测，我没有证据，我承认这里面有赌的成分。为了怕你漏破绽，我没有和你明说，仍然让你查探这里消费的顾客。因为我知道，你查顾客的行为一定会被梅姐看到，而这正是我想让她看到的。我故意和你频繁接触，并且在你那天送走那位童总后，我悄悄地尾随在了他的身后……"

"尾随？你尾随他做什么？"张瑜赶紧追问。

"偷表！那天童总喝得烂醉，在他送走那个日本商人后，我骑着电动车抄小路，绕到了他的前面……"

凌晨时分，天降大雨，童总迷迷糊糊地靠在自己的奔驰后座上，眉头紧皱，不断地用手搓揉着太阳穴。酒喝得太多，他脑袋都快痛得裂开了。

前方十几米，路灯昏暗，司机一不留神，没看见从绿化带蹿出一辆电动车。

"嘀——吱——"司机一脚急刹车，童总没防备，整个人直接趴到了副驾驶的座椅靠背上。

"你干什……"童总话刚骂了一半，突然瞧见挡风玻璃上趴了一个人，一辆电动车被顶出了十几米远，横躺在地，闪烁着微弱的灯光。

"童童童童……我我我……撞撞撞……"司机嘴张得老大，磕磕巴巴地说不成话。

"怕个啥，下去看看！"童总迷迷糊糊地推门下了车，往车头走去，车之前机盖儿上，一个左胳膊打着石膏、穿着黄色带"夜宵急送"LOGO雨披、戴着摩托头盔的外卖员正呈"大"字形趴着，脸低垂，脚乱晃。

"哥……哥们儿？"童总轻轻地推了推他。

"嘶——嗝——"外卖员猛地抽了一口气，吓得童总心脏都要蹦出来了。

"你……你没事儿吧？"

"我……我我……你撞我……我心脏难受……骨头肯定是折了……还是粉碎性……"

外卖员一瞪眼睛，顺着机盖子向下一滑，坐在地上伸胳膊直接抱住了童总的腿。

童总一瞧这外卖员利落的身手，霎时间缓过神来：

"好家伙，你是送外卖的吗？碰瓷的吧？这都后半夜了，您还没歇啊？"

外卖员眨了眨眼睛，瞧着童总一点头，小声说道：

"嘘——我上的是夜班儿！有时候也假装成快递员。"

"我勒个去，你这都不背人了是吗？都敢明说了！"童总被外卖员的坦白震惊了。

"哥们儿我这人做买卖，讲的就是诚信，五千块一单，童叟无欺！你是扫码还是刷卡？"外卖员伸手进怀，掏出一只POS机，一张塑封的二维码。

"你你你……这设备够全的啊！"

"干一行爱一行嘛！"外卖员非常谦虚。

"我这可有行车记录仪啊！"童总虚张声势地指了指挡风玻璃。

"老板啊，你可别吹了，我刚才趴玻璃上都看了，你那就是个ETC，哪有记录仪呀，想诈我？别闹！"外卖员轻轻地掐了一把童总的大腿。

童总站在大雨里，摸了摸脸上的水，几次想要挣脱，却都被外卖员一阵撕扯，活活摁住。

"哥们儿，你……你松开……"

"你给钱，我就松，不然谁也别走！"外卖员一脸倔强。

"行行行，服了服了服了，我今儿算遇上高人了！"童总掏出手机在外卖员的付款码上一扫，"转过去了，五千块，一分不少，能松手不？"

外卖员掏出手机，看了一眼到账通知，两手一松，爬起身来，笑着让开了路："您慢走，好人一生平安！"言罢，扶起小电动车，一拧油门，消失在了夜色之中。

"真他妈晦气！"童总啐了一口唾沫，拉开车门，一声不吭地坐了上去。

两条小巷外,外卖员停下了电动车,走进了一家肯德基的卫生间,脱了雨披,摘下了头盔——此人正是郭聪。

"踏破铁鞋无觅处,得来全不费工夫。"郭聪手掌一翻,手心儿里赫然躺着一块金表,正是他趁着和童总裹缠之时顺手牵羊而来。

与此同时,童总到了家,脱下湿衣服洗了个热水澡,出了浴室,直接钻进了被窝,第二天日上三竿才睡醒,将要出门的时候才发现手表找不着了。昨日里酒喝得太多,他也记不得表丢在哪儿了,这表不便宜,是他心爱之物。思来想去,昨晚上在气蒸四海待得最久,于是乎童总一个电话打到了气蒸四海,告诉梅姐说自己的金表找不着了,让她看看是不是落在包房了。童总是气蒸四海的大金主,梅姐不敢怠慢。昨天为包间服务的,只有张瑜一个,张瑜说没有发现任何客人遗失的东西。可梅姐不信,这金表是个贵重物件,再加上张瑜这人是新来的,刚到店就偷偷翻查消费的记录小票,梅姐对她深有怀疑,若不是上次薛佳妮关键时刻放鸽子,她也不会让张瑜参与三楼的买卖。于是乎,梅姐将计就计,伺机监控张瑜,发现了故意露破绽的郭聪。梅姐顺势又让手下菠萝头试探郭聪,结果郭聪为了一点儿废品和菠萝头大打出手,梅姐由此断定肯定是张瑜把什么东西夹在废品里传递给了郭聪,于是便有了后面去大白鲨网吧抓郭聪,直至牵扯出大彬的一系列后话。

"这么说……所有一切都是你下的套儿?"张瑜狠狠地掐了郭聪一把。

"你轻点啊,我这给你上课呢!这种实践教学,书本上可是学不到的!"郭聪搓着手臂,连声呼痛。

"那……你的目的是……电话!你是为了让梅姐给北哥打电话!"张瑜眼睛一亮。

"聪明!说对了!你想想,我们之前猜测北哥是气蒸四海的内部人,他肯定和梅姐是认识的。大彬踩了梅姐的盘子,梅姐肯定得联系北哥,就算不为了卖人情,也得确认大彬是个什么身份,她越多疑就越会上我的套儿,只要她一联系北哥,咱们不就有线索了吗!宋雨晴要搞我,兰胜义是扎我的刀,北哥就是握刀的手。抓住了这只手,还愁扯不出宋雨晴吗?说起来,这事情比我想象的要顺利,梅姐这一个电话,直接透露了北哥的所在地点——青港镇!不对!"郭聪骤然一惊。

"怎么了?"张瑜问道。

"董皓也去了青港,难道说……"郭聪来不及解释,掏出电话,赶紧给董皓拨号,可连拨了十几遍,对面都占线。郭聪脑门儿上瞬间见了汗,赶紧又给聂鸿声拨号,可聂鸿声那边也是无人接听。

"这是要出事儿啊……"

就在此时,支援的人马已经撞开了仓库的门,十几个缉私局的同事到场瞬间控制住了局面。梅姐万念俱灰,两眼无神地坐在了地上,半晌后,梅姐缓缓抬起了眼睛,看向了郭聪:"佳妮……"

"没错,也是我计划的一部分。"郭聪点了点头。

"她跟这事无关,都是我做的……所有的后果我来承担,与她无关。她还年轻,不能就这么……"梅姐红了眼眶。

"具体怎么量刑是法院的事,你既然知道干这行是违法的,又为什么要把自己的女儿拖下水?早知今日,何必当初……"郭聪长叹了一口气。

"她有一只保险箱!"张瑜好像突然想起了什么,指着梅姐大喊。

"什么保险箱?"郭聪问道。

"一道菜!她有一道菜不让别人送,一定要亲自送,而且还锁门,肯定……肯定不是那些动物,因为我已经送了一堆珍稀动物了,没理由就差最后一道菜不让我上……"

张瑜有些语无伦次,看着一脸迷茫的郭聪和蒋焕良,张瑜走到梅姐面前,从她随身的手包里一阵翻找,拎出了一串钥匙,挑出了那把保险柜的应急钥匙,在郭聪眼前晃了晃。

郭聪接过那把钥匙，走到了梅姐的面前：

"保险柜在哪儿？是你主动交代，还是我们自己找。你这饭店说大不大，说小不小，别管你藏得多深，我们要真想找，只不过是个时间问题。而且……一个小小的保险柜，我们的技术手段多的是，不可能打不开，这一点……想必你很清楚。"

"在……在我办公室的书柜后头，有个……有个暗格！"短短的一句话，仿佛耗尽了梅姐全身的力气，她两腿一软，已然站立不住。

"保险柜怎么开？是密码锁，还是机械锁？怎么只有一把应急钥匙，主钥匙在哪儿？"

"密码是我女儿的生日，主钥匙在我女儿的车里……但是她不知道，保险柜里的事，和她没有关系！"梅姐死死抓着郭聪的胳膊。郭聪拨开了梅姐的手，把钥匙递给了蒋焕良："带着她一起，咱们芝麻开门！"

五分钟后，梅姐办公室书柜后头的保险柜被打开。

柜子里整整齐齐地码放着四十个钢笔礼盒！

"这什么？钢笔吗？"张瑜挠了挠头。

"狗屁的钢笔，金笔也用不了这么大的阵仗啊！"郭聪蹲下身，伸手拿出了其中一个小礼盒。打开盖子一看，盒底嵌着的是一个铝制的方形密封药剂瓶，上面没有任何的标签，看尺寸大小，应该是100ml的容积。郭聪轻轻摇晃了一下，里面装的似乎是一些维生素B_2大小的药片。

"这什么东西啊？是你自己说，还是等我们回去化验？"蒋焕良瞥了梅姐一眼。

梅姐浑身发抖，面白如纸，靠着墙蹲下身子，抱着脑袋啜泣道："是……是蓝精灵！"

蓝精灵，学名氟硝西泮。新精神活性物质，归属于国家规定管制的第二类精神药品——中枢神经抑制剂，具有高强度的兴奋、麻醉、致幻性。大量吸食蓝精灵后，会引起偏执、焦虑、恐慌、被害妄想症等反应，严重的会精神错乱，甚至抽搐、休克、脑中风死亡。因其水溶液为蓝色，口服后舌头会变蓝，因此得名。

郭聪拍了拍张瑜的肩膀，指了指被铐住的梅姐，小声说道：

"原以为她就是个五到十年有期徒刑……现在看来……怕是奔着无期到死刑去了！像蓝精灵这种新精神活性物质也被称为第三代毒品。（第一代毒品是指海洛因、大麻、可卡因等传统毒品，第二代毒品指冰毒、K粉等合成毒品）这些个瘾君子在作死路上的玩儿法越来越多样化。你别瞧着这蓝精灵剂量不大，但是对身体的危害极大，这些新精神活性物质的毒理作用比海洛因、吗啡等传统毒品更加强烈，像我国列管的 U-47700 的药效，堪比吗啡的 7.5 倍，只要吸上，很快就精神错乱。最后的结局无一例外，要么经常性抽搐或休克，要么直接脑中风死亡。"

"哪儿来的？"郭聪晃了晃手里的药瓶。

"药是北哥的……他定期给我送货，介绍来消费的客人。"

蒋焕良解锁了梅姐的手机，翻查了一阵，点开了一个邮箱账户，发现里面有一份奇怪的邮件。发件人没有姓名，只是一串字符，内容很简单，只有一行字：

"新品上市，风吹，老鼠洞两条。"

"老郭，这什么意思？"蒋焕良问了一句。

"新品上市，就是有新型的毒品要到货，他们把数字万叫做条，一万就是一条，两万就是两条，老鼠洞是 LSD 的缩写代称。风吹……就是进口货的意思！"

LSD，学名麦角酸二乙胺，也称麦角二乙酰胺，是一种强烈的半人工致幻剂。吸食 LSD 的危害极其可怕，除了能造成严重的精神混乱外，用量过大还会导致不可逆的抽搐震颤，乃至全身瘫痪，吸食麦角酸二乙基酰胺的人，大多是同时吸食大麻或海洛因的资深瘾君子，为了追求更大的"爽劲儿"才选择麦角酸二乙基酰胺这种烈性精神药物。

"这邮件谁发你的？"郭聪问梅姐。

"北哥……"

"现在这麦角酸二乙基酰胺的价儿少说也得3000美元1克。折合人民币就是19000多，目前位列世界范围毒品单价排行榜第一把交椅。这东西毒性极大，一次典型剂量只有100微克。高剂量时产生的作用可持续10到12小时，好多人直接就给自己玩儿猝死了，比卡洛因之类的传统毒品狠多了。哎哟……这北哥真是大手笔啊！"

要知道，向走私、贩卖毒品的犯罪分子或者吸食、注射毒品人员贩卖国家规定管制的能够使人形成瘾癖的麻醉药品或者精神药品的，按照规定是要以贩卖毒品罪定罪处罚的。

"北哥全名叫什么？"蒋焕良问梅姐。

"不知道，干这行的，有几个是真名。我这儿VIP的客人都是他介绍来的，现在这些玩粉的……就是吸毒的人……吸完毒玩赛车、找冰妹，这些常规的玩儿法他们早就腻歪了。我之所以认识北哥，是窦家兄弟介绍的。窦家兄弟倒腾动物，给我这儿的厨房供货。好多喜欢吃野生动物的老板都到我这儿消费，后来北哥找到了我，说……说……"

"说什么？"

"说他有个能赚钱的大生意……想找我合作！"

"大生意？就是这些药！"

"对！他说……他的路子宽，制、贩、运、储一条龙，现在就缺场所，他想闭合整个链条，制、贩、运、储、吸全部垄断在自己的手中。让客人来自己的场子……嗑药，安全！同时，我这儿的野生动物筵席，也是个卖点，不少有钱人就喜欢猎奇，图的就是个重口味……我们也更方便推销……推销这些货。而且，北哥还可以把他手里的客人介绍到我这里。"

"你干这个多久了？"

"没多久……真的没多久。"

听到这儿，郭聪暗道了一声"不好"，心中思忖道：

"想不到，这个北哥身上的事儿这么大，董皓不明情况，千万别轻敌，万一着了道……"

"老蒋，我得赶紧去青港，你给我留一辆车。还有……我现在联系不上聂关，你有消息后第一时间通知我。对了，这仓库的假墙后头就是他们炮制野生动物的肉案……别让年轻同志看了，容易做噩梦……现在还没到收网的时候，风声一定不要漏。这儿漏了风，后面的线就断了。咱得搞明白这些个禁限类精神药品的源头在哪儿。"

"车牌尾号883，这儿交给我，你当心点。"蒋焕良捶了捶郭聪的胸口，塞给了他一把车钥匙。郭聪带着张瑜，小跑出了仓库，在酒店门外找到那辆车，拉开车门就要上驾驶位，张瑜一把拽住了郭聪：

"单手还敢开车？"

郭聪晃了晃打着石膏的胳膊："我都开好几天了。"

"边上坐着去！"张瑜一把抢下了车钥匙，坐到了驾驶位上。郭聪笑着摇了摇头，规规矩矩地坐到了副驾驶位。在前往青港的路上，郭聪又给聂鸿声和董皓打了十几个电话，可俩人都是无法接通。

直觉告诉郭聪，梅姐、马北、宋雨晴肯定是一条线上的蚂蚱，以宋雨晴的手笔，不会仅有一个"气蒸四海"，目前亟须弄清楚的关节点——宋雨晴的药品是哪儿来的。她是在境内有地下制药的窝点，还是在境外设计了一条走私渠道！梅姐说的"风吹"到底是怎样的来龙去脉！这个"风吹"到底是走的旅检、货运还是国际邮包？

宋雨晴大老远地从国外回来，下了这么大的力气不可能只为了坑他郭聪一把，她肯定有大图谋。

"难道宋雨晴是想走旅检？不可能，如果走旅检，她出手坑我，纯属打草惊蛇……除非，她在玩儿虚虚实实的套路，先坑我一手，再反复炒作自己合法商人的身份。她越是高曝光，我们查她越投鼠忌器。"郭聪将头枕在车窗上，嘴里不住地喃喃自语。

像宋雨晴这种级别的走私巨头，一向小心谨慎，最擅长的就是投石问路，一旦被她找到了小缝隙，她就能给你撕开一条大豁口。郭聪敢肯定，宋雨晴现在已经开始着手搞了小试验，他必须迅速勘破宋雨晴的布局，将这个小动作在未造成大损害的萌芽阶段彻底掐死。

数个小时前……

聂鸿声离开春风冷鲜肉后，在一家路边摊的屋檐下草草吃了三个包子。

"呼——"聂鸿声吐了一大口烟圈，右手攥拳，狠狠地捶打着自己的左腿膝盖。这是他的旧伤，一到阴天下雨就针扎一般地痛。

"老板，结账！"聂鸿声手机扫码，付了饭钱，拄着雨伞站直了身子，三步并作两步，钻进了车里，发动油门直奔城西的一家电焊门市。大雨如注，店里没有买卖，大门紧紧地关着，只留旁边一扇走人的小门没锁。聂鸿声推开那扇小门走了进去，穿过两间库房，走到了一间小屋。屋里亮着暖暖的光，晃庆祥一家三口正围在一张圆桌前涮火锅。

聂鸿声探身凑到了玻璃窗前，轻轻地伸手弹了弹窗框。

晃庆祥闻声一抬头，正好看见穿着雨披的聂鸿声。晃庆祥一下子愣住了，端着碗的手下意识地一抖。他老婆第一时间察觉到了他的异样，顺着他的眼光扭头一看，正和聂鸿声的眼神对了个正着。

"啪嗒——"晃庆祥老婆手里的碗掉在了桌子上。

晃庆祥缓缓摇了摇头，伸出手轻轻地在他老婆手腕上捏了捏。转过头去，摸了摸桌边的儿子，站起身推门走到了聂鸿声的身边。

"聂关……"

"都是熟人了，叫我老聂就好。我今天来，是有事儿找你帮忙，我这有个车牌号，滨AKH328，我刚才请车管所的同志帮忙查了一下，系统里没有记录。这是辆黑车，我想让你帮我……"

"老聂，我不做这行很久了。"晃庆祥一皱眉头，打断了聂鸿声的话。

"我知道不是你做的，我只想让你帮我问问你以前的……以前的朋友……有没有人知道这车是怎么回事。这不是一般小偷小摸的案子……你懂的。"聂鸿声从兜里掏出了一个小本，撕下一张纸，写下了自己的手机号和需要晁庆祥帮着查探的车牌号。

晁庆祥接过了那张纸,没同意也没拒绝。

"雨大风大的,吃一口涮肉,喝点酒暖和暖和吧。"晁庆祥拍了拍聂鸿声的胳膊。

聂鸿声歪头看了一眼屋里,满目惊慌的晁庆祥老婆正一手抱着儿子,一手抓起拖布杆子,警惕地望着自己。聂鸿声叹了口气,微笑着打了个招呼,随即说道:

"祥子,改天吧。"聂鸿声转身就往外走,许是站得久了,左腿僵得厉害,这一挪步,膝盖竟然没打弯儿。聂鸿声下意识地一个趔趄,晃了好几下,才稳住架子。

"老聂……"晁庆祥伸手要来扶,聂鸿声一摇头,拂开了晁庆祥的手:"没事儿!你这窗户底下滑,真没事儿……"聂鸿声尴尬地打着哈哈。

"老聂,我……我手头最近,那钱……"晁庆祥欲言又止。

聂鸿声一拉脸,回过头来沉声说道:"我不急着用钱,你什么时候给我都无所谓。还有……钱是钱,事儿是事儿,一码归一码,能帮你就帮,不能帮也别勉强。老爷们儿做事讲究个是非分明,搅腻裹缠不是我的脾气。得嘞,你忙你的,我走了。"

瞧着聂鸿声的身影渐行渐远,晁庆祥深吸了一口气扭头回到了屋里,给自己满上了一杯白酒,一仰头灌进了嗓子眼儿里,热辣的酒气上涌,激得他血脉贲张。

聂鸿声开着车在大雨中穿行,驶离了电焊门市,在两条街外停下了车,点了一根烟,仰着脑袋靠在了车玻璃上。看着窗外的疾风骤雨,车里的广播滚动播放着台风鸿鹄的即时新闻:风力方面陆上 $6 \sim 8$ 级、水上 $7 \sim 9$ 级。雨势方面,预计未来 8 小时内全市将普降大到暴雨……伴随大风和降雨,今天的最高气温将下降到 $30 \sim 31℃$,降幅在 $4℃$ 左右……

这天气,像极了三年前。

三年前，那是一个深夜的郊外，在一片废旧的工地内，聂鸿声带队抓捕一伙儿走私汽车的犯罪团伙。

晚上11点整，5名犯罪分子驾驶着两辆准备交易的车辆到达工地，聂鸿声下令收网，早早埋伏在这里的有关警员按计划展开围捕。犯罪分子中，有一个男的慌不择路，爬上了烂尾的工地楼，聂鸿声从后紧追，黑暗中两人扭打在了一起，在楼顶上翻滚撕扯。

聂鸿声眼尖，发现了地上有一块凸出的钢筋，眼看就要刺进那人的后背。

"小心——"聂鸿声顾不上扭他的胳膊，一把拽住了他的裤腰带。那男的不知道发生了什么，只觉得胳膊一轻，被死死扭住的手腕松开了。

"啊——"那男的发了一声喊，狠命地一推。聂鸿声重心不稳，从三层楼的高处栽了下去。那男的彻底吓傻了，还没来得及跑就被赶来支援的同事按住了。

聂鸿声昏迷了很久，而他幽幽转醒，见到的第一个场景就是穿着白大褂的医生一脸歉意地握住了他爱人的手。

"对不起……我们已经尽力了，他的左腿粉碎性骨折，我们已经给他做了牵引复位，并做了带锁髓针内固定，但是……"

"但是什么？"聂鸿声的爱人瞬间红了眼睛。

"但是……他的膝盖骨受伤特别严重，属于暴力直接着力于骨面所致的星状骨折，治疗后很可能会留下一些后遗症……比如因关节僵直导致的功能障碍、关节肿大、下肢跛行疼痛……如果康复得好，平时的症状可能会轻微一些，但是一遇到阴天下雨……怕是离不了止痛药！"

"大夫……拜托您了，无论如何您再想想办法……"

"您的心情我们理解，但是我们真的已经尽力了，他伤得太严重……"医生摇摇头，走出了病房。

"哭什么？我这不好好的吗！你控制控制，这么多同事在呢，别让大家看笑话……"聂鸿声生来嘴笨，不会安慰人，几句话没说成，自己先憋了个大红脸。

此后不久，法院开庭宣判涉案人员。晃庆祥虽然判了五年，但由于在案件侦破中有立功表现且在狱中表现好，所以减了刑，提前一年出了监狱。晃庆祥入狱的时候他老婆还在坐月子，聂鸿声直到现在还能记起晃庆祥宣判那天，他老婆看自己的眼神，那眼神里充满了恐惧、愤怒和憎恨。他老婆知道，就是眼前这个拄着拐的人抓了她的丈夫。晃庆祥出狱后，改过自新，重新做人，和老婆开了一间电焊门市，凭着手艺过上了平平静静的小日子。前两年，晃庆祥经营不善，在外面亏了不少钱，回家又不敢跟老婆讲，只能一个人坐在河边喝闷酒，却不料和聂鸿声撞了个正着。

彼时，聂鸿声刚见到晃庆祥就一个箭步冲了上去，揪着脖领子给他掼倒在地，扑上身去，咬着牙攥紧了拳头。可是这一拳，却怎么也打不下去。

"你打吧，我决不还手，你的腿我都知道了……你是为了救我……我却……"

"行了，都过去了。"聂鸿声喘了几口气，定了定神，缓缓松开了手。

"这……为啥？"晃庆祥傻了眼。

"哪那么多为啥，虽然你伤了我这一条腿，但我毕竟是个国家公务人员。你犯了罪，能惩罚你的只有法律。我就算再恨……也没有随便打你的权力……你走吧。"

晃庆祥咬了咬牙，朝着聂鸿声鞠了个躬，转身离去。

聂鸿声家也住城西，河边这处公园面积不大，两人都常来遛弯，低头不见抬头见。就这样一来二去，聂鸿声和晃庆祥从脸熟慢慢成了朋友，俩人有什么烦心事经常到河边互相吐吐苦水。聂鸿声听说晃庆祥的电焊门市经营不善，立马拿了八万块钱，给了晃庆祥。

"这……怎么合适？我不能拿你的……"

"我这个人花钱大手大脚，也没存什么钱，你别嫌少。再说了，这钱不是给你的，是给你老婆孩子的。你拿着这钱，把小店好好经营好，把老婆孩子伺候好,这样才能把你入狱那几年亏欠的都补上。"

"这钱,我一定……"

"什么时候有什么时候还。"聂鸿声拍了拍晁庆祥转身离开。

"轰隆——"一声雷响,将聂鸿声从回忆拉回了现实。他膝盖疼得实在厉害,只能一根接一根地抽着烟,狠命地揉搓着腿弯儿。

烟气袅袅,熏得聂鸿声直咳嗽。

"咳咳咳……咳咳……"聂鸿声推开了车门,站在雨里大口地喘着气。

前头一条上坡巷道,积水及膝,两个十几岁的学生,一个在前面蹬着自行车,一个在后面推,没蹬出去多远,就扑通一声栽在了泥水里。聂鸿声蹚着水跑了过去,抹了一把脸上的水,把那俩小孩从水里拉起来,大声喊道:

"谁家的孩子,闹台风不晓得吗,还在外面野!快回家去!"聂鸿声一边喊一边帮着那俩孩子把自行车从水里捞出来扛在肩上,一瘸一拐地蹚出了这片积水的区域才放下,照着俩学生的屁股,虚踢了两脚:

"赶紧回家!出点啥事看你们家长不扒了你兔崽子的皮!"

俩学生接过自行车,顺着大街飞跑着消失在了路旁的一个小区里。

聂鸿声揉了揉自己的左膝盖,疼得龇牙咧嘴。

"这咋还堵住了……"聂鸿声强咬着牙,蹚着水弯下腰在水面上打着旋儿的地方探手往下捞,鼓捣了半天,才将堵住下水口的杂物掏干净。看着排水渐渐通畅起来,聂鸿声一瘸一拐地走到了旁边的公交亭子底下,坐在长条凳子上挽起裤脚,使劲甩了甩鞋里的水。

"嗡嗡嗡——嗡——"裤兜里的手机响,聂鸿声接通了电话。

"喂——"

"是我……祥子……你那事我帮你问了,那车是从朱老五的拆车场淘出来的黑车,买车的人姓窦,叫窦伟杰,他还有个弟弟叫窦伟志,这哥俩儿是干狗场的……"

"狗场?"

"没错,狗场!地点在哪儿我没问出来,这兄弟俩神龙见首不见尾,神秘得很。"

"朱老五是个什么情况?哪儿能找到他?"

"朱老五这人很油滑,狡兔三窟,听说公安那边找了他好几轮,都没逮着他。不过我知道他有个情人,开了个KTV,叫玫瑰时代,剩下的我就不清楚了。你知道的,我洗手很久了,认识的人有限,卖我面子的也不多……"

"我明白。谢了!"聂鸿声挂断了电话。

晃庆祥所说的"黑车"和一般人理解的黑车不同。普通人说的"黑车",多指没有在交通运输管理部门办理任何相关手续、没有领取营运牌照而以有偿服务实施非法运营的车辆。而晃庆祥说的"黑车"单指盗抢车辆。这种盗抢车辆有两种销赃途径,一是把车辆拆解,卖掉车上的零件,尤其是那些零整比大的车型,拆车件卖出的价格甚至要比买整车还高;二是伪造车牌,低价倒卖。也就是说伪造车牌是盗抢车辆销赃的一条主要渠道,且一般情况下,犯罪分子都是偷车、改车架号、造假证假牌一条龙服务。

玫瑰时代KTV,店面不大,玻璃门上贴着"白天嗨唱不限时,啤酒果盘六折起"的彩色海报。聂鸿声推门走了进去,吧台后头的服务员正在玩手机,头也不抬地问了一声:

"大爷,一个人来唱啊?"

聂鸿声摆手应了一句:"我不唱歌,我找人。"

"找谁啊?我们这儿一个客人都没有!"服务员放下了手机,站起身迎了上来。

聂鸿声微微一侧头,耳朵依稀听到东北角上的包房里有音乐声传来,随即一伸手,指着声音传来的方向说道:

"三个8,就那间!"

"那不是客人，我们老板自己练歌呢。"

"那就更没错了。"聂鸿声微微一笑，轻轻推开了服务员，大踏步地向里面闯。服务员是个小姑娘，拦不住聂鸿声，急得大喊：

"保安！保安呢！有人闹事啊！保安呢？"

话音未落，两个膀大腰圆的保安从边上围了过来，左边来人伸手抓聂鸿声的肩膀。聂鸿声微微一侧身，右手吊住他左腕，身子一缩一撞，闯进他怀里，拱背弯腰甩臂，使了一个过肩摔，"砰"的一下将他大头朝下，摔倒在地。另一个保安从前面一扑，两手一合抱住了聂鸿声的腰，聂鸿声向后一退，后背靠墙，抬膝上顶，结结实实地撞在了他的下巴上。

"啊——"保安吃痛，下意识地一松手，聂鸿声伸手下捞，两手穿过他颈下，抱住了他的脑袋。保安怕折了脖子，不敢反抗，任凭聂鸿声顺时针旋转手臂，直接将他按倒在地。

"都滚蛋！"聂鸿声一脚蹬在了他的大胯上，将他踢出老远。俩保安知道这是遇上了硬茬儿，不敢再斗狠，连滚带爬地退到了一边。聂鸿声挽起了袖子，伸手推开了包厢的门。

包厢内一男一女背对着聂鸿声，正在对唱：

"树上的鸟儿成双对……绿水青山带笑……"

"啪嗒——"聂鸿声直接把音响的电给断了。

"你我好比鸳……"男的刚唱一半，话筒突然没了声音，一回头正看到门口站着的聂鸿声。

"你谁呀？"那男的一张嘴，呵出了满口的酒气。

"你叫朱老五？"聂鸿声问道。

那男的眨了眨眼，缓缓地松开了怀里的女人，抄起了桌上的一瓶啤酒，慢慢地走到了聂鸿声的面前，抻着脖子看了半天，皱着眉头问道：

"咱们……见过？"

"没有！"聂鸿声摇了摇头，反手拉开了包厢的门，看着那女人说道："没你事，出去！"

朱老五一梗脖子，攥着啤酒瓶子顶了顶聂鸿声的胸口：

"我说大爷，你跟谁说话呢，这是老子的地盘……"

朱老五的话还没说完，聂鸿声早已不耐烦，上前一脚踹在了朱老五心口，伸手捉住朱老五手腕，反关节一拧夺下了他手里的啤酒瓶子，"当啷"一声碎在了他的脑门子上。

"砰——哗啦——"啤酒瓶瞬间炸开，碎玻璃四散横飞。

"啊——"女人一声尖叫，抱着脑袋跑出了包厢。

"我日你……"朱老五被这一瓶子彻底砸蒙了，下意识要爆粗口。

"啪——"聂鸿声抡圆了胳膊，一个大嘴巴子抽在了朱老五的脸颊上，半边脸瞬间肿了起来：

"一个脏字一个大嘴巴，不信你就试试！"

"我跟你拼……"朱老五气急败坏，从地上滚起身来，俩手直奔聂鸿声的脖子掐来。聂鸿声不躲不避，上步一个勾拳，打在了朱老五的胃上。

"呕——"朱老五胃肠一阵痉挛，隔夜的饭全呕了出来。

"小子，打过架吗？双手高举肋下空的道理不懂吗？"

聂鸿声顺自己腰间一拽，抽出了皮带，将朱老五两手背后，捆了个结结实实。

"敢问您是哪条道上的，不知是哪儿得罪了您，兄弟在滨海认识不少朋友，咱们不妨摆一桌酒席，化干戈……"

"嘴闭上，我问什么你答什么，一句废话一个大嘴巴。"

聂鸿声揪着朱老五的头发，将他的脑袋按在了桌子上，伸手捞起桌面上的烟盒，抽出一根叼在嘴里，掏出打火机点着了烟，幽幽说道：

"年轻人，大爷手可能重了，在这先跟你道个歉，我家里是真遇着急事了。我要找两个人，一个叫窦伟杰，一个叫窦伟志，他们在你这儿买了一台黑车，现在你告诉我，他们俩……人在哪？"

朱老五听了这话，眼珠子一阵乱转，故作茫然地说道：

"什么黑车？我可是诚实劳动、合法经营的正经人，您这说这话我怎么听不明白啊，举头三尺有神明，可不敢随意造谣诬陷啊！"

聂鸿声嘬了一口烟，沉声说道：

"你要是非这么聊天，我也没办法。我十万火急地找到你，不是为了闲扯犊子的。机会我给你了，可你不珍惜。得嘞，今儿就给你长长记性！"

言罢，聂鸿声使劲抽了一口烟，烟头霎时间红得刺眼，只见他用左手拇指和食指掐住了烟，右手五指一张，按住了朱老五的脸，手指上使劲儿，扒开了朱老五的眼皮。

"你……你要干什么？来人啊！杀人了！"朱老五吓得魂不附体，撕心裂肺地发出阵阵惨叫。

"年轻人，我只烫你一只眼，但你要是乱动，把另一只也搭上，可怪不得我。"

聂鸿声的表情平静得如一潭死水，眼神中波澜不惊，朱老五从他的神态里看不出一丝犹疑和激动，这种感觉太可怕了，以至于朱老五对聂鸿声要烫他眼睛这事儿丝毫都不怀疑。

"你敢？你……你这是犯罪！冲动是魔鬼啊——"朱老五的嗓子里明显带上了颤音儿。

"这事关乎我家里两个孩子的性命，要是有了差错，我拿你一只眼睛当补偿，不过分吧？"此时，聂鸿声的烟头距离朱老五的眼睛已然不足一公分。

"我说！"

"这就对了。"

"您把烟头先拿开……"

"行。"

"我……我虽然不知道那哥俩儿在哪儿，但是我手机里有个软件，能定位到车在哪儿。我是卖黑车的，卖出去的车上都装着大大小小好几个 GPS，以便过一段时间偷回来好再卖。反正买主这车来路不正，就算丢了……也不敢声张，我偷回来之后喷喷漆，换换色，再卖别人……"

"黑吃黑，你够损的。"聂鸿声从桌子上的果盘里抓了块西瓜咬了一口。

"我这买卖风险大、利润薄，不这么干也不够糊口的啊。"

"手机呢？"

"在兜里，密码六个8。"

聂鸿声伸手在朱老五身上摸索了一阵，掏出了他的手机，解锁了屏幕，按照朱老五指引点开了一个定位的软件，在界面上检索那辆黑车预编的号码，点击地图定位，不到半分钟就找到了那车的位置。

"手机借我用用。"聂鸿声起身刚要走，突然好像又想起了什么。

"你喜欢……戏曲？"

"有……有这个爱好！"

"戒了吧，你唱得太难听了。"

"砰——"聂鸿声一脚踹开了包厢的门，单手拎起朱老五，大踏步地往外走。五六个大汉持着电棍分作两边，你推我，我推你，没一个敢上前。聂鸿声一声嗤笑，旁若无人地出了 KTV 大门，自顾自地上了车，将朱老五扔在了副驾驶位上，掏出自己的手机，点开微信，给魏局发了一段语音：

"喂，老魏啊，听说你们有个黑车的案子，主犯朱老五一直没逮着对吧？我现在在湖州道，我把这人给你送到最近的派出所，你让人接一下。"

十五分钟后，聂鸿声把车开到了湖州道向阳路派出所门前。刚一停稳，聂鸿声便走下车，拉开副驾驶位边上的门，把朱老五揪出来，扔到了地上。

前来对接的民警刚要致谢，聂鸿声摆手说道：

"辛苦各位，我有急事先走一步！"

言罢，聂鸿声点开朱老五的手机，发动汽车直奔定位所在地。

第十一章　偷车老贼

滨海市石材城背后，有一片老旧的废弃厂区待拆迁，不少做买卖的商户在这里承租一些旧楼，改造成自家仓库，为的就是图个便宜。

追着朱老五手机里的追踪坐标，聂鸿声在曲折的小巷子里七拐八绕，总算找到了那辆厢式货车。

货车停在一家饭店的楼下，门是锁着的，车里没有人。聂鸿声弯着腰，走到了车边视线的盲区，伸手摸了摸发动机盖。

"是温的，人没走远，八成就在楼上吃饭。"聂鸿声嘟囔了一句，扭头进了旁边的一家杂货店，买了一小卷风筝线。

郭聪给他的纸上说过：抓人不是目的，顺藤摸瓜才是重点！

所谓：人过留名，雁过留声。聂鸿声认定，这车里肯定有线索。他要打开车门，进去瞧瞧。

精通不用车钥匙开车门这一操作的，主要有两类人：修车的和偷车的！聂鸿声年轻时从事过海关情报工作，有十几年的卧底经历，对坑蒙拐骗偷等诸多"套路"都略知一二。

眼前这辆厢式货车，车况破、配置低，各种高科技防盗设备一概没有，车门密封胶条老化严重，对于聂鸿声来说，用不上15秒就能打开。只见他先掏出风筝线，扯出70cm左右的长度剪短，在风筝线的二分之一处打一活结儿，将风筝线左右拽动，从车门与车身的缝隙中滑进去。此时双手握线，向左下方拽动，透过玻璃操纵绳子一点点地向下移动，逐渐靠近门锁插销。待到活结套到插销的时候，两手一拉，风筝线将活结自动套进，此时向上一拔，锁车时落下的插销就被拉了上来。

"咔嗒——"聂鸿声一拉门把手，轻轻打开了驾驶位边上的门。

小货车的驾驶室内一片狼藉，饭盒、矿泉水瓶、烟灰、烟头、火腿肠的塑料皮扔得到处都是。座椅上套着一件外套，油腻腻的还有血渍。聂鸿声伸手捻了捻，发现似乎还没有干透，在中控台上摆着一张硬纸板，硬纸板上糊了一张红纸，纸上歪歪扭扭地写着两串泰文。聂鸿声掏出手机，点开翻译软件扫描了一下，转写过来是：欢迎班中和派吞来到滨海。

正当聂鸿声沉思之际，倒视镜中出现了两个酒足饭饱的男子，他们正向着货车走来，这二人面目，赫然与张瑜的两张素描像无二，再加上朱老五的供述，基本可以推断此二人就是窦伟杰、窦伟志兄弟。聂鸿声赶紧将硬纸板放回原位，轻轻地将车门掩上，身子后沉下滑，悄无声息地钻到了车底，平躺在地，侧着耳朵听着二人对话：

"哥啊，这家馆子不行啊，米粉不地道，肋巴菜、响皮菜、酸笋也都不够味，这还好意思叫正宗桂林米粉？"

"有得吃就不错了，等赚够了钱回老家你想怎么吃就怎么吃，专门雇个厨子给你做，一直吃到你吐啊！"

"对了，哥，俩泰国人长啥样啊？你有照片吗？"

"干这行的哪能随便给照片，你傻呀！"

"没照片咋接啊？"

"这不写着名儿吗！咱在出口举着牌子，他们自己不就过来了。"

"对！"

"那咱用不用换个豪车，撑撑门面？"

"换个屁！咱这又不是啥正经买卖，你不嫌刺眼啊。再说了，包子有肉不在褶上，咱就开这辆车，图个安全，万一有啥情况，直接跑路，不留尾巴！"

"对对对！那咱接完他们去哪儿？"

"金帆度假酒店，两个泰国佬怕咱们黑吃黑，故意跟着旅游团来的，上飞机前直接和咱断了联系，改成邮箱单方面通知，把会面的地点定了个人多眼杂的地方。具体房号，见面才能给我们。"

"哥，这俩货真鸡贼！"

半分钟后，厢式货车向南发动，聂鸿声翻身坐起，掏出手机拨了一通电话：

"我是聂鸿声，给我查一下滨海的国际机场和进出邮轮有没有两个泰国人的信息，这俩一个叫班中，一个叫派吞，要快！"

"叮咚——"

聂鸿声刚撂下电话，就收到了回复——40 分钟后，维斯坦一号邮轮在滨海靠港，班中和派吞就在进境游客名单中。

"邮轮……邮轮……"聂鸿声挠了挠头，拨通了母港总值班室的电话。

"喂——我是聂鸿声，通知旅检一科全体人员 15 分钟后会议室集合。"

聂鸿声挂断电话，小跑着上了车，一路飞驰直奔母港。

邮轮母港会议室，邓姐、老吕、东叔、魏大夫和顾垚正在等待。

"当——"会议室的大门被急匆匆的聂鸿声直接撞开。

"聂……"

"好了好了，别起来，不用敬礼，都坐！我长话短说，郭聪和张瑜这段不在，是因为和我在跟一个专案，事出有因没有告诉大家。现在情况出了一些变化，需要人手配合。我直接下指令……再过 10 分钟，维斯坦一号靠泊滨海，进境的游客里有两个泰国人需要格外注意，他们一个叫班中，一个叫派吞，稍后我会把这俩人的照片传给你们。这两人来滨海，是要和窦伟杰、窦伟志兄弟接头。我计划插入他们的对接之中，左右通气，查出他们的目的，邓莉——"

"到！"邓姐骤然起身立正。

"换便装去母港接站的停车场,堵住一辆车牌号为滨 E62344 的厢式货车。我开得快,远远超过他们,不过再有 5 分钟,他们应该也到了。我不管你用什么办法,拖住 10 分钟。"

"是!"邓姐转身出去准备。

"吕向洋、魏涛!"

"到!"老吕和魏大夫起身立正。

"你们俩扮成窦伟杰、窦伟志兄弟,我这里有两张素描画,画里是他们的相貌。这帮泰国人和窦家兄弟虽然互相没见过面,但是你们也大概扮个八九分,另外再用红纸糊出一张纸板,用泰文写两行字,我一会儿把照片发给你们,照着做,要一模一样。"

"是!"老吕和魏大夫转身出了会议室。

"顾垚,你跟着我,姜士东现在去金帆度假酒店,订两间房做好准备,把房卡留在前台,并在酒店做好接应。"

"是!"

邮轮母港到达大厅向东 500 米,停车场进场通道处,窦家兄弟驾驶着厢式货车正在排队行进。进场车道单向两排,雨急风大,堵了长长的一串,少说也得一二百米。

开车的窦伟志很是焦急,将脑袋伸出车窗,使劲按着喇叭:

"来个人啊!有没有保安啊!上前面给指挥一下啊!"

窦伟杰眼疾手快,一把将弟弟拽了回来,照着脑门儿就是一巴掌:"你是不是傻?怕别人不知道咱开的是黑车啊!"

"哥,我这不也是着急嘛!"窦伟志揉了揉脑门子,撇着嘴嘟囔道。

突然,前方转弯处来了一个工作人员,顶着大雨举着指示牌,指挥车辆行进,拥堵的车道渐渐疏散。

"哥!通咧!"窦伟志咧嘴一笑,抬离合直接挂二挡,一脚油门踩下去。厢式货车猛地向前一蹿,冷不防斜刺里蹿出了一辆两厢的高尔夫轿车,压着实线变道,车头直接探到了厢式货车的前面。窦伟志刹车不及,

"咚"的一下就撞了上去，小车的后排车门瞬间凹了下去。随着小车的双闪灯亮起，一个中年女人推开车门，挎着一只皮包，撑起雨伞雄赳赳、气昂昂地走了过来，抡起皮包"当当当"地砸着厢式货车玻璃。

此人正是邓姐，刚才这一"碰"实乃是蓄意为之。

"你瞎啊！滚下来——"邓姐抬腿踢了两脚保险杠。

窦伟志眉毛一拧，弯腰从后座上拽出一把扳手，解开安全带就要下车。

"你干吗去？"

"我非抢那老娘们儿一顿不可！"

"你有病啊！"窦伟杰又扇了弟弟一巴掌。

"哥，你打我干啥？她实线变道，是她违章！"窦伟志冤得直瞪眼。

"咱是啥人你忘了？这时候想起遵纪守法来了，早干吗去了？一脑袋糨糊，交通规则整得还挺明白……"

"那你去！"窦伟志一屁股坐了回去，伸手推了一把哥哥。

邓姐把脸趴在玻璃上，向驾驶室里喊话："出来啊，你出来，我看着你了，你有本事剐我车！你有本事出来啊！别躲在里边不出声！我知道你能听见！别以为你们人多老娘就怕你。敢剐我的车，今天这事儿没完，谁也别想走——"

窦伟杰探头瞅了一眼车玻璃外头的邓姐，心里也有些发虚：

"哎呀，我的妈，一瞅这就是个油盐不进的主啊！"

"哥！快到时间了，咱还得接人呢，一会儿不赶趟了！"窦伟志看了一眼表。

"真他妈晦气！"窦伟杰深吸了一口气，推门下了车。

"好哇！终于出来个人儿了，我告诉你，你跑不了！"邓姐一个箭步冲上去，扔了雨伞，左手揪住了窦伟杰的衣服领子，右手抡圆了就往他腮帮子抓挠。窦伟杰举肘一挡，手背上顿时被邓姐挠了五道手指印儿，伤处受雨水一浇，火辣辣地疼。

"你干什么!"窦伟杰使劲一挣,和邓姐拉开了距离。

"我干什么?你把我车剐了你看不见吗?"邓姐一指车门上的凹坑。

"是你强行变道,都压实线了……"

"别跟我扯什么实线虚线,你要不踩那一脚油,能剐上吗?"

"我正常行驶……"

"啥意思,你说我不正常是吗?"邓姐一挽袖子,抢着包又上来纠缠。

"你别太过分啊!我这车可有记录仪。"窦伟杰左右支应。

"你有啥我也不怕你,今天你必须给我一满意的赔偿!"

"你是全责,凭啥我赔?"

"我全责?行行行,我不跟犟嘴,我给交警打电话,我给保险公司打电话,咱们现场断一断!"邓姐松开了窦伟杰,从包里掏出手机就要打电话。窦伟杰这车来路不正,哪里敢和交警碰面,一见邓姐要报警,赶紧上前抓住了邓姐的手腕。

"干吗呀?耍流氓是吗?这么多人可看着啊!来人啊!耍流——"

"别喊!别乱喊!大姐,服了服了!我服了!多少钱,您开个价,我急着拉货,赔!我赔你!权当我有眼无珠开车没谱儿,碰了您了,不好意思,多少钱,您说吧?"

邓姐有意无意地看了一眼手机屏幕,聂鸿声让她拖住窦家兄弟 10 分钟,此刻已过去了 7 分 28 秒。

"五……七……八千吧!"邓姐狮子大开口,伸手比了个数字"8"。

"多少?八千?您这是土匪下山砸响窑吧?"

"怎么着啊?不想给?行!咱交警队说道说道去!"

"别价别价,大姐您别急。说句掏心窝的话,您这车就是一扇门的钣金喷漆,别说这是一高尔夫,就是大宝马也用不上这个数啊。我们就是普通的货车司机,挣两个辛苦钱,咋也赔不起这些钱啊。"窦伟杰此话一出口,附近许多车主纷纷附和响应,七嘴八舌地喊道:"对啊,明明是你强行变道，你还讹人……"

"见好就收吧，人家拉货的也不容易……"

"你这大姐也忒不讲理了，摆明了就是耍无赖嘛……"

面对一众"见义勇为"的热心群众，邓姐一捂脸，"扑通"一下坐在了地上，抓着窦伟杰大喊：

"他不容易？我就容易吗？我不管，不赔我钱，他就不能走！你们一个个看热闹不嫌事大，敢情碰的不是你们的车。"

此话一出，早有热心的群众摇下车窗大喊：

"开厢式货车那司机你别怕，这种人就是瞎搅和，报警！你报警！让警察来处理！"

邓姐闻言，大声回喊：

"好啊！报就报！来啊！谁不报谁孙子，你们都是拉偏架，我让警察来给我做主！"

一听要报警，窦伟杰两腿下意识一软，赶紧拽住了邓姐，小声说道：

"好好好，好好好，行啊，八千就八千，咱私了得了！但是我身上没这么多钱啊。"

邓姐从包里掏出手机拍了几张现场照片，半个身子钻进自己的车里，从扶手箱里掏出一个小本，撕下一页纸，写了一串银行卡号递给了窦伟杰：

"抓紧打钱，否则这事儿咱俩没完。"

窦伟杰面上不动声色地接过了纸条，心里不由得微微一笑，暗中思忖：

"反正车牌子也是假的，回去再换一副就是了。只要我现在一走，滨海市这么大，大海捞针，你能找到我就见了鬼了。"

"行，大姐，回头我把钱给你打过去，您受累，把车挪一下。"

邓姐瞪了一眼窦伟志，转身坐进了车内，点火发动，将车子挪到了路旁，一边注视着窦家兄弟的厢式货车缓缓驶入停车场，邓姐拨通了聂鸿声的电话：

"喂，聂关，拖了 10 分 48 秒，他们进停车场了！"

5 分钟前，邓姐和窦伟杰正撕扯得火热。

邮轮母港国际到达大厅。泰国人班中和派吞正通过海关旅检通道，向大厅走来。

班中是个干瘦的老头，皮肤黝黑，留着短须，花白的头发在脑后绾成一个髻，上身花衬衫，下身牛仔裤，脚上一双旅游鞋，一副普通观光客的打扮。

派吞是个精壮的圆脸小伙，脑袋上刮着青楂儿，脖子上戴着一只翡翠佛牌，T 恤墨镜皮鞋，拎着行李跟在班中身后，看着很是机灵。

老吕和魏大夫在通道外锁定了班中和派吞的身影，高举着牌子，大声呼喊："萨瓦迪卡、萨瓦迪卡——"

派吞耳尖，左手拉住班中，右手向人群里一指。班中推了推墨镜，向老吕和魏大夫走了过来。

"老魏……我怎么还有点紧张呢？"老吕双眼盯着逐渐走近的两个泰国人，小声嗫嚅道。

"有啥紧张的，咱俩都是大夫，主刀手术都不怕，你怕这个？"

"我和你不一样，我是兽医！"

"兽医也是大夫……行了，别嘀咕了，我现在是窦伟杰，你叫窦伟志！"

"得咧！"老吕深吸了一口气，跟着魏大夫迎了上去。

"萨瓦迪……My name is 伟杰·窦！"魏大夫双手合十走到了班中的面前。

"我的中文似乎还可以！咱们用中文交流就好，你好！"班中笑着和魏大夫握了握手。

"不愧是做国际生意的……"老吕跟着附和了一句。

此话一出，班中脸上顿时现出一抹警觉，老吕顿时明白这句"投石问路"的"套话"正说到点子上了。这俩人果然是来做交易的。

魏大夫笑着一点头，轻声接过了话头儿：

"这里不是聊天的地方，咱们换个地方。我们找了一家风景不错的海边民宿，二位……"

"不！按照规矩，地方，我们定！我们是跟这旅行团来的，要谈就在我们订的酒店谈，不谈我们就走！"班中很是多疑，摆手打断了魏大夫的话，语气很是坚决。

"您订的地方人多眼杂……"老吕赶紧递话。

"你们中国人讲……大隐隐于市，最暗灯下黑。"

魏大夫还没来得及回话，一旁的导游已经开始召集队伍集合，班中凑到魏大夫耳边小声说道："房号711，一个小时后见。"

言罢，班中和派吞转身便走，跟在旅游团的队伍里上了一辆大巴车。

魏大夫见他二人走远，拎起衣领对着领口内侧的行动耳机说道：

"聂关，一切如计划进行，金帆度假酒店，房号711。"

"好！你们抓紧赶往下一个地点。"

"是！"

五分钟后，窦家兄弟一路小跑蹿进了邮轮母港的国际到达大厅。

"呼——呼——哥！不行了不行了！我跑不动了！我蹲会儿……"窦伟志扶着膝盖直喘粗气。

窦伟杰抹了抹头上的汗，举目四望，只见前方不远处孤零零地站着两个人，一个是花衬衫白头发的聂鸿声，一个是刚剃完头发戴着大翡翠佛牌的顾垚。

"聂关，那哥俩出现了，眼睛往咱这儿看呢！"

"别回头，别对视。"

"明白！"

"伟志，是不是那俩人？你晃晃牌子。"窦伟杰推了弟弟一把。

窦伟志举起接站牌，冲着聂鸿声一顿乱晃，高声喊道：

"阿尼哈赛哟！"

"哈你个头哈？泰国人！喊萨瓦迪卡！"

"萨瓦……"窦伟志话还没喊完，聂鸿声便大踏步地走了过来。

"我们说中文吧，我也会一点点！"聂鸿声一张口，赫然将班中的口气语调学了个七八成。

"真是不好意思，我们路上遇到点事儿，来晚了！哎哟，旅行团的大巴都走了吧？"

"没错，为了等你们，我们暂时脱团了。"

"那我开车送你们！"窦伟杰一边说着话，一边就去接顾垚手里的行李。

"啪——"顾垚狠狠地一抽，扇开了窦伟杰的手。

"这是……什么意思？"

"旅行团的大巴车走了，我们用手机叫了一辆专车，中国的打车软件很方便。"聂鸿声眯了眯眼睛，冷冷地看向了窦伟杰。

"班中先生，您是说什么意思？信不过我们兄弟吗？"

"小心驶得万年船！谈生意迟到，你们没有诚意，我要多拿一个点。"

聂鸿声这话是个模棱两可的"万金油"，只要谈生意，必定是买卖双方。只要是买卖双方，必然存在一个获利的比例分配。天下熙熙皆为利来，天下攘攘皆为利往，没有人不想多赚，利用一切手段获取利润最大化是生意经里的必然取向。

"班中先生，你不能落地起……"窦伟志急了，张口就要分辩。

聂鸿声一摆手，沉声说道：

"这里不是说话的地方，金帆度假酒店811房，一个半小时后，等你。"

说完这话，聂鸿声转身带着顾垚离开，直奔社会服务车辆接站停车场走去。

窦家兄弟呆立当场，面面相觑。

"哥！咋整？"

"回头得上网找个大师给看看,今年咱们兄弟是不是星座水逆,财运不振啊!"

"那……一个点,万一要是没了,老大能饶咱们吗?"

"走一步看一步,这里可是咱们的主场,一会儿咱好好和他谈谈,你到时候少说话,行不行?"

"行!"

一小时后,魏大夫和老吕来到金帆度假酒店,准时敲了敲班中和派吞的房门。

约莫过了半分钟时间,派吞将房门拉开了一半,先放魏大夫进来,从头到脚地摸了一遍,再放老吕进来,同样从头到脚地摸了一遍。

"没这个必要吧?"魏大夫苦笑了一声。

"小心……驶得万年船!"

"哟!您这诗句用得还挺利索。"老吕赞了一句。

"中国是世界最大的消费市场,生意想做大,怎么都绕不开这里。想赚钱就不能偷懒,无论什么时候都不能放弃学习,学汉语,我可是下了苦功,你们中国话讲得好……天道酬勤!"

班中这一番话,不由得让老吕想起了自己正在上中学的儿子:"他娘的,一个搞违法犯罪的泰国人都能在学习上这么努力,你个兔崽子还跟我说学习压力大,动不动就偷懒翘课,看我回去怎么收拾你。"

"伟志先生?"班中倒了一杯茶推到了有些愣神的老吕面前。

"哦……"老吕猛地回过神来。

"你在想什么?这么入迷!"班中眼神亮起了冷光。

魏大夫怕老吕露馅,赶紧叹道:

"还能有什么?您要知道,现如今的买卖可不好做呀。我们的压力也是很大的……"

这话同样是一句"万能套",听着像是"知根知底",实则一点营养没有,这年头,哪个干违法买卖的压力能不大。

班中闻言，微微一笑，掏出了随身的笔记本电脑，插上U盘，点开了一个文件夹，将屏幕转到了魏大夫的面前。魏大夫探身刚要打眼细看，班中却突然伸手合上了笔记本电脑。

"你这是什么意思？"魏大夫皱眉问道。

"没什么意思，喝茶！喝茶！"班中笑着给魏大夫茶杯里续上了水。

魏大夫不知道班中葫芦里卖的什么药，不敢贸然诘问，只能耐住性子，装作品茶。班中这人很是健谈，中文学得有模有样，虽然口音还有些别扭，但是传达意思相当精准，而且天南地北的风物信手拈来，俨然一个中国通。

"我记得……窦先生是广西桂林人？我听圈子里的朋友提起过这事，不知道对不对！"

"您倒是好记性。"魏大夫笑了笑。

"窦先生普通话说得很好，我从您这里听不出半点口音。"班中抬头，死死地盯着魏大夫的眼睛。

"我和弟弟出来得早，人离乡贱，五湖四海地悠荡了这么多年，早忘了乡音是个什么调调喽。"魏大夫一声苦笑，想揭过这个话题。却不料班中招手唤来了派吞，指着他说道：

"说来也巧，我这个小兄弟也是桂林的，十五岁才到泰国。呵呵呵，派吞，家乡话还会不会讲啊，说两句给窦先生听听，老乡见老乡，两眼泪汪汪嘛！"

派吞点了点头，从旁边端了一盘子削好的水果，反握着水果刀，缓缓站到了魏大夫的面前。魏、吕二人进屋前早料到会被搜身，什么武器都没带，手机都被派吞收走了。此时派吞持刀而立，距离魏大夫咽喉不足半米。别看电影里演得热闹，打起来都是空手夺白刃，可现实中哪有这种操作。空手对持刀，就是拳王金腰带也得退避三舍。

"狗肉你家哪凯耍辣？（朋友你家是哪里的？）"派吞用刀尖扎穿了一块菠萝缓缓送到了魏大夫的嘴边，冷冷的刀刃就悬在魏大夫的下巴底下。

一瞬间,冷汗浸透了魏大夫和老吕的脊背。

老吕微微内收膝盖,心脏都快跳到了嗓子眼,就等着随时支援。老吕知道,魏大夫是土生土长的北方人,既没有去南方念过书,也没有广西的亲友。再说了,这广西被誉为"方言富矿",除了壮语、勉语、布努语、拉珈语、苗语、侗语等少数民族语言,还有粤语、桂柳话、客家语、平话、闽语、桂北湘方言等六种汉语方言。普通人听懂都很难,更别提张口发音交流了。

"哼——"魏大夫冷笑一声,皱着眉头看向了派吞。

"狗肉你家哪凯耍辣?"派吞五指转动了一下刀柄,重复了一遍。

空气静得可怕,老吕几乎能听到自己的呼吸和汗珠在后脖颈子上流淌的声音。

"咔!"魏大夫张嘴咬住了菠萝块,嚼了两口,幽幽笑道:

"野仔,里想啷子?甩你老盖?(小兔崽子你想干吗,耍你爹吗?)"

派吞眼睛一瞪,直接把刀顶在了魏大夫的喉咙上。魏大夫将嘴里的菠萝渣滓"呸"的一口,吐在了派吞的脚面上。

"哈——崽——(傻蛋)"

言罢,霍然起身,拉着老吕就往外走。

"窦先生,留步!"班中绕过茶台,拉住了魏大夫的肩膀,"窦先生,息怒,我也是没办法,还是那句话,小心驶得万年船嘛。您多理解。"

魏大夫拍开了班中的手,冷冷说道:

"理解可以理解,试探就没必要了吧。做生意讲的就是个相互信任,既然您不相信我们,就没有必要谈下去了,上赶着不是买卖……"

"窦先生,窦先生,我为刚才的行为道歉,您别急着走,您看看货,相信我,只要你看了我的货,您一定会同意我们的合作的。来来来,坐。"班中硬拉着魏大夫坐回原位，将电脑打开，捧到了魏大夫的身前。魏大夫定睛一看，只见那屏幕上展示的是十几张犀牛角的照片。

见魏大夫看得认真，班中小声提醒道：

"您看仔细了，这可不是几百美元一克的非洲犀角，那种走量的便宜货我是不碰的，这是苏门犀。"

分布于缅甸、泰国、马来西亚及印度尼西亚的苏门答腊、婆罗洲等地。十几年来非法盗猎的加剧，使得苏门犀的种群数量锐减。

"窦先生？"眼见魏大夫有些出神，班中轻轻拍了拍魏大夫的肩膀。

"好东西！真是好东西！你有多少我们收多少，你开价我不还。"魏大夫一挑拇指，双眼放光。

"物以稀为贵，这价钱……"

"班中先生，说句不客气的话，您这批货如果我们吃不下，其他的人就更没这个实力了。不信您可以出去打听打听，我们的招牌在业内可是响当当的。"

班中琢磨一阵，缓缓伸出了五个指头（五百万），魏大夫看了看老吕，随即伸手攥住了班中的大拇指（不付全款，只先付定金一百万）。班中摇了摇头，挣开拇指，张开手掌攥住了魏大夫的中指、无名指和小拇指，同时轻轻点了点魏大夫的手背（先付三百万，否则免谈）。

魏大夫嘬了嘬牙花子，松开手说道：

"班中先生，您这东西不好进境，中国海关又刁钻又难缠……"

"窦先生，您只管付款，运货的事儿不劳您操心，用句时髦的话讲——亲，我们包邮。"

"好！班中先生真个爽快人，那这事就算定了。"

"窦先生，合作愉快！"

"那我现在去准备一下现金。"

魏大夫和班中握了握手，转身刚要离开，手却被班中牢牢抓住。魏大夫挣了挣，手被攥得越发紧了。

"班中先生，你这是什么意思？不要现金？我也可以转账给你，但是我还是得提醒你一下，转账风险高，洗钱操作难，关键是手续费很高，道上一抽就是30个点。虽然咱这行见不得光，但也是做生意，图赚不图赔。事先说好，这笔费用我们是不承担的。"

"窦先生您误会了，我们收现金，钱到手后如何操作不劳您费心。"

"那您这是……"

"取钱，一个人就够了！"班中瞳孔一缩，笑得很是阴冷。

"您什么意思，您想扣我？"

"言重了，我们身处他国异乡，实在无趣，打扑克斗地主，两缺一，不知道您二位谁能留下来凑个局？"

魏大夫还没搭话，身后的老吕已经大马金刀地坐到了沙发上，拿起床头的扑克拆开来边洗牌边笑道：

"哥，你放心去，我跟他们玩一会儿，没准儿等你回来的时候，三百万我已经直接赢出来了，哈哈哈哈哈。"

"你胡扯什么呢？"魏大夫急得心都快跳出来了。

"哎呀呀，放心啊，不赌大的，打点零花小钱。我是谁啊，滨海赌神，我去年打牌，把吕卓那小子的裤衩都赢过来了，他光着腚出门的事，你忘了？"

老吕此话一出，魏大夫鼻子一酸，强忍着不敢掉眼泪。没别的原因，只因吕卓根本不是什么赌博的牌友，而是老吕那还穿着开裆裤的儿子！老吕这话是在告诉魏大夫：我要是出了事，帮我照看着家里的孤儿寡母。

"行啦，哥，我不大赌，就是怡怡情，班中先生，对吧？"

"没错！赢算你的，输算我的，就是玩儿个开心。"班中出声附和。

"行！你别太过分，班中先生远来是客，别惹人家生气。"魏大夫看着老吕，瞪着眼睛嘱咐了一句，转身出了房间。在他关上房门的那一刻，身后正传来老吕的大笑：

"来来来，洗牌洗牌，五百块钱一局，俩王或炸或春天，都得翻倍啊！"

一瞬间，魏大夫红了眼眶。

而魏大夫为什么会说桂林方言，需要将时间倒回至一个小时前。彼时，邮轮母港三楼会议室，旅检一科众人接受任务，各自准备。魏大夫模仿着窦伟杰做好了乔装，一个人站在卫生间的洗手台边上搓了搓脸，掏出一包烟，抽出一根叼在嘴上，翻翻衣兜却没找到打火机，挠头想了半天才想起来，原来刚才换衣服的时候把打火机落在制服兜里了。

"咔嗒——"门锁转动，聂鸿声探身走了过来，扬了扬指缝里的打火机，抬手一拢，给魏大夫点上了烟。

"别紧张……"

"没紧张。"魏大夫抽了抽鼻子，吐了一口烟。

"对了，我跟踪窦家兄弟时，听他们说了两个词，叫肋巴菜、响皮菜。"

"肋巴菜、响皮菜是什么菜？"

"这两样东西叫菜不是菜。这词儿来自广西桂林土话，肋巴菜指的是牛肋排、响皮菜是牛肚皮。所以我敢肯定这哥俩儿是广西桂林人，为防对方下绊子试探，你得学点儿广西方言防身。不用多，两句足矣。"

"啊？那……我学哪两句啊？这万一所答非所问，我怎么和人对话啊！"魏大夫蒙了，看着聂鸿声呆呆地问。

"不用对话，你直接骂他就行。记住啊！第一句是'野仔，里想啷子？甩你老盖？'"聂鸿声一字一句地教学。

"野……什么老盖？"

"'野仔！里想啷子？甩你老盖？'意思就是说，兔崽子你想干什么，耍你爹吗？"

"野……野仔！里想啷子？甩你……老……老盖？"魏大夫口齿有些笨拙，但是好歹记住了发音。

"行，慢慢练几遍就好了，听第二句啊！就俩字'哈——崽——'"

"哈——子——"

"不是子,是崽!音拖长一点,这俩字就是傻蛋的意思,你大点声,骂人要有气势!"

"可我……我没骂过人……"魏大夫有些羞惭地嘀咕了一句。

"万事开头难,谁都有短板,只要勤学苦练,一定都能克服,毕竟天道酬勤嘛,对不对?"聂鸿声拍着魏大夫语重心长地劝道。

"可是……我就会这么两句,万一交流过程中,逻辑对不上可怎么办?"

聂鸿声苦恼地一拍自己的脑门,疯狂地摇晃着魏大夫的肩膀:

"魏大夫!大夫!我的好大夫!你是不是读书读傻了?你都开始骂人了,还讲个屁的逻辑?只要够难听、有气势就可以了!又不是论文答辩,你逻个锤子的辑?"

"哦……哦……"魏大夫将信将疑地点了点头,对着镜子找了找感觉,反复重复了几遍发音,扭头问道:

"聂关,您这广西口音正不正宗啊?"

"正宗啊!如假包换!"

"真的假的啊?"魏大夫心里有些打鼓。

聂鸿声嘬了一口烟,幽幽叹道:"1998年,广西东兴的4·23缉枪大案听说过没?"

"东兴市,我知道。东兴是广西壮族自治区下辖县级市,西南与越南接壤。1998年,南宁海关缉私局和东兴市公安局边境管理大队破获一起制贩枪支走私大案,查获各类枪支88支、子弹1.6万发,枪支散件72件。这案子可是载入培训教材的大案子,书上说这伙犯罪分子极为狡猾,且手段无比高明。要不是团伙中的二号人物蟒爷,因分赃不均与带头老大火并,这案子也不可能顺利告破。"

"你知道的还真不少。"

"那是自然,只不过这案子……"

"只不过什么?"

"据说那个蟒爷被团伙的老大带人围攻,堵在一处稻田地里,乱枪齐射,并和咱们几乎同时赶到的队伍发生了一场乱战。混乱之中,蟒爷身中六枪,被捕后在送往医院的路上跳车逃逸,成了本案唯一的漏网之鱼。"

"不对!"聂鸿声摇了摇头。

"哪里不对!"

"第一,蟒爷中了三枪,一枪在肩膀,两枪在大腿;第二,本案全部嫌疑人悉数归案,无漏网之鱼。"

"啊?可案卷里说……"

"案卷记得不对!"

"你凭什么说……"魏大夫上来了倔强劲儿。

"凭什么?哼!因为我就是蟒爷!"聂鸿声掐灭了烟头,解开上衣衬衫的扣子,指了指肩膀上的枪伤弹痕,随后解开腰带,把裤子往下一脱,指着左腿上的两处伤疤沉声说道,"再往上半寸……"

"就是动脉!外伤出血喷射鲜红血液,出血快,止血难,急性失血超过全身血量的20%,也就是大约800毫升的量即发生休克,若超过40%便濒于死亡。"魏大夫盯着聂鸿声的大腿处,伸手指在枪伤附近比量了一下,脑子里模拟着当时的伤情。

"不愧是大夫,专业。"聂鸿声挑了一下拇指,由衷地赞了一句。

此时,卫生间门响,一个同事推门而入,一抬头正看到这二人怪异的造型,下意识地一愣。聂鸿声闪电一般提上裤子,使劲咳了一下嗓子。魏大夫茫然地眨了眨眼,脑回路还沉浸在外科手术的脑回路中:"这种枪伤最不好处理,需要从破口外侧3毫米左右处开始缝合……"

"缝你个头!"聂鸿声伸手推开了魏大夫的脑袋。

"我再看看……"

"你看个毛看,我是想告诉你,我在广西曾经卧底多年,一口方言味正腔纯,教你那两句错不了,你就好好练!我走了,自己多小心。"

聂鸿声洗了把脸,转身出了卫生间。魏大夫抽了抽鼻子,喃喃说道:"第一轮缝合应该不要求完全封闭破口,后续的第二轮缝合才是关键……呸呸呸,想什么呢!哈——崽——"

第十二章　追踪（上）

魏大夫出了班中的房间，没有下楼，而是直接走消防楼梯向下走了一层，伸手推开了楼梯转角602的房门。房间内，东叔正戴着耳机坐在笔记本电脑前，电脑的屏幕上赫然是811房间的内景，聂鸿声和顾垚正坐在茶台前面嗑瓜子。

"东叔，什么情况？"

"人还没到，聂关和小顾装成那俩泰国人正在守株待兔。怎么就你一个出来了？老吕呢？"

"老吕被扣下了，一言难尽，我和聂关说两句。"魏大夫拿起床头的酒店座机，拨通了聂鸿声房间的电话，把刚才在711房间发生的事情做了一个简要的概述。聂鸿声点了点头，张口说道：

"给我搞一些犀牛角的照片发到我邮箱里，一会儿我争取骗窦家这哥俩儿带我去他们的狗场转一圈。你就守在酒店，等待收网指令，并联系缉私局和市公安部门，做好围捕工作。"

"是！"

"当当当——"聂鸿声房门外传来了敲门声。

"聂关。"顾垚有些紧张地搓了搓手心。

"慌什么？去开门。"聂鸿声放下了电话，不动声色地坐到了茶台后面。

顾垚点了点头，起身走到门口将房门拉开了一道缝隙，房门外站着的正是窦伟杰和窦伟志。

"班中先生在吗？"窦伟杰一边说着话，一边就往里走，窦伟志从后跟上。

"一个一个进。"顾垚手腕一翻，用一把水果刀顶住了窦伟杰的胸口。

"明白！明白！"窦伟杰连忙收住脚步，高举双手。

顾垚从头到脚地将二人摸了一遍，带着他们坐到了聂鸿声的对面。

聂鸿声给窦家兄弟一人倒了一杯茶，伸手敲了敲桌面上的笔记本电脑，徐徐说道："时间宝贵，长话短说，二位先看货。"

言罢，聂鸿声打开了电脑，将几十张犀牛角及制品的高清图片一一点开。这些图片都是东叔精挑细选过的，无一不是历年来查扣的犀牛制品中的上等货色，以至于将窦家兄弟的眼睛都晃直了。

"哎呀呀，都说班中先生的货硬，没想到竟然硬成这样！"窦伟杰喝了一口茶水，发出了一句由衷的赞叹。

"人在江湖，做生意讲的就是一个信字。"聂鸿声自顾自地从一个小巧的铝管里抽出了一根雪茄，剪去头尾，用火机旁若无人地燎烤了几下，慢慢点上叼在嘴里美美地嘬了一大口，一抬手，将五个手指张开，伸到了窦伟杰的面前。

"班中先生，您这货虽然是好货，但是东西进来必然得过中国海关，风险太大，我们很难的，这个数未免……"窦伟杰脸上有些犯难。

聂鸿声微微一笑，伸手将笔记本扣上，一指门外，沉声喝道："慢走！不送！"

"班中先生……"窦伟杰刚要说话，顾垚已经给他架了起来。

"好商量！好商量！"窦伟杰挣开了顾垚，重新坐了下来。

"商量？怎么商量？空手套白狼吗？你看仔细了没有，我这批货的成色……"

"成色没得挑，都是好货！"

"那你还矫情什么？"聂鸿声向后一靠，直接将两条腿放在了茶几上。

窦伟杰沉思了一阵，探身一握，抓住了聂鸿声的食指、中指、无名指和小指，只留大拇指在外。

"班中先生，您让我一分，我还您一丈。"

"哪来的一丈！"

"说句不好听的，别看您是上家，可要是没有我们这些出货的下家，您就是攥着再好的货，也变不了现，您说是这个理儿不是？"

"能出货的又不止你一家！"

"虽说不止一家，但是实力强弱毕竟还是有差别。我们和那些打一枪换一个地方的小打小闹不一样，我们底子还是很厚实的，咱们可以长期合作。"

"长期合作？"聂鸿声来了兴致。

"对！我们要是没修好大庙，也不敢请您这位菩萨。就算不看我的面子，宋大姐的招牌总还是够有分量的吧！她既然肯请您来，就绝不会让您亏了钱！"

一听"宋大姐"三个字，聂鸿声心里没由来地一紧，暗自思忖："宋大姐？滨海还有哪个宋大姐，定是宋雨晴。好家伙，绕了一大圈，原来还是她宋雨晴布的局！"

窦伟杰见聂鸿声若有所思，还以为是自己的话说动了对方：

"班中先生，不妨跟您交个实底儿，我们这买卖其实是宋大姐在兜着，有这道关系在，您应该放心了吧。"

"雨晴也算是我老相识，怪想她的，她什么时候能来和我见见啊？"聂鸿声顺着话头就往上贴。

"宋大姐被海关盯得太死，一时间怕是脱不开身，您的好意我会帮您转达的。另外，宋大姐也想问您，为什么自从进入中国后她就联系不到您了,而且您还改了交易的时间、地点,并且所有的改变都是您单方面通知我们……这样做,似乎……"

"这儿是你们的地盘,我这不得不防,而且这是业内的一贯做法。也罢,这事儿我们确实有不妥的地方,我可以让,只不过……我的货很杂,长期合作,你们吃得下吗?"聂鸿声这话说的乃是偷猎和动物走私这行共有的现象。受市场环境、供需变化、价格条件等多方面影响不可能只偷猎、走私、贩运某一种或某几种特定的动物,而且在各国政府的强力打击下,这些人往往是流窜作案、集中管理、组织严密、销路清晰。所以"货杂"是其固有特征,皮、毛、肉、工艺品、活体动物往往组合贩运。

"您放心,只要您有货,再杂我们也吃得下。"窦伟杰信心满满。

聂鸿声低头不语,沉默地抽着雪茄。大约过了十几分钟,他慢慢放下了两腿,将胳膊拄在茶几上,看着窦家兄弟幽幽说道:

"二位,我带着弟兄们赚的也是辛苦钱,单凭你们几句话就定了这事,我回去后怕是没法服众,大家都是刀头舔血,很多事还是得眼见为实……"

"明白!明白!我们理解!这样吧,班中先生,我们哥俩儿带您去咱的场子瞧瞧,您要是瞧得上眼……"

"要是有真东西,我再让一分,只要这个数!"聂鸿声吐了一口烟圈,左手伸出了三根指头。

"好!班中先生真是快人快语,车就在楼下,不知道您现在……"

"走着!"

"对了,您的手机就留在酒店吧。"

"好说!"聂鸿声站起身来,和顾垚分别掏出手机,当着窦伟杰的面关机,并扔进了水池子里。随后聂鸿声披了一件薄外衣,跟着窦家兄弟出了房间。

一个小时后,聂鸿声跟着窦家兄弟的车穿过了一片荒地,来到了郊县边缘一处地临国道的乡村——五道沟。这五道沟全村75户,总人口

253人，耕地974余亩，主要从事农业种植，村子里的支柱产业便是一望无际的蔬菜大棚，滨海市40%的蔬菜都是产自这里。

顺着路边的岔道口往东走，便进入了村庄内部，向西北方向三公里左右，有一片果树林。果树林边上有一间大院，大院墙高两米有余，黑色的大铁门锁得严严实实。

窦伟杰带着聂鸿声和顾垚下了车，掏出手机拨了一个电话。三分钟后，一个名叫"老金"的平头汉子从门缝儿向外瞄了一眼，随即拉开了门闩，将铁门推开一道缝儿。

"请！"窦伟杰微微一笑，带头走了进去。

院子内，前方、左面、右面各有一间仓库，左面那间仓库门板上透着一层水珠，上面是彩钢瓦的房顶，门边是贴着磨砂纸的塑钢窗户。顾垚伸手轻轻摸了摸窗边的塑封胶条，悄悄对聂鸿声说道："是冷库！"

"窦先生，这……"聂鸿声满脸不解。

"班中先生，欢迎来到我的狗场！"

"狗场？狗？对不起，我不卖狗……"

"你误会了，狗场是幌子，包子有肉不在褶上，您进来瞧瞧。"

窦伟杰给了弟弟一个眼神，窦伟志从兜里掏出一串钥匙，拎出一把拧开了冷库的门。聂鸿声和顾垚推门进去，刚一抬眼，就被眼前的场景惊出了一身冷汗。

这冷库面积很大，粗略一扫约有300多平方米，数以百计的各种动物尸体横七竖八地堆了一地，有的扒了皮血肉模糊，有的已经被肢解，大大小小的骨头和内脏胡乱地扔在角落里，就算在冷库的低温冷冻下，也盖不住一股子腥臭味。

聂鸿声皱着眉头迈过门口的几具狗尸，在屋内转了一圈。顾垚眯着眼强忍住肚子里的翻江倒海，努力地辨认着：

"这个扒了皮的是狍子，这个肚子被掏个大口子的是獐子，这一堆是什么……体形像狗，吻鼻部裸露突出似猪拱嘴，这是猪獾……"

"你这东西够杂的啊！"聂鸿声若有若无地碰了碰顾垚的手，示意他镇定。

窦伟杰没有注意到聂鸿声的小动作，仍然在滔滔不绝地做着介绍："班中先生，我说一句不太谦虚的话，我这儿就是一条完整的产业链。这些货到手之后，能卖皮草的直接剥皮；身上有药材的，该锯的锯掉，该掏出来的掏出来；肉值钱的割肉；骨值钱的剔骨，剩下的边角料，您看着墙角那台机器没有？"

聂鸿声顺着窦伟杰的指点，向墙角看去，只见一台满是血渍的绞肉机正在通电工作，一个戴着口罩的工人正将地上鲜血淋漓的动物尸体一具具地丢进去。

"这是……"

"废物再利用嘛。你看这边这一片都是扒完皮的狐狸，您应该知道，这狐狸值钱的地儿就一身皮，可剩下的肉也不能浪费啊。我就把这些没用的肉全混一起搅碎，混上羊尾巴油和羊尿浸泡，把羊膻味浸到肉里，混上添加剂、羊肉精，再打碎压实切成片，稍微一包装，这就能当羊肉卷卖。说实话，一般人分不出来真假。咱这肉除了点电费，基本没啥成本，主打便宜二字，真羊肉 30 左右一斤，我这个，批发价 5 块钱一斤！路边摊、野烧烤、小饭店、流动肉摊子，供不应求！"

"你就不怕惹麻烦？"聂鸿声问道。

"不怕！这些买肉的流动性极强，打一枪换个地方，再说了我送货极其小心，我放他取，面都不见，钱都是在网上交易，挂着虚假的二手商品买卖，无论如何都查不到我身上。这几年国内对动物保护这事的风头越来越紧，好多国内的供货渠道都断了。不过据我所知，班中先生这儿似乎没什么影响。您放心，您在国外保证货源，我在国内保证销路，咱俩趁着市场的空窗期，不用多大本钱就能抄底，把这条财路稳稳攥在手里。您这过江龙一落地直接就能大展拳脚，没人和您竞争啊，咱这行当直接打通海内外，完美的国际合作啊！现在有个词叫什么来着……蓝海！"

聂鸿声面上不动声色，暗自思忖道："好家伙，合着蓝海俩字你们这些犯罪分子是这么理解的！还要把这违法犯罪的行当打通海内外，你当海关不存在吗？"

"班中先生，这都是些不值钱的东西，我要跟你合作的大买卖，在后头，您跟我来！"窦伟杰引着聂鸿声出了冷库，直奔院子左边那间仓库。窦伟志一开门，一股动物屎尿混合的臊臭味散逸而出。

"咳咳咳……咳……"聂鸿声被呛得直咳嗽。

"伟志，快快快，给班中先生拿个口罩过来。"

"没事！"聂鸿声摇了摇头走进仓库，左右一扫，粗略地估测了一下：这仓库不到200平方米，密密麻麻地摆了100多个笼子，南边摆起来的一堆全是小笼子，里面全是些活体的麂子、貂鼠、穿山甲之类的小型动物，有的被四蹄倒攒，有的只被捆扎带缠住两条后腿。

北面摆起来的都是玻璃箱子，里面花花绿绿的全是蛇类。目光所及，不下四五十种，比较常见的就有翡翠蟒、唾蛇、黄金蟒、蓝长腺珊瑚蛇等。

"您这可是宝贝啊！"聂鸿声弯下腰伸手敲了敲玻璃，引得里面的爪哇丽纹蛇一阵扭动。

窦伟杰喜笑颜开，张开五指："班中先生是识货人，就这里的蛇，随便拎出一条，低于五个零不卖！"

"厉害！厉害！"聂鸿声拍手称赞。

"您先别急着夸我，前头还有一间库房没看呢，那里的东西才是我的摇钱树！"

"哦？"聂鸿声眼前一亮。

"您这边请！"窦伟杰当前引路，带着聂鸿声走进了最后一间仓库。这库房里的动物很杂，东边的小笼子里锁着不少猴子。北面是50多平米的大水池，上面扣着玻璃罩，里面游着几条大鱼，由于水太浑，顾垚没看清是什么东西。西边有两只盖着黑布的大铁笼子，里面传来阵阵瘆人的惨叫。

"这是……"

"熊！养着取胆的。"窦伟志咧嘴一笑，上前拽下了黑布，笼子里锁着的是两只干瘦的黑熊。

顾垚一看这情景，后牙都快咬碎了，但为了任务，只能强行压抑着自己的情绪。

窦家兄弟这是在活取熊胆。

"果然是摇钱树。"聂鸿声眯着眼睛点了点头。

"可惜啊……"

"可惜什么？"

"钱是不少赚，就是太费熊。咱这卫生条件不好，也没有专业的技术员，感染得厉害。熊抽胆的时候太疼，一激动就把自己的腹部抓得血肉模糊。还有……熊是保护动物，不好搞得很。"

"现在风声这么紧，你这些东西有人敢买吗？"

"有啊！怎么没有啊！你看这边那些猴儿没？都订出去了。好多野味馆子，不论大的小的，都从我这儿进货。咱主打性价比，东西好价格低，走量还有折扣。你看这几个笼子，猴儿还活着呢，脑子就被订出去了，明天晚上就上桌下酒了！班中先生，您二位要是有兴趣，我带您找一家手艺最好的打打牙祭，想吃啥随便点？"

"饭店直接就能点？"顾垚张口询问。

"直接肯定是不能点啊！散客不接，只招待熟客，都是 VIP 制。有的是大老板好这口，不是有那么句话嘛，药补不如食补，有钱人都在乎身体，只要跟他说吃了强筋壮骨、补肾健脾，花多少钱他们无所谓。别瞧着有些酒楼饭店度假区看似半死不活没生意，实则赚钱的路数都在底下呢。近几年国内抓倒腾动物的下手太狠，搞得成本直线飙升，有道是：外来的和尚好念经。地球这么大，哪个国家没动物，眼光还是要放得长远些嘛！哈哈哈，您在国外给我搞货源，我在国内干销售，赚了钱咱们五五分。这条财路又稳定又利大，班中先生，您不考虑考虑吗？"

聂鸿声点了根烟儿，连嘬了好几口，闷声说道："说得倒是挺热闹，可我怎么把国外搞到的动物送到身在国内的你这里呢？"

"这个我们早有打算，前期的路已经铺得差不多了，您这边请，咱们去办公室聊，库房里太大味儿，不是说话的地儿。"

"好！"

聂鸿声和顾垚跟着窦家兄弟穿过北面的仓库，到了一处僻静的后院，院内有一间彩钢瓦搭建的小屋。

"随便坐，喝点什么？阴天下雨，喝点热的吧。我这弄了些新咖啡，猫屎哟，您尝尝，要是喝得好，我再送您只猫。"

所谓猫屎咖啡，离不开一种动物——麝香猫，学名大灵猫，国家二级重点保护动物，并入选濒危野生动植物种国际贸易公约（CITES）附录Ⅲ。

"这东西不好养，我才不费那个劲儿。"聂鸿声摆了摆手，示意窦伟杰直接谈正事，不要东拉西扯。

"班中先生快人快语，我也不再兜圈子。咱们两家要能合作，打穿海关这堵墙，不是难事！"

聂鸿声闻言，心中暗暗骂道："好你个后生仔，本事没多大，口气却不小。老子就在你眼前，非得仔细听听你是个怎么打穿法儿！"

窦伟杰见聂鸿声起了兴致，呵呵一笑，用手指蘸着咖啡，在桌面上写了个英文单词——Zoo！

"Zoo？动物园？"

"对喽！班中先生，您逛动物园吗？"窦伟杰问。

"我就是干这行的。没事逛那个干什么？不嫌味儿吗？"聂鸿声嗤笑了一声。

"逛和逛不一样，您有没有想过，同样是养动物，凭什么动物园光明正大地卖门票赚钱，咱们就得东躲西藏见不得光？"

"为什么？"

"来源！动物的来源不一样。动物园的动物来源合法，咱们不合法！"

"废话！我要是能做合法生意，还跟你在这扯什么！你莫不是在消遣我？"聂鸿声被绕得有些迷糊，气得直拍桌子。

"班中先生，您别急，慢慢听我说。进口动物是需要取得相关资质的，有资质就能光明正大过海关，没资质只能被围追堵截，搞得赔了夫人又折兵。这资质的取得，简单来说可以归纳为九项：……六是申请者属商业性进出口的，必须具有进出口经营权；七是申请者属非商业进出口的，应具有经有关主管部门确认的从事野生动物驯养繁殖、科学研究、文化交流、宣传教育等相应资格及具有合法拥有野生动物的相关证明文件。八是申请活体野生动物进口及申请《进口种用野生动物证明》的饲养繁殖单位、个人必须有适宜的饲养繁殖野生动物的固定场所和必需的设施；具备与饲养繁殖野生动物种类相适应的资金、人员和技术；饲养繁殖野生动物的单位、个人必须首先取得《野生动物驯养繁殖许可证》且饲养繁殖野生动物饲料来源有保证……"

听着窦伟杰将一项项条目如数家珍一般地完整复述，聂鸿声心中不禁泛起了一阵恶寒。随着时代的进步，新的犯罪形势日益复杂，手段日益丰富。珍稀动物走私犯罪现象在走私对象、走私渠道、走私规模、走私手法上不断呈现出新特点。成规模的智能化、科技化、网络化走私集团层出不穷，并已开始着手打造整体运作且分工明确的"贩、运、贮、销"的走私链条。而且，聂鸿声看过意大利海关转送的一些资料，窦伟杰所说的这种明修栈道、暗度陈仓的模式，依稀有宋雨晴的影子。

"班中先生？"

"你接着说，我在听。"

"好！这几条我们摸得很透，咱们重点看六、七、八三条。有个地方能同时满足这些条件，那就是动物园。您想想看，动物园有两项被法规允许的公用资质——动物展览和引种繁育,而且绝对具有合法拥有野生动物的相关证明文件。所以,我可以借鸡生蛋、借刀杀人、借花献佛、借……"

"好了好了,您的意思我明白了,不用再引用成语了!只不过,我有个问题……"

"您说。"

"动物园这么大的单位,你们都能搭上线吗?"

"您说的动物园和我说的动物园,不是一个动物园。就像人有高有矮有胖有瘦一样,这动物园也有大有小啊!八达岭那种动物园不敢搭,偏远地市、郊县里的小动物园还搭不上吗?实话告诉您,有些动物园,人都吃不上饭了,还顾得上动物吗?"

"此话怎讲啊?"

"您看啊!这动物园的动物主要有这么几种来源:在野生动物保护的相关法案颁布以前,都是从野外直接逮,后来口子越收越紧,就改成用现有动物人工繁育。只不过这野生动物繁育比较慢,跟不上需求,别的不说,光咱们市里今年一年下来,就新建了两个海洋馆,三家花卉百鸟园。大的野生动物繁育中心就那么几个,两只手都能数得过来,全国这么大,肯定供不上。所以一些新建的动物园将目光对准了境外,通过向职业的动物商人或是国外动物园进口购买。当然,买卖双方彼此之间都要有资质,并提供证明文件,否则被海关盯上可就麻烦大了。"

"中国海关的事,我早有耳闻!"聂鸿声点头附和了一句。

"可不是,那就是一帮精神病,缠上就甩不掉。来来来,给您续一杯,听我接着说!"

第十三章　追踪（下）

窦伟杰给聂鸿声又续上了一杯咖啡，继而说道：

"目前，国内的直辖市以及省市一级的动物园收入还是很可观的，仅凭门票收入就能保证所有开销。但是对于游客较少的县级动物园来说，员工工资的保障都是问题，更别提动物的养护了。在这种经营情况下，只能转给其他动物园或是转私人承包。而在这两种模式中，转私人承包的最多。"

听了窦伟杰这番话，顾垚下意识地点了点头表示同意。老吕学的是兽医专业，很多同学毕业后从事了动物保护和繁育的相关工作，这个行业的发展特别是私营中小型动物园近七八年的情况，老吕没少和顾垚说起。2013 年，私人承包的新密市开阳动物生态园发生棕熊咬死人事件，起因为管理混乱、资金匮乏，使得动物长期处于饥饿状态，并为了赚取门票，在淡季违规搞动物表演，取悦观众；2017 年，浙江湖州市莲花庄公园内的一私人承包小型动物园被曝出园内动物生存现状，老虎、棕熊、猴子、狼等 50 只动物蜷缩在狭小笼内，和粪便同处；同年海口金牛岭动物园爬虫馆曝出新闻——馆内一半的蛇在玻璃箱里成了蛇干。蟒蛇、巨蜥、娃娃鱼的尸体都被泡在了福尔马林里；2020 年，长沙一家名为"动物派对"的室内动物园因现场设施不齐全、卫生环境差、经营不善致使饲料供应不足，出现大量动物饿死，甚至动物吃动物。然而这些被挖掘出来的新闻终究是冰山一角。

聂鸿声呷了一口咖啡，为自己点了一根烟："也就是说，你们可以用这些私营动物园的资质倒卖动物？"

"没错！毕竟……账都是人做的嘛。我们手里有不少门路，用他们的资质去国外联络好的动物商人那里进口动物，动物死后尸体是要尽快火化掩埋的，这么一堆灰混在一起，谁能知道这里有几种动物？一种有几只？而且这些动物漂洋过海，水土不服、气温不适、细菌感染等致病致死的原因多了去了，编一年都不带重样的。从这里头匀几只出来，还不跟玩儿一样，一家给咱匀几只，十家可就是几十只！"

窦伟杰这话说得不假，因为这些草台班子动物园完全都是一笔乱账。这些私人动物园兴起于20世纪八九十年代。2010年10月，根据住房和城乡建设部《关于进一步加强动物园管理的意见》：要求各地动物园和其他公园停止所有动物表演项目；禁止将动物园、公园动物展区、动物场馆场地或园内动物以租赁、承包、买断等形式转交给营利性组织或个人经营。已经租赁、承包和买断的，各地动物园、公园要限期整改，尽早恢复动物园的公益性质。但这仅是一个指导意见，截至目前，私人不许承包动物园一事还没有用法律法规明确规定。再加上各地因情况不同，执行尺度不一，使得还有部分"过往遗留动物园"因承包合同未到期、无人接手、改造压力大等种种原因仍旧存留。

"你这种手法对一些在黑市上走量的动物可能有效，但据我所知，上了级别的保护动物，其尸体需要铁箱封存并冷冻待查，而且记录内的珍稀动物死亡后多半会被做成标本留存，每一只都会有追溯。你这么搞，后续麻烦怕是不会小吧？"顾垚抬手打断了窦伟杰的话，抛出了自己的疑问。

"哟！行家啊！这位派吞老弟真是不发言则已，一发言就惊人啊！"

"过奖了！我们做的也是生意，问清楚了才好投本钱，我得为我的老板负责。"顾垚看向了聂鸿声，聂鸿声不动声色地撇了撇嘴，示意窦伟杰解答这个问题。

"班中先生,动物园是会做繁育的,繁育有个指标叫做繁育成活率。按照我们的规矩,繁育的成本我们全部承担,但是繁育的成果我要拿走50%。您明白我的意思吗?去年8月,我们委托一家私人承包的动物园从阿富汗进口了4只沙狐,历经56天的繁育期,产崽6只。这一套的费用都是我出的,可记录上只产了3只幼崽。知道为什么吗?因为有3只被我包下来了,在它们皮张最优质也就是1岁左右的时候。我把它们卖给了一个甘肃的老板,分别做成了帽子、手包和一双手套。这一单我净赚了15万。"

"厉害!"聂鸿声努力地控制自己愤怒的情绪,笑着称赞了一句。

"除了繁育,我们还和几十个马戏团保持着固定合作。很多马戏团虽然观众不多,生存艰难,但是他们手里有合法的驯养繁殖许可证,用他们的证件进行操作,我们付钱给他们,让他们去买,然后再运到我这里。如果说动物园是笔乱账,那么这些濒临倒闭的马戏团就是连账都没有!他们连人的饭都快断顿了,还顾得上动物吗?!我随便扔几个钱就能搞定,一个个美滋滋地赶来与我合作。"

"濒临倒闭?靠谱吗?"聂鸿声弹了弹烟灰。

"正规的、买卖好的,谁跟咱扯这个啊?这些草台班子虽然繁殖饲养、经营利用、演出、运输四个证照不是缺这个就是少那个,但是架不住他们流动性大,三天两头就换个地方,真想逮住他们也没那么容易!有他们在,就算是那些大老板想买狮子、老虎、大猩猩我都能给弄来。您刚才瞧见那只取胆的熊了吧,就是这么来的!另外,我们上头的大老板有笔买卖需要大批的动物,尤其是猴子,量不少,但有本事供货的人不多,而班中先生正是其中首选。除了动物本身,我们也想通过动物,带点儿别的东西进来。您在境外给我们提供动物,我们在您的动物身上……活体带货。动物运到境内,我们会用刚才跟您介绍过的方法,将动物转到自己的手上。我们的操作很细致,一只都错不了。届时我们再将货取出来,动物该怎么处理怎么处理。除了刚才谈的分成外,每年我们再给您这个数的带货费,这个钱您旱涝保收,而且后期如果量上有增大,我们每年再给您提百分之十。"

窦伟杰咧嘴一笑,向聂鸿声伸出了五根手指。

"带货?带什么货?"

"这个嘛……宋大姐这次请您来,就是为了……具体什么情况,您可以和宋大姐亲自聊……"

"嗡嗡嗡——嗡——"一阵手机振动打断了窦伟杰的话,他掏出手机看了一眼,连忙向聂鸿声打了个招呼,小跑出屋外接起了电话。

三分钟后,窦伟杰回到屋里对聂鸿声笑着说道:

"班中先生,不知道您对咱们的合作的事怎么看?"

"计划周密,值得一试。"聂鸿声沉思半晌,幽幽笑道。

"那就好!那就好!宋大姐请您共进晚餐。"

窦伟杰此话一出,霎时间惊了顾垚一身冷汗,此时若是跟宋雨晴面对面,顷刻间就会暴露。他偷眼向聂鸿声看去,只见聂鸿声微微一笑,上前握住了窦伟杰的手:

"如此甚好。"

"二位,车已经备好,请随我来。"

狗场后院停了一辆别克商务车,窦伟志开车,窦伟杰作陪,载着聂鸿声和顾垚向村外驶去,没多久就上了国道。车外雨密如幕,从方向上大概可以看出这车是在向滨海市西郊的"白马坡"方向行驶。白马坡是滨海市西侧的一片尚未完全开发的原始山区,当地的原住村民目前仍以农家乐旅游、果树种植等产业为主。

雨脚如麻,打在车顶上噼里啪啦地乱响。窦伟志虽然智商不甚在线,但是开车的技术却不错。聂鸿声脑袋枕在椅背上,没多久便迷迷糊糊地睡了过去。等到他醒来的时候,车子已经开进了一家豪华度假酒店的院子。

"这是……"聂鸿声伸了个懒腰。

"班中先生，雨天堵车太厉害，宋大姐可能会晚些到，让我先带您泡个温泉。这儿的企业老板是我们的合作伙伴，绝对安全。"

"温泉？我大老远来中国可不是为了泡温泉的，咱们抓紧时间……"

"这是宋大姐的吩咐，一定要招待好！"窦伟杰咧嘴一笑，以极为笃定的口气打断了聂鸿声的话。

"行！泡就泡吧！"

聂鸿声揉了揉眼睛，作为业内的老油条，他十分清楚泡温泉的原因：洗澡不是重点，其目的是要用热水浸泡全身的方式确认目标身上没有任何的电子通信设备。当然，随着时代进步，很多设备都是防水的，但是聂鸿声敢肯定除了"水泡"之外，对方肯定有更多检测的手段。宋雨晴这人做事历来缜密，不确认绝对安全的情况下，她是不会现身的。只可惜那俩泰国人也不是省油的灯，为防宋雨晴黑吃黑，直接跟着旅行团走，藏头露尾地通知见面地点。宋雨晴多疑，不敢轻易露面，只能让窦家这哥俩儿接头。其实按照真班中的谨慎，为了安全，他们是万万不可能离开酒店的，从他扣留老吕这事便可见一斑。只不过窦家兄弟万万没想到，自己和顾垚是冒牌货，稍稍一邀请便跟了出来。宋雨晴知道"班中和派吞"到了自己人的手里，进了自己的地盘，才敢露头一见。

"老板……"顾垚一皱眉头。

"派吞，该泡就泡，窦先生没有恶意。"聂鸿声轻轻在顾垚手臂上拍了一下。

更衣间，聂鸿声趁着脱外衣的工夫将藏在衣领里黄豆大小的通信设备摘下来藏在了右手手心儿里，又借着脱套头短袖的遮挡，将耳朵里一个小维生素片大小的耳机夹在了右手中指和食指的指缝里。随后趁着脱裤子的工夫用左手掏出了兜里的烟盒，单手抽出一根香烟，两手一掰，撅掉了过滤嘴。就在这一撅的瞬间，聂鸿声右手微微一抖，将手心和指缝里的微型设备塞进了烟卷内。这系列操作都在窦家兄弟的眼皮底下完成，可这二人却根本没看清聂鸿声的手法。

"这么抽，劲儿大！"聂鸿声将烟叼在嘴里，顺手取过窗台上的烟盒，划着了一根火柴，将烟点燃。烟卷里传来两下几不可闻的振动，高温作用下两台微型通信设备瞬间报废。

"啊——"正在金帆酒店通信后台的东叔猛地一声呼喝，摘掉了头上的耳机。

"什么情况？"一旁的邓姐问道。

"设备报废了，聂关的定位信号消失了！"

"在哪儿消失的？"

"白马坡，山野豪庭温泉度假山庄！"

"我现在赶去支援！"邓姐是个急脾气，推门就出了酒店。

此时，在窦家兄弟的注视下，顾垚和聂鸿声已然脱得一丝不挂。二人迈着小碎步，慢吞吞地下了温泉池子。聂鸿声将毛巾顶在了额头，扭头对池子外面的窦伟杰笑道：

"窦先生，我们在您的面前就是这么毫无保留！"窦伟杰赔着笑，也钻进了温泉池子里。聂鸿声知道，别看窦伟杰和自己聊得甚是融洽，此时的更衣室里一定有一个服务员在手持设备扫描着他和顾垚的衣物，而且刚才进温泉之前，在汤池的大门上方有一个小小的探头闪了一下红灯，如果身上还留有任何的通信设备，那个探头一定会报警。顾垚看着聂鸿声若无其事的样子，暗暗松了一口气，虽然他不知道聂鸿声是怎样处理这些通信装置的，但是他终于明白了在二人化装的时候聂鸿声为什么执意要将装置亲自携带。

"班中先生，我们……也不想这样，我们都是小喽啰，是生是死无关痛痒，对您自然没那么多戒备。可宋大姐不一样，一百多号人指着她混饭吃，她要是出了事，大家都喝西北风。有些事……不得不严格些，您多担待！"

"理解！理解！只不过……我想问问，咱们聊了这么多，你们这边到底是谁做主？"

"这生意是我们老大的，我们给老大看摊儿，而我们老大又听宋大姐的。"

"换句话说……这生意是宋雨晴的产业？"

"算，也不算。宋大姐手底下买卖很多，这点儿动物上不了台面，风险不小、赚得不多，都是我们老大代管。最近宋大姐那儿比较忙，我们老大被派出去办事了，具体什么情况，我们也不清楚，也不敢问。我们俩就负责向您介绍情况，您要是觉得可以合作，再换我们当家的和您谈。您放心，只要宋大姐拍了板，这事就算定下来了。"

"程序上还挺复杂。"

"按流程办事嘛，虽然咱捞的是偏门，但实行的也是企业化管理，继承优良传统，适应时代要求，打造企业信念，激发企业活力。我们日常的生产经营，不但本着服务好客户的团体精神，还本着高度的行为规范，严格管理组织成员，口风严、不攀咬、尽全力保护客户隐私，在业内的口碑绝对首屈一指。您只要和我们合作一段时间，就会明显地感觉到我们和市面上那些散兵游勇截然不同。无论是组织力、产品力还是性价比都胜他们不止一筹。在我们内部，组织成员必须分工明确，各有权责。我们俩只管营销，不做决策。您要是觉得我们哥俩儿表现还不错，在大老板面前还请您多美言几句，给个好评。"

"一定，一定！"聂鸿声苦笑了一声，听着窦伟杰一本正经地给自己介绍企业文化和管理学，心里真当真不知是该悲还是该喜。温泉里泡了小半个钟头，聂鸿声霍然起身，坐在池边一边抽烟一边感叹道："老啦！现在三高，高血脂、高血压、高血糖一样不落，不敢泡太长时间。"

"那咱就不泡了，我在这里还有点小买卖，二位不妨玩儿上两手，输赢都算我的。"窦伟杰一招手，一个年轻的服务生捧着一只盖着红色绒布的托盘走了过来。顾壵看了看聂鸿声，抬手接过托盘，掀开了上面的红布，只见托盘底下平铺着一层硬币大小的筹码，只不过颜色和游轮赌场上的不同。游轮赌场上的筹码多为彩色，而这盘子里的筹码清一色全是黑的，正面刻着古希腊神话中的恶魔刻耳柏洛斯，也就是传说中的地狱三头犬，筹码背面烙着一串英文：The greatest danger is the greatest joy.（古希腊谚语：经历最大的危险，便获得最大的快乐。）

"还挺有文化气息！"聂鸿声拈起了一枚硬币，使其在指缝间翻滚。

"班中先生有兴趣？"

"当然，我对一切赚钱的买卖都有兴趣！"

"给您准备了新的衣服，咱们这边走。"窦伟杰招呼服务员给聂鸿声和顾垚送来了新衣服。聂鸿声翻看了一下标签，笑着说道："哟，尺码正合适。派吞，带好筹码，咱们去玩玩儿。"

这间山野豪庭温泉度假山庄地面建筑虽然不大，但是地下一层的面积却着实不小，除了正常的车位布置之外，在楼梯转角处竟然藏着一扇隐秘的小门。外面没有任何开门的装置，只有通过对讲机联系里面的工作人员后，才会有人从内侧将门打开。

"稍等！"窦伟杰掏出了一个对讲机，和里面的人知会了一声。

很快，那扇门就被人从里边拉开了，在开门的一瞬间，一股浓厚的血腥气混合着汗味一起涌了出来。聂鸿声皱了皱眉头，迈步进门，抬眼一看，便瞧出这地方是个斗狗的场子！

场子的布局很简单，设计思路明显是抄袭古罗马斗兽场那一套。场内共设有四个大小不一的圆形深坑，深四米有余，大的直径十几米，小的直径也有六七米，深坑内就是斗场，除了四壁贴着光滑的瓷砖外，其余部分全是耐造的工业水泥风。坑顶上扣着铁丝网，坑边上是层层向上的看台，看台边上有酒水桌子供给烟酒糖茶，十几个戴着口罩的服务员各自捧着一只大盒子来回穿梭，胸前挂着好几个小纸牌，纸牌上标注着好几组数字，客人手握筹码，将其放置在盒子内的不同分格内下注。东边墙上挂着两块液晶大屏幕，一块滚动播出着下注的票数和赔率，另一块则是在一些视频 APP 里的实时直播画面。这种网络直播间和现实中的斗狗场一样，都是需要"支付门票"和"熟人带路"，仅这一项收益就足够大赚一笔。窦伟杰那句"小生意",当真是"谦虚了"。

近年来,不少"地下斗狗场"出现在公众的视野中,除了猎奇之外,这些场所大多附带高额的赌博交易,具有明显的聚众赌博性质。在斗狗的业内,赌局分两种,一曰死口(不死不休),二曰活口(点到为止)。下注有两种方式,一曰定场(分品种和体重约架),二曰碰场(不限品种和体重随时约斗)。只不过为了追求现场的刺激和赌博的额度,大多数场子都会做死口、赌碰场。以防止两方斗狗的狗主"打假拳"合谋坐庄,骗外围散户的赌钱。为了让下场的狗够凶猛、够狠辣,饲主绝对不会给它们吃饱饭,就算喂也是喂死狗的尸体。除了挨饿之外,培养斗狗需要选取攻击性强的"烈性犬",并在其年幼时修尾巴、裁耳朵,使其在撕咬中占据优势。近些年相关部门打击地下斗狗场的力度持续增加。

然而受高额的利益驱动和参与者"滥赌成性"的加持,再加上直播收看、微信下注等新型平台的出现,该行业发展日益迅猛,乃至屡禁不绝。

此时,今晚的"斗狗大赛"还有 30 分钟开场,虽然很多座位还空着,但是服务员仍旧给座位上摆好了果盘瓜子,看情况这些都是预留的座位,VIP 的贵客应该还没有到。

"你这斗狗的生意做得不错嘛。"聂鸿声拍了拍窦伟杰的肩膀。

"我这不光斗狗,还有斗兽!"窦伟杰神秘兮兮地在聂鸿声耳边说道。

"兽?"

"单是狗咬狗有什么看头啊!您看今晚儿这两场,屏幕上写着呢,藏獒咬灰狼、蟒蛇斗鳄鱼。其实不光这些,只要有客户出钱坐庄,想看什么动物我们都能实现,门票钱五五开,坐庄三七开,散注六四开,线上直播八二开。一只蟒蛇才几个钱?什么鳄鱼倒腾不着?您是买卖人,应该能算出这里边的利润吧!"

聂鸿声没接茬,瞧见左边有一个"场子"开盘了。看屏幕上的介绍,这局是给今晚儿的"大餐"热场子的小比赛，下注的也都是些散户。下场的两只斗犬，一只是高加索犬，另一只是比特犬，便伸手抓了一把筹码塞到了顾垚的口袋里，指了指围得密不透风的人堆儿笑着说道："你也去玩儿两把！"

顾垚一点头，迈步挤进了人堆里，十五分钟后，一局斗罢，顾垚小跑着回到了聂鸿声的身边，把手拢在嘴边，要凑上前正要小声说话。聂鸿声一摆手，指着窦伟杰说道："大大方方地说，没有外人！"

"老板，两只狗里有一只被打了兴奋剂，那只大高加索犬应该还使用了麻醉类药物，以至于头部、腹部被咬烂都没有知觉。"

顾垚是驯犬员，这些小猫腻绝对逃不过他的眼睛。

"哟，小兄弟是行家啊！"窦伟杰眼前一亮。

"过奖了！"聂鸿声笑了笑。

"很快今晚儿的重头戏就开场了，您跟我走，这边上座，一会儿要来不少老板，这边人来人往很嘈杂。"

"好！"聂鸿声点点头，跟上了窦伟杰的脚步。

滨海市绕城高速，大雨倾盆，高俊峰高老板酒意微醺，迷迷糊糊地斜躺在自家奔驰车的后排上，用脚尖踢了踢驾驶位，对司机喊道："小冯啊，到哪儿了？"

"老板！还有五公里就到了。"

"开快点，你平时不是这速度啊，天天跟我三吹六哨，说自己是什么滨海市车神，法拉利都看不着你尾灯，你的承诺呢？你的实力呢？"

"老板今天雨大，路有点滑，不敢太快！"

"别跟我扯这没有用的，我这儿着急，上一顿酒喝误事了，差点就把晚上的场子给耽误了。这一场，老子可是下了大本钱的，为了弄这藏獒，小一百万都垫进去了。它要是敢给老子掉链子，我非活扒了它的皮！"

"老板您财运旺着呢，错不了。"司机小冯一记马屁又准又稳。

"你快点开,真要是赢钱了,这月工资给你翻倍!"

"谢谢老……"

"吱——"小冯话还没说完,直接来了一脚急刹车,晃得高老板差点没吐出来。

"想什么呢?"高老板一巴掌扇在了小冯的后脑勺子上。

"警……警察!"

"什么?"高老板往车窗外头一看,只见路边两辆警车正闪着警灯,一个穿着雨衣的警察敲了敲车玻璃,小冯把玻璃降下了一道缝儿。

"您好,滨海交警,查酒驾!"

"这天气还查什么酒驾?"小冯吓了一跳。

"请配合,吹气!"交警面沉入水。

高老板虽然喝了酒,但是没开车,遇上警察心里也不慌,只见他向后一躺,把二郎腿一跷。刚要点根烟儿,突然左右两侧的车门被同时打开了,两侧各坐进来了一个人,瞬间将高老板夹在了中间。左面是个老头,右边是个女的,赫然正是魏局和邓姐!

冷风猛地灌进了车内,"呼"的一下,吹了高老板一个激灵。

"你们是谁啊?这是要干什么啊?"

老头抹了抹脸上的雨水,歪着头看着高老板冷声说道:

"介绍一下,我姓魏,在市公安局上班,这位海关的同志叫邓莉。"

"公安……海关?你……你是哪个单位的你也不能随便就……就吓唬我啊!我一没酒驾……二没……从来我也没犯过法啊!"

"白马坡有个山野豪庭温泉度假山庄,你去过没?"

"山什么豪……我知……知不道啊!"高老板心一虚,嘴上就拌蒜。

魏局一伸手,揽住了高老板的脖颈,沉声说道:

"半个小时前,我们在交警指挥中心调取路网监控,想根据一位海关同志的随身定位传送轨迹定位一辆开往山野豪庭温泉度假山庄的车辆。不查不要紧,一查吓一跳,系统自动提示在最近一周内……一共7天时间,你这辆车往这儿跑了 8 趟,超速 7 次,违法变道 4 次,一共 11 个违章。车辆管理系统调出车主信息,我打眼一看,好家伙,这也算是熟人啊,三年内光参赌这一项,公安机关对你的处理记录就高达 13 条,世界杯跟盘赌足球、NBA 参局赌篮球、网络买黑彩、微信群搞赌马、赌赛车……玩儿得挺花花儿啊!"

"人嘛……一点爱好,我……重在参与,从不组织!"

"看你这语气,还挺骄傲?"

"没没没,当着您的面,我必须戒骄戒躁……"

高老板这人懂法,只参与不组织,刑法第三百零三条中的四小条,一条都不沾,每次抓到他,只能按照《治安管理处罚法》第七十条做出处理。即:以营利为目的,为赌博提供条件的,或者参与赌博赌资较大的,处五日以下拘留或者五百元以下罚款;情节严重的,处十日以上十五日以下拘留,并处五百元以上三千元以下罚款。

"我再问一遍,你去山野豪庭温泉度假山庄干吗?那地方是个什么情况?"

聂鸿声最后的定位就是消失在山野豪庭温泉度假山庄,在不明其内部形势的情况下,贸然深入,不但起不到支援的作用,反而容易打草惊蛇,危及自己同志的人身安全。魏局是老资历,自然深谙此道。

高老板转了转眼珠子,抹了抹头上的汗,斜眼看着魏局笑道:

"我……真不清楚……"

"这条路除了去那儿,没别的岔道,你 7 天跑 8 趟,还说不清楚?"

"我……就是去吃口饭!"

"饭?哪儿不能吃,非大老远地往这跑?"

"这不是……绿色吗!山野生态……主打无公害这一块。那个山庄的农家菜特别地道,那小鸡……鸡都不喂饲料,都吃玉米粒,满地溜达,肉质好……香而不腻……再放点山野菜……小蘑菇啥的!"

"7 天吃 8 只鸡!你他娘的是黄鼠狼啊!"魏局眼一瞪,彻底失去了耐心，顺后腰摸出手铐直接给他手腕铐上了。

"您这是干什么啊？"

"先跟我回去，把这一堆违章处理了。再有，顺道查查你最近有没有犯赌瘾，别让我抓到小尾巴。"

"别别别……"

高老板与魏局拉扯中，兜里的手机突然响了。魏局眼疾手快抢过手机一看，赫然是一个网名叫做"傻强"的人发来的微信：

"高老板到了吗？马上开局了，咱买几手注好？"

魏局举起手机在高老板面前晃了晃，狞声问道：

"现在这农家乐，吃鸡还得下注吗？"

"领导！我……我可以解释，我就是随便玩玩儿！"高老板眼看抵赖不过，眼眉一耷拉，竟然挤出了几滴眼泪。

"回复他，说马上到！"魏局把手机递给了高老板。高老板只能照做，按着语音键，强作镇定地骂了一句："催你个头催，有多少筹码全他娘的给老子梭哈了，我转眼就到。"

"对了，我问一句，你有老婆吗？"

"额……有！"高老板点了点头。

"平时出来赌钱，带老婆吗？"

"赌钱哪有带女人的，伤运气啊……"

"也就是说，你的赌友里没人见过你老婆。"

"啊，是……是啊！"

"姓高的，现在你的司机跟我们这位交警同志的车回市里处理违章。现在起，我就是你的司机，这位邓莉同志就是你的爱人。咱仨现在去山野豪庭温泉度假山庄，你就像平常一样，该赌就赌，剩下的事不要乱问。"

"啊？你给我当……当司机，她给我当……媳妇？"高老板惊得眼珠子都快瞪出来了。

魏局下车，把小冯撵了出去，坐到了驾驶位上，扭头说道：

"怎么着啊？有意见？要不让邓莉给你当司机，我给你当媳妇？"

"别别别，咱们不要开伦理玩笑嘛！"高老板尴尬地一笑，缩回到了座位上。魏局一脚油门，发动汽车向山野豪庭温泉度假山庄疾驰。

高老板这车显然是在度假山庄做过备案的，进大门入地库，一路上全是电子抬杆，停车场还有专门的服务生做接待。魏局进入角色很快，停好车后第一时间离开驾驶位，站到后排车门前，一手拉开门，一手遮在高老板头上。

"老板，请下车！"魏局微微躬身，给了邓莉一个眼色。

邓莉跟着高老板下车，胳膊轻轻一挽，挎住了高老板。服务生看了看魏局又看了看邓莉，眼神里全是陌生。

"小冯对象来了，今晚儿出去浪漫去了。这是老魏，给我媳妇开车的，今天临时顶一下小冯。"

服务生看了看邓莉挎着高老板的手，又看了看高老板。邓莉脸上不动声色，手指却微微一拧，狠狠地掐了高老板一把。

"哎哟，你掐我干吗？"

"掐你算轻的，我问你，你平时是不是总领些女的来这儿？"

"我没领过女……我就是来玩玩儿！"高老板使劲搓着胳膊。

"玩玩儿？玩钱还是玩人啊？"

"我……"高老板咽了一口唾沫，实在是接不上邓莉的词。

邓莉瞥了一眼服务员，微微一笑，从随身的包里抽出了一沓钱，足有两三千块。

"小老弟，你过来！"

"啊？"服务生傻眼了。

"过来！来！"邓莉招招手，把服务生叫到了身前，把整沓钱团成卷，塞进了他的手心儿。

"在这儿干多久了？"

"一……一年多……"

"姐问你,这姓高的有没有带别的女的来过?"

"这……没……没看到……"

"真的?"

"真……真的!"

"手伸出来,不是这只!另一只!"

邓莉掏出眉笔,在服务生的手上写了一串电话,拍着他的胳膊说道:"以后,你要是看到他带女的来,你就打这个电话,姐一次给你一万。"

"一万?"服务生咽了一口唾沫,不知不觉中已经认可了邓莉的身份。

"愣着干吗?带路啊!"

"好……"服务生点了点头,将三人带到了那扇隐蔽的门外,用对讲机呼叫了一边的保安。

一分钟后,那扇门从里面缓缓打开,魏局和邓莉悄悄对视了一眼,嘴角同时泛起了一抹浅笑。

第十四章　云深不知处

聂鸿声和窦伟杰在场子里走走停停，说说笑笑，眼角不经意地瞥，便瞧见了邓莉和魏局。这时窦伟杰手机铃响，窦伟杰便把弟弟窦伟志叫了过来，让他陪着聂鸿声继续转悠，自己则退到一边去接电话。聂鸿声递了顾垚一个眼神，顾垚登时会意，从桌上拎起两瓶啤酒，拉着窦伟志就去下注。聂鸿声背着手若无其事地向"藏獒咬灰狼"那边移动，魏局一拍高老板的肩膀，在他耳边说道："邓莉陪着你，你该怎么赌就怎么赌。"

话音未落，魏局在高老板的盘子里抓了一把筹码，慢慢地向聂鸿声的方向移动。

高老板花了大价钱弄来了这么一只藏獒，今天坐庄本就是为了一扫往日颓势，回本发家。他是这里的老主顾，平日赌钱一掷千金，对头虽然多，但朋友也不少。故而他一下场，好几十人都过来下注，押哪头赢的都有，场内场外瞬间掀起了一股小高潮，所有的注意力都在相互撕咬的藏獒和灰狼身上，没有人注意到在拥挤的人群里，聂鸿声和魏局已经并肩站在了一起。

"行啊老聂，跑得够快的！"

"跑得再快，你不也追上了嘛。"

"那个狗场我们已经围起来了，气蒸四海也被你们缉私的同志们控制住了，消息一点儿都没往外透，随时可以收网。"

"现在还不是时候。"聂鸿声皱着眉头,摇了摇头。

"什么意思?"

"太简单!"

"简单?"

"对!太简单了,宋雨晴漂洋过海,不会只为赚这么点儿小钱!"

"小钱!这几个地方加起来涉案金额都过千万了,还叫小钱?"魏局瞪着眼睛低声喝道。

聂鸿声一脸鄙夷地翻了一个白眼:"瞧你那没见过钱的样子……以宋雨晴的手笔,不会只在这些动物身上打转儿,她肯定还有别的打算。我估计……走私野生动物只是她的一个壳子,壳子里头肯定还有别的瓤子!现在可以肯定的是,这一切都是宋雨晴布的局,但是我们却没有任何一项证据能够证明。我们海关这边是三条平行推进:第一条是郭聪,查的是气蒸四海的猫腻;第二条线是由我来追踪贩运野生动物的窦家兄弟;第三条线是董皓,他一直在追查环尾狐猴尸体被盗的案子。蒋焕良和郭聪组队,长短互补,况且郭聪已经制定好了计划,所以我不担心。唯有这第三条线迟迟没有消息,所以说这张网现在还有缺口,有缺口就有破绽,有破绽对方就有机可乘,所以现在还不能收网。而且,我有一种预感……"

"什么预感?"

"第三条线才是宋雨晴的真正图谋,无论是气蒸四海还是窦家兄弟,都是她实现计划的手段和工具,而不是计划本身。手段可以变,工具可以换,不抓住要害,不斩草除根,她早晚还会春风吹又生!"

"照你所说,宋雨晴这个人不简单啊!"魏局很是感慨。

"当然,脑子不活、招子不亮的人,玩不转走私这行当。她这局布得虚虚实实,我至今还未摸准脉门。这感觉好像一首古诗:松下问童子,言师采药去。只在此山中,云深不知处!"

"怎么?老聂你现在改走文化路线了?"

"跟你谈文化,纯属对牛弹琴。老魏,你觉着藏獒和灰狼谁的牙口更好一些,我看你手里攥着不少筹码,这是打算押哪边啊?"聂鸿声笑着打趣。

"你是真沉得住气啊。哼!我看你这老小子牙口不错,要是你下去,和啥玩意儿咬我都押你!"魏局胡乱地把筹码往下注的桌台上一扔,咬牙切齿地一转身,很快便消失在了拥挤的人群之中。

聂鸿声苦恼地挠了挠头,心里暗自疾呼:"董皓啊董皓,邹骥啊邹骥,你们俩可得好好给老子努把力呀!"

一个半小时前,青港镇,黑云压城,暴雨如瀑。

袁峰从房间里翻身而起,拎起装有猴尸的蛇皮袋,披上雨衣,噔噔噔地下了楼,钻进面包车,掏出了一部手机,装上新的电话卡,给宋雨晴发了一条短信:

"十分钟后,李家楼站,上地铁后交易,只能一个人来。"

"怎么联系你?"宋雨晴言简意赅地回复。

"把你手下的号码发给我,我会联系他。"

袁峰刚锁上屏幕,宋雨晴就把马北的电话发了过来。

五分钟后,马北挂断了宋雨晴的电话,起身在房间里转了一圈,把睡得昏天黑地的几个手下一一叫醒。

"哥儿几个别睡了,那小子来信儿了,李家楼站交易。"

"妥了,干他狗日的!"葛六儿从床底下掏出手枪就往腰上别。

"干你个脑袋干!那是地铁站,进去是要过安检的,枪啊、刀啊之类的东西根本带不进去。那小子找这么个地方,还让咱们就派一个人去,就是怕咱们下杀手。既然已经收了宋大姐的钱,咱就得给她办事,她急着追那猴子尸体,仓促时间我只能自己先去单刀赴会了。"

"啥!单刀赴会?这可不行啊,南山公园咱和那小子碰过,他手底下狠着呢,体格又壮,人还年轻,大哥你自己去,万一……"孙娜娜直摇头。

"这样,我和葛六儿分开走,六儿就在我周围晃悠。咱俩就装不认识,反正地铁上人那么多,对方也看不出谁和谁是一拨的!"

葛六儿闻言,抽了抽鼻子,闷声说道:"没事儿,放心吧大哥,我就是赤手空拳也照样干死他!"

"大哥,那这女的怎么办?"孙娜娜拉开衣柜,指了指里面被捆成一团的陶雅莉。

"那小子在暗咱们在明,看不见这女的,他不会现身。可要是带着这么个大活人,咱们手里没家伙,在人多的地方一旦出了乱子不好控制……有了!"马北眼前一亮,蹲下身子,攥着陶雅莉的手,从她的无名指上摘下了一个戒指,用细绳子一穿,挂在了自己的脖子上。马北穿的是一件花衬衫,扣子解了三颗,领子一直开到胸口,这枚镶着钻石的婚戒明晃晃地挂在他胸前,想注意不到都难。

"娜娜,你和宝坤就守在酒店,刀枪之类的家伙什儿都交给你们保管,我和葛六儿按对方的指示去地铁站。他要是想进站,也得过安检,那猴子尸体他也带不进去。我估计那小子已经把猴子尸体藏在了一个隐秘的地方,随即上地铁和咱们见面,让咱们把他媳妇放了,再给他媳妇一部手机和他现用的电话号码,等他媳妇跑到派出所也好、银行大厅也好,总之是个人多的地方,然后通过手机给他报平安。他收到消息后,再把猴子尸体藏在哪儿告诉咱们,地铁上人多眼杂,咱们不好下手,他正好从容离去。这是道上绑票交易惯用的手法,没什么新意。"

"大哥,那为啥非得见面才能说那藏猴子尸体的地点啊,咱把他媳妇放了,然后他电话里说一声不就得了!"葛六儿挠了挠头。

马北闻听此言,气得直喘粗气,一脚蹬在了葛六儿的屁股上,怒声骂道:

"六儿啊六儿,你这脑子里装的都是屎吗?万一他电话里告诉那个地方是他下的埋伏怎么办?咱们就傻乎乎地往里钻!混江湖不能光靠打打杀杀,得多动脑子!为什么捞偏门的谈买卖都讲究个面谈啊?现在交通住宿费用这么高,为什么不也玩网络办公啊?还不是因为这些勾当犯法吗？命就一条，一辈子就几十年，一旦失手可就没法重来了！面对面谈，为的就是看得到摸得着，一旦有了什么意外，最差还能抓对面当个垫背，大不了同归于尽！咱怕他在猴子尸体上搞小动作，他也怕咱把他媳妇先放再抓，双方人马面对面，对彼此都是个保障！算了算了，跟你说了你也不懂，各自收拾吧。"

言罢，众人各自收拾，就要出门，宋宝坤蹲在卫生间拉屎，一直没有露头，马北对着卫生间的门就是一脚。

"宝坤！你可真是……懒驴上磨！"

"北哥！我这就好！这就好！"宋宝坤叼着烟连声答应。

"你和娜娜留守，我和六儿去，人多了反而不好，容易打草惊蛇。"言罢，马北便领着葛六儿出了门。

阿湘这间叫"海舍"的民宿距离地铁口"李家楼站"并不远，步行十分钟便可到达，此站所在的地铁"Z2"线，贯穿滨海市东北 - 西南一线，自李家楼站向前，还有三站，依次是河湾、港桥和海渔桥。

马北和葛六儿戴好口罩，遮住大半张脸，出了民宿，顺着大路向左走，顶着大雨狂风小跑，不到五百米的路，从头到脚被浇得透心凉。进了地铁站，刚过安检，兜里的电话就响了起来，是袁峰发来了短信：

"上地铁，奔海渔桥方向。"

"在地铁上交易，你有病是不是！"马北打字回复，可过了好几分钟，袁峰都没有再联系他。

"他妈的！"马北骂了一句娘，和葛六儿隔着两三米远，一前一后地上了地铁，地铁列车没多时便驶出地下上了高架轨道，过了不到十分钟，列车缓缓地到站停靠。

这时，马北的电话又响了起来，袁峰又发了一条短信：

"你到哪站了？"

"河湾！"马北看了一眼站图，打字回复。

"我在港桥等你。"

"港桥？你他妈的是不是在耍老子？你最好老老实实的，不要跟我玩儿猫腻！"

"玩猫腻？咱们彼此彼此吧。"

"你什么意思。"马北打字的手指微微一颤。

"是不是误会你自己心里清楚。你和那个坐在门边的男的眉来眼去，我给你发短信，提示铃声一响，你就往他那里看，交换了多少个眼神儿？明明是一伙儿却装不认识，不累吗？"袁峰一说这话，马北霎时间惊出了一身冷汗，原来袁峰已经通过收发短信在车厢里定位了马北。

"大哥，怎么了？"葛六儿瞧出了马北的惊慌，顾不上演戏，迈步走了过来。

"他能看到咱们！"马北腾地一下站了起来，抬眼向四周张望，车厢内人不多，不过三两老幼，袁峰绝对不可能藏在此处。

"大哥，你看那儿！"葛六儿眼前一亮，向窗外一指，只见在对向的地铁站台上正站着一个头戴鸭舌帽，脸上挂口罩的男子，而他手里正握着一部手机。

"就是他！"随着马北一声暴喝，那个男子缓缓抬起了头，将手机举到了额头上。

此人正是袁峰！

"走！"马北拉着葛六儿就要下车，可还没跑到门口，地铁列车的门已经缓缓关上，慢慢发动。

马北一咬牙，扯下了脖子上挂的戒指，握在掌心，"啪"的一声拍在了玻璃上。尽管地铁已经缓缓发动，但是袁峰还是清楚地看到了那枚戒指！

那枚戒指是袁峰和陶雅莉的婚戒，马北这个举动就是在告诉袁峰："看清这东西了吗！别耍花招！"

"港桥站见！"袁峰在手机上发出了一条短信，转身消失在了出站通道。

经历过南山公园那次的事，袁峰压根儿就不相信马北等人会乖乖和自己见面，所以他早早地布好了一个局，为了救陶雅莉，他什么都豁得出去。

从河湾站到港桥站，地铁足足开了半个多钟头，葛六儿靠在椅背上犯迷糊，马北嘬着牙花子暗暗发愁，他总感觉，这件事已经渐渐脱离了他所能掌握的轨迹。

港桥站，地铁缓缓停靠，马北的手机响起，短信上显示着袁峰冰冷而简短的指令：

"出地铁站，打车到港北铁路转运站2号堆场，我等你们。"

马北是第一次来青港镇，人生地不熟，出了地铁站想打车，问了好几辆出租。司机一听是去铁路转运站2号堆场都纷纷摇头，那地方荒无人烟，开出去四五里地见不着一个人影，这大下雨天的，岂不是要空车回返？赔本的买卖才没有人愿意做呢。

马北跺着脚，扒着一辆出租车，正在和司机交涉：

"我多给你钱还不行吗？"

"不行！不行！我们这都是正规出租公司，走多远都打表。我多收你钱，回头你给我打电话一投诉，我这个月都白干了，不去不去！"

"好好的，我投诉你干吗？"

"这事我见多了，雨这么大，我得收工了。你要是去的地儿近，就上车，去得远我才不拉。"

这时，前方不远处一个小路口旁，有个骑摩托车的汉子冲着马北狠命一阵挥手。

司机顺着倒视镜瞥了一眼，笑着说道：

"您要是不怕雨浇，就坐那黑摩的，他们哪儿都能去！"

说完这话，司机直接一脚油门，把车开走了。所谓"黑摩的"，即为非法上路、非法拉货载客的三轮车、摩托车。尽管近些年来市里组织多次打击行动，禁止黑摩的载客。但是由于这些黑摩的的车主流动性大，极其擅长"打游击",只要风头过去,转眼便卷土重来,而乘坐黑摩的的乘客也多数不配合取证,使得执法难度因此增大。再加上黑摩的的车主大多为低收入群体,强行取缔难免触及其自身生计,故而不得不通盘考虑许多相关问题,使得整治的时间线因此延长。青港老城目前正在大开发,到处都是工地和拆迁区,大量的务工人员涌入,使得黑摩的的潜在消费群体逐渐扩大,很多工地上的建筑工人都搞了辆二手摩托,在下工时段出来拉活载客。近一段时间受台风影响,连续暴雨,工地一直停工,正方便这些摩的司机出来挣些"外快"。

按理来讲,在这大雨天里坐黑摩的去人烟稀少的荒地,正常人心里多少得有点含糊。可马北却不怕,刀口舔血多年,早已将他磨炼得"浑身是胆"。

"我们哥俩儿去港北铁路转运站2号堆场,多少钱?"马北把那个黑摩的司机叫了过来。

"那地儿可不近,我回程可得空跑,这么的吧,一个人50,你看成不?"黑摩的司机一笑,露出一口资深烟枪标准的老黄牙。

"行啊!"对于马北来说,这点小钱还用不着费劲还账。

"老板,你们几个人?"老黄牙嘿嘿一笑。

"俩人!"马北指了指身后的葛六儿。

"我这摩托只能坐一个,你要是带个小孩还行,你这兄弟得有小二百斤了,你要不再叫一辆。"摩的司机话音未落,从那个小路口又拐过来一辆摩托,一个戴着绿色头盔的汉子横穿马路停到了葛六儿的边上。

"老板,坐车吗?"

葛六儿吐了一口唾沫,指着那汉子的头盔笑道:

"你这头盔,怎么还整个绿色的啊?"

"环保嘛!"绿头盔摸了摸眼前的玻璃罩,讪讪地笑了笑。

"去港北铁路转运站2号堆场,多少钱?"葛六儿掐灭了烟。

"80!"

"80？够黑的！你前面这老哥就要50。"

"那……那我也50。"绿头盔的声音闷在面罩后头，让人有些听不清。

"多少钱？"

"50！"绿头盔张开五指比画了一下。

"再多砍点好了！"葛六儿冲着马北一笑，坐上了绿头盔的摩托。马北上了老黄牙的摩托，扭头嘱咐了一句："跟紧点儿！"

"好嘞！"绿头盔点了点头。

去转运站2号堆场的路很远，雨下得很大，两辆摩托不敢快开。为了躲交警，老黄牙转走小路，从铺装路面下道，直接在渣土车轧出来的土路上穿行。两辆摩托担心视线不好追尾剐蹭，间隔了50米左右。老黄牙的摩托明显比绿头盔的马力足，一到土路上，没多久就将距离越拉越远。葛六儿将一手搭在眼前，一手揽着绿头盔的腰，不住地催促：

"你快点儿，快点儿，你这车怎么干给油不走道呢！"

"老板啊！你也不看看你多重……"

"你能别废话嘛！耽误了我的事，我大嘴巴子抽你。"

此时，摩托正贴着水坑边前进，绿头盔手一抖，没攥住车把，前轮一打滑，霎时间失去了平衡。整个摩托横了过来，顺着坑边滑倒。

"咣当——啪——"两人一摩托直接坐进了水坑里。

"卧槽，我去你……"葛六儿一骨碌爬了起来，照着绿头盔的肚子就是一脚。

"你怎么打……"

"你会不会骑摩托！"葛六儿揪着绿头盔的脖领子正要再打，裤兜里手机突然响了起来。

"喂，大哥！"葛六儿接起了电话。

"怎么回事，一回头瞧不见你了！"

"路滑掉泥坑里了，没事儿，我马上就跟过去。"挂断了电话，葛六儿提了提裤子，爬出了水坑，指着绿头盔骂道：

"瞅啥呢？看风景呢！赶紧把摩托推出来啊！"

"好！好！"绿头盔彻底被葛六儿的凶相吓住了，弯腰点头地一阵作揖，站到摩托边上，背对着葛六儿弯腰去扶那摩托。

葛六儿蹲到坑边，摸了摸裤兜里烟盒，掏出一看，已经全泡软了："真他妈晦气！"

"大哥，这泥挺深，我一个人扶不动，你来搭把手呗。"绿头盔喊了一嗓子。

葛六儿抽了抽鼻子站起身来，向水坑里走去。突然葛六儿瞳孔猛地一缩，他依稀看见在绿头盔用后背遮遮掩掩挡住的右手肘底下露出了一段闪着寒光的刀刃。

"我去——"葛六儿也是久历江湖的老油条，眼睛一瞄到刀刃，腿上便倒退了数步，转身就跑。真打过架的都知道，所谓"空手夺白刃"都是电影桥段，空手遇上带家伙的，走为上计才是最佳选择。

绿头盔眼角一瞥，发现葛六儿要跑，扔了摩托，倒提着尖刀便追。葛六儿生得胖大，虽然气力不亏，但终究不擅长奔跑，蹿出土坑没两步，脚下便滑了一个趔趄。绿头盔趁机扑身，举刀便扎。葛六儿屈膝一顶，撞开了绿头盔，在泥地里一滚闪到旁边，掏出手机就要给马北拨号。奈何大雨浇在了屏幕上，水滴点点使得触屏不准，连按了好几下都没解锁屏幕。此时，绿头盔早已稳住身形，再度扑上。葛六儿无奈，将手机甩手一扔，直砸绿头盔面部，趁着绿头盔歪头闪避的工夫，爬起身来，拔腿狂奔，又跑出去了十几米。

"踏踏踏——"葛六儿听得身后脚步声越来越近，知道自己肯定跑不过对方，索性一顿脚步，往腰间一抽，拽出了自己的牛皮铜扣腰带，甩圆了一抡，猛地回过头去，抡开就抽。

那腰带上的铜扣极重，加上牛皮的韧性，放长击远威力不凡。绿头盔一时不防，被抽了正着，铜扣打在斗盔的面罩上，瞬间崩开了一道裂缝。

葛六儿就着这时机，后退两步，和绿头盔拉开了距离，大声喊道："兄弟！劫财归劫财，没必要杀人！你要是道上混的，咱们盘盘根，别大水冲了龙王……"

"我不劫财，我要你的命！"绿头盔活动了一下握刀的手腕，将反持刀变为了正持刀（拳眼向上，拳面向下，刀尖从拳心处伸出）。用过匕首或短尖刀的人都知道，正持刀（捅、扎为主）永远比反持刀（划为主）更加好用。葛六儿一看对方这架势，就知道这人压根儿不会留手。

"老子和你拼了！"葛六儿一咬牙，将腰带上的铜扣缠在了拳面上。绿头盔一刀捅来，直扎小腹，葛六儿侧身一躲，虽然躲过了要害之处，但是锋利的刀尖还是划开了他的肚子，半掌长的刀口瞬间血涌。葛六儿顾不上捂住伤口，瞪圆了眼睛左臂一夹，死死地夹住了绿头盔握刀的右手，侧身就往地下滚。

葛六儿体重大，劲力加上惯性，猝然一倒直接将绿头盔压在了身子底下。绿头盔左手前推，想顶开葛六儿，奈何葛六儿一身的五花膘，敦实厚重，单凭一只手实在难以推开。葛六儿虽胖大，却不笨重，倒地后两腿在地面一蹬，扭过身子，用后背和屁股拱住绿头盔的胸口，肋下仍旧紧紧地夹着绿头盔握刀的右手。这姿势极为暧昧，像极了绿头盔热情似火地拥他入怀。

"啊——"葛六儿压住绿头盔的手臂，右手从上往下捞住了绿头盔的手腕外侧，斜向内一掰。

"咔嚓——"绿头盔的手腕扛不住这股大力，被直接扭断。

"跟老子玩刀，想当年老子街头砍架的时候，你还看动画片呢……"葛六儿啐了一口浓痰，伸手就要去捡地上的刀。

绿头盔情急之下，举起还能活动的左臂在自己下巴底下向上一托，单手摘下了头盔，攥住护耳，"当"的一下就砸在了葛六儿的后脑上。这摩托头盔材质是标号的特种玻璃钢，毛重就四斤多，其硬度不亚于一块板砖。要知道后脑是最脆弱的部分，人的脑干就在这里，而且这个部位没有坚硬的头骨保护，一砸一个准儿。再加上这地方靠着脊椎，除了大夫之外，一般人拿捏位置极容易跑偏，稍不注意就把颈椎给打坏了。一旦颈部脊柱受损，轻者高位截瘫，重者当场毙命。所以哪怕强壮如葛六儿之辈，被这一头盔砸在后脑上，脑袋里也是"嗡"的一晕。所幸葛六儿这人无论打人还是挨打的经验都很充足，后脑一痛立刻双手抱头前扑。可对方也不是善茬儿，借着他前滚的工夫早稳住了手脚，攥紧了头盔劈头盖脸的就是一顿乱砸，一连二十几下全砸在了葛六儿的头脸上。葛六儿初时还能缩住身子，左右支应，可这中间不知哪一下打中了要害，葛六儿身子猛地一抖，护头的双手渐渐松动，而后便浑身僵直，失去了抵抗的力道。

"啪嗒——"沾满了血的摩托车头盔掉在了地上，抓着头盔的那只手用力过度，仍在不住地颤抖。抖了约有半分钟，那只手攥了攥拳头，平摊五指，接着天上的雨水搓了搓掌心，大雨淋漓，冲洗着那只手的主人——袁峰！

"咳咳咳——嘶嘶——"袁峰试着活动了一下被扭断的右手，钻心的痛激得他冷汗横流。他喘匀了气，走到了葛六儿的身边，探手摸了摸他的颈下。

"还有脉搏，命够硬的！"袁峰一声冷笑。

距此五十步外是一片拆了一半的居民区，半面砖墙背后藏着一台面包车。袁峰走过去将车子开了过来，从车上取下准备好的绳子，将葛六儿捆好，拉开车门，拖了好半天，才将他拖进车里。袁峰撕下一截胶带想把葛六儿的嘴封上，刚摘葛六儿的口罩，他便愣住了。

葛六儿这张脸，他好像在哪里见过。想了一会儿，他猛地想起，在进青港的时候，在高架桥上，袁峰还向他问过路。

"原来是他……"袁峰眯了眯眼，悔恨当初没有直接下手。

此时，马北已经到了目的地，老黄牙将马北放在了铁路转运站 2 号堆场的工地南门后就转身离开了。袁峰为了将两人分开逐个击破，假扮成了摩的司机，成功搞定了葛六儿。马北站在南门外，给葛六儿打了好几个电话，葛六儿也没接，马北的心里渐渐涌起了一股不安。

"嗡——嗡——嗡嗡——"手机接连振动，正是袁峰来了短信。

"我到了，你在哪儿？"马北问。

"你在哪个门？"

"南门！"

"我在北门，你绕过来。"

"葛六儿呢？"

"谁是葛六儿？"

"就是和我一起的那个弟兄！"

"你的弟兄，干吗问我？你想要回猴尸就过来，不想要就滚蛋。"袁峰骂了两句难听的话，再也没有回复消息。

马北放下了手机，伸手从工地围挡的缝隙中拽出了半截锈迹斑斑的废钢筋，别在了后腰上，用衬衣的下摆遮住，慢慢向南门方向走去。葛六儿的失联让他不得不打起十二分的精神，此处虽然敌暗我明，但是手里有个家伙，多少能壮些胆色。

工地很大，从南门到北门，马北足足走了半个小时。台风的缘故，北门值守的保安都撤了，只剩一个简易的铁皮岗亭在风雨里左右摇晃。而此时，在那岗亭前面赫然躺着一个人，马北揉了揉眼，定睛一看，那人不是别人，真是自己的弟兄葛六儿。

"六儿！六儿——"马北顾不上其他，一边大声呼喝，一边跑了过去，弯腰将葛六儿扶起，抬手撕掉了他嘴上的胶布，手忙脚乱地帮他解绳子。

葛六儿被马北一顿狠命地乱摇，渐渐转醒，刚睁开眼睛就惊恐喊道："大哥，快走，这是个套儿！"

话音未落，自五十步外的雨幕中陡然亮起了两道车灯，赫然正是袁峰开着面包车疾驰而来。葛六儿脚上的绳子还没解开，面包车迎面冲来，葛六儿只能趴在地上，用胳膊撑地，两手抠着烂泥往旁边爬。马北急得直跺脚，抱住葛六儿的一只胳膊就往外拖，可葛六儿这体形毕竟在这摆着呢，尽管俩人一个拖一个爬，但是仓促之间也没能移动多远。

"大哥你快松手，走啊！"葛六儿一把甩开了马北。人在江湖，义字当先。马北虽然作恶多端，但从不曾坏了这一条规矩。

"放你娘的屁。"马北整个人跪在泥里，拽出腰后那截钢筋，使劲地磨割葛六儿两脚上绑着的绳子。葛六儿坐在地上，两手十指使劲儿去解绳扣，奈何那绳子泡水发涨，紧得厉害，打的结又怪异，故而俩人费了半天劲，也没弄开。袁峰从水手做起，常年跑船，对于他来说，打绳结捆扎货物是基本功。马北和葛六儿没在船上干过活，哪里晓得此中门道，直忙得满头大汗，却仍旧徒劳无功。

"别费劲了，再耗下去，咱哥俩儿都得扔这儿。"

"这他妈的根本解不开，还是爬吧，瞅你这一身肥……"

"砰——"马北话还没说完，袁峰的车头已经撞上了他的后腰，直接将他整个人掀了起来。马北的脑袋"咚"的一声就磕在了前挡风玻璃上，围绕碰撞点，挡风玻璃整个左半面瞬间呈蛛网状龟裂！

"大哥——"葛六儿一声怒吼，奔着马北倒地方向滚动。

袁峰右手被葛六儿掰断了，根本使不上力，这面包车又是手动挡的，他仅凭一只左手操作实在是费劲。刚才撞这一下虽然结实，但是车子也熄了火。他左脚将离合踩到底，扭转着身子用左手去挂挡。

挂一挡、抬离合、踩油门、熄火……重复再三，袁峰连续几次起步都没成功。

"这他娘的什么破车！"袁峰气得一拳砸在了方向盘上，将喇叭敲得"嘀嘀"乱响。

就在此时，被撞倒的马北竟然用两手撑起上身，左手一抬，"啪"的一下搭在了面包车前机盖上，整个人摇摇晃晃地站了起来。

"呼——嘶——"马北右手一捞，在泥水里捡起了那截钢筋，左手一捂脑袋，顶着一脑门子血，绕到驾驶位的车门边上，抬手一砸，砸碎了车窗玻璃，直接来捅袁峰的胸口。袁峰身子后仰，一手扣开门锁扣，同时两手平伸，后背一挺劲儿，"砰"的一下踹开了车门。车门向外一摆，平拍在了马北的胸口上，将昏昏沉沉的马北撞翻在地。

袁峰伸左手在副驾驶的车位底下一捞，拽出了一把手臂长短的千斤顶的撬杆，回身一跃，从车上跳了下来，大踏步地奔着雨中的马北冲去。

"你老婆的命，你不要了吗！"葛六儿在一旁大喊。

"你们压根儿就没想让我们俩活，南山公园的当我不会上第二次。虽然我不知道那猴尸是干吗的，但雅莉说过，那东西事关海关，而我是跑船出身。你们那么怕这东西落海关手里，以至于你们都动了杀人的心，猴尸背后的事儿绝对小不了。在猴子尸体到手之前，你是万万不敢要了我和雅莉的性命的，但是要是等你们拿到了猴尸，哼！这种勾当，你们不灭口就奇了怪了，真以为我傻吗！把你们这伙人分散开各个击破，我们才有活路。"

"啊——"马北发了一声喊，爬起身来攥住钢筋条，弯腰直捅袁峰小腹。袁峰后撤了一步，抡圆了撬杆，"当"的一下就砸在了马北的耳后。

"咚——"马北直挺挺地后仰，蜷缩在泥地里浑身直哆嗦。袁峰一脚踩在了马北的手腕上，狠狠地踩动，迫使他松开钢筋条。

"有本事……你就……弄死我！"马北的鼻子淌着血，眼珠子都红了。

袁峰弯下腰，从马北的怀里掏出了手机，按着他的手，用指纹解开了屏幕锁，在微信里翻找了一阵，点开了一个四人聊天群，一查找记录，发现在群里的一处导航定位。这地点不是别处，正是南山公园，看聊天时间，正是他们伏击袁峰的那天。毋庸置疑，这群聊里的四个人就是宋宝坤、马北、葛六儿和孙娜娜。袁峰略一思考，在群里发了一行简讯：情况有变，对方有帮手，赶紧把家伙给我们送来。

随后,袁峰还在群里发了一个定位——铁路转运站2号堆场的工地南门。

"啪嗒——"袁峰从车上拽出了早就准备好的绳套,先是一棒子打晕了葛六儿,然后将已经失去反抗能力的马北也捆了个结结实实。

第十五章　读唇识女人

青港镇，海舍民宿。

孙娜娜正盘着腿坐在床上一边看电视，一边涂指甲油，宋宝坤坐在卫生间的马桶上抽烟。

"吱呀——"宋宝坤咳嗽了两声，把卫生间的门推开了一道缝。

"哎哎呀呀呀，呛死了，你是抽烟啊，还是放火啊！"孙娜娜把手里的遥控器"当"的一下扔了过去。

"别吵吵，吵吵啥啊，我这不拉屎么！"宋宝坤老大不乐意地支吾了一句。

"你都拉了三个小时了……"

"外卖订那个麻辣烫，早知道这么辣，就该选微辣，哎呀。"

"叮——"孙娜娜和宋宝坤的手机同时振动，两人低头一看，正是群里发了一条消息——情况有变，对方有帮手，赶紧把家伙给我们送来，在消息的后头还跟着一个定位。

孙娜娜披衣而起，顺手拽过了一张旅游地图，用手指在上面确定了一下位置。青港镇目前正在旅游大开发，到处都在修路，新路和老路多处重叠，导航起来左右乱绕，看手机导航反而没有看地图管用，此一桩情况在他们开车来的路上早有领教。

"哗啦——"孙娜娜从床底下拽出了一个提包，放在了床上，拉开了拉链，这包里装的正是几把手枪和三棱刮刀等长短器械。孙娜娜从中掏出了一把手枪放在枕头底下。

"我和你一起去。"宋宝坤大喊。

"咱俩不能都走，得留个人看着这女的，送家伙我一个人就够了，枕头底下给你留了一把枪。"

"也行，哎哟，你说我这肚子……"宋宝坤还没说完话，孙娜娜已经出了门。

过了约有十分钟，宋宝坤提上裤子，冲了一下马桶，扶着洗手台摇摇晃晃地站了起来，顺手把抽了一半的烟头扔进了纸篓里。

出了卫生间，宋宝坤在床上躺了一会儿，玩儿了会手机，在屋内走了两圈。无聊之下，他顺手一摸，下意识地掏出了烟盒，想再抽一根儿，可他这两根手指往烟盒里一探，瞬间皱起了眉头：

"嘿！这他妈的……一根儿不剩了！"

作为一名资深老烟民，"兜里没烟"的滋味可不好受，宋宝坤抓心挠肝、唉声叹气，犹豫挣扎好久，终于打定了主意。

他要去买烟。他从窗子里看到了，马路对面就有一家二十四小时的便利店，店里亮着灯，还在营业。下楼、过马路、买烟、过马路、上楼，也就是十分钟的事儿。

"这大下雨天的，能有什么变故，十分钟我就回来了。"宋宝坤嘬了嘬牙花子，不断给自己以积极的心理暗示。

"哗啦——"宋宝坤拉开了大衣柜，看了一眼绳子绑手脚、嘴巴贴胶带的陶雅莉。

"还是蒙上吧！"宋宝坤自言自语地嘀咕了一句，从兜里掏出了一部手机，从里面挑了一首歌，设定为单曲循环并将音量调到最大，而后连接耳机，再将耳机塞进陶雅莉的耳朵里，随后转身取过一件外套，将陶雅莉的脑袋蒙上。

"这样一来她就不知道我出去了，也看不见外面的情况，反正我十分钟就回来,谅她也不敢乱动!"宋宝坤关好了衣柜的门,拿着房卡出了房间。

有道是:"天有不测风云,人有旦夕祸福。"宋宝坤万万没有想到,他千算万算却最后折在了一根烟头儿身上。

刚才在他拉屎的时候,顺手将一根烟头扔进了废纸篓里,烟头儿上带着的火没完全掐死,在纸篓里闷了一会儿竟然又亮了起来,顺带着点燃了里边的卫生纸,浓烟一下就冒了起来。这股烟劲儿大得厉害,远非刚才他抽香烟的规模可比,房间内的烟雾报警瞬间响了起来。坐在柜台后嗑瓜子的阿湘"腾"地站了起来,揪下了脸上的面膜,戴上近视眼镜趴在屏幕上一看,烟雾报警显示的房间号正是1楼的一间标间B103。阿湘记得这间屋子和隔壁的B102是一起入住的,开房的人是三男一女,带了好大的一个提箱。

"门口贴着房间禁止吸烟,房间禁止吸烟。这帮人到底是眼瞎还是不识字啊!"

阿湘拎了一个小型的灭火器,一边碎碎念,一边小跑到了B103的门口。

"当当当——"阿湘使劲拍了拍门。

"有人吗?吱一声啊!是不是抽烟了!"阿湘喊了好几句,里面却无人应答。

阿湘无奈,只能掏出备用的房卡,刷开了门,顺着烟气的源头找到了卫生间那个被烟头点着的纸篓,捡起地上的水盆,在洗手池里接满水,将火苗缓缓浇灭。

"差点浪费一瓶灭火器。"阿湘嘟囔了一句,扔了盆子,往前走了两步,在房间里转了一圈。

"这人都哪儿去了?哎哟,这房间够乱的,我顺手拾掇拾掇吧。"阿湘叹了口气,收了收桌面上的外卖盒子,扫了扫地上的瓜子皮,刚弯下腰想整理一下床铺。

突然,阿湘愣住了,她在枕头底下摸到了一个硬邦邦、冷冰冰的东西,她下意识地一掀枕头,赫然发现,那是一把枪!

"啊——"阿湘倒抽了一口冷气,伸手摸了摸,捞起来掂了掂重量。

"这么沉,这……不是打火机……"作为一个成年人,她有着基础的判断。慌乱之余,她的脑子里顿时闪过了那天董皓说过的话:"你多加小心,有什么奇怪的事随时给我打电话。"

"董……董皓!"阿湘掏出手机就给董皓拨号。

"喂……董皓?"

"是你么?阿湘!"董皓接通了电话。

"你没换号啊?"

"没……没有!"

"你还记得我号码?"

"我……模模糊糊吧。"

"你找我有什么……"

"枪!枪!我这儿有把枪!"阿湘说话都带上了哭腔。

"什么枪?枪!"董皓的声音猛地拔了一个八度。

"我……我就……进房间……冒烟报警……我扫瓜子皮……垃圾桶泼水……枪上有个床……我一拿枕头……"阿湘紧张的语无伦次。

"别急……别急……慢慢说!"

董皓一边安抚着阿湘情绪,一边引导着阿湘给他描述事情的经过。正焦头烂额的时候,郭聪的电话插了进来,董皓想都没想就给他挂断了。郭聪打了三次,董皓挂了三次。此时,郭聪和张瑜刚刚揭开气蒸四海的谜题,在梅姐口中得知马北到了青港,本想着给董皓报信,却怎么也联系不上他。情急之下,张瑜和郭聪开上车就往青港追赶。

"阿湘,你开一下微信视频,我要看一下屋子里的情况。"董皓简要地听了一下阿湘的描述,隐隐觉出了不对。

大皮箱、四个人、持枪、人不在……这似乎不是普通的治安案件。

"微信？你微信号多少，我再加一下你……"阿湘小声嘀咕。

"呃……"

"呃什么呃，离婚的时候不是都拉黑了嘛！"

"来不及了，你手机里是不是有个叫专业代购烟台苹果丹东草莓的人？"

"你怎么知道？"阿湘吓了一跳，这个代购价格便宜、质量又好，除了水果还卖各种应季海鲜，经常搞活动，阿湘在这儿买了好长时间的水果。

"那个……是我一个小号，咳咳……离婚之后，我怕你吃不好……想着给你送点吃的，又怕你烦我，所以……"

"董皓，你是不是变态啊！"女人的注意力总是飘忽不定，眼下阿湘对这个微信号的震惊已经冲淡了对那把手枪的恐惧。

"嗡——嗡——嗡——"董皓刚挂断电话就把微信视频拨过来了。

"还真是你！"阿湘瞪着屏幕里的董皓，涨红了脸。

"先别顾着吵，你把摄像头翻转过来扫视一圈屋内，我跟你讲，这不是个小事儿……"

"姓董的，你还真别吓唬我，我告诉你，就你拿微信号蒙我这事也不小，我不会就这么算了的……"

"窗台上那个杯子，你离近一点拍！"董皓完全屏蔽了阿湘的唠叨。

"我跟你说微信的事儿呢！你听没听见啊？"

"这间房，几人入住的？"

"三男一女，一起来的，开了俩房间！"

"不对！"

"什么不对？"

"人数不对！这杯子是白瓷的，上面印着你民宿的LOGO，一个房间里有两个，并排放着。这个里面装着没喝完的水，杯子口边上有一条细线，说明水里泡着茶包，泡茶用的肯定是热水。而旁边那个杯子已经成了烟灰缸，杯子口全是烟灰，而且我注意到地上有很多听装的啤酒，易拉罐外侧凝有一层水珠，喝空之后还被踩了一脚，这说明这屋子里的男人们喝的都是凉啤酒，那个泡了热茶的杯子是女人专用的。现在去把杯子端起来，走到窗边，迎着光……"

"多年不见，你那神神叨叨的劲儿一点儿没改！"

"这不叫神神叨叨，这叫识货！"

"连老娘都敢甩，你还好意思说自己识货？"阿湘翻了一个白眼。

"杯口有口红印儿，再次印证了我的推论！"

"你就喜欢推论女人……"

"没错！是女人！但不是一个女人，杯口有两个唇印，口红的色号各不相同。这屋子里……还有第二个女人！"

"不可能啊，我就在前台坐着，没看到……"

"通过杯口的口红色号可以判断，左面那个正红色用的是迪奥烈焰蓝金#999，市场单支价格在500左右。一般进口贸易化妆品都要缴纳关税、消费税、增值税，口红归类为包装标注含量以重量计的其他唇用化妆品，HS编码3304100091，计量单位千克／件，出口税率0%，出口退税税率13%，增值税率13%，进口优惠税率5%，进口普通税率150%。"董皓的声音冷淡平静，像极了人工智能的电子播报。

"你说这么多什么意思啊？"

"意思就是说，这种进口的品牌口红，税高价贵，作为日常消耗品，能用这个价位的女人，收入相对稳定，水平中等偏上，而且这个颜色较正，既不适合搭浓妆也不适合搭裸妆。用它的人多半是个上班族，既要精致，却不张扬。再看唇印的形状……模糊散乱，浓淡不一，说明她唇上的口红已经花了，能用这么考究口红的人，不可能如此忽视形象，唯一的解释就是她长期处于慌乱之中，以至于根本顾不上补妆。而另一处唇印就很完整，色痕均匀，这是个常补妆的女人。但是她的口红却并不讲究，看颜色和质地应该是泰国货，一个很小众的品牌，叫beauty Cottage，色号是12号亮橘色，价位多在50到100之间。据此，我可以断定，这屋子里有两个女人，受条件限制，她们喝水用了同一个杯子！你摸摸那杯，还有温度吗？"

"还是温的！"

"泡茶用的是开水，镜头左边的墙上是空调的温控开关。电子面板上显示，屋子里的室温现在是25摄氏度。对流传热系数乘以温差等于单位时间散热量，环境温度温差越大，散热量越大，散热速度越快。人的正常体温一般为36到37摄氏度，触手感觉微热，大概就是40摄氏度。25摄氏度室温下，那杯水从100摄氏度到80摄氏度，大概需要2到3分钟，80摄氏度到40摄氏度需要8到10分钟。粗略估计的话，其中一个喝水的女人大概是在10分钟前离开的。"

"厉害啊！没错，我在前台看着呢，他们四个人，先走了俩男的，又走了一个女的，后来又走了一个男的。"

"这屋子是个标间，左边那张床的正中间有个凹痕，看形状不是人躺卧或平坐留下的，两段狭长中间鼓，这应该是个包式手提包，虽然不是很大，但是里边装的东西不轻。"

"我记着那俩男的是空手走的，那女的离开的时候……好像带了个包，至于最后的男的，他出去的时候，也空着手。"阿湘皱着眉头努力地在回忆。

"床头柜上那是个什么东西？"

"这个吗？旅游地图啊，青港镇旅游交通地图，这儿酒店的客房都有。"

"离近点儿！折痕不对，左下角和右上角有新的折痕。这种地图多是铜版纸印刷，反光有淡淡阴影的地方就是新折痕。这条折痕从东北到西南这条线连接了两个点，这俩点都是地铁站，一个是李家楼站，一个是港桥站。最先离开的那两人肯定看过地图，在两点之间折了一条线，比量了一下距离。等一下，镜头再靠近一点，这是……指甲油！这八成是第二个离开那个女的留下的,她刚涂的指甲油还没凝固,她用手比画了一下路线,她没有乘坐公共交通,她是开车走的,终点的位置在这儿——铁路转运站2号堆场!"

董皓的话刚说完,站在窗边的阿湘猛地一声尖叫:

"他回来了,马路对面,那个人……他在便利店门口买了包烟,已经往回走了!"

"别慌!别慌!阿湘你要镇定,尽量把屋子还原成刚才进来时的样子,迅速离开。"

"好……好……"阿湘一顿点头,把刚扫成一堆的瓜子皮重新撒了一地,刚收起的饭盒再一个个摆回去,把床单弄乱,把枪放回到枕头底下。跑到走廊,找了个别的房间换下来还没得及倒掉的纸篓放到卫生间,从烟灰缸里抓了几个烟头扔了进去,把卫生间地上的水擦干净,抹掉自己的脚印,拎着灭火器后退出了屋子。阿湘刚走到走廊拐角,一抬头正看到淋得透心凉的宋宝坤走进大厅,宋宝坤左手拎着一个塑料袋,袋子里放着一条烟。

"啊——"阿湘看见宋宝坤下意识地惊呼了一声。

"你喊什么?"宋宝坤一愣。

"你……我……我刚擦的地!"阿湘定了定神,强自镇定。

"再擦擦不就完了,一惊一乍,吓我一跳。"宋宝坤在前台抽了几张面巾纸,胡乱擦了擦脸,掏出房卡,刷开了门锁,走进了房间。

"喂喂喂……你还在吗?"阿湘掏出了手机,疯狂点击视频通话窗口。

"咚——"微信响起提示,对方因手机通话而中断了视频连线。

"喂,老郭!"

"姓董的,你个王八蛋的终于接电话了!"郭聪攥着手机扯着嗓子大骂。

"老郭,你这人要是肯学得文明些,也不能这么招人烦!"董皓下意识地怼了回去。

"你在搞什么?"

"时间紧迫,不容细说,你现在在哪儿?"

"气蒸四海的事已经办妥了,我和张瑜还有五分钟就到青港!"

"老郭,你们到了青港直奔海舍找……找阿湘,控制住一个在那儿开了房间的嫌疑人。那人有枪,要小心,实在不行就叫支援。那屋子里应该还有第二个女人……"

"什么第二个,啥跟啥啊,我去海舍你去哪儿啊?"

"没时间解释了,我得去铁路转运站 2 号堆场!"

"嘟嘟——"董皓猝不及防地挂断了电话。

"去你大爷的!"郭聪气得差点没把手机塞嘴里嚼了。

"怎么了?"正在开车的张瑜问道。

"不知道,这小子说话没头没尾的,他让咱们去他前妻那儿控制一个人!"

"前妻?"

"对,就是青港镇一家民宿的老板,大名沈湘柠,小名阿湘。她和董皓结婚的时候,我还随了 500 的份子钱呢!"

"那……他俩是为什么离的呀?"张瑜的眼中冒出了熊熊的"八卦"之火。

"我也不知道,不过可以理解。"

"理解?"

"对啊!董皓那个臭脸,搁我我也不能跟他过啊。"

"哼!他脸臭,你脸就好!"张瑜撇了撇嘴,暗骂了一句"无脑直男"。

董皓这边刚挂断郭聪的电话,就给阿湘拨了过去:

"阿湘,我叫了同事来支援。郭聪!你应该认得他。他最快十分钟就能到,一切行动听他的。"

"那你呢？"

"我现在距离你较远，就算往你那儿赶也没有郭聪到得快。我去铁路转运站2号堆场，你放心，郭聪虽然烦人，但脑子够用，有他在，你完全不用担心安全问……"董皓话还没说完，就挂了电话，阿湘攥着手机喃喃说道："我担心的是你……"

宋宝坤进了房间，脱了上衣和裤子，挂到了晾衣架上，拉开衣柜看了看里边的陶雅莉。陶雅莉的头被蒙得一点光都不透，耳朵里塞的耳机大声放着音乐，看不到也听不到外面。她紧紧地缩在地上，不敢发出一点声响。宋宝坤满意地点了点头，取下了她头上蒙着的衣服，摘下了耳机，轻声说道：

"喘喘气吧，别闷坏了。"

"啪嗒——"宋宝坤点燃了一根烟，深吸了一口，满是戏谑地喷到了陶雅莉的脸上，激得她好一阵咳嗽。

"哗啦——"宋宝坤重新拉上了柜门，伸手摸了摸床底下的枪，而后仰头一栽，躺在了床上。看着窗外的雨水，美美地吐着烟圈儿，神经粗大的他完全没有注意到屋子内饭盒和瓜子皮等细微的变化。

八分钟后，郭聪和张瑜喘着粗气跑进了海舍的大厅。

"你们……"阿湘从柜台后头小心翼翼地探出了脑袋。

"嫂子，是我！"郭聪抓了抓被大风吹乱的头型。

"她是……"

"自己人！那个……那个谁呢？"郭聪拍了拍自己喘得像风箱一样的胸口。

"B103！"阿湘指了指房间的方向，张嘴做着口型。

"OK！"郭聪走到了柜台旁边，上下左右翻找。

"你……你找什么呢？"阿湘蒙了。

"找点称手的家伙……就是武器！"郭聪头也不抬地答道。

"啊？你……他……他可是有枪啊！"阿湘急得小脸煞白。

"枪不可怕！用枪的人才可怕！哪怕是一把打塑料珠子的玩具枪，交给蒋焕良这样的枪手。十米之内，说打我左眼珠，都不带碰着右眼珠的，这种最可怕。反之，一般的街头混混，你就是给他一把巴雷特，他都不知道怎么瞄。现在叫支援，少说也得十五分钟，我怕时间来不及了。咱来个短兵相接出其不意，先放翻了他再说。"

"啊？你看这个行不……"阿湘哆哆嗦嗦地递给了郭聪一把剪子。

"哎呀呀，这小剪子拆个快递都费劲……"

"那……这还有个花瓶……"

"这分量，还没一瓶啤酒沉呢！"郭聪伸手掂了掂，不屑地扔到了一边。

"这拖把杆……"

"太长了，不好藏啊！"

"后门外有几块砌墙剩下的砖头！"

"四棱见方的，不好拿呀，你看我这胳膊还吊着呢……"

"对了！"阿湘眼睛猛地一亮，从椅子底下拽出了一个小盒子，打开盖子一捞，从里边拽出了一瓶防狼喷雾！

"好家伙！这是硬货啊！哪儿来的啊？"郭聪喜笑颜开。

"网……网上买的。"

"行了！这就够用了。他隔壁那屋有人住吗？"

"B102是和他一起的人住的，B104的客人早上退了房，还没打扫，所以没有新的客人入住！"

"行了，你把B104的房卡给我。"

"哦！"阿湘满是迷惑地在柜台后翻找一阵，把房卡放在了郭聪的手心里。

郭聪接过房卡，一指墙角的两部半人高的音响：

"还有这设备呢？"

"呃……夏天的时候办啤酒节，我们都会请一些驻唱的嘉宾……"

阿湘答道。

"找个小车，推到 B104！"

"啊？"

"推过来，咱一起，走！"郭聪弯下腰，拉过一个小板车，将两部音响、一个调音台、两个麦克风连着支架搬进了房间，随后将阿湘送走，锁好房门，在房间转了一圈。

"按照房间布局，这面墙后头，应该就是隔壁的床头。"郭聪自言自语地挠了挠头，蹲下身子，开始连接音响和麦克风。

"张瑜，把音量调到最大！"郭聪把手机和音频线连接好，打开听歌软件开始搜索伴奏音乐。

"你要干吗？"

"能干吗？卡拉 OK 啊！"

"卡拉 OK？"

"哎哟，差点忘了，咱们这身打扮不行，你把裤子挽上去，头发披下来，湿点水，裹上浴袍。"

"啊？"

"啊什么啊？动起来！"郭聪推了张瑜一把，自己先脱了上衣，将鞋和袜子藏在了床底下，把腿上的运动裤直接往上撸到了大腿根，再裹上浴袍，左手攥着防狼喷雾揣在浴袍外兜，让张瑜给自己调整好麦克风支架的高度，咳了咳嗓子，给了张瑜一个眼神。

张瑜裹好了睡袍，点击伴奏播放，将音量调到了最高。

要说阿湘买这俩音响，功率真够可以，高音上得去，低音下得来，声音一出来，顿时震得张瑜和郭聪浑身一个激灵。

"你这行不行啊，万一对面忍着闹心不过来，咱不就白忙活……"

"他不可能不过来，我唱歌没人忍得了！"郭聪露出了一个意味深长的笑。

隔壁床上，宋宝坤正跷着二郎腿躺在床上吞云吐雾。

"我独自走过你身旁,并没有话要对你讲——"

隔壁猛地传来了一声大喊,重低音的音响震得窗户都嗡嗡发抖。

"我日……"宋宝坤吓得一哆嗦,手里的烟头没拿住,一下掉在了肚皮上,烫得他"腾"地一下坐了起来,将烟头弹到地下,用手心使劲地搓了搓肚皮上的燎泡。

"这他妈谁啊!"宋宝坤穿上拖鞋站到了地上。

要说这郭聪唱歌,可真是够难听,要嗓音没嗓音,要音准没音准,偏又中气足嗓门大,扯着个破锣嗓子就是乱吼,难听程度在音响的助力下,噪声强度堪比装修用的那种大型冲击钻。

宋宝坤拎起床头柜上的电话,就给前台打电话,一连拨了四五遍,前台都没人接。与此同时,郭聪一首未唱罢,便换了第二首。

"夏天夏天悄悄过去,留下小秘密,多甜蜜多甜蜜就不告诉你……"

"砰——"宋宝坤一使劲,把座机直接砸在了地上,攥指成拳对着隔墙一顿乱捶:"别唱了!别唱了!你他妈别唱了!"

音响轰鸣,宋宝坤自己都听不清自己的喊声。

"这跟农村杀猪的动静有什么分别——"

宋宝坤一拍脑袋就要推门出屋,然而就在他手碰到门把手的一瞬间,脑海里顿时响起了马北的嘱托:"少惹事,别出门!"

"妈的!算你狠。"宋宝坤直挺挺地往床上一躺,拎起枕头捂住了自己的脑袋,蜷着身子不去听郭聪的歌声。奈何这俩音响功率实在太高,无论宋宝坤怎么挣扎,郭聪那无孔不入的噪声始终在他耳边回荡。

"苦涩的沙吹痛脸庞的感觉,像父亲的责骂,母亲的哭泣,永远难忘记……他说风雨中……"

"老子实在忍不了了!"宋宝坤一个鲤鱼打挺从床上跳了起来,套上裤子,伸手握住手枪。刚迈了两步,又停住了身形,犹豫了片刻,他放下了手枪,空着两手出了房门。

"咚咚咚——咚咚咚——"宋宝坤疯狂地砸着郭聪房间的门。

"别唱了！你有没有点素质！有没有公德心！"宋宝坤一顿乱喊，嗓子都快喊哑了。

"吱呀——"房门被张瑜拉开了一道缝儿。

宋宝坤看了一眼裹着浴巾，光着小腿，头发湿漉漉的张瑜，皱了皱眉头："屋里谁在唱呢？"

张瑜白了宋宝坤一眼，一边抬手关上了门，一边骂道："用你管！"

郭聪歌声稍停，嘴对着麦克风笑着问道："亲爱的，是外卖不？"

"不是外卖，不知道哪来一傻叉。"张瑜和宋宝坤就隔着一个门板，以至于这句话清清楚楚、明明白白地传进了宋宝坤的耳朵。

"你怎么骂人呢！你出来！你出来！谁傻叉？谁傻叉？"

宋宝坤一边大喊，一边"砰砰"地踹门。

"吱呀——"房间门再次打开了，郭聪摇摇晃晃地走了过来，上下打量了一下宋宝坤。

"你是干吗的啊？"

"我就住你隔壁，我在休息，你能不能不唱了？"宋宝坤奔着"少惹事"的原则，尽全力做到心平气和。

"嘴长我身上了，我乐意唱就唱，你咋那么能管闲事呢？你是蝙蝠侠啊，还是金刚狼啊？"郭聪这话说得极为刻薄，逗得张瑜"扑哧"一声笑了出来。

"你别给脸不要脸啊！"宋宝坤咬着后槽牙，整个人已经到了崩溃的边缘。

郭聪既没搭理宋宝坤，也没关门，自顾自地走到了麦克风旁边，清了清嗓子，满脸挑衅地看着门外火冒三丈的宋宝坤，开腔唱道："来一段清唱……朋友啊！朋友！你可曾想起了我！如果你有新的，你有新的……"

"老子他妈的抽死你——"宋宝坤眼睛一瞪，踹开了房门，一个箭步冲到了郭聪面前，伸手揪住了郭聪的脖领子。

"哥们儿，你喜欢吃辣不？"郭聪幽幽一笑。

"什么？"宋宝坤呆住了。

就在他一愣神的工夫，郭聪插进浴袍外兜的那只手闪电一般抽了出来，攥着那个防狼喷雾的小瓶，对准了宋宝坤的眼睛、鼻子、嘴。

"呲呲呲——呲呲呲——"郭聪咧着嘴一顿乱喷，宋宝坤措手不及，瞬间中招。

"啊啊啊——啊——这什么——啊——"

郭聪飞起一脚，将宋宝坤踹翻。

"眼睛——我眼睛——咳咳——"宋宝坤抱着脑袋，在地上一阵翻滚。

"看热闹呢？帮忙啊！"郭聪朝张瑜一声大喊。张瑜定了定神，掀起了床上的大被，兜头盖住了地上的宋宝坤。宋宝坤虽然眼前一片漆黑，脸上锥心地痛，但是他毕竟刀头舔血多年，打架经验不是一般的丰富，刚一倒地，就双手护头，向后翻去，躲开了张瑜，同时紧闭双眼，手脚并用地往门外爬去。郭聪眼疾手快，一个前扑，左臂抱住了宋宝坤的膝盖窝，同时左腿蜷，右腿蹬，上下一绊，直接将宋宝坤掀翻。

宋宝坤反应极快，右手贴着大腿外侧向下一抹，拇指插到了郭聪的手心儿内侧，其余四指攥住郭聪的无名指和小拇指，用力一掰。

"啊——"十指连心，郭聪一声惨叫，下意识松开了手。宋宝坤一歪脑袋，耳朵一抖，大概分辨了一下郭聪脑袋的位置，伸腿一踹，正蹬在郭聪肩膀上。趁着郭聪翻身卸力，宋宝坤爬起身来，后背贴着墙，两脚横着走，向房门摸去。郭聪顾不上肩膀上的疼，伸手一抓地上的地毯，屁股向后猛坐。宋宝坤目不能视，脚下地毯向后一抽，他整个人摔了一个趔趄。他不敢起身，用膝盖和双脚爬行，伸手一抓，拧开了门锁，向前一扑，探出了半个身子，眼看就要跑出门去。正当时，郭聪也稳住了身形，伸手一捞，抓住了宋宝坤的裤腰带。二人一个往前爬，一个往后拉，宋宝坤气力不小，郭聪一只胳膊还打着石膏，猛地一较力，竟然被拖行了半米多远。

"顶门！"郭聪一声大喊。

张瑜此前经历了不少，早已不是刚入职的新人菜鸟，略一愣神，便反应了过来。

"啊——"张瑜咬紧了牙，缩手臂，顶后背，一个箭步蹿到门边，用尽了全身的力气，"咚"的一下就撞在了门板上，两腿一蹬，赤着双脚拉了一个弓步，上半身顶住了门。

宋宝坤左半个身子刚刚探出门槛，就被门板死死夹住。别看张瑜是个女的，但是全身的重量都顶了上去，见棱见角的门边卡在宋宝坤的肩膀和肋骨缝里，疼得脖子上青筋都暴了出来。

"兄弟，哥哥说话太……是我不对，您大人有大量！"宋宝坤涕泪横流，连声告饶。

"服了吗？"郭聪抽下了他的皮带，将他的右手和左脚绑在了一起。

"大哥你放我一马，您随便唱，我回屋……死都不出来！"

"回屋？回屋好去拿枪吗？"

郭聪此话一出，宋宝坤心里不由得高呼了一声：

"不好，这是个套儿！"

"呼啦——"郭聪扯过床上的被单子兜住了宋宝坤的脖子从肩窝底下穿过，绑死了他的右脚和腰胯。

"张瑜，别再顶了，再顶骨头就断了！"

"啊？哦……哦……"张瑜虽说不慌乱，但终究有些紧张，手脚一松，浑身不受控制地一软，显然是脱力了。郭聪压着宋宝坤的后背，将他按在了地上。

"二位，是哪条道上的，能不能报个万儿！"宋宝坤抽了抽不受控制的眼泪鼻涕。

"万儿你个头万儿啊，古惑仔看魔怔了吧你。一会儿镇上派出所的同志会来接你，到时候你把这些个社会词儿跟他们好好聊聊。"

捆好了宋宝坤，郭聪从地上捡起了那瓶防狼喷雾，塞进了张瑜的手里，小声说道："还剩小半瓶，看着他！敢乱动，全喷他脸上。"

说完这话，郭聪把浴袍一扔，从宋宝坤的兜里摸出房卡，走到走廊上，左右看了看，刷开宋宝坤的房门，走进去在床边的枕头下一摸，拽出了那把手枪，退下弹夹一看，里头还有六发子弹。

突然，房间角落处一个硕大的空皮箱引起了郭聪的注意，屋里明明没有几件衣物，为什么搞了一个这么大的皮箱。

郭聪蹲下身来，在提箱里摸索了一阵。

"这是……头发！"郭聪一眯眼睛，在桌子上抽了一张纸巾，轻轻地拈起了一根头发丝。

"咔嗒——"门锁响动，阿湘小心翼翼地走了进来。

"这屋里有女人？"郭聪问。

"有，他们一行人三男一女。"

"这头发是那个女人的吗？"

"不是，那女的染的栗子色头发，发尾做了波浪卷。"阿湘看着郭聪手里的头发，努力回忆着孙娜娜的外貌。

"既然不是她的头发，为什么会出现在箱子里呢？除非……这箱子里装过人。"

"哒——嗒嗒哒——哒——"衣柜里突然传出了一阵窸窸窣窣的响动。郭聪一把将阿湘拉到了身后，拉开手枪的保险，用脚尖轻轻地拉开了柜门。

衣柜里，满脸惊恐的陶雅莉正努力用脑袋撞击着门边！

这一次，她听到了屋内的声音，知道来人不是宋宝坤一行人，所以努力发出响动，吸引注意。

"这位应该就是董皓电话里跟我说的……屋子里的第二个女人。"郭聪撕开了陶雅莉嘴上的胶布，蹲下身问她："你是谁？"

"生物医学高级工程师陶雅莉，曾任职奥莱生物科技有限公司制药实验室主任，Number5 的研发负责人……"

"什么是 Number5……"

第十六章　左耳计划

青港镇，郭聪和张瑜驾车在雨中飞驰，火速赶往铁路转运站2号堆场支援董皓。窗外大风鼓荡，陶雅莉的话一遍遍在郭聪脑中回响。

三年前，都灵。

都灵作为意大利第三大城市、皮埃蒙特大区首府，是欧洲最为重要的工业、商业和贸易的集散地。这里有着距今600年历史的都灵大学，作为意大利规模最大的大学之一，都灵大学以数学、化学、物理学、经济学、法学、农学、医学和心理学等基础学科的研究见长。陶雅莉于2012年在此取得博士学位后，顺利入职当地一家私人生物医学科技试验所。不到半年时间，她便凭借过硬的专业能力和管理水平成为一间重点项目实验室的负责人。

陶雅莉负责的项目很复杂，简单来说即为高分子人造胃黏膜，代号：Number5（5号项目）。

众所周知，动物或人的特定器官把食物变成可以被机体吸收养料的过程，称之为"消化"。谈起"消化"，就离不开一个重要的器官——胃。

胃，是储存食物的器官，胃通过有节律地收缩，使食物与酶混合。胃酸由胃的壁细胞分泌，具有极强的腐蚀性，能将食物分解成流体状的食糜。那么问题就来了，既然胃酸腐蚀性这么强，为什么没把胃自己给"消化"掉呢？究其原因，奥秘便在于这层位于胃腔和胃黏膜间隙之间，由上皮顶部细胞膜和相邻细胞间的紧密连接，与胃黏膜表面的黏液构成的"黏液－碳酸氢盐屏障"，正是它有效地保护了胃黏膜免受胃内盐酸和胃蛋白酶的损伤。陶雅莉团队在研究中发现：人体的器官或组织在受到损害后，在自我修复的过程中必须形成新的血管，使其起到营养供给和清除杂质的重要作用。而将生长因子或遗传物质注射到目的组织部位可以引发组织生成，而这一操作，完全可以在体外通过培养一种刺激单核细胞再生水凝胶，复制所需的局部组织，再通过微创手术移植到指定的位置。她的团队研发计划就是：用人造高分子材料，人为地制造出一片胃黏膜，修补到指定的胃壁位置中去，从根本上治愈该类胃肠病变。

然而，一件人造的人体组织，从提出构想到正式上市，需要经历一个漫长的过程（平均 15～20 年的开发时间和 5～10 年的测试和法规认证）以及大量的研发资金投入，其成本毫不夸张地来讲就是两个字"烧钱"。在世界范围内，因研发某项"生物技术"而倾家荡产、债台高筑的生物科技公司比比皆是。陶雅莉的这项目，也没能例外。没过多久，这个项目就因为资金跟不上陷入了中止的困境。陶雅莉供职的公司，也受股票动荡的缘故，不得不将旗下的 4 个实验室低价转手套现，陶雅莉主管的实验室也在其中。"高分子人造胃黏膜"这个项目和新公司的发展方向不符，被勒令停止试验、解散团队。作为项目主管，无论对这个项目本身还是团队人员，陶雅莉既有责任也有情怀，为此，她不得不四处募集资金，希望能借此重启实验。

这一年的圣诞节，陶雅莉独自一个人坐在一间路边的咖啡厅。她在等一个人，一个通过邮箱联系过陶雅莉，表示愿意资助她的人。

晚上八点，一个穿着呢子风衣的女士推开了咖啡厅的门，走到了陶雅莉的面前。

"您好，我姓宋，之前给您发过邮件。"

"您好，您好，宋女士。"陶雅莉刚要起身，却被对方轻轻按住了手臂。

"坐坐坐，听口音您是扬州人？"

"没错，我妈妈的老家就是扬州的，我小时候在扬州长大，后来我父母工作调动，全家才搬到了滨海。"

"真是他乡遇故知，乖乖隆地咚（扬州方言，表赞叹），我们是同乡。"

"真的？"

"我叫宋雨晴，你可以叫我宋姐。"

"宋姐……您真的愿意资助我的实验室？"

"当然，我在一个小时前刚刚办好了手续，我高价收购你的实验室，现在……我是你的老板了。Number5项目的资金我会尽量多、尽量快地提供给你，你只要专心做你的技术试验，其余的事情，我来负责。"宋雨晴打开了随身的文件包，将一份已经完成公证的收购合同出示给了陶雅莉。

"真的？您真是太……我不知道该怎么感谢您！"

"感谢的话就不必了，我愿意注资，是因为信任这个项目的价值和你的能力。你不会让我失望的吧？"

"您放心，我一定……"陶雅莉激动地站了起来。

"Merry Christmas！"宋雨晴起身笑了笑，转身离开了咖啡厅。

"Merry Christmas！"陶雅莉激动得红了眼眶。

在宋雨晴的资助下，"Number5"项目重启，陶雅莉团队的进展一度突飞猛进。宋雨晴对项目的前景极为看好，并决定将生产线规划到滨海市的生物科技园区。陶雅莉作为技术主管，对实验室经营从不发言，具体的资金运算、财款收支都有助手负责。陶雅莉的助手是个名叫Hank（汉克）的英国人，他受聘于宋雨晴，精明而干练。

生物科技园区内厂区建设进程稳步推进，宋雨晴以"技术指导"为缘由，将陶雅莉从都灵调动到滨海市，让她负责实验室硬件设备的落地指导。其实从陶雅莉个人的意见来讲，"Number5"项目虽然暂时取得了阶段性的进步，但是试验的各项指标，并不够成熟，距离生产环节还有很长的路要走，此时便投资生产线落成未免过早。此事她也和宋雨晴交流过意见，但是宋雨晴很坚决，陶雅莉也只能接受，毕竟人家才是老板。

就这样，陶雅莉和宋雨晴一起到了滨海。宋雨晴这人手腕高明、擅长交际，在各方人马之间左右逢源，风生水起，和当地的商界和媒体没过多久就打成了一片。新注册的奥莱生物科技有限公司刚一揭牌，便广受瞩目，各方洽谈也开展得如火如荼。但是，作为技术人员，陶雅莉心里始终有着浓浓的忧虑。她是项目研发的负责人，她清楚地明白，研发高分子人造胃黏膜的 Number5 项目距离最终问世和临床，还有很长的路要走。目前宋雨晴在生物科技园内投资的两套生产设备，一套主要为其他的药厂做注射液和冻干粉的代加工，利润极其有限；而另一套生产设备则完全停摆，甚至还要支付高昂的维护成本，可是宋雨晴似乎并不为此担忧。

据都灵方面传来的最新实验数据，Number5 项目在扩大"人造胃黏膜临床修补"的一期实验中，一部分人出现了明显的排斥反应。从生物学角度讲，每一个生物个体都是独一无二的，其特异性广泛地存在于健康状况、过敏性体质、免疫功能、精神因素等诸多领域。Number5 项目目前出现的排异反应属于"慢性排斥反应"，即进行性移植器官或组织的功能在数月至数年间减退直至丧失，主移植器官的毛细血管床内皮细胞增生，使动脉腔狭窄，并逐渐纤维化。

陶雅莉明白，尽管目前项目的最终目标还未达到，但是可以证明研究的方向是正确的，至少眼下已经成功诞生了一个可以"临时起效的胃黏膜产品"。

就在陶雅莉守在滨海的办公室夜夜喝咖啡，攻坚实验数据的时候，从都灵实验室那边发来了一封邮件。

发件人是陶雅莉的老搭档 Thompson（汤普森），这位汤普森先生是分子生物学的博士，自 2014 年起就在陶雅莉的实验室工作。这封邮件是从他的私人邮箱发出的：

亲爱的陶:

许久不见,很是想念。想必你已经收到了我们的一期临床报告。数据上的事我们先放在一边,我写邮件给你是想告诉你一些其他的情况,比如说……你那个助手汉克,他有问题,大大的问题,而且,他的问题将带给我们大大的麻烦。

我发现,他在都灵偷偷建立了一个私人的实验室,将我们的实验资料偷偷转移到了那里,而且,我有充足的证据可以证明,他在盗取我们的实验数据,大量培养我们现阶段的这种"半成品胃黏膜"。

陶,汉克是为宋工作的。宋虽然很有钱,但是我觉得她的心思很深,作为一个商人,她如此大力投资我们这样一个回报率极低的项目,是不合常理的。我会查清楚这一切,Number5项目是我们团队多年的心血,我不会让它落在阴暗中。

虽然你我相隔千里,我仍在信中为我们的健康举杯。

你的汤普森

"盗取……数据?"陶雅莉关闭了邮件,心中久久不能平静。她万万没想到,汉克会瞒着自己,偷偷地将自己的实验数据带到别处继续研究。

陶雅莉犹豫了很久也没作出决定,她既迫切地想知道真相,又不敢面对宋雨晴。她订了一周后的机票,想去都灵和汤普森面谈一下,可没等到航班起飞,她就接到了汤普森太太发来的讣告——汤普森出了车祸,被一辆闯红灯的货车碾压,当场死亡。

陶雅莉慌了神,顾不得想宋雨晴的事,改签了一趟最近的航班,直飞都灵。陶雅莉先是到了汤普森的家中安慰了他的太太,并于第二天旁听了法庭的庭审。那辆肇事的货车司机醉酒驾驶且主动认罪,并愿意支付所有的赔偿,可是陶雅莉从那个司机的脸上看不到一丝的慌乱,她敏锐地觉察出这肯定不是一场意外。就在她帮着汤普森的太太举办葬礼的时候,一通来自动物园的电话打了进来。

"您好，请问是陶雅莉女士吗？"

"是的，您是哪位？"

"您好，这里是哥本哈根动物园。"

"丹麦？"

"是的，有一位汤普森先生在上次到熊猫园游览时，定制了一份手办礼物，留了您的联系方式，目前手办已经制作完毕，您是前来自提，还是由我们安排邮寄？"

"谢谢……熊猫？"

"是的，当时汤普森先生没有选择提货的方式，只留了您的联系电话。"

"我……我自提。"

2019年4月，耗资1.6亿克朗（约合1.16亿元人民币）的丹麦哥本哈根动物园熊猫园建成，丹麦女王玛格丽特二世亲自参与了开园仪式，两只来自中国成都大熊猫"毛二"和"星二"正式入园。陶雅莉知道汤普森和很多欧洲人民一样，是重度的熊猫粉，只要一有时间，他都会到欧洲有熊猫的地方去看熊猫、拍熊猫。哥本哈根的熊猫园刚刚落成，一票难求，他不止一次向陶雅莉抱怨抢票时的艰难。

自己从来没有收集手办的习惯，相识多年，汤普森为什么突然做了一个手办给自己呢？

带着这个疑问，她动身去了丹麦，在开园的当天准时进入了动物园，出示身份证件，拿到了预留的门票，凭借门票拿到了一个手工制作的礼品——一个拳头大小的石膏熊猫像。

哥本哈根的动物园围绕熊猫主题开发了很多的周边手工项目，游客可以在这里亲手制作熊猫题材的咖啡杯、石膏像、糖果盒等小摆件，动物园凭提供的寄存、烧制、风干、上色等项目收取一定的费用。

走出动物园，陶雅莉走进了一处公共的卫生间，钻进隔间了锁好门，从包里掏出了那个熊猫手办，端详了一阵。

"当啷——"陶雅莉突然将石膏手办摔在了地上，碎片乱飞之中，她赫然发现了一只小拇指长短的金属U盘。在U盘底下还压了一张字条：

陶：

  汉克发现了我在跟踪他，却没发现我拷贝了他的文件。有人监视我的家，我不敢报警，只好暂时甩脱跟踪，把U盘藏在了这里。我如果出了事，请你一定照看好我的妻子和孩子。关键时刻，这个U盘就是护身符。拜托了！

你的汤普森

入夜，哥本哈根的酒店内，陶雅莉掏出了随身的笔记本电脑，插入了那只U盘。

U盘里只有一个文件，点开来是一份研发计划书，计划的名字叫"左耳"。计划的内容分两大部分：一是以水凝胶为原材料的高分子人造胃黏膜制作成本分析；二是将此种材质做药品外包装吞服到体内走私运送的实操性研究。

当晚，陶雅莉花了一个晚上的时间研读完了这篇计划书，当她合上电脑的时候，后背早已被冷汗浸透。

在这份计划的开头，首先对传统的"人体藏毒"方式进行了剖析，指出了"三大弊病"：

一、人体藏毒受时限制约很大，藏毒后基本不能进食，所以最多能坚持四天；

二、人体藏毒风险很高，人员在口岸流动，其身份信息、航班信息、旅居信息、健康信息等均在风控大数据系统中记录，极容易被海关布控定位；

三、人体藏毒运送量小，口吞加上肛门塞，最多一次能运送五百至一千五百克，再加上胃肠的蠕动和胃酸的腐蚀，一旦外部包装破损，运毒者将直接丧命。一旦毒品在腹中发生泄漏，只需1克海洛因，便能迅速致死，抢救过来的概率绝不会超过 1%。

宋雨晴贩卖的不是海洛因，而是 LSD 麦角二乙酰胺。这东西的"劲儿"比海洛因可大多了，吸入小于一粒盐的量就能导致中毒，吸入 3000 微克以上就直接猝死。不但毒性大，价值也高，3000 美元 1 克的价格，在运送的过程中只要出现一点纰漏，对宋雨晴来说就是"割肉放血"一般的大损失。正当宋雨晴为此而苦恼的时候，报纸上刊登的几条关于用动物藏毒的新闻给了她灵感。

宋雨晴细细分析了上述新闻的始末，她发现之所以这些动物藏毒的操作会被发现，究其原因有三点：

一、毒贩亲自押运藏毒动物，目标过于明显。试想这些运毒的"骡子"大多都有各式各样的案底，很多"骡子"自己本身也是"以贩养吸"的吸毒者，不但脸上"挂着相"，而且其自身的信息都在各种风控系统里打着烙印，在入境的时候，不可能不被盘查，而且对于携带动物进境，海关有明文规定。所以将毒品藏在猫犬内，随旅客携带进境的概率相当低。那个云南的"骡子"还随身带了 5 只鸭子，可以说是刷新了宋雨晴认知中的"智商下限"。

二、动物和人相比，理性控制情绪的能力弱了不是一星半点儿。在吞毒的过程中，由于要强忍胃部收缩的恶心感，这个过程往往要 5 到 10 个小时，而且在运毒途中，既不能大量饮水也不能进食。这份痛苦，靠理性压抑痛苦的人可以忍，但是更多依靠本能活动的动物却无法忍受，极易出现焦躁、狂躁、萎靡等反常举动，引起缉毒人员的注意。

三、运毒必须用活动物，用动物尸体藏毒基本等同于用一般货物夹带，X 光机下，藏什么都无所遁形。

那么，可不可以找到一种方法，不用人亲自押运，而是让动物独立地进境呢？宋雨晴经过分析研判，找到了一个"进口陆生观赏动物"的方法，通过境内外的"动物贸易"，将动物以正常渠道独立地输入到境内，并通过一系列运作，利用提前搭建好的野生动物贩运网络便捷而高效地将输送到动物园内的动物，再次转回到自己的手中。

　　此时，唯一的难点就在于如何在动物体内隐蔽且安全地藏毒，这需要一定的技术手段，能够遏制动物的不适，保证动物的健康，而且藏毒的时间要足够长。进境动物不是乘坐国际航班的旅客，它们坐着海船漂洋过海后，还需要在海关的隔离场待上四十多天。宋雨晴必须保证在这段时间内，动物肚子内的毒品不会破裂、不会排出体外。正当她为此而苦恼之际，陶雅莉发布在媒体上的项目融资计划，让她眼前一亮。

　　陶雅莉团队研究的高分子人造胃黏膜，这款代号 Number5 的产品，能够完全模拟人体胃黏膜的机体特质，在通过手术修补到指定位置后，即可和原生的胃黏膜一样发挥作用。宋雨晴对什么胃黏膜修补完全不感兴趣。她的注意力完全被"百分之百模拟原生胃黏膜机体"这几个字吸引住了。如果真能达到这一标准，那么以 Number5 为材质做外包裹，将毒品包藏其中吞入胃内。从理论上讲，胃液是无法对 Number5 进行腐蚀和消化的，因为 Number5 就是一层胃黏膜，完全模拟原生机体结构的它也能独立地生成黏液-碳酸氢盐屏障，高浓的胃酸虽然足以将金属锌溶化，却无法伤及这层屏障。因此，只要不遭受暴力重击，吞到胃内的毒品就不会面临破裂的危险。这时，只要控制好毒品的包装体积和重量，Number5 的仿生效用会使毒品包裹在吞下后像原生胃黏膜一样牢牢依附在胃壁上，保证其不会由胃进入肠道。

　　在多番考证后，宋雨晴决定注资陶雅莉的项目。在宋雨晴的资金推动下，陶雅莉的进度一日千里，短短数年时间，便研发出了阶段性的成果——虽然能够暂时发挥作用，但在数月到数年时间内效用呈阶梯型衰减的 Number5，尽管目前在人体试验上效果不稳定，但在动物实验阶段取得了非常满意的成绩。而所谓的动物实验，便是在猴子身上的实验。因为猴子与人同为灵长类动物，人类和猿猴的基因相似度高达 99%。在陶雅莉的实验室，有十几种用作实验的猴子，其中对 Number5 亲和力最好的便是环尾狐猴。

从陶雅莉的角度看，这还远远不够，但在宋雨晴看来，这已经足够了。目前的 Number5，至少能保证在猴子体内安全地保存 2 到 3 个月。

据汉克评估，目前 Number5 的造价在 10 到 15 美元每平方厘米，包裹一颗小糖果的面积，在 20 平方厘米左右，换算过来其成本最高也不超过 300 美元。而这 300 美元的成本却可以安全运送 5 克的麦角二乙酰胺，其价值高达 15000 美元。

在计划书的末尾，汉克写道：第一批试验品——四只在被麻醉后，通过食道直接将 Number5 包裹的麦角二乙酰胺塞进胃中的环尾狐猴已经运往滨海市。在这四只猴子"试水"成功后，宋雨晴将联系一些国外的动物贩子，大批投放适合夹带麦角二乙酰胺的动物进入滨海。汉克提议：让陶雅莉的团队继续攻坚技术难题，争取将 Number5 的应用范围进一步扩大，除了这十几种猴子外，再适应更多的动物种类，从而拓宽他们"动物带药"的选择范围。在"摊子"支起来以后，不仅要进，还要出。即通过在意大利的实验室制造 Number5，通过动物携带麦角二乙酰胺等药品进入中国，同时还可在中国境内的实验室，制造相同的 Number5，通过动物将一些在意大利相对紧俏的管制类药品运出中国，比如莫达非尼等。在倒卖这些管制类精神药品的同时，贩卖动物本身还能大赚一笔，据汉克预估，每年带货"4 批"，每批运量"20kg"，仅"运药"的毛利润便能达到 2 个多亿，前期投入那点成本，半年就能抹平，况且除了走私麦角二乙酰胺的收益，这里面还不包括贩卖野生动物本身的产业暴利。

陶雅莉也终于明白了这个计划为什么叫"左耳"。古希腊神话中有一蛇发女妖，名曰戈耳工，其右耳内的血有起死回生之妙，左耳的血则是穿肠的毒药。Number5 本是治疗胃黏膜疾病的医学技术，但此时却成了运送麦角二乙酰胺的绝佳手段……

"咚——咚——咚咚——"酒店的门外传来了一阵敲门声。

"陶，你在吗？"是汉克的声音！

陶雅莉慌忙拔掉了 U 盘，关闭了电脑，将 U 盘塞进了桌子边上的饼干盒子里，踩着书桌将饼干盒子藏在棚顶的石膏顶子上，随后关上台灯，躲到了洗手间内。

"砰——"房门被大力踹开，汉克带着三个高壮的保镖在屋内转了一圈，一拳砸开了洗手间门的玻璃，拧开门锁，拉出了躲在洗手台后面瑟瑟发抖的陶雅莉。

"搜！"汉克一下命令，三个保镖在屋里一顿乱翻。

"陶，你不好好地陪着汤普森太太，来哥本哈根做什么？"

"看……看熊猫，汤普森生前最喜欢这儿的两只熊猫，我想拍一组照片，给他烧过去……"

"烧过去？"

"中国的风俗，烧……烧纸，烧纸人、纸马、房子、手机……我们认为可以通过这种方式让逝去的亲人收到礼物……"陶雅莉尽力镇定下来，用汉克能够理解的表达程度编着瞎话。汉克之前虽然察觉到了汤普森在调查他，但不知道汤普森查到了什么。宋雨晴的脾气向来是"宁可错杀一千也不放过一个"，本着这个原则，汉克蓄意制造交通事故，杀死了汤普森。汤普森和陶雅莉是多年的搭档，陶雅莉一到意大利，宋雨晴便指示汉克死死地盯住她。陶雅莉是项目重要的带头人，所以不能杀，只能牢牢地控制。所以陶雅莉在滨海不辞而别，直接飞到意大利，又从意大利不告而别，直奔哥本哈根的行为瞬间引起了宋雨晴的警觉。虽然不知道陶雅莉在干些什么，但是她敏锐地觉察到，这一切肯定和汤普森有关。

"老板，只有一台笔记本，里面没有我们要的，有好多熊猫的照片，看时间是今天拍的。"

就在这时，汉克的手机响了起来，汉克走到一边低声说了一阵，随即缓缓走到陶雅莉身边，慢慢蹲下身子，把手机递给了陶雅莉：

"喂，雅莉吗？"

"宋……宋宋姐。"

"汤普森的事你应该告诉我的，不要怕麻烦，我不仅是你们的老板，也是你们的朋友啊,下次可不要不辞而别了。今天我特地赶到了汤普森的家里,给他的太太送去了一笔钱。汤普森的孩子都还小,读书是一笔大开销,我不能不管。对了,汤普森太太还热情地邀请我共进了晚餐,她的比萨做得真好,手艺不输星级餐厅……哈哈哈哈,我的话,你明白吗?"

"明……明白!"陶雅莉语气中的惊慌,再次印证了宋雨晴的猜想——汤普森肯定向陶雅莉说过什么。

"我最喜欢的就是和你们这些高学历的人才聊天,头脑够聪明,一点就透。不像我手底下那些粗人,就知道打打杀杀……姐想你了,给你订了机票,明天和我一起回国。"宋雨晴笑了笑,挂断了电话。

第二天,陶雅莉被两个彪形大汉押送到了机场,和宋雨晴一起回到了滨海。从那天起,她就被锁在了实验室大楼内的一间宿舍里,再也没有出去过。宋雨晴反复盘问,想撬开陶雅莉的嘴。她极为焦躁地想知道汤普森到底查到了什么。可陶雅莉任凭威逼利诱就是不张嘴!

陶雅莉毕竟是宋雨晴手下最为倚重的科研人员,而且她不知道陶雅莉身上到底有没有能要挟到她的"底牌",所以不到万不得已,宋雨晴是不会对她动粗的。

囚禁陶雅莉的这间宿舍一室一厅一卫,总面积60平方米,换洗衣物和一日三餐都有专人供应。虽说是囚禁,但不捆不绑,只是不允许她出屋,交代两个打手轮班看押陶雅莉。这二人一个叫大雷,一个叫章涛。宋雨晴特别交代过,陶雅莉是女士,严禁大雷和章涛进入卧室和卫生间,而且言语间要客气,不能随意打骂。这宿舍在7楼,倒也不怕陶雅莉跳窗。大雷和章涛也挺听话,只是坐在客厅的沙发上看电视,从不和陶雅莉搅腻。

直到有一天夜里,窗外闷得一丝风都没有,乌云遮住了月亮,陶雅莉看了一眼电视里播报的天气情况——暴雨黄色预警。暴雨前,气压低,室内空气流动不畅,这正是陶雅莉等待的好时机。

"咔嗒——"陶雅莉拧开了卧室的门锁,坐在沙发上的大雷警觉地站了起来。

"我上厕所。"陶雅莉哼了一声,走进了卫生间。

卫生间约有六平方米,一面玻璃拉门将其隔断成左右两部分,一边是浴缸,一边是马桶和洗手台。洗手台下有个小柜子,打开柜门,里边放着不少的瓶瓶罐罐,有洁厕灵、洗衣液、84消毒液、漂白粉……

陶雅莉摘下墙上挂着的毛巾在洗手池里打湿,从怀里掏出了一个用T恤裹成的小包。这个小包里的东西来自每个宿舍都有配备的火灾逃生消防应急包。当此处制药厂区还在做基建的时候,陶雅莉就严格按照消防应急要求给每个房间都配备了一套,存放的位置就在床头柜下层抽屉。当然,这种小事宋雨晴是无心过问的。

消防应急包通常是火灾来临时人们采取急救逃生的工具包,有5件套、7件套、8件套、11件套、12件套之分。陶雅莉采购的这批是7件套,即小型灭火器、防毒面具、强力探照灯、腰斧、消防绳、消防钩、医疗包。在卧室中陶雅莉拆开了应急包,取出了里面用不上的东西,只留下了防毒面具和腰斧,用一件T恤裹好,藏进怀里带入了卫生间。

关上洗手池底部的排水阀,先将洁厕灵倒了进去,随后又估测了一下比例,将84消毒液倒了进去。

84消毒液的主要成分是次氯酸钠(NaClO),洁厕灵的主要成分是高浓盐酸(HCl),二者混合会发生中和反应,迅速生成氯气。

陶雅莉在将84消毒液与洁厕灵混合的同时,迅速地戴上了防毒面具。需要注意的是,防毒和防烟面具是有本质区别的,因面具中的过滤芯不同,防毒面具过滤的毒气比较广泛,防烟面具仅过滤火灾中的一氧化碳。作为制药厂区,陶雅莉在硬件配备上严格按照相关规定,配备的都是高标号的防毒面具,她万万没有想到当初一个简单的决定会在现在派上用场。

透过面罩上的护目镜,陶雅莉清晰地看到大量黄绿色的气体开始溢出。在进卫生间之前,她已用打湿的浴巾封堵住了门缝儿,卫生间无窗、排风扇也没开，正好营造了一个密闭的环境。

过了一会儿，陶雅莉感觉这个浓度应该能符合标准了。

"扑通——"陶雅莉用力地摔倒在了地上，并用毛巾盖住了自己的脑袋，遮住了防毒面具，同时右手握住了藏在怀里的腰斧手柄。

听见陶雅莉摔倒，大雷连忙跑到卫生间门外，一拉门把手，发现门被反锁了。

"砰——"大雷想都不想地就撞开了门。

"咳咳咳——啊——咳咳——"大雷一进门，顿时被这个狭小密闭空间的氯气呛了一个跟头，眼泪止不住地流，一喘气嗓子火烧一样地痛，胸口闷得胀痛，呼吸困难。

"陶……"大雷睁不开眼睛，想呼喊却又发不出声音。

陶雅莉偷眼一瞥，发现大雷中招，连忙从地上爬了起来，抡起斧子想砍，却又下不去手。她是学医的，解剖小动物是家常便饭，但是砍人却没有经验。原本砍倒大雷是她计划里深思熟虑的一环，但是真到了实操的时候，却完全没了胆气，攥着腰斧两手抖了半天，也没鼓起勇气。

"呕——咳咳——"没等陶雅莉下手，大雷自己就倒在了地上，两手掐着自己已经明显粗了一圈且青筋隆起的脖子，蜷缩着身子，大汗淋漓，闭着眼睛乱抖。

陶雅莉犹豫了一下，没有马上逃走，而是将卫生间的门和排风全部打开，伸手摸了一下大雷颈下的脉搏。

"心率增快，两肺布满湿啰音及哮鸣音，这是肺水肿！吸了这么多的氯气，诱因肯定是呼吸性酸中毒。"

陶雅莉一边自言自语，一边让大雷取坐位至半卧位，使两腿下垂，以减少静脉回流，打开客厅南北的窗户，使空气对流，让他充分吸氧，扯下一张便笺纸飞速写道：眼部用清水或生理盐水冲洗，局部雾化吸入 5% 碳酸氢钠，视病情给予地塞米松，静脉注射或滴注。陶雅莉清楚地知道，依宋雨晴的性格，为了不走漏风声，多半不会送大雷就医。

房间内没电话，自己的手机被没收了，大雷和同伙换岗都是用对讲机联络，此时无法联系120，只能将救治的方法留下，希望能救大雷一命。

"对不起，我只能做这些了……"陶雅莉叹了口气，从大雷脖子上摘下了通行的磁卡，消失在了走廊尽头。

五分钟后，已经熟睡的宋雨晴翻身而起。

"嗡——嗡嗡嗡——"床头的电话振动不休，她有一种非常不妙的预感。

"宋姐，陶雅莉跑了……"

宋雨晴沉默了一会儿，轻声说道：

"陶雅莉必须抓回来，所有的门路都动起来，就算引起注意也在所不惜。"

"明白。"

宋雨晴挂断了电话，走到了落地窗前，拉开窗帘看着阴沉沉的夜色喃喃自语："真是个多事之秋啊……"

陶雅莉逃走后没敢回自己家，更没敢回父母家，而是跑到了袁峰父母的那套老房子——沂水家园，可尽管如此，宋雨晴的人还是追了上来，慌乱之中，陶雅莉在阳台的地漏口中给袁峰留了一张字条，让他去海关隔离场，偷一只环尾狐猴。

她知道这猴子的胃里藏着宋雨晴用Number5包裹的麦角酸二乙基酰胺药片，有猴子在手，无论进退，都有底牌。奈何她刚刚写下留言，就被宋雨晴的手下逮了回去。

此后发生的事情就相对清晰了：袁峰看到了陶雅莉的留言，潜入海关隔离场，彼时正巧有一只环尾狐猴下船后身体状况一直不好，在隔离期间因发病死了。粪便检测显示其病因为：急性细菌性痢疾。目前尸体已被冷冻，等待进一步检测后集中焚化。活猴子不好偷，袁峰索性直接把这只环尾狐猴尸体偷了出去。

很快，宋雨晴就收到了这一消息，知道有一只环尾狐猴发病死亡，并且尸体被袁峰盗走。为此，她特地将其余三只环尾狐猴已做隔离处理，并服了抗菌药物土霉素。为此，宋雨晴还特地问陶雅莉，是不是Number5出现了异常。陶雅莉实事求是地回答道："生长自马达加斯加地区的环尾狐猴本身由于长期的地理隔绝，进化特殊，种类特别，依赖环境性强，漂洋过海，长途运输，所经地区气候变化大，气温忽高忽低，极易感染消化系统方面的疾病，持续1到2天便会死亡。而急性的细菌痢疾发病将更快更剧烈，这是正常现象，与Number5无关。"

宋雨晴此人，素来多疑谨慎。为了不暴露环尾狐猴体内夹藏的麦角酸二乙胺，她紧急召集了马北一行人马，接着用陶雅莉换猴子尸体的名义追杀袁峰灭口。

第十七章　画　皮

铁路转运站 2 号堆场南门。

孙娜娜开着那辆抢来的出租车在门前兜了好几圈也没看到马北和葛六儿的影子，给葛六儿打电话也没有人接。

"叮咚——"手机微信响，发消息的是马北。

"你到了没？"

"我到了，你们在哪儿？"

"来北门。"

"收到。"

孙娜娜发动车子向北门绕去，北门岗亭里站着一个穿着雨衣的保安，瞧见孙娜娜的车子开了过来，连忙一路小跑，顶着风走到了孙娜娜的车前，挥着两手让她停车。

"停！停车——"

孙娜娜愣了一下，把车子熄火，停在了路边。

"当当当——"保安一手揣在兜里，一手敲着孙娜娜的玻璃。

"师傅，这是铁路转运站 2 号堆场的北门吗？"

"是啊！"

"是北门啊！闹台风呢，工地都停了，你上这干啥啊？"保安使劲儿按着头顶上被大风吹得直晃悠的雨衣大帽子。

"我……我找我哥,他在这儿打工。"孙娜娜顺口编了一句瞎话。

"你哥叫啥啊?这工人都走了!"

"师傅你看没看到俩男的,一个这么高,一个挺胖的……"

"挺胖的……哦哦哦,我好像……妹子,有烟吗?"保安的脸上现出了一丝市侩和狡黠。

孙娜娜笑了笑,从车里抽出了一盒红塔山,抽出一根递给了保安,掏出火机笑道:

"我帮您点上?"

"点上!这一抽烟,没准儿我能想起来了……"

孙娜娜把车窗摇下了,让保安往前凑了凑,一手举着打火机点燃了他嘴边的烟,一手攥着手机在群里发了一段语音:

"大哥,我到北门了,这有个保安师傅,你们在哪儿呢?"

这消息一发出,保安的衣兜里突然传出了一声"叮咚"的提示音。孙娜娜瞳孔猛地一缩,伸手就去副驾驶位上的提包里摸枪。

保安腮帮子一鼓,"噗"的一下把烟卷儿一吐,带着火的烟头一下子就落在了孙娜娜的鼻梁子上,孙娜娜下意识地一闭眼睛。

说时迟那时快,保安单手从袖子里一抽,拽出了一截电线,伸进车窗里,"唰"的一下子就缠在了孙娜娜的脖子上,向外一拉,将她的脑袋勒住,拽到了车窗外面。

大风迎面吹来,掀开了保安脑袋上的雨衣帽子!

哪有什么保安?此人正是袁峰!

孙娜娜也不是省油的灯,虽然脖子被勒住,但是她手快,早已持枪在手,一拉保险,将枪口顶在了车门上,直接扣动扳机。

"砰——"孙娜娜开枪,袁峰手里一松,应声而倒,在泥水里一滚,趁机摸了一下肋下。

这一枪开得仓促,没来得及瞄准,再加上毕竟隔了一扇车门,弹道略有偏离,所以没有伤及脏器,只打在了大腿上,只造成了一处盲管伤

（有进口没出口）。

"这下麻烦了！"袁峰倒吸了一口冷气。

从专业的角度来讲，枪伤之所以比刀伤更急更麻烦，是因为枪伤创口更深，因为高速投射物进入人体组织的时候不仅作用于伤道本身，对伤道附近组织也会瞬间产生"空腔"的震荡，将同时造成严重的外出血和内出血，且射入人体的短暂负压会将外界污染物吸入伤道，加重感染风险。

刚刚在孙娜娜开枪的一瞬间，袁峰通过枪响就可以判断，对方手里的是一把韩产 DP51 手枪，9mm 口径派拉贝鲁姆弹，弹容 13 发。

"咣当——"孙娜娜一手拎着手提包，一手持枪跳下了车。大雨落地，腾起好大的水雾，孙娜娜环视一周也没有找到袁峰的身影。

其实袁峰并没有跑远，而是在中枪的一瞬间倒地一滚，钻进了车底。孙娜娜一下车，他便伸手一抓，握住了孙娜娜的脚踝，向后一拉，将她直接向车下拖来。孙娜娜倒地，一手松开提包，赶紧护住了脑袋，一手持枪对着车底下扣扳机，一连打了五枪。

"砰砰砰砰砰——"

雨大风急，视线极差，孙娜娜开枪时又左右挣扎，狠命踢蹬。袁峰缩在车底拉扯孙娜娜的脚，拽着孙娜娜的大腿挡着自己的身形，致使孙娜娜连开五枪，无一命中。

"啊——啊——"孙娜娜趴在地上一手抱住轮胎，努力不让自己被拽到车底，一手举着枪顺着大腿往身后瞄。袁峰抱着孙娜娜的脚左右乱扭，扯得她身体不断乱晃，无法瞄准。

距此不远处，墙边停着一辆面包车，面包车里坐着手脚被捆得结结实实的马北和葛六儿。马北趴在玻璃上，看着孙娜娜被袁峰拽入车底，急得眼珠子都快鼓出来了。

"六儿啊，你快点！快点！"

葛六儿和马北背对背，手心里握着一个指甲盖大小的刀片。久混江湖的老贼都喜欢在身上藏刀片，马北的刀片就藏在皮带扣里。袁峰绑的这绳子他解不开，只能用刀片割，绳子粗刀片薄，他和葛六儿轮着割，两只手的手指不知添了多少道血口子。

"妥了！大哥！"葛六儿一声大喊，马北用力一挣，将手腕上的绳索挣开。

"快快快，六儿！"马北接过刀片，给葛六儿割手上的绳子。两人用了两三分钟，割开了手脚上的所有捆绑，拉开面包车的车门，向袁峰那边跑去。

"北哥！六儿！"孙娜娜手脚酸软，体力不支，被袁峰拖到了车底。

"我杀了……你！"

孙娜娜倒在车底，手肘立不起来，隔着身子来不及调转枪口。袁峰趁机一拉，将孙娜娜扯进怀里压到身下，用手肘一别孙娜娜持枪的手腕，下了她的枪。

与此同时，马北和葛六儿一前一后跑到。葛六儿这人身大力不亏，弯腰一捞，揪出了袁峰的后脖领子，屁股向下一坐，直接把纠缠在一起的袁峰和孙娜娜拽了出来。袁峰两腿一蜷，将孙娜娜借力蹬到葛六儿怀里。葛六儿怕孙娜娜受伤下意识地去接，趁着这个空当，袁峰向车底下一滚，伸手就去抓孙娜娜落下的那把手枪。

就在袁峰的手指快要碰到枪柄的一瞬间，"砰——"马北捡起了孙娜娜丢在地上的提包，从里面抽出手枪，抬手就是一枪。

马北的枪法远非孙娜娜可比，就算是隔着雨幕，也打得又准又稳。袁峰一缩手，向旁边一滚，正要再去抓枪。

"呼啦——"葛六儿扯住了袁峰的右腿，将他从车底拽了出来，同时抬起左脚，重重地踩在了袁峰大腿的枪伤上。

"啊——"袁峰发出了一声瘆人的惨号。

"你不是挺牛逼的嘛！再硬啊！"葛六儿穿着尖头皮鞋的大脚，专奔袁峰的脑袋上踢。袁峰滚在泥水里，身子弓成了一个虾米。

马北从车的另一侧绕了过来，蹲在了地上，看了看孙娜娜，轻声问道:"娜娜,你没事吧!"

"没事儿,破了点皮!"

马北攥了攥手枪,蹲下身来,将枪口顶在了满脸是血的袁峰头上:"小子,就算那猴尸不要了,我也得弄死你。"

袁峰的鼻子哗哗淌血,嘴角泛起了一抹浅笑:"如果我所料不差,陶雅莉已经获救了!"

"你说什么?"马北瞳孔一紧。

"不可能,宝坤看着她呢!"孙娜娜喊道。

"我的后面,一直跟着一个海关的人。他追得很紧,青港镇就这么大,你们在这儿,我也在这儿。眼下你我打得头破血流,他却一直没有出现。我可以大胆猜测……他已经找到雅莉了!"

当初在阿湘的海舍民宿,袁峰躲在暗处发现了尾随的董皓。他知道董皓在营救陶雅莉的这件事情上和自己是一个战线的,自己将马北等人按计划分开,各个击破,无形之中,也是为董皓减轻压力。只不过,他万万没想到,这世界上很多事就是这么凑巧——他和马北等人由于镇上别的酒店都没开门或是客满,而阴差阳错都住在了阿湘的酒店,只不过彼此都不知道。倘若他们早知道会是这般情形,恐怕剧本就要改写了。

"马上给宝坤打电话。"马北急得放声大吼。

孙娜娜掏出手机,连拨了五六通,全都没人接:"北哥,没人接。"

马北喘了一阵粗气,用枪口点了点袁峰的太阳穴:"今天留不得你,不杀也得杀!"

"打准点,给我个痛快。"袁峰咧嘴一笑。

"上路吧……"马北深吸了一口气正要扣动扳机,雨幕中骤然传来了一阵车轮摩擦地面的尖啸,一辆喷着海关标志的黑色 SUV 在百十米外陡然加速直冲,车头直奔马北撞来。

正是董皓在千钧一发之际赶到了!

"打!"马北抬起枪对着车头扣动扳机。"砰砰砰砰砰——砰——"

子弹连发，车内的董皓，两手扶着方向盘，身子整个侧躺到副驾驶位上，右脚将油门踩到底，转眼便冲到了马北身前。马北不敢硬扛，一边射击，一边走"S"形轨迹后退。

董皓抬起头，瞥了一眼马北的位置，右脚从油门换到了刹车上，左手闪电般将方向盘向左打死，同时右手向上一拽，将手刹拉到最高。

"吱——吱——"整辆车四轮抱死，后轮横向力在入弯质心处产生的旋转力矩小于前轮横向力在质心处产生的旋转力矩，车尾瞬间向外滑，以前轮为圆心画弧，呈顺时针漂移。

直着撞人是一条线，用漂移扫人则是一个面！

"咚——"马北猝不及防，被高速扫动车尾撞了个正着，整个人横着飞了出去。

"娜娜你去看大哥！"葛六儿一推孙娜娜，从地上的提包里又掏出了把手枪。马北一行，四人四枪。此时一把留给了宋宝坤，一把在马北手里，一把在葛六儿手里，一把被孙娜娜丢在了车底。

趁着马北被撞倒，葛六儿举着手枪跟董皓较劲。袁峰爬起身，一瘸一拐地闪到一边，将孙娜娜丢在车底的那把枪俯身捞了出来，背靠着孙娜娜开来的出租车，喘了两口气，退下弹夹看了一眼："我去，就剩两发子弹了……"

董皓撞飞了马北之后，并没有停车，车头原地调转了一百八十度，再度向葛六儿冲去。葛六儿双手持枪，对着董皓的左前轮连开六枪，其中有两枪命中。

"扑哧——通——"董皓驾驶的车辆，左前轮瞬间破裂。在此之前，这辆车不但一直在高速行驶，而且还玩儿了一手漂移，受摩擦影响，在温度升高和内压升高的作用下，轮胎早已变形，胎体弹性降低，动负荷呈几何增大，前胎一爆，车身直接侧偏。董皓也是一名老司机，两手紧握方向，脚踩刹车，想尽量控制住车身。奈何葛六儿一招得手，趁势跟上，往地上单膝一跪，将枪里的最后四发子弹打向了董皓的右后轮。

"扑哧——通——"一模一样的爆胎响传来,董皓的车子彻底趴窝了。

没子弹的枪就是废铁,葛六儿扔了手枪,从提包里拎出了一把剔骨刀,大踏步朝董皓的车跑去。

"北哥——"孙娜娜抱起了躺在地上的马北。

马北胸口起伏不定,举枪的右手疯狂乱抖,枪口对着葛六儿的方向,嘴里含糊不清地喊着:"六儿……帮,帮六儿……"

孙娜娜扒开马北的眼皮一看,他的眼白一片血红。孙娜娜知道,马北这双"兔子眼"不是发脾气上火急出来的,而是受钝伤撞击充血了。

"北哥,你……你没事儿吧?"

"拿……枪,打打……海关……打死……"

马北颤抖着手把枪塞进了孙娜娜的手里,孙娜娜抹了抹眼泪,站起身还没来得及举枪。

"砰——"袁峰缩在车底朝着孙娜娜的方向开了一枪。

孙娜娜下意识卧倒在地,朝着袁峰处还了两枪。

"当——当——"这两枪全打了出租车的发动机盖上,并没伤到袁峰。袁峰背靠的出租车可以当掩体,孙娜娜却是趴在了一片空地上去,前后左右无遮拦。

"娜……娜娜,到我身后,我给你当……掩体……"

马北浑身打着摆子,强撑着左胳膊在地上坐了起来,把孙娜娜遮在了身后。

"北哥!我……我跟你们拼了。"孙娜娜爬起来就要冲出去,却被马北用一只手狠狠地拽住。

"娜娜!雨大目标小……你这么跑出去,打……打不着的,把……把手机给我……"

"手机?"

"快,我们的手机都被搜走了。"

孙娜娜把手机递给了马北，马北攥在手心里，幽幽说道：

"咱们几个怕是得撂在这儿了，现在对方……最怕的就是咱们……咱们联系宋姐……搬救兵。妹子，你信不信，我把这手机一举到耳朵……举到耳朵边，他拼了命也得开枪往这打，到时候……到时候他一起身，我喊……我喊打，你就开枪射……射他！"

"不行北哥，万一你……不行，我打电话，你开枪……"孙娜娜说着话就去抢马北手里的手机。马北咬着牙将手机攥得死死的，孙娜娜怎么使劲也掰不开马北的手指头。

"妹子……哥不成了，我眼前都是红的……瞄不到他的……"

"不行……不行……你死了我们怎么办？"孙娜娜鼻涕眼泪直淌。

"宋姐这些年……没少给钱，咱们……干的就是拿钱……拿钱卖命的营生，卡就藏在咱们刷车场二楼……关老爷的画像的后头，密码是……六个四……拿了钱你们几个就散了吧，吃江湖饭……没人能平安到老……"

"北哥……"

"别哭了，你是老大还是我是老大？"

"你是老大！"

"我是老大，听我的。最后两发子弹，打准儿点！"马北咬了咬牙，解锁手机屏幕，拨通了宋雨晴的电话。还没放到耳边，袁峰便从出租车的后视镜里看到了屏幕的亮光。

"不好！他要报信儿了！"袁峰虎目一瞪，拔身而起。

"砰——"袁峰开枪。马北的手机被击飞。

"打——"马北一声大吼。

"砰——砰——"孙娜娜连发两枪，一枪命中袁峰肩膀，一枪击穿了袁峰的小腹。

"扑通——"袁峰直挺挺地向后栽倒。

"咳——咳——"袁峰忍不住剧痛，一阵猛咳，伸手摸了摸小腹，喃喃自语:"这回怕是真要交待了……"

就在这时,葛六儿也冲到了董皓的车前。董皓在车里上下左右找了一圈儿,也没找到合适的武器,心里一着急,两手向后握住了座椅上的头枕,向上一拔。

"咔嗒——"头枕被拔了下来,头枕下有两根钢管,这本是涉水时用来击碎车窗逃生的,此刻情急如火,顾不上合不合用,就先凑合着使,别空手对敌才是正理。

"当啷——"车玻璃被葛六儿一肘撞碎,董皓飞起脚踹开车门,葛六儿后退了两步,拉开了架势。董皓轻轻跳下车,反手关上了车门。

"啊——"葛六儿发了一声喊,攥刀来捅。董皓左脚后撤,右脚在地上一踢,扬起了一大抔泥水。葛六儿下意识地用左手遮了一下眼睛。董皓趁机向后一倒,躺在发动机盖上,向后一翻,闪到了车子的另一侧。葛六儿一刀扎空,揉了揉眼睛,左手揪住董皓后脖领子,一刀扎向他的后腰。

虽然都在一个单位工作,但是董皓、郭聪和聂鸿声、蒋焕良等人在动手能力上压根儿就不是一个档次。郭聪当年和陈三河多少学了点儿,而董皓从小到大都是乖孩子,打过的架屈指可数。工作以来,上班后也一直在从事业务研究工作,面对的都是各种的大数据和信息系统,几时和人持刀对战过。幸好董皓的反应还算快,葛六儿一刀捅来,他连忙回身,将头枕挡在了腰间。

"扑哧——"剔骨刀不长,猛地一扎,整个刀身都没在了头枕里。葛六儿力大,使劲往前顶。董皓顶不过他,后退了三步,后背直接抵在了车门上。

袁峰脸白如纸,用着全身的力,歪着脖子,将脑袋立起来,冲着董皓大喊:"转……你转啊,胳膊……胳膊转……笨!"

董皓听见袁峰的话,两手一扭,左手转到右边,右手转到左边,两手握着头枕顺时针画了一个圆,葛六儿的刀插在了头枕里。董皓这一转,头枕上的两根平行的钢管刚好别住了葛六儿的手腕。打架有个常识"根强梢弱、根拙梢巧",也就是说人的四肢,越靠近躯干的地方越强壮,腰比肩有力,肩比膀有力,膀比臂有力,臂比肘有力,肘比腕有力,腕比指有力。董皓转胳膊,是用膀子上的力去扭动葛六儿的手腕,这就好比"胳膊拗不过大腿"一般。葛六儿就是再壮实,一只手腕也不可能硬扛董皓的两只胳膊。

"哎呀——"葛六儿手腕一痛,松开了刀柄。董皓扔了头枕,伸臂一抱,将葛六儿扑倒。

马北听见袁峰呼喊,知道他还没死,连忙对孙娜娜说:"补刀……不能让他活。"

孙娜娜扔了手枪,想去提包那拿刀,但是看了一眼距离实在太远,于是从地上顺手捡起了半块砖头,向袁峰跑去。董皓余光瞥见孙娜娜气势汹汹地要去拍砖,心里一慌,手脚慢了下来,被葛六儿翻身一掀,压在了地上,两手一掐,扼住了董皓的脖子。董皓胳膊没有葛六儿长,无论怎么抓挠也攻击不到葛六儿的头面。再加上葛六儿身粗体胖,二百多斤的重量往董皓腰上一坐,差点没把他胃给挤出来。

"咳咳……你……呕咳……"董皓整张脸因为窒息而涨得发紫,意识已经渐渐模糊,朦朦胧胧中他好像看到了两道车灯在土坡上亮了起来。

郭聪和张瑜终于赶到了。

"车里待着,别乱动!"郭聪踹开车门就跳了下去。

"我也去!"

"你去个脑袋去,刚才响枪了,你没听见吗!"

"为什么你能去,我就不能去?"张瑜不服气,一拉手刹,就要下车,郭聪用肩膀一顶,顶住了车门。

"咱俩要都交待在这儿,我师父的百步识人,就算是断了……再说了,只要我还没死,玩命的事就轮不到你。"

郭聪眼睛一红,不等张瑜答话,便冲下了土坡。

"郭……郭聪……"董皓朝这葛六儿后背使劲挥着胳膊。

葛六儿一声嗤笑,两手不断加力,狞声说道:

"诈我?想让我回头?这招都是爷玩儿剩……"

"啪——"一块沾着泥水的砖头碎在了葛六儿的脑瓜子上,葛六儿一声惨叫,捂着脑袋躺倒。

郭聪到了!

"老董!老董!你看看我!"郭聪拽起了董皓,使劲地晃了晃他的脑袋。董皓晕沉沉的眼神渐渐重新对焦,总算是看清了眼前的郭聪。

"呼——咳咳咳——呼呼——"董皓喘着粗气说道:"郭聪,我他妈爱死你了!"

郭聪一愣,好像看外星人一样上上下下瞄了董皓一阵:

"不容易啊,认识这么多年,第一次听你骂脏字!"

"我骂脏字了吗?"

"骂了!"

"你听错了!"董皓捶了捶胸口,看了看地上的葛六儿。郭聪这一砖头下手极黑,打得葛六儿抱着脑袋一阵干呕,整个人意识都模糊了。

"你看着他,我去对付那女的。"

"我去吧,你这胳膊……"

"一只胳膊也比你强。"

"你就是看见女的走不动道……"

郭聪跑得太快,董皓还没说完这句话,他就已经拦在了袁峰的身前。

"哟呵,妹妹挺漂亮的,拿个板砖多影响形象啊。雨这么大,把它扔了,咱们找个地方吃顿火锅怎么样啊?"

"残废,找死!"孙娜娜柳眉倒竖,双脚轮换着甩掉了高跟鞋,光脚蹚着泥冲了过来。郭聪右手在嘴边一抹,藏在舌头底下的刀片已经夹在了指缝。

有道是"一胆二力三功夫",胆是勇气,力是体格,功夫是技巧。

训练的意义就在于形成正确的肌肉反应,以便在对敌的时候能够下意识地应用。陈三河当年教郭聪的时候,曾经告诉过他一个细节——退不如进。一对一搏斗,二人相向而立,因为人的生理结构特点,决定了我们人类这个物种往前走永远要比往后退更快。所以在格斗的时候,面对对手的攻击,越是后退越容易挨打,因为脑袋的躲闪永远没有拳头的挥击快,往后退的速度永远没有敌人往前进的速度快,"快打慢、强打弱"是众所周知的道理。只不过,道理归道理,苦练归苦练,以郭聪的战斗力,就算他理论听得再明白,也发挥不出多少实力。幸好眼前的对手是孙娜娜,郭聪这三脚猫的本事倒也够用。

眼下孙娜娜的一板砖抡过来,郭聪在举手护头的同时,脚下不退反进,撞进了孙娜娜的怀里。胳膊抡搬砖和抽鞭子是一个道理,距离梢节越近,加速距离越上,重力越大,越靠近根节,力道越小。郭聪往前一挤,身体承受攻击的位置从手上的砖头,变成了手肘,力道大打折扣。

"对不住了!"郭聪右手上臂抱住孙娜娜的脖子,左脚别在她的脚跟后头,扭腰一摔,将她掼倒在地。郭聪原本以为这一招得手,大事可定,却万万没想到,孙娜娜在倒地的一瞬间,抱住了郭聪的右臂,两腿上抬,左上右下夹住了郭聪的脖子,腰胯向外一翻,将郭聪绞倒,膝盖内弯收缩,卡住了郭聪的喉咙。郭聪左胳膊还打着石膏没法回弯儿,右胳膊被孙娜娜两手抱住,两条腿在地上一顿乱蹬也挣不开。

孙娜娜两手缠住郭聪的手臂,张嘴一咬直接啃在了郭聪的手背上。

"啊——啊——别咬!哎呀!"郭聪手背见了血,疼得直冒冷汗。

孙娜娜眼睛瞪得溜圆,翻身趴在了地上,后背往上挺,膝盖弯曲跪在地上,将郭聪的胳膊向后猛掰。马北在地上坐了一会儿,晕乎乎的脑袋渐渐缓了过来,手脚一撑,摇摇晃晃地站了起来,拖着沉重的身子向郭聪这边走了过来。

"咔嚓——"孙娜娜一声闷喊,将郭聪的右臂掰脱了臼,两手松开了郭聪软塌塌的胳膊,贴着地一捞,将郭聪的脑袋夹在了肋下,渐渐收紧。郭聪两只胳膊没一只能用得上，呼吸渐渐困难。

千钧一发之际，一只纤细的手从孙娜娜后方伸了出来，五指一攥，薅住了她的头发。

正是张瑜在土坡上看到郭聪被制，想都不想就跑了过来。

张瑜没打过架，狠劲儿照孙娜娜差了太多。孙娜娜拼着头发不要，死不松手。张瑜两手抓着孙娜娜的头发，急得直哭。

躺在地上的袁峰气得直咳嗽，指着张瑜有气无力地喊道：

"老……老妹儿啊，别薅头发，掰……掰她手指头啊！"

张瑜闻言恍然大悟，松了头发，探手去掰孙娜娜的手指头，三个人滚作一团。郭聪虽然胳膊废了，但是两条腿还能动，配合着腰在地上一顿扭动，让锁着他脖子的孙娜娜重心不稳，无法上下兼顾。张瑜掰了几下手指头，发现掰不动，一着急也张嘴去咬。孙娜娜被张瑜咬疼了，手指头一松，被张瑜攥住，向前用力一撅。

"咔——"孙娜娜右手三根手指头被张瑜直接撅折。

董皓绑好了葛六儿，正瞧见孙娜娜、郭聪、张瑜三人滚作一团，马北晃晃悠悠地拎着一块砖头往这边移动。

"后面——"董皓一声大喊。

张瑜闻声回头，马北一个虎扑抓住了张瑜的后脖领子，直接将她按到了地上。张瑜这点气力哪里挣扎得过马北，又惊又怒之下，眼泪不争气的就往外淌。郭聪一弓腰，缩起双腿猛地一蹬，踹翻了孙娜娜，用脸和脚尖儿撑地，想站起身来，累得额头上青筋根根鼓起，却无济于事。马北单手按住了张瑜的脖子，另一只手抓着砖头就来砸张瑜的后脑。

"啪——"董皓捡起一块砖头远远掷来，正中马北耳朵根，马北脑子里"嗡"的一响，还没等缓过神来，董皓已跑到了他面前。此处是工地，遍地都是碎砖头，董皓从泥水里又抠了一块，扑上来，"啪"的一下砸在了马北的鼻梁上。

马北在不到一小时的时间里被车撞了两次，砖头砸了三次，饶他体格再好、功夫再高，也禁不住这么下狠手。

"你们……你……"马北眼前一黑，彻底失去了意识。

张瑜半张脸陷在泥水里，浑身僵直，两眼圆瞪，大脑里一片空白。董皓手忙脚乱地把张瑜扶起来，大声喊道：

"张瑜！张瑜！你没事吧？"

"我……我……郭聪……郭，你……看他！"张瑜被吓傻了，语言功能还没恢复，只知道摇头。

瞧见张瑜的眼神没有涣散，董皓连忙按住了孙娜娜，将她两手捆好，随即扭头看向郭聪，沉声问道：

"老郭，你没事儿吧？"

"没事儿，俩胳膊一个骨折一个脱臼，这回左右算是对称了。"

董皓一看郭聪还能调笑，心里顿时松了一口气。

"袁峰，你还好吧，你忍一忍，搭把手，把所有人都弄到车上去！"董皓掀开袁峰的衣服，看了看他的枪伤，"你这个……挺严重的，坚持住了，咱们去医院！"

五分钟后，马北、孙娜娜、宋宝坤被押进了张瑜开来的那辆车，一个挤一个地坐在了第三排。这是一辆七座的吉普车，董皓坐在驾驶位上开车，张瑜坐在副驾驶位，郭聪和袁峰靠在第二排，两人一模一样地摆着"北京瘫"的造型。

"袁峰！你坚持一下，咱们很快就到医院。"董皓从反光镜里看了一眼袁峰，袁峰的状态很不好，失血过多的他面色白里透黄。

郭聪眯了眯眼，扭头看着袁峰说道："兄弟，都这个造型了，不妨跟我说句实话……你到底是谁？"

此话一出，车内瞬间安静得可怕。

"郭聪，他是袁峰啊，我追了他一路了，你在胡说什么？"董皓吓了一跳。

"他？他可是个高人！张瑜，回头！"

"什么事?"张瑜从副驾驶位转过身来。

"伸手,摸一下他的额头,用点力!"

"啊?"

"让你摸就摸!"

"哦!"张瑜一头雾水地伸手,在袁峰头上摸了一把。

"把手指头往我裤子上蹭一下!"郭聪微微一笑。

张瑜皱了皱眉头,将手指头轻轻地在郭聪裤子上一抹。郭聪的裤子是黑色的,被张瑜一抹,顿时添了三道象牙色的指头印儿。

"这是……粉底?"

"还是防水粉底,高级货呀!"郭聪一扭头,目光和袁峰对视到了一起。

袁峰龇牙一乐,左手缓缓挑了一个大拇指:

"叶底藏花,百步识人,厉害啊……咳……厉害!陈大队的高徒……郭科长,久仰!"

"这是……"张瑜震惊之下,一时语塞。

"化装术!特高级的那种,手艺高的,化装后堪称改头换面。打个不恰当的比方,聊斋里的画皮你看过吧,差不多就这意思。男人能画成女人,女人能画成男人,蒋焕良他们那个贴贴胡子、换换发型的手段,充其量就是入门的手段,这位的手法……高端操作!"郭聪言语之间满是赞叹。

袁峰咳了一口血,颤抖着手从右侧兜里摸出了一个塑料包,撕开外包装,取出了一块卸妆棉。

"我见过袁峰的照片,他的脸比我小,而光影能形成视觉颜色差,增加面容的立体效果,这需要我在苹果肌、额头、下巴、鼻梁、眉骨等位置涂抹高光,有亚光的修容粉打底显自然,从肤色上来讲……他比我黑,常年跑船,日光晒得久了……咳……脸颊有红晕,先用 8 号色膏状深色粉底,多加黑色,掺杂少油的乳液和精华,调……调出泛红泛紫的颜色。袁峰的鼻梁很硬挺，我需要……先在 T 字区（额头和鼻梁）位置涂抹比肤色浅一号的粉底，避开鼻头，再用……用高光粉在 T 字区打亮，并从眉头开始的地方，向鼻翼两侧，扫上阴影粉，这样我的鼻梁就会在视觉上抬高，轻轻勾出鼻影……缩小视线内的鼻头……咳咳咳……然后，袁峰的皮肤不好，风吹日晒皱纹多，画皱纹是手艺的精髓，要分亮、中、暗的层次，暗色要用深棕，中色用深棕加腮红，亮色可以用……咳……橄榄绿加一点黄，按结构画出线条，头尾处细细揉开，眼角纹、鱼尾纹、泪囊是横纹，眉间纹、鼻唇沟、嘴角纹、颊纹是竖状纹。袁峰的眼睛眼距比我窄，我需要内眼角画高，眉梢往下画……再用调刀把前半部的眉毛挑起来，用化妆胶水把后半部的眉毛刮牢……用镊子取假眉毛，刮平……刮平砂边……咳咳咳……真他妈疼啊！"

"你不是袁峰？"

董皓扫了一眼反光镜，随着此人手上卸妆棉的不断擦抹，赫然露出了一个陌生男子的面容。

"我每次出现都是夜间……和光线不好的地方，我还总遮着脸……其实袁峰的个子比我高，我……只能从衣服穿搭上混淆视觉……上衣穿宽的，但是衣服长短，只到腰上方，选黑色显瘦……裤子竖条纹，长度在脚踝以上，鞋子穿……穿大一码，并且选细长的鞋型，这样，就能从视觉上拔高 5cm 到 8cm。这么弄虽然瞒不过百步识人，但是却能足够欺骗普通人的眼睛……其实我一直觉得，我如果当个美妆主播或是……或是去拍电影剧组当个化妆师，一定能火……"

"你是谁？"张瑜问。

"自我介绍一下，滨海关缉私局情报三科侦查员……我叫邹骥，几位……幸会！我们干情报搞侦查的，几乎常年在外，大家虽说是同事，却从未见过面，没想到第一次相见，我……是这么个造型，哈……哈哈哈，真是尴尬。那个……真正的袁峰在南山公园受了重伤，目前正在医院疗养……那天晚上董皓尾随着袁峰，而我……则尾随着董皓。袁峰受伤钻到了林子里，我因为那天带了一只警犬，所以发现了受伤的他。我电话汇报了聂关，聂关命我假扮袁峰，秘密地继续和马北这伙人……纠缠，以便寻找宋雨晴布局的突破。那具猴子的尸体已经被我送回到……送回到关里了，我一路上和他们周旋，蛇皮袋子里装的就是个洋娃娃……哈哈哈哈……聂关说了，没有毫无破绽的局，哪怕它天衣无缝，也要给它忽悠出一个口子来，假作真时真亦假，真作假时假亦真。这帮走私的，看似聪明……可再聪明的狐狸也斗不过咱们老猎手……哪怕是条好腿，你跺你也麻，忽悠忽悠就瘸了……"

"你是什么时候替换……哦，我想起来了，我在南山公园后山坡查探车辙印的时候，发现了有人在一旁窥伺。我拨开乱草却没发现人影……"

"没错！那个人……就是我！在将袁峰送到医院之后，从他的口中我了解到了大概的事件信息，并按聂关的指令，用袁峰的身份和……他的手机联络宋雨晴。我每次通话都是短信联系，所以不会在声音上露出破绽……为了模仿这个袁峰，我是下了苦功的，一边逃亡……我还学着打水手结，呕——"

邹骥呕了一口血，整个人的呼吸越发衰弱。

"兄弟！你别说话了，养养精神，咱们就快到医院了。"

"不是我话多，是不说就没……没机会了。我……我左上腹疼痛，呼吸时加剧，血液刺激左侧膈肌，心悸耳鸣，有反射性呕吐……说明我的脾已经……已经破了！"邹骥一边说着一边翻开了按在腹部的手掌，露出了伤口，"郭科长，我……血流得太多了……我这回，追授个一等功，一等功……稳稳……稳稳的吧？"

郭聪眼眶里全是泪水，咬着后槽牙闷声说道："稳！稳……稳稳的。"

邹骥笑了笑，伸出食指在郭聪的大腿上一笔一画地写了一个字——骥！

"郭科长，我……我叫邹骥，骥是马字旁，骐骥的骥，千里马那个骥，不是河北省那个冀，回头上报……上报事迹材料的时候别……别写错了。"

"嗯！"郭聪憋着一口气，重重地点了点头。

坐在后排的葛六儿冷眼瞟着邹骥，狞声说道："能逮住个垫背的，老子死也值了。"

此时，邹骥的眼皮已如灌铅一般沉重，但听得葛六儿此话，依旧强挺精神，尽力将身子坐直，厉声喝道："海关……像我这样的人千千万，你们这些人，最好老老实实，我……我们盯着你呢……"

话音未落，邹骥已然断了呼吸。

车内静得可怕，张瑜低头抽泣，郭聪和董皓虽一言不发，但泪水却早已夺眶而出。

第十八章　收　网

山野豪庭温泉度假山庄地下，斗兽场中藏獒咬灰狼的厮杀已经进入了白热化。聂鸿声手里攥着一瓶啤酒，看似是在观战，实则大脑里想的全是自己布下的这张大网。有道是：千里之堤，溃于蚁穴，对于宋雨晴这种狡猾的老狐狸，只要出了一点细微的漏洞，她就会给你撕开一个巨大的口子，进而逃之夭夭。

场地另一边，邓姐隐在高老板的身后悄悄接起了一个电话，在放下电话的一瞬间，邓姐的眼眶已经通红一片。聂鸿声扭过头去，隔着二十几米，意带问询地皱了皱眉头。邓姐深吸了一口气，看着聂鸿声重重地点了点头。

聂鸿声明白，这是邓姐在告诉自己："后方传来消息，布局的最后一块——董皓那边已经大功告成，整张大网全部覆盖妥当，可以收网了！"

"邓莉的眼圈怎么红了，难道出事了？"聂鸿声没由来一阵心悸。

"哟，班中先生，看什么呢？"窦伟杰打完了电话，笑呵呵地迎了过来，顺着聂鸿声眼神的方向一下子便看到了站在高老板身边的邓姐。

"那个女人，您认识？"

"不认识，很漂亮。"聂鸿声瞬间收摄心神，摆出了意味深长的笑容，轻轻拍了拍窦伟杰的胸口，给了他一个"男人都懂"的眼神。

"她……是你们这儿的？"

"班中先生，对不住，这位女士真不是我们这儿的服务员。人家是客人带来的……咱们开门做生意，客人带来的女人那是万万不敢惦记的。您要是有兴趣，我倒是知道几个地方，稍后……"

"算了算了，有机会再说吧。"聂鸿声故作失落，意兴阑珊地叹了口气，总算把这茬儿遮了过去。

"班中先生，宋大姐到了，她想见见您。"

"好啊！我们是老朋友了，前面带路吧。"聂鸿声跟在窦伟杰的身后，往门外走去，两手在身后一背，若有若无地做了一个五指攥拳的手势。藏身人群中的魏局会意，面色一冷，点了一根烟，坐到了一张酒台后头，借着嘬烟的动作，对着衬衫袖口的一颗扣子轻声说道："各组行动，开展抓捕！"

命令刚一下达，80公里外，布置在郊县外五道沟村狗场周边的警员迅速出动，由岳大鹰担任现场指挥，两队人马合围狗场，严把各处出口。一队人直接破门，闯进了场院，按照行动部署分小组穿插，攻入三间仓库，共抓捕窦家兄弟在狗场内负责屠宰、饲养、贩运的手下8人，并就地开展突击审讯，询问该团伙人员、资金、上线、下线等犯罪网络构成，对供认出的未到案人员实施追捕。

与此同时，邓姐借着整理衣服的机会，在风衣的胸针上轻轻敲打了四下。

守在金帆酒店的东叔手捂着耳机，大声喊道："三长一短，邓莉传来消息，聂关让咱们收网！"

房间内整装待命的四名缉私干警收到消息，迅速出门，直奔真班中所在的711房间。

"我也去！"为老吕提心吊胆、焦躁不安的魏大夫也站了起来，小跑着跟了上去。

711房间内，班中、派吞、老吕三人正在打牌，也不知是老吕的牌技好，还是那俩泰国人的手气差，不到一个小时，他已经赢了8万块钱。

"仨K带个6！"老吕撸起袖子，"啪"的一下将牌甩在了桌子上。

"不要！"派吞摇了摇头。

"班中先生你呢？要不要！我拍一了！"老吕将最后一张扑克牌扣在了桌子上。

"窦先生，我们这次来，是受了宋雨晴的邀请。她说除了犀牛角，还另有大买卖谈，但是我怎么问，她也不肯说，这件事……你清楚吗？"班中若有若无地问了一句。

老吕心脏一跳，瞬间打起了精神，张口笑道："上头的事，我哪知道，我就是个跑腿的。等我哥回来，你问我哥，他没准儿晓得。咱们先打牌，仨K带个6，我拍一了啊！要不要？"

班中还没答话，门外突然响起了敲门声。

"谁啊？"老吕喊了一嗓子。

"酒店客服。"

"干吗啊？"老吕皱起了眉头。

"给您送甜点酒水！"

"我没点餐啊！"班中眼神一冷，派吞会意，伸手捞起了果盘里的水果刀。

"我没订餐啊！"老吕将班中的话大声复制了一遍。

"您住的是豪华景观房，甜点和酒水是和房费一起的套餐，您已经结算完了。"

"哦！正好，我也饿了，咱少垫点吧。等我哥回来，咱们吃海鲜去，今儿赢的钱一顿饭全梭哈！"老吕哈哈一笑，他在听到"酒店客服"四个字的时候，就知道门外站的根本不是服务生，而是海关的缉私同事。因为当时聂鸿声曾跟他交代过，"酒店客服"这四个字就是收网的信号。

"等等！"老吕起身刚要去开门，被班中握住了一只手的手腕。

"怎么了？"老吕一愣。

"你出仨 K 带个 6，我出仨 A 带个 J，你要吗？"班中另一只手在出牌后，轻轻地敲了敲桌面。

"我……不要！"

"一张 9，我也拍一。"

"一张 9 啊，那我就不客气……"老吕笑了笑，想抽出被班中握住的手腕，奈何班中的手攥太紧，老吕怎么使劲也挣不脱。

"班中先生，您这是什么意思？"

"这句话应该我问你才对！"班中眼神一冷，缓缓从兜里掏出了手机，点亮屏幕举到了老吕的眼前。

屏幕上是一幕清晰的监控画面，魏大夫和四个缉私局的同事正在房门外集结，画面视角就在房间的正门前，看像素和画幅，拍摄的工具应该是微型的针孔摄像头。

原来班中早有防备，提前在房间门外偷安了摄录设备！

"你们逃不掉的，束手就擒吧！"既然已经图穷匕见，老吕也没必要再遮遮掩掩。

"哗啦——"老吕使劲一抬，想抓起烧水壶砸向班中，却不料派吞极快，于眨眼间腾身跃起，一个膝撞顶在了老吕的下腹部，同时大手一捂，堵住了老吕的口鼻。老吕中招后仰，派吞手中的匕首一晃，直接抵在了老吕的心口：

"别出声，否则宰了你！"

"派吞是打黑拳出身，手脚很快，你最好别乱动。"班中狞声一笑，从墙上的酒柜上取下了两瓶高度的伏特加。这两瓶生命之水，酒精度高达 96 度，点火就着，一般都是勾兑鸡尾酒时使用，当然只有少数不要命的狠人才敢于直饮。

班中抽了抽鼻子，拧开瓶塞，每瓶倒出了三分之一，从包里摸出了三个小铁罐，铁罐上还有 ZIPPO 的标志。说白了，这铁罐里装的是高端打火机的火机油，这东西到处都有卖的，并不稀奇。班中的手很稳，将火机油直接倒进了伏特加里。班中用高度酒精和火机油勾兑这瓶液体，学名"酒精燃烧瓶"，俗称"莫洛托夫鸡尾酒"。这种燃烧瓶制作简单，操作简便，原料随处可得，制作的知识点就在于"酒精和燃油的比例"。其中酒精要多，燃油要少，总量控制在 2 比 1 即可。老吕一看班中这手法，就知道他绝不是第一回鼓捣这东西了。

勾兑好了液体，班中从卫生间拽下了酒店的毛巾，用剪子随便一划，就做好了两条"棉芯"。这酒店房价不低，毛巾全都是高档的纯棉货，倒也正好合用。

班中转了转指尖的打火机笑着说道：

"一个本，两个赚，你们要我的命，咱们谁也别想活。咱就看看，谁第一个冲进来！"

老吕急得一脑袋汗，一瞪眼睛，一个头槌磕在了派吞的鼻梁上。

"啊——"派吞疼得一抽冷气。

"燃烧瓶！"老吕一声大喊，剧烈挣扎。

"我杀了你——"派吞手里的刀往前一抵，刀身直接捅进了老吕的小腹，直没到刀柄。水果刀没有血槽，捅进去不好拔，老吕攥住了派吞的手柄，和他滚到了一起。

听到老吕这一声大喊，门外的魏大夫又惊又怒、肝胆俱裂。

"砰——"一名缉私同志撞开了房门。

"咣当——"班中手里的燃烧瓶脱手而出，直砸那名同事。

说时迟那时快，在破门的一刹那，早有两人抓住了他的腰带，在大门洞开的一瞬间将他拽了回来。

"轰——"燃烧瓶飞出房门在走廊碎开，火焰随着易燃液体的流淌和挥发爆起了一大团火焰。

"跳窗，我爬空调架子到对面楼，你断后！"班中一声大喝，派吞蹬开了老吕，接过了剩下的那只燃烧瓶，扳倒了门边一人多高的实木大衣柜，把燃烧瓶用打火机点燃后直接砸在了衣柜上。大衣柜"轰"的一下燃起了大火，在大门口形成了一道火墙，彻底将魏大夫等人隔离在外。

班中拉开窗玻璃，踹开纱窗，将半个身子探出了外面。

"别走——"老吕顾不上腹部还插着刀，用手撑着爬起身来，两手抱住了班中的小腿，整个人往下一趴，抓住了爬窗的班中。

班中两手扳住窗框，另一只脚疯狂地向老吕的头脸猛踹，两下就踹断了老吕的鼻梁。老吕鼻血横飞，半张脸都是血渍的。

"松手——松手——"班中急得都快疯了，整个人歇斯底里地大叫。

"派吞！派吞！"班中大声呼唤派吞帮忙。

派吞瞧见老吕抱住了班中的大腿，连忙抄起了桌子上的洋酒，"啪"的一下砸在了老吕的后脑上，随后攥着手里的玻璃碴儿，捅向了老吕的脖子。老吕身子一歪，派吞扎空，虽没扎到动脉，却也扎进了肩膀。

"砰——砰——咣当——"魏大夫从走廊里拎起一把消防斧劈碎了大衣柜，跳进屋里，直接勒住了派吞的后颈，随后赶到的同事迅速将派吞和班中二人制住。

"老吕！"魏大夫想扶起老吕，伸手一摸全是血。

"魏大夫，你……"

"老吕你挺住，救护车马上到！"魏大夫噼里啪啦地掉眼泪。

"你哭个啥……哎嘿？你小子烫头了？"老吕抽了抽鼻血。

"烫个屁，刚才让火燎的！"

"我知道，我……就是缓和一下尴尬的气氛……"

魏大夫抹了抹眼泪，伸手摸了摸老吕的指节："开始发凉了，这是失血过多！"

"魏大夫，我这会要是……要是不行了，你帮我……帮我儿子找个好老师……好好补补数学，数理化不分家。他初中数学学不好，高中就……就该落下了……"

"你别废话了，那是你儿子又不是我儿子！"楼下传来了救护车的声音，魏大夫一边掉眼泪，一边用手指和手掌压住出血血管的近心端，使血管被牢牢压在附近的骨块上,从而中断血流。同时抓过一瓶酒柜里的高度洋酒,浸湿枕巾桌布使其消毒,而后用覆盖压迫的方法绑扎伤口。

"魏大夫……别费劲了,我也是医生,知道哥们儿这回怕是……"

"你他妈能不能把嘴闭上,狗屁!你就是兽医!我是大夫!专业的大夫!给人治病就得听我的!我厉害极了!厉害极了!厉害极了!"魏大夫哑着嗓子,不断地抽泣。

五分钟后,陷入昏迷的老吕被送入了救护车。老魏站在车外,看着沾满老吕鲜血的双手,浑身僵直得就像一块木头。

山野豪庭温泉度假山庄二楼,最大的包房门外。

"班中先生,宋大姐就在里面,你们谈,我们俩在这儿候着。"窦伟杰和窦伟志两兄弟在门外一左一右地站得笔直,像极了两座门神。

"砰——砰——砰砰——"山庄内骤然响起了一阵密集的枪声。

"什么声音?"窦伟杰紧张之下,一声大喊。

聂鸿声冷笑道:"这都听不出来?还能是什么声音?枪呗!"

"枪?什么枪?"窦伟志吓了一跳。

聂鸿声伸出右手,竖起拇指和食指,摆了个手枪的造型,指在窦伟志的额头,幽幽说道:"q-i-a-n-g,枪!"

"伟志,他是钩子!"窦伟杰脑子还是转得快,瞬间便觉察出了不对,左手往怀里一摸,就要掏枪。聂鸿声早防着他这一手呢,没等他摸到枪柄,聂鸿声的胳膊已经从他的肋下穿过,整个身子钻到了他的怀里,向上一挺,窦伟杰掏枪的手就被聂鸿声背到了肩上,手想摸枪却够不到怀里。

"唰——"聂鸿声另一只手抢在窦伟杰前面已经拽出了他怀里的手枪,并借力一个背摔,将他大头朝下地掼在地上,后脚一抬,将手枪在鞋跟儿上一蹭,拉开了保险。此时窦伟志也已握枪在手,抬起胳膊指向了聂鸿声,聂鸿声身子一扭,扭着窦伟杰的胳膊,把他原地拎了起来,侧身一闪,正躲在窦伟杰后头。窦伟志投鼠忌器,一个迟疑的工夫,聂鸿声的手从窦伟杰的肋下已经伸了出来,把窦伟志的手腕向上一推。

"砰——"窦伟志这一枪直接打在了天花板上。

"咔——"聂鸿声拖着窦伟志的大手逆时针一拧,直接掰断了窦伟志的手,窦伟志手里的枪下落。聂鸿声松开窦伟杰,上前一步,伸脚尖一挑,将那支手枪颠起,顺势抄在了掌中。

"就这身手,还敢玩儿枪,也不怕崩着自己。"聂鸿声嗤笑了一句,将这兄弟二人交给了刚从楼梯处攻上来的同事。

"咔嗒——"聂鸿声扭转把手,推开了门。

门后的套房正中,是一间会客厅,红木的书桌后面有一把转椅,椅子上坐着的正是宋雨晴。宋雨晴看到聂鸿声进门,窦家兄弟被死死地按在了门外走廊的地上。她明显愣了一下,但是很快便恢复了平静。

宋雨晴是见过班中的。她主动邀请班中来滨海谈生意,明面上说是买犀牛角,但是非要班中亲自送货,含糊其词地说有大生意,却不肯和班中明说。班中这人厮混江湖多年,为人最是多疑,既被宋雨晴所说的高回报所诱惑,又害怕宋雨晴下套儿坑她,所以一到国内,就和宋雨晴玩儿失联,单方面改了会面的时间地点。其实不怪宋雨晴云山雾罩,像"左耳计划""麦角酸二乙胺"这种"大买卖",宋雨晴怎么敢在电话里透露风声呢?万一班中出了什么岔头,他人在泰国,自己根本无法控制后果。再加上班中和窦家兄弟这些人,素来都是小心翼翼,处处潜藏行迹,别说照片了,连个真名都不带外露的。窦家兄弟不知道班中长啥样,班中也不知道窦家兄弟长什么样。谨小慎微的宋雨晴更不可能在没搞清楚班中情况的前提下贸然亲自接触。于是乎,聂鸿声抓住机会,左右两头来回骗,使得班中傻傻等在酒店里,直到被海关抓获。窦家兄弟接了个假班中回来,却当真班中接待,不但带着聂鸿声亲自游览了老窝,还反馈宋雨晴说:班中先生愿意合作,绝对可靠。宋雨晴心中的石头落地,安排了和班中的见面,谁知一开门,走进来的却是聂鸿声。

"听见枪响,我便知道,自己已经中了圈套,只可惜我有眼无珠,被人蒙骗。想必真的班中已经被你们拿下了吧。还没请教,您是……"宋雨晴的语气非常淡定。

"聂鸿声!"

"哟,海关的大领导,当真百闻不如一见。"

"你这心理素质倒是不错,颇有大将之风啊!"

"大将之风谈不上,成王败寇而已。我做的是大买卖,赢得起,我便输得起。如果动不动就患得患失、忧伤惊恐,那我和那些街头小打小闹的蟊贼又有什么分别!"宋雨晴单手拿起了桌上的咖啡,细细呷了一口,看着窗外的风雨,幽幽念道,"一着不慎、满盘皆输,真个是,寒鸦飞数点,流水绕孤村。斜阳欲落处,一望黯消魂"。

宋雨晴尚在抒发感慨,邓姐已经冲进了屋内,两只眼圈都哭肿了。

"邓莉!你怎么了?"聂鸿声暗道了一声不好。

"聂关,在收网前后,我先后收到了两个消息……"邓莉的眼泪哗哗地流。

聂鸿声心脏"咚"的一下沉进了无底洞:"关里……有人出事了?"

"一死一伤。"

聂鸿声两眼一闭,半天说不出一句话。

宋雨晴闻言,微微一笑,随后换上一副极为惋惜的面孔:

"人民海关为人民,听到这个消息,我也很悲痛。但是,我还是要提醒你们一句,我会聘请最好的律师团队。如果你们证据不足,无法将你们的查获和我本人挂钩,恐怕……也奈何不了我,而且,我有很多的媒体朋友……"

邓姐狠狠地盯着宋雨晴,沉声说道:

"你放心,你在境外通过动物藏毒运毒,凭借窦家兄弟的野生动物倒卖链条和气蒸四海这些非法经营野味的餐馆贩运走私进境的麦角酸二乙基酰胺等精神药品,形成制、贩、运、储、吸全链条的犯罪网络。相关情况我们已经完全掌握,连同你雇凶杀人的事,桩桩件件人证物证俱全,包你在劫难逃。"

聂鸿声默立良久,突然一抬手,拼着全身的气力从嗓子眼儿里强挤出了四个字:

"人在哪儿?"

"市第二人民医院。"

市第二人民医院,急救中心,二楼走廊。

邹骥十分钟前被人盖着脸,推着床从这里经过,而老吕则刚刚被推进去。

两只胳膊都打上了石膏的郭聪蹲在走廊里,对着墙壁一言不发。董皓坐在长椅上,埋着脑袋哽咽。张瑜焦急地在楼梯间里乱转。

"张瑜!"聂鸿声一上楼,便看见了张瑜。

"聂关?"张瑜看到聂鸿声,再也忍不住情绪,两手一捂脸开始抽泣。

"聂关……"郭聪扭过头,用后背支着墙,晃晃悠悠地站了起来。

"聂关!"董皓搓了搓脸,也迎了过来。

聂鸿声看了看董皓,又看了看郭聪,指着他的胳膊问道:"没事吧?"郭聪没有说话,一味地摇头。

"谁是病人吕向洋的家属,来一下!"一个戴着口罩的大夫从抢救室里走了出来,招呼了一声。

"我是他单位领导。"

"也行!"

"好嘞,有劳。"聂鸿声小跑着走到了大夫旁边,跟着他进了一间办公室。

郭聪向后一靠,倚在了墙上,脑子里嗡嗡乱响,心脏咚咚直跳。他很害怕,他怕老吕出事,恐惧潮水一般搅扰着他的心绪。郭聪出师以来,从未沾过一个"怕"字,陈三河说过"智者不惑,勇者无惧",无惑无惧,才有百步识人。可现在的郭聪,又惑又惧,惑的是他纵有一双百步识人的眼睛，却看不出老吕到底能不能过了这个坎儿；惧的是老吕若真出了事，这份悲痛将远远不是他能承受的。

"咱们去楼下吧，马北他们几个的伤这时候也该处理完了，看守的人不够，咱们搭把手。"张瑜走过来轻轻地推了推郭聪。

"好！"

郭聪和张瑜下了楼，正遇到电梯拐角处有两三个出来接热水的病人家属，其中一个穿着黑色背心的男子压着嗓子说道：

"嘿，听说了吗，楼上抢救室，来了好几拨海关的人，一个刚出来，另一个紧接着就送进去了。"

"是吗？什么病啊！"

"不知道啊，门口好几个……好像都是一起的，哭得那叫一个惨。"

"哟，他们还能哭啊。我以为他们都是石头人呢。去年我从澳大利亚旅游回来，帮朋友带了一只果冻鬃狮蜥。"

"果冻？鬃狮蜥？"

"就是一种蜥蜴，漂亮着呢，活的，40多公分长，不是很大，肚子半透明的，皮肤就跟果冻一个色儿。就这么个小玩意儿，1200美元。澳大利亚那边都没说不让带，结果到了咱们这头，海关二话没说就给我扣了。我是好说歹说，求人的话都说尽了，好家伙，您猜怎么着？"

"怎么着了？"

"一点缓都没有！根本不听你解释，说扣就扣。说什么……对了，携带寄生虫和病原生物，存在检疫风险和生物入侵风险。你说说，就这么个小玩意儿，在自己家里养着，我入侵谁了？你说我入侵谁了？再说了，大街上那么多猫狗，哪个身上没个跳蚤虫子啥的，怎么我这蜥蜴就不行呢？这帮人就是矫情！反正怎么求情都没用，你说这帮人，什么撺性，那可是1200美元啊，就这么打了水漂了。我告诉你，我亏大发了！蜥蜴扣了，钱还不赔我。"

"哎哟，那是够狠的啊！"

"可不是，这帮子人，一点儿人味儿没有，抢救室他不进谁进！就俩字——活该！"

这话落在郭聪耳朵里，无异于响了一串炮仗。

"你说谁活该！"郭聪一声大喊，挣开了张瑜的手，一个箭步拦在了他们面前。

"你谁啊？我们聊天跟你有什么关系，听说过捡钱的，没听过有捡骂的，是不是？"

"今儿个，要么你为你说的话道个歉，要么我大嘴巴子抽你！你信不信！"

"瞅你那俩石膏胳膊吧，来来来，你动我一个试试，爷们儿练不死你！"双方没一个是省油的灯，眼看就要扭打在一起，张瑜跑来拉架，但是身子单薄，根本拽不住！

"住手！"郭聪身后传来一声大吼，宛若平地响了一个炸雷。

郭聪扭头一看，来人正是聂鸿声：

"这是医院你知不知道？反了你个兔崽子！"

"可他们说……"

"说什么也没你动手的份儿，你是干什么的，心里没数吗？"

"他们说老吕的坏话，我听不得！"郭聪鼓着一双血红的眼睛，梗着脖子直喘粗气。

"说了又怎么了？嘴长在别人身上，你管得了吗？"

"可是……"

"可是什么？只要你站得正走得直，你管别人怎么说？"

"我……"

"道歉！"聂鸿声一声暴喝。

"凭什么？"郭聪不服气，咬着牙顶撞聂鸿声。

"凭什么？你问我凭什么，好！好！我问你，翻遍《海关法》，哪一条哪一项授予了你做出刚才行为的权力？讲！"

"没……"

"既然没有，就是你错了！做错了要道歉，幼儿园的小孩子都明白的事，还用我讲给你吗？"聂鸿声的语气极为严厉。

"可是……"

"哪有那么多可是，扭扭捏捏，你还是不是个爷们儿？"

郭聪将牙齿咬得咯咯作响，使劲一跺脚，走到了那几个人的面前，深鞠了一躬，哑着嗓子说道：

"对不起——"

"别别……我们不是……故意，我们这……"

郭聪这一鞠躬，那几个反倒乱了手脚，红着脸支吾了一阵，贴着墙根一哄而散。

见那几个走远，聂鸿声的面色缓和了一些，咽了口唾沫，走上前轻轻拍了拍郭聪的肩膀："郭……"

"哼——"郭聪使劲一甩，躲开了聂鸿声的手，一言不发地往外走。

"张瑜，你瞅我干啥啊，跟着他，那胳膊别再磕着碰着。"

"哦……哦……"张瑜缓过神来，小跑着去追郭聪。

聂鸿声一拍脑门，恨恨地骂道："一个个的，都他娘的是活祖宗！"

三天后，老吕转危为安，同时领导走私、贩卖、运输、制造毒品集团和贩卖野生保护动物及其制品集团的首要分子宋雨晴的所有案件材料整理完毕，连同其团伙成员马北、窦氏兄弟等人的材料一起正式移交检察机关，准备提起公诉。本起案件涉及面广、参与人员众多、涉案金额巨大，引起了上级的高度重视。针对案件中涉及利用陶雅莉团队研发的高分子人造胃黏膜技术 Number5 走私精神类药品麦角酸二乙基酰胺的情况，相关部门已经迅速介入，"三死一活"的四只环尾狐猴在高度的安全手段控制下正式转移，体内夹藏的麦角酸二乙基酰胺片被取出。五道沟的"狗场"被查封，里面关押的野生动物已由动物保护部门接手。气蒸四海的梅姐除了触犯《中华人民共和国刑法》第三百四十一条之外还触犯了《中华人民共和国刑法》

第三百五十四条，等待她的将是十五年有期徒刑、无期徒刑或者死刑。但其在押期间，积极检举揭发，凭着她给出的线索，公安部门先后成功起获了十几处贩卖野生动物的餐馆和供货商。同时，梅姐的女儿薛佳妮也被迅速控制，抓捕归案，经审理查实，薛佳妮对梅姐为他人提供吸毒场所、向吸毒人员贩卖"蓝精灵"的情况并不知情，且薛佳妮到案后和梅姐一起主动提供了大量经常到"气蒸四海"消费的 VIP 客户信息。警方借机顺藤摸瓜，通过排查这些客户经常消费的餐饮场所，又取得了很多新的收获，掌握了多条毒品案件的调查线索。警方也将梅姐和薛佳妮的立功表现整理到案卷材料中一并移送检察部门。真正的袁峰自南山公园受伤后，一直在医院养伤。根据《中华人民共和国刑法》第一百二十五条的相关规定，三年以上十年以下的有期徒刑。另：袁峰潜入海关隔离场，偷取环尾狐猴尸体，触犯了《中华人民共和国刑法》第二百六十四条的规定。但考虑到陶雅莉和袁峰在案情中的特殊情由，具体怎么判，还要看法院的意见。

　　白马坡山野豪庭温泉度假山庄明知窦家兄弟聚众赌博，却仍为其提供场所，构成赌博罪、开设赌场罪的共犯，该企业负责人触犯了《中华人民共和国刑法》第三百零三条。

　　那是一个周五的晚上，下班后，滨海关大楼里的人渐渐散去，整个大楼里一片漆黑，唯有荣誉室的屋子里还亮着灯。聂鸿声一个人，一包烟，拿着一份厚厚的一等功申报材料，一言不发地坐在地上。

　　聂鸿声看着墙上新挂上去的邹骥的照片，眉头皱得紧紧的。他想不通，一个好端端的小伙子，怎么就又挂到墙上去了呢？他掐灭了烟头，走到了邹骥的照片前面，翻开手里的申报材料，指着上面的文件抬头，轻声说道：

　　"小邹啊，材料拟完了，你瞅一眼，文件抬头在这儿呢。我给你念一下吧，咳……关于追授邹骥同志一等功的……"聂鸿声嗓子一哑，后半句已然念不出声，"字太小，老了，眼睛花了，小邹你自己看吧……名字没写错……邹骥，骥，千里马的那个骥……"

尾声

随着宋雨晴案件的诉讼进程不断加快，奥莱国际贸易有限公司以及生物科技园区内的制药基地也开始了大规模的查抄行动。

董皓和郭聪再一次站在了宋雨晴的办公室门口，看着墙上的那幅阿斯克勒庇俄斯油画，董皓不禁思绪万千。

"愣着干吗呢？"郭聪推了他一把。

"我在想啊……阿斯克勒庇俄斯，神话传说中，他从智慧女神雅典娜处得到了一小瓶蛇发女妖戈耳工的血液，既可杀人亦可活人。左耳计划将原本用于医学治疗的Number5用于精神类药品走私、……原来宋雨晴早就将这一切挂到了墙上，可惜你我实在是头脑驽钝，竟没有第一时间看破。"

董皓正说着话，墙上的油画便被干活的工人摘了下来，在油画的背后赫然藏着一个小型的保险柜。过了一个多小时，保险柜的门被技术人员打开，柜子里有一只锦盒，一叠护照。郭聪粗略翻了一下，咂着嘴叹道："十几个国家，哪儿都有，名字还不一样，这个宋雨晴当真神通广大。"

"这盒子里是什么？"董皓打开了盒子，发现在盒子放着的是一只黄铜的戒指，造型极为古朴，三分像戒指，七分倒像个扳指，上有镂空雕刻，依稀是一把三头的鱼叉。

"戒指上刻个鱼叉子，头回见啊！"郭聪嘬了嘬牙花子。

"狗屁的鱼叉子,这叫三叉戟,是古希腊神话中海神波塞冬的权杖。传说中波塞冬可以用它轻易掀起滔天巨浪,操纵风暴和海啸、淹没陆地,击穿高山。"

"你可少看点闲书吧。还击穿高山、掀起巨浪,这是叉子还是原子弹啊?"

"你懂什么,看到这串铭文了吗?这是古希腊语,翻译过来就是:大海永不干涸,征服永无止境。宋雨晴能把这东西和她逃命的护照放在一起,可见她对这东西不是一般的重视。"

"会不会这戒指很值钱啊?"

"黄铜的,能值几个钱;再说了,就算是金的,对宋雨晴来说也是小菜一碟啊。我看这东西的象征意义,远远比经济意义要大。"

"象征意义?象征什么?"郭聪问道。

"我也不知道,拍个照片吧,这戒指看上去也有些年头了,回头咱找人问问!"

"我看行,可找谁好呢?"

"马上重阳节了,咱们每年这个时候都去看虞老师,要不……问问他?"

"老爷子都九十多了,听说最近……"郭聪伸出手指敲了敲自己的太阳穴。

"哟,糊涂了?"董皓吓了一跳。

"可不是嘛!阿尔茨海默!"

"去年还好好的,唉,那咱还真得去看看!"

"等等!"郭聪突然伸手抓住了董皓的手腕。

"干吗呀?"董皓拨开了郭聪的手,拽了拽制服袖子,盖住了手腕上的表。

"表是新买的吧?"

"用你管!"

"阿湘给买的吧?"

"才不是……"

"表盘边缘有激光刻字,表带上有定制的LOGO,这是一对儿情侣表……"

"打住!枪口可不能随便对准自己同事啊!"董皓脸一红,将身子背了过去。

"阿湘其实真不错,这么多年,人家一直念着你;再说了,你们当时也不是因为原则问题起冲突。俗话说:十年修得同船渡,破镜重圆不是梦……呀!脸怎么这么红?被我说中了是不是,发展到哪步了?"

"滚开!"

"说说嘛,话疗话疗,谈话治疗,说破无毒嘛,你别走啊……"

半个月后,重阳节,郭聪和董皓领着张瑜坐着火车,一路向南,到了广州,直奔一家疗养中心。

A区2栋104室,是虞老师住的地方。下午五点半,暮色四合,白发苍苍的虞老师坐在院子里的一张摇椅上,看着天外的夕阳,双眼直勾勾地发呆。

负责照顾虞老师的保姆将郭聪一行人带进了院子:

"喏,坐了一下午了。"

郭聪看了看虞老师,低声向小保姆问道:

"这个状态多久了?"

"小半年了吧,人老了,脑袋退化……其实就是老年痴呆嘛。"

董皓放下了手里的水果,弯着腰探身走到了虞老师的身边,蹲下身子,看着虞老师问道:

"虞老师,是我呀!"

"虞老师?你好!你好!"虞老师笑了笑,一脸茫然地伸出手去,握了握董皓的手。

"我不是虞老师,你是虞老师,我是小董,您徒弟孙百川的徒弟,想起来没？"

虞老师眨了眨眼睛，苦思冥想了好半天，眼前一亮，哈哈笑道："哦……孙老师您好，我是小董，坐坐坐，吃水果。"

董皓一拍脑门儿，心内苦道："这还是没认出来我啊！"

小保姆摇了摇头，对郭聪说道："谁也不认识了。不过虽然脑子糊涂了，但是体格还好。90多岁了，胃口壮得很，每天都有想吃的菜。"

"菜？"虞老师听见这个字，眼睛一下瞪得溜圆，两手抬起，比比画画地喊道：

"鱼！吃鱼！想吃，鱼想吃！"

小保姆走过去，拍了拍虞老师的肩膀，张口问道：

"想吃鱼啊？"

"鱼！吃鱼！吃鳎目。"

"行，我给你买去。"小保姆起身就出门买菜，临走前反复叮嘱郭聪等人好好照看老人。

小保姆已经远走，虞老师仍旧坐在摇椅上大喊：

"鱼！鳎目鱼！"

"虞老师，人走远了，别喊了。"郭聪小声在虞老师耳边说道。

"我知道。"虞老师的眼睛瞬间一亮，一扫刚才老年痴呆的面目，两道瞳孔里亮起了幽幽冷光，哪里还能见到半分老态！

"虞老师，您……"董皓吓得一屁股坐在了地上。

"小董，你起来，水泥地上凉。"虞老师出声提醒道。

"您认识我？"

"认识啊！你是小董，他是小郭，这个女孩儿面生……可她一进来眼睛就盯着我看，下意识地往左移动了半米。她在找光，现在是傍晚，光线不好，她挪到了一个最好的观察位置，以便能更清晰地看清我，这是……我教给陈三河的东西。哟，小郭，这是你带的徒弟吧。"

"您这也太……"郭聪惊得一脑门子汗。

"别磨叽了，带烟没？"虞老师五指平摊，在郭聪眼前晃了晃。

"啥？"

"烟！你才三十多，耳朵就背了？"虞老师不耐烦地喊道。

"带……带了……"郭聪摸了摸兜，掏出了烟盒。

虞老师一伸手，将烟盒抄在了手里，抽出一根叼在了嘴边，歪着脑袋喊道："瞅啥呢，给我点上啊！"

"哦……哦……"郭聪手忙脚乱地掏出打火机，给虞老师把烟点上。

"呼——"虞老师深深嘬了一口，缓缓地吐出了一口烟雾。

"都说您老年痴……"郭聪话说了半句，就被张瑜掐了一把胳膊，活生生地把后半截话咽了下去。

虞老师抓了抓头顶银白色的头发，一脸苦恼地说道：

"这不半年前嘛，小保姆把烟给我掐了，一根儿也不让抽啊！急死我了，我也是实在没招了，只能装痴呆，麻痹一下她，放松她的警惕。我一想抽烟了就给她支走……然后我偷偷给道边那小超市打电话，让那老板给我送过来，一次一盒，抽的时候开着油烟机，不然身上有味。"虞老师一边说着话，一边伸手在摇椅底下一阵摸索。

"刺啦——"虞老师从摇椅底下撕下了一块胶布，胶布上赫然粘着半盒香烟。

"来来来，尝尝我这个，我一直抽这个牌子！"

"我……我们就不抽了……"董皓和郭聪连连摆手。

"别价啊！你们不抽，一会儿小保姆回来，我这一身烟味儿，解释不清啊。"

"啊？"

"就说你们抽的，熏我身上了！"

"这不好吧？"

"年轻人，这点担当都没有吗？来来来，自己点上。"

董皓和郭聪对视了一眼，脸上不约而同地浮现出一抹苦笑。

三人坐成一圈，天南地北地聊了一阵，董皓掏出手机，将宋雨晴那只戒指的照片调出来，放到了虞老师的面前。

虞老师从衣兜里取出了老花镜，架在鼻梁上，捧着手机端详了一阵。

"这东西，哪来的？"虞老师面上骤然一冷，面沉如水。

"我们最近查了一起案子，主犯叫宋雨晴……"郭聪将整起案件简要地给虞老师复述了一遍。

"这戒指，几十年前我见过，持有者来自一个国际上的走私组织，这个组织代号叫做——波塞冬。"

"国际走私组织？"

"没错，他们结构严密，分工精细，势力庞大，行事隐秘。这个世界有光就有影，有黑就有白，咱们做海关的和走私行当的较量由来已久，而且这个组织，我在1967年就和他们交过手。"

"1967年？"

"对，1967年，不会记错的。"

"您能给我们讲讲吗？"张瑜激动得双眼放光。

"讲讲？"

"讲讲！"

"也罢，菜市场离这儿不近，小保姆还得一会儿才能回来。借着这个空当，老头子就给你们讲讲当年的过往，也好叫尔等小辈知晓，除了你们擅长的大数据和科技系统，还有我们这些老海关纳影藏形、觅迹寻踪的高绝手段！"

（全书完）